L'enfant de l'ombre

La falaise du souvenir

AMANDA STEVENS

L'enfant de l'ombre

éditions Harlequin

Titre original : SOMEBODY'S BABY

Traduction française de HÉLÈNE COLOMBEAU

HARLEQUIN®
est une marque déposée par le Groupe Harlequin

BLACK ROSE®
est une marque déposée par Harlequin S.A.

Photos de couverture

Ours : © ROYALTY FREE / MASTERFILE
Paysage : © JENNY ACHESON / GETTY IMAGES

83-85, boulevard Vincent-Auriol 75646 PARIS CEDEX 13.
Service Lectrices — Tél. : 01 45 82 47 47

ISBN 978-2-2808-4386-7 — ISSN 1950-2753

Prologue

Nina Fairchild regarda tendrement son nouveau-né tandis qu'elle le berçait tout contre elle. Il était tellement petit, tellement parfait. Tellement beau. Déjà, elle ressentait un attachement extraordinaire pour ce bébé. C'était la seule famille qui lui restait.

Si seulement tu étais là pour voir notre fils, Garrett. Si seulement tu pouvais prendre Dustin dans tes bras.

Cela aurait-il fait une différence ? se demanda-t-elle. Est-ce que cet adorable petit garçon aurait pu sauver leur mariage ?

Nina avait été hantée par cette question depuis le jour où elle avait appris qu'elle était enceinte, deux semaines après la mort de Garrett, son mari.

Elle sentit son cœur se serrer en regardant son fils. A cause d'elle, Dustin ne connaîtrait jamais son père. Allait-il lui en vouloir ? Allait-il la détester lorsqu'il apprendrait comment Garrett avait perdu la vie ?

Tout est ta faute, Nina. Les paroles violentes de son beau-frère résonnaient encore à ses oreilles. *Garrett est mort à cause de toi, et tu vas payer pour ça, je te le promets !*

Elle frissonna au souvenir du regard furieux de Trent Fairchild, de sa voix menaçante.

Soudain, une infirmière entra dans la chambre et se pencha sur elle pour lui prendre le bébé. Par réflexe, Nina le serra jalousement contre son cœur.

— Etes-vous vraiment obligée de l'emmener si tôt ? demanda-t-elle. Je déteste l'idée de le savoir loin de moi.

— Vous ne direz pas la même chose quand vous aurez quelques nuits de tétées derrière vous, fit remarquer l'infirmière en prenant Dustin dans ses bras. Qu'est-ce qu'il est mignon ! s'exclama-t-elle. Regardez ses petits cheveux noirs, alors que vous êtes toute blonde. Mais votre sœur est brune, je crois ?

— Ma sœur ?

— Oui, elle est venue pendant que vous étiez en salle de travail. Elle semblait pressée que vous accouchiez.

Nina fronça les sourcils, alarmée.

— Je n'ai pas de sœur.

L'infirmière la regarda d'un air étonné tandis qu'elle installait le bébé dans son berceau pour le ramener à la nursery.

— Ah bon ? J'ai dû me tromper, alors. Nous avons deux autres mamans en salle d'accouchement cette nuit. L'hôpital est une vraie maison de fous, avec le Dr Bernard qui a été retenu et tout le reste.

— A quoi ressemblait cette femme ?

— Petite, brune, vingt-cinq ou trente ans. Elle portait des lunettes, je crois.

L'image de Karen Smith, une jeune femme qui s'était liée d'amitié avec elle plusieurs mois auparavant dans un parc de Houston, vint immédiatement à l'esprit de Nina. Mais Karen avait déménagé depuis qu'elle s'était réconciliée avec son mari. Que viendrait-elle faire ici ?

Nina n'avait dit à personne qu'elle prévoyait de mettre au monde son bébé dans ce petit hôpital de Galvestone plutôt que dans l'immense centre médical de Houston. Karen ne pouvait pas l'avoir retrouvée ; Trent Fairchild non plus.

L'infirmière devait faire erreur, mais une curieuse sensation de malaise ne quittait pas Nina. Pourquoi cette femme prétendait-elle être sa sœur ? Elle n'avait pas de sœur. En dehors de Dustin, elle n'avait personne.

— Est-ce que cette dame est encore là ? demanda-t-elle d'une voix soucieuse.

— Je peux vérifier, si vous voulez, mais je crois qu'elle est repartie. Les heures de visite sont passées depuis longtemps. A ce propos, il est temps que ce petit garçon se repose, et vous aussi.

Elle dut deviner le malaise de Nina, car ses traits s'adoucirent.

— Ecoutez, ne vous inquiétez pas pour ça. J'ai dû mal comprendre le nom, c'est tout. Ce ne serait pas la première fois, et puis, comme je vous l'ai dit, nous n'avons pas arrêté de courir toute la nuit.

Les paroles réconfortantes de l'infirmière aidèrent Nina à maîtriser sa peur. Elle avait raison, bien sûr. Ce devait être une erreur. Tous ces mois passés à ressasser les menaces de Trent l'avaient rendue paranoïaque.

Elle s'assit au bord du lit et se pencha sur le berceau, ramenant ses longs cheveux blonds derrière son oreille pour regarder son fils.

— Je te revois bientôt, murmura-t-elle.

— Oui, et plus vite que vous ne le pensez, observa l'infirmière en souriant. Vous feriez mieux de vous remettre tout de suite au lit pour dormir un peu.

— C'est vrai que je suis fatiguée, avoua Nina en étouffant un bâillement.

— Vous savez, on n'appelle pas ça « travail » pour

rien. Détendez-vous, maintenant. Je vous le ramène dans quelques heures pour la tétée.

— J'ai hâte de te retrouver, murmura-t-elle en embrassant une dernière fois la peau satinée de son bébé.

Elle se réveilla en sursaut une heure plus tard, le cœur battant la chamade. L'espace d'une seconde, elle crut que les cris qu'elle entendait n'étaient que les échos de son cauchemar — comme souvent, elle avait revécu en rêve l'accident de voiture qui avait tué Garrett. Mais lorsque les brumes du sommeil se furent dissipées, elle s'aperçut que les hurlements de terreur qu'elle percevait n'étaient que trop réels. Des voix paniquées lui parvenaient du couloir et, trois étages plus bas, le bruit strident des sirènes allait crescendo.

Soudain, Nina reconnut l'odeur âcre qui lui brûlait la gorge et les narines. De la fumée !

Y avait-il un incendie ?

Dustin ! Il fallait qu'elle retrouve son bébé, qu'elle s'assure qu'il allait bien, qu'elle le sorte d'ici…

Tandis que ses pensées affolées se bousculaient dans son esprit, elle descendit du lit et enfila sa robe de chambre, avant de traverser la pièce aussi vite que ses muscles endoloris le lui permettaient. Lorsqu'elle ouvrit la porte, une foule de gens se pressaient en criant vers les escaliers de secours.

Nina suivit le mouvement et réussit à intercepter une infirmière qui se retourna, le visage blanc de peur.

— D'où venez-vous comme ça ? demanda-t-elle à Nina.

— De la chambre 317. Qu'est-ce qui se passe ?

— Il y a un incendie. On est en train d'évacuer l'étage.

— Mais… La nursery se trouve à cet étage ! s'écria Nina.

L'infirmière sembla hésiter avant de répondre :

— Ne vous inquiétez pas. Les bébés ont certainement été les premiers à être évacués. Vous devriez déjà être dehors, vous aussi.

— Personne n'est venu me voir. J'étais en train de dormir.

Les yeux de l'infirmière s'agrandirent de surprise, puis elle haussa les épaules.

— Il faut sortir maintenant. Prenez les escaliers. Avez-vous besoin d'aide ?

— Non, je vais bien.

Mais lorsque la femme fit volte-face pour se hâter vers la sortie, Nina dut s'appuyer contre le mur tant elle se sentait faible. Les appareils d'extinction automatique d'incendie s'étaient mis en marche, et elle était trempée. Sur ses épaules, sa robe de chambre était lourde comme un manteau de fer. Elle se remit en route à grand-peine, mais au lieu de se diriger vers les escaliers de secours, elle se tourna vers la nursery.

Ne vous inquiétez pas. Les bébés ont certainement été les premiers à être évacués.

Nina avait vu une lueur de doute dans le regard de l'infirmière. Celle-ci ne pouvait pas affirmer avec certitude que les nouveau-nés avaient été sauvés. Après tout, personne n'était venu la chercher, elle. Comment pouvait-elle être sûre que Dustin était hors de danger à moins de le vérifier elle-même ?

Les couloirs étaient déserts à présent, mais elle entendait encore des cris au loin. Soudain, un homme vêtu d'une blouse verte apparut devant elle. Elle le connaissait : c'était le jeune interne qui avait accouché Dustin.

— Dr Wharton ! cria-t-elle.

Il s'arrêta et regarda par-dessus son épaule. En voyant Nina, il glissa quelque chose dans sa poche, mais ne fit aucun mouvement dans sa direction. Il paraissait plus impatient qu'effrayé et ne semblait pas la reconnaître.

— Qui êtes-vous ? demanda-t-il sèchement. Et que fichez-vous ici ?

— Aidez-moi, je vous en prie. C'est vous qui avez mis au monde mon bébé. Un petit garçon. Je veux être sûre qu'il va bien.

— La nursery a déjà été évacuée. J'en viens, justement.

— Vous en êtes sûr ? insista Nina.

— Oui. Tout le monde est sorti. Nous devrions faire pareil.

Sans attendre de réponse, il se retourna et partit à grands pas, laissant Nina toute chancelante dans le couloir. Elle tenta de se convaincre que Dustin était en sécurité, mais quelque chose en elle l'empêchait de partir sans s'en être assurée. Si elle n'avait pas laissé Garrett cette nuit-là, il serait peut-être encore en vie. Il aurait peut-être pu assister à la naissance de son fils.

Tout en pressant un pan de sa robe de chambre contre son nez et sa bouche, Nina se hâta jusqu'à la nursery et jeta un coup d'œil à travers la porte vitrée. Dieu merci, tous les bébés étaient partis. Il ne lui restait plus qu'à sortir à son tour.

Mais la fumée s'était soudain épaissie, à tel point qu'elle ne retrouvait plus son chemin. Une vague de panique la submergea. En levant les yeux, elle vit que les flammes commençaient à lécher le plafond.

Elle se mit à courir, terrorisée à l'idée d'être prise au piège par le feu. Alors qu'elle repérait enfin les escaliers de secours, elle pressentit un nouveau danger. En regardant derrière elle, elle aperçut un mouvement du coin de l'œil. Elle n'était pas seule à cet étage.

Elle s'apprêtait à appeler à l'aide lorsqu'une portion du plafond s'effondra et quelque chose la frappa à la tête. Un éclair de douleur lui traversa le crâne, et elle tomba, sonnée.

Tandis qu'elle toussait et luttait pour respirer, Nina eut une dernière pensée pour Dustin. Si elle ne s'en sortait pas vivante, qui prendrait soin de son fils ?

Nina revint brusquement à elle, aussitôt envahie par la peur. Elle était prise au piège dans un bâtiment en feu, il fallait qu'elle sorte ! Il fallait qu'elle rejoigne Dustin !

Mais lorsqu'elle tenta de se relever, on la força à rester allongée. Quelque chose recouvrait son nez et sa bouche et, dans un moment de panique, elle lutta pour s'en débarrasser. Une fois de plus, une main puissante l'empêcha de bouger.

— Calmez-vous, fit une voix d'homme. Vous irez mieux dans quelques minutes. Nous vous donnons de l'oxygène. Vous avez inhalé pas mal de fumée, mais je ne pense pas que vos poumons aient été atteints. Nous en saurons plus lorsque nous vous transporterons à l'hôpital.

Nina était confuse. Elle resta immobile un moment, essayant de s'orienter, de comprendre ce qui s'était passé. L'hôpital avait pris feu et brûlait encore : le ciel rougeoyait au-dessus d'elle, et on entendait toujours les cris des pompiers qui tentaient d'éteindre l'incendie. Elle s'était retrouvée enfermée à l'intérieur de l'hôpital, avait reçu un coup sur la tête qui lui avait fait perdre connaissance, et à présent elle était là, dehors, allongée par terre pendant que quelqu'un — un médecin, sans doute — s'agitait au-dessus d'elle.

Il lui permit de soulever le masque à oxygène le temps de demander d'une voix rauque :

— Que s'est-il passé ?

— Un des pompiers vous a trouvée à l'intérieur. Vous avez eu de la chance qu'ils vérifient une deuxième fois s'il n'y avait plus personne. Nous pensions que tout le monde était sorti. Qu'est-ce que vous faisiez encore là ? Peu importe, ajouta-t-il tandis qu'elle commençait à soulever le masque. N'essayez pas de parler, restez tranquille. Dès qu'une ambulance sera disponible, nous vous ferons transporter vers un autre hôpital.

Nina l'attrapa par le bras pour lui montrer qu'elle voulait parler. Avec un soupir d'impatience, il écarta le masque à oxygène. Elle avala sa salive dans l'espoir d'apaiser la brûlure dans sa gorge.

— Où ont-ils emmené mon bébé ? demanda-t-elle.

— Votre bébé était à la nursery ? Tous les nouveau-nés ont été transportés à Saint-Mary, à Houston. Ils ont une excellente unité néo-natale. Mais ne vous inquiétez pas, c'est juste par précaution. D'après ce que j'ai compris, tous les bébés sont sains et saufs.

Ses pires craintes ayant été levées, Nina tenta de se détendre, mais elle ne pouvait s'empêcher de penser à Dustin, si petit et si vulnérable, tout seul à Houston alors qu'elle était là à Galvestone. Il avait quelques heures à peine et déjà, ils étaient séparés.

Comment une telle chose avait-elle pu arriver ? se

demanda-t-elle. Comment un hôpital pouvait-il prendre feu et être réduit en cendres aussi vite ?

— Je vous ferai transférer à Saint-Mary pour que vous puissiez être avec votre bébé.

Le médecin nota quelque chose sur un carnet. Il souleva la main de Nina pour regarder son poignet et fronça soudain les sourcils.

— Vous n'avez plus votre bracelet d'identification de l'hôpital. Avez-vous une idée de ce qui lui est arrivé ?

Nina hocha la tête. A cet instant précis, c'était bien le moindre de ses soucis. Le médecin, en revanche, semblait très préoccupé par ce détail.

— Ce genre de bracelets ne tombe pas tout seul, remarqua-t-il. Il faut en général les couper avec des ciseaux.

Etait-ce son imagination, ou y avait-il bien de la suspicion dans sa voix et dans son regard ?

— Il faut que vous me donniez votre nom et votre numéro de chambre, dit-il en soulevant le masque. Nous aurons peut-être d'autres questions à vous poser plus tard.

Lorsque Nina fut enfin transportée dans la salle des urgences de Saint-Mary, on lui avait retiré l'oxygène. Sa respiration était régulière, quoique encore douloureuse. Elle était épuisée, sa gorge et sa poitrine lui faisaient mal et la terreur des dernières heures la hantait encore. Mais tout ce qu'elle voulait, c'était voir son bébé.

Lorsqu'un médecin entra dans son box pour l'examiner, elle le supplia de lui laisser voir son fils.

— Je vous en prie, lui dit-elle. Il est tout ce que j'ai.

Abandonnant pour quelques instants son masque de

professionnalisme, le médecin acquiesça avec compassion. Il se tourna vers l'infirmière qui se trouvait derrière lui.

— Allez voir ce que vous trouvez à propos d'un nouveau-né Fairchild, demanda-t-il. Tenez-moi au courant le plus vite possible.

— Merci, lui dit Nina lorsque l'infirmière fut sortie du box. J'ai besoin de savoir qu'il va bien. Je me suis fait tellement de souci…

— Pas la peine de me remercier, l'interrompit-il. J'ai moi-même des enfants, je sais ce que c'est. A présent, essayez de vous reposer. Nous vous accompagnerons dans une chambre dès qu'un lit se libérera, et vous pourrez voir votre fils.

Alors qu'il s'apprêtait à partir, l'infirmière réapparut dans le box et lui chuchota quelque chose à l'oreille. Ils jetèrent un coup d'œil rapide vers Nina et s'éloignèrent à la hâte.

Elle tenta de se convaincre que cela n'avait rien à voir avec Dustin. La salle des urgences était un véritable chaos : le médecin avait dû être demandé ailleurs pour un cas plus grave qui expliquait l'expression tendue de son visage.

Mais lorsqu'il revint la voir quelque temps plus tard, elle sut que quelque chose n'allait pas.

— Qu'est-il arrivé à mon bébé ? demanda-t-elle d'une voix qu'elle ne reconnaissait pas.

Comment pouvait-elle paraître si calme, si détachée, alors qu'elle était paralysée par la peur ?

— Qu'est-il arrivé ? répéta-t-elle. Je veux voir mon bébé.

— J'ai bien peur que ce ne soit pas possible pour le moment.

— Oh, mon Dieu.

Nina sentit sa poitrine se contracter. Une impression de vertige l'envahit et, l'espace d'un instant, elle fut tentée de se laisser plonger dans l'évanouissement, pour ne pas entendre ce que le médecin avait à lui dire.

— Ne vous inquiétez pas, dit-il en lui prenant la main. Je suis sûr que votre enfant va bien. Il n'y a pas de raison de se faire du souci, mais il semble qu'il y ait eu un malentendu. Votre bébé n'est pas ici.

Nina le dévisagea, confuse, ne sachant pas si elle devait se sentir désespérée ou soulagée. Comment cela, Dustin n'était pas là ? Où était-il, alors ?

— Je ne comprends pas. On m'a dit que mon fils avait été transporté dans cet hôpital. Où est-il ? Pourquoi ne puis-je pas le voir ? Que lui est-il arrivé ?

— Nous sommes en train de passer quelques coups de fil. Certains patients ont été conduits dans d'autres hôpitaux, il y a peut-être eu une erreur. Nous retrouverons votre fils, Mme Fairchild. Il n'y a pas de raison de s'inquiéter.

Pas de raison de s'inquiéter ? Son bébé avait disparu, et cet homme lui conseillait de ne pas se faire de souci ?

Lorsqu'il l'eut de nouveau laissée seule, Nina essaya de réfléchir à ce qu'elle devait faire. Mais que pouvait-elle faire, au juste ? Elle n'était pas en état de se lever pour entreprendre des recherches elle-même. Pourtant, l'idée de confier la vie de son fils à de parfaits inconnus lui était presque insupportable. Avaient-ils la moindre idée de ce que Dustin signifiait pour elle ? A quel point elle l'aimait, à quel point elle avait besoin de lui ?

Malgré tous les efforts qu'elle faisait pour rester positive, elle ne pouvait s'empêcher de penser au pire. Elle savait très bien elle-même comment les choses pouvaient tourner au drame. N'avait-elle pas prié pour que Garrett survive la nuit où ils avaient eu un accident ? Ne s'était-elle pas dit qu'elle pouvait le laisser sur le bord de la route le temps d'aller chercher de l'aide ? Oui, elle avait tenté de rester positive. Mais le pire était arrivé.

L'image de Trent Fairchild s'imposa à son esprit. Elle revoyait nettement son beau visage déformé par la colère, la haine noire et glaciale au fond de ses yeux tandis qu'il la fusillait du regard, le jour de l'enterrement. *Tout est ta faute, Nina. Garrett est mort à cause de toi, et tu vas payer pour ça, je te le promets !*

Mon Dieu, était-ce cela, sa punition ? Lui avait-on enlevé Dustin à cause de ce qu'elle avait fait à Garrett ?

Lorsque la porte du box s'ouvrit de nouveau, Nina sursauta. Le médecin s'approcha lentement de son lit, l'air grave. Elle sentit son cœur s'emballer et tenta de maîtriser son angoisse, mais c'était peine perdue.

— Je vais être franc avec vous, Mme Fairchild.

La douceur de sa voix eut presque raison d'elle. Elle s'agrippa aux draps, s'attendant au pire.

— Pour l'instant, nous n'avons pas réussi à retrouver votre fils. Je pense toujours qu'il y a eu un malentendu avec Galvestone et que dans quelques heures tout sera revenu dans l'ordre. Vous aurez bientôt votre bébé près de vous. Mais en attendant… Il vaut mieux appeler la police.

1

Six mois plus tard

— Je voudrais parler au sergent Farrell, s'il vous plaît.

Le combiné coincé entre l'oreille et l'épaule, Nina attacha ses longs cheveux avec un élastique. Comme elle savait par expérience qu'il pouvait s'écouler plusieurs minutes avant que Boyd Farrell décroche son téléphone, elle en profita pour scanner la page Web qu'elle avait créée pour une librairie locale.

Nina aimait son travail. Elle prenait un réel plaisir à concevoir des sites internet pour les petites entreprises désireuses de rejoindre les autoroutes de l'information. Mais le fait de travailler à domicile présentait des inconvénients. Nina, qui avait toujours été solitaire, pouvait parfois rester plusieurs jours sans voir personne, et elle savait que ce n'était pas sain. C'était peut-être pour cela qu'elle avait été si réceptive aux avances amicales de Karen Smith. Et qu'elle n'avait pas pressenti la tromperie dont cette femme était capable.

— Sergent Farrell, fit une voix masculine dans son oreille.

— C'est Nina.

Elle l'imaginait en train de se passer une main dans ses cheveux châtains clairsemés, ou en train de regarder la photo de sa femme et de sa fille sur son bureau tout en réfléchissant à un moyen de se débarrasser d'elle en douceur.

— Comment allez-vous, Nina ?

— Je m'accroche, répondit-elle en s'efforçant de paraître optimiste. Quoi de neuf ?

Elle l'entendit soupirer.

— Il n'y a rien de nouveau. Vous savez que je vous aurais appelée, sinon.

Bien sûr qu'elle le savait. Mais elle ne pouvait s'empêcher d'espérer, chaque fois qu'elle lui téléphonait.

— Aucune piste sur Karen Smith ?

Autre silence. Les questions étaient toujours les mêmes, et les réponses aussi.

— Je crains que non.

— Elle ne peut pas avoir disparu comme cela sans laisser de traces, insista-t-elle. Elle doit se trouver quelque part avec mon bébé.

— Nous ne savons pas avec certitude qui a enlevé votre fils. Nous devons réserver notre jugement, Nina. Dustin a pu être kidnappé par hasard. N'importe quel nouveau-né aurait pu être pris cette nuit-là, pendant l'incendie.

— Oui, mais aucun ne l'a été à part Dustin. S'il n'avait pas été choisi à l'avance, alors pourquoi mon bracelet d'identification de l'hôpital aurait disparu ? S'agit-il d'une simple coïncidence ?

— Je ne sais pas, concéda Farrell.

— Vous savez aussi bien que moi que tous les soupçons pèsent sur Karen Smith : elle m'a accostée au parc, elle est revenue tous les jours jusqu'à ce que nous devenions amies et qu'elle sache tout de moi. Si ce n'est pas elle qui a enlevé Dustin, alors pourquoi a-t-elle disparu comme ça ? Pourquoi n'avez-vous pas réussi à trouver une Karen Smith qui corresponde à sa description ?

Ils avaient déjà ressassé mille fois ces questions, et Nina devait admettre que Farrell avait toujours répondu patiemment.

— Comme je vous l'ai dit, il est possible que vous ayez eu affaire à une professionnelle. Elle vous a peut-être repérée à l'avance parce que vous étiez enceinte et, une fois qu'elle a découvert que vous étiez seule, elle a pu décider que vous seriez une cible facile. Nous ne sommes sûrs de rien. Mais si c'est vraiment une professionnelle qui a pris votre bébé…

— Je sais.

Nina ferma les yeux, refusant de penser au pire. Si Karen Smith avait enlevé Dustin, ce n'était probablement pas pour le garder, mais pour le vendre à quelqu'un qui était prêt à tout pour avoir un bébé. Même s'ils retrouvaient Karen, il n'y avait aucune garantie qu'elle les conduise jusqu'à Dustin.

— Et pour l'incendie ? demanda-t-elle. Vous avez des pistes ?

— Les enquêteurs n'ont pas encore refermé le dossier, mais il n'y a toujours rien de concluant.

— Nous savons tous les deux que c'est elle qui a mis le feu. Elle était là cette nuit-là, elle s'est fait passer pour ma sœur.

— Malheureusement, nous n'avons aucune preuve qui corrobore cette théorie, lui rappela-t-il. L'infirmière avec qui vous avez parlé cette nuit-là dit qu'elle a peut-être fait erreur sur l'inconnue qui prétendait être votre sœur. Et personne d'autre ne se rappelle avoir vu une femme brune aux alentours des salles d'accouchement.

— Mais elle était là, protesta-t-elle amèrement. Elle a fait brûler un hôpital entier pour pouvoir prendre mon fils et disparaître avec lui. Pourquoi n'avez-vous pas été capable de la retrouver ? Pourquoi n'avez-vous rien fait pour mettre cette femme derrière les barreaux et me rendre mon fils ?

Six mois de chagrin et de frustration tremblaient dans sa voix, et elle dut se faire violence pour ne pas éclater en sanglots. Cela ne l'aiderait pas à retrouver Dustin. Il fallait qu'elle reste calme, qu'elle contrôle ses émotions. Il fallait qu'elle garde le sergent Farrell de son côté.

— Pardonnez-moi, murmura-t-elle. Je me suis emportée.

— Je me demandais quand cela arriverait, fit-il remarquer. Vous avez fait preuve jusque-là d'une retenue assez étonnante. Croyez-moi, je fais tout mon possible pour retrouver Dustin.

Elle aurait voulu se laisser encourager par ces paroles, mais six mois, c'était long. Une éternité. Même une mère ne pouvait garder espoir indéfiniment.

— Je vous crois, répondit-elle en ravalant ses larmes. S'il vous plaît, sergent. N'abandonnez pas.

— Je n'abandonnerai pas, promit-il. Et vous, tenez le coup. On se recontacte dans une semaine, d'accord ?

— D'accord.

Comme toujours, lorsqu'elle raccrocha, elle eut la sensation qu'une partie de son cœur lui était arrachée. Aucune nouvelle, aucun témoin, aucune piste. Après tout ce temps, elle savait que ce serait un miracle de retrouver son fils.

Et l'expérience lui avait montré que les miracles n'existaient pas.

2

— Grant, je te jure, assura Vanessa Baldwin, je n'ai jamais vu aucun homme se prendre d'affection pour un bébé comme toi avec John David. Tu es revenu de Caracas depuis quoi, trois semaines ? Et déjà tu en fais un enfant gâté.

Grant leva les yeux vers sa sœur, qui jouait nerveusement avec le diamant rose posé dans le creux de son décolleté. Elle était toujours aussi belle, mais semblait un peu plus fragile que dans son souvenir. Il se demanda si elle prenait bien ses médicaments comme elle était censée le faire.

— Et alors, est-ce que c'est grave si je gâte ce petit bonhomme ? répondit-il en souriant. Est-ce que ce n'est pas le rôle d'un tonton ?

Ils étaient installés sur une banquette dans le bureau de Grant, dans les locaux de Chambers Petroleum. Vanessa attendait que son mari, Clayton Baldwin, le vice-président de l'entreprise, termine sa réunion. Une réunion à laquelle Grant n'avait pas été convié.

Depuis qu'il était revenu d'une mission de quatre ans dans les champs de pétrole vénézuéliens, Grant rencontrait plus de difficultés qu'il ne l'avait imaginé à réintégrer la vie politique de l'entreprise. Son retour avait relancé les spéculations au sujet du successeur de son père à la tête de Chambers Petroleum. En tant que fils unique de J.D. Chambers, Grant aurait dû occuper la place de favori. Mais quatre ans plus tôt, il s'était retrouvé au centre d'un scandale qui avait bien failli coûter cher à l'entreprise et à la réputation de la famille. Son exil dans la jungle vénézuélienne avait été sa punition et, au vu du succès de son affaire, sa rédemption.

Mais en son absence, son plus fervent concurrent, Clayton Baldwin, avait réussi à se faire promouvoir au grade de vice-président, à épouser la fille du patron et — le coup de grâce — à donner à J.D. Chambers son seul petit-enfant. Un fils, de surcroît. Le seul héritier Chambers.

Grant regarda le bébé qu'il tenait sur ses genoux et se demanda s'il lui en voulait. Mais il n'y avait rien à faire : chaque fois que son neveu était près de lui, il ne parvenait à voir qu'un adorable petit garçon au sourire édenté. Un petit charmeur presque chauve qui avait réussi à se mettre son oncle dans la poche.

Il rêvait de parties de base-ball et de batailles de boules de neige…

— … ne vais pas attendre pendant des heures, disait Vanessa avec impatience. Tu ne sais pas combien de temps devait durer cette réunion avec les gens de Ventura ?

— Ils ne m'ont pas tenu au courant de leur planning, fit-il remarquer amèrement.

— Oh, Grant ! Tu sais que je déteste cette compétition entre toi et Clayton. Ce n'est vraiment pas juste. Pourquoi m'oblige-t-on à choisir entre mon mari et mon frère ?

— Ce n'est pas vraiment toi qui choisis, lui rappela Grant.

— Je sais, mais j'aimerais tellement que…

Elle ne termina pas sa phrase et se mordit la lèvre.

— Que je tire gracieusement ma révérence ?

— Je sais combien tu aimes cette entreprise, dit-elle, une lueur de repentir dans ses beaux yeux bleus. Tu as travaillé comme un forcené depuis le lycée. Mais honnêtement, Grant, je ne t'imagine pas à la tête de Chambers Petroleum. Le train-train quotidien t'ennuierait à mourir.

— Et pas Clayton ?

— Il a une famille à présent. Il a des responsabilités. Il a beaucoup mûri depuis que tu es parti.

Oui, et il est encore plus stupide, songea Grant, mais il n'exprima pas son point de vue. Il préféra faire une grimace à John David, qui se mit à rire aux éclats en agitant les bras. Grant l'installa contre son épaule pour qu'il puisse regarder par la fenêtre, derrière eux.

— Comment fais-tu cela ? demanda Vanessa, perplexe.

— Quoi donc ?

— Tu es si… je ne sais pas… si naturel avec lui. Tu n'as pourtant pas l'habitude des bébés. Je ne pensais même pas que tu aimais les enfants.

— Moi non plus, répondit Grant en haussant les épaules. C'est juste qu'avec John David, on s'est tout de suite bien entendus. Pas vrai, bonhomme ?

Comme pour montrer son approbation, le bébé se mit à gazouiller et à rire, puis régurgita sur l'épaule de Grant.

Vanessa bondit sur ses pieds.

— Oh non, Grant, tu vas sentir mauvais toute la journée !

— J'ai connu pire, crois-moi. Tant que tu n'as pas passé deux mois entiers dans la jungle, tu n'as rien vu !

Grant lui tendit John David puis attrapa une lingette dans la boîte qu'elle avait posée sur son bureau. Vanessa tenait son fils avec méfiance, comme si elle craignait qu'il ne salisse son tailleur rose.

Grant ne comprenait pas pourquoi sa sœur semblait si mal à l'aise avec son bébé. John David avait déjà six mois ; Vanessa aurait dû être habituée à son rôle de maman, après tout ce temps. Mais depuis qu'il était rentré, trois semaines plus tôt, Grant avait commencé à remarquer certains détails troublants. Si Vanessa et Clayton ne cessaient de parler du bébé, ni l'un ni l'autre ne semblait beaucoup s'occuper de lui. John David était confié la majeure partie du temps à sa nourrice.

Celle-ci choisit justement ce moment pour faire irruption dans le bureau, toute rouge d'avoir couru. Sans même lui laisser le temps de souffler, Vanessa lui mit le bébé dans les bras.

— Vous êtes en retard.

— Excusez-moi, Mme Baldwin, répondit Alice Becker d'un air contrit. Cela n'arrivera plus.

— Je l'espère.

Vanessa se tourna vers Grant.

— Je ne peux pas attendre Clayton plus longtemps. Tu lui diras que je suis passée ?

— Bien sûr.

— J'ai un rendez-vous dans moins d'une demi-heure, dit-elle à la nourrice, mais je vous ramène d'abord à la maison, vous et John David.

— Oh, je pensais que vous pourriez peut-être nous déposer au parc. Un peu d'air frais nous ferait du bien à tous les deux.

Vanessa fronça les sourcils, irritée.

— Peut-être, mais grâce à mon mari, je suis déjà en retard. Le parc est hors de question. J'ai déjà à peine le temps de vous raccompagner à la maison…

— Qu'est-ce que tu racontes ? intervint Grant. Il y a un parc de l'autre côté de la rue.

— Comment ? fit Vanessa en regardant son frère d'un air surpris, comme si elle avait oublié sa présence.

— Le parc de Mirror Lake est juste en face, reprit Grant, le doigt pointé vers la fenêtre. Ce serait dommage que John David reste enfermé alors qu'il fait si beau. Tu pourrais les déposer en allant à ton rendez-vous et les reprendre ensuite, non ? Tu perdrais même moins de temps qu'à les raccompagner jusque chez toi.

— J'en ai peut-être pour deux heures, protesta Vanessa.

— Oh, mais cela ne me dérange pas ! s'écria la nourrice. M. Chambers a raison, il fait si beau.

Elle adressa à Grant un large sourire, auquel il répondit brièvement avant de détourner les yeux. Il n'avait pas tellement envie qu'elle le croie de son côté. Chaque fois qu'il s'était trouvé en présence d'Alice Becker, il s'était senti mal à l'aise.

— Il y a eu une agression au parc de Mirror Lake il y a quelques semaines, rappela Vanessa. Je n'ai pas confiance.

— Tu es une mère trop angoissée ! dit Grant en riant. Il y a des agressions dans tous les parcs de Houston. Celui de Mirror Lake n'est pas plus dangereux qu'un autre, surtout en plein milieu de la journée.

— Je ne sais pas.

Vanessa regarda tour à tour Alice et Grant, aux prises avec des doutes qu'il ne comprenait vraiment pas.

— Bon, j'imagine que tout se passera bien, finit-elle par dire en haussant les épaules. Mais attention : je veux que vous me rejoigniez au parking à 5 heures, sans faute. Je n'ai pas envie de ratisser tout le parc pour vous retrouver.

— Bien sûr, Mme Baldwin.

Alice Becker gratifia Grant d'un autre sourire, avant de se pencher pour prendre le sac à langer. D'un geste expert, elle changea le bébé de hanche et s'empressa de sortir du bureau.

— J'espère que tu es fier de toi, gronda Vanessa en lançant à Grant un regard courroucé. Comme si cette femme n'était pas déjà assez amoureuse de toi…

— Ne commence pas, prévint Grant.

Il fit le tour de son bureau et planta un baiser sur la joue de sa sœur.

— Et arrête de t'inquiéter. Il ne leur arrivera rien.

— C'est facile à dire pour toi. Tu ne sais pas ce que c'est d'être parent.

— Non, en effet.

S'il y avait du regret dans sa voix, Vanessa ne sembla pas le remarquer. Elle ramassa son sac à main et se dirigea vers la porte.

— N'oublie pas, ce soir, rappela-t-elle à son frère. La fête a été organisée en ton honneur, alors ne pense même pas à te défiler.

— Ça, c'était l'ancien Grant, dit-il en souriant. Là, tu t'adresses à la nouvelle version améliorée.

— Pas trop quand même, j'espère, répondit-elle. Je t'aimais bien dans ton rôle du vilain canard.

— Seulement parce que ça te faisait paraître meilleure.

Vanessa sourit, mais il y avait quelque chose dans son regard, une émotion que Grant ne pouvait définir.

— Tu me connais toujours aussi bien, murmura-t-elle.

*
* *

Le parc était presque désert, et semblait plus triste que d'habitude sans les cris et les rires des enfants. La plupart d'entre eux étaient encore à l'école à cette heure-ci de la journée.

Mais peut-être était-ce mieux ainsi, songea Nina tandis qu'elle marchait dans une allée recouverte de feuilles mortes. Même si elle ne pouvait s'empêcher de hanter le parc depuis des mois — c'était là qu'elle avait vu Karen Smith pour la dernière fois —, le fait de croiser des enfants lui était toujours douloureux.

Elle leva la tête vers le ciel et inspira profondément. Le soleil lui réchauffait le visage et les épaules, mais à l'intérieur, la sensation de froid ne la quittait pas. Cela faisait six mois. Six longs mois sans aucune trace de lui.

Où était Dustin à ce moment précis ? Etait-il heureux ? Etait-il bien traité ? Ou bien était-il…

Elle ferma les yeux brièvement. La plupart du temps, elle parvenait à tenir sa terreur à distance, mais il y avait des jours comme celui-ci où tous ses cauchemars revenaient la tourmenter. Son bébé avait disparu, et elle n'avait aucune idée d'où il se trouvait, ni avec qui. Etait-il toujours vivant ?

Nina tourna brusquement dans une autre allée qui menait au terrain de jeux. Elle s'assit sur un banc, repensant à l'époque où elle était venue dans ce parc après la mort de Garrett, et où la petite vie qui se développait dans son ventre lui avait permis de ne pas sombrer dans le désespoir.

Elle se surprit à promener son regard autour d'elle. *Qu'est-ce que tu cherches, Nina ? Crois-tu vraiment que Karen Smith va apparaître comme par magie pour te rendre ton fils ? Est-ce pour cela que tu es venue ici aujourd'hui ? Est-ce pour cela que tu viens toujours ici ?*

C'était un jour comme celui-ci qu'elle avait rencontré

Karen au parc. Le soleil brillait aussi, bien qu'il fît plus froid. Nina portait un pull-over ample par-dessus son jean, et même si sa grossesse n'était pas encore bien visible, elle avait été fascinée par tous les changements qui s'opéraient dans son corps. Ce jour-là, elle était assise toute seule sur un banc, une main sur son ventre, lorsqu'elle avait senti son bébé bouger pour la première fois.

Surprise, elle était restée immobile, ne sachant pas vraiment s'il s'agissait bien de ce qu'elle pensait. Puis le petit battement avait recommencé et elle s'était mise à rire tout haut, émerveillée par le miracle qui se produisait en elle.

— Excusez-moi.

Elle avait levé la tête et s'était aperçue qu'une femme brune se tenait devant elle. Petite et très jolie, avec des yeux bleus qui brillaient derrière des lunettes à monture noire. Elle souriait d'un air complice, comme si elle connaissait le secret de Nina.

— Vous êtes enceinte, n'est-ce pas ? avait-elle dit.

— Comment l'avez-vous deviné ?

— Je vous ai observée. Je vous ai déjà vue plusieurs fois ici. Vous avez toujours une main posée sur le ventre.

Nina avait retiré sa main, presque gênée.

— Oh, mais je ne disais pas cela pour que vous l'enleviez ! avait dit l'inconnue en s'asseyant à côté d'elle. C'est juste que je l'ai remarqué parce que je faisais pareil quand j'étais enceinte. Je n'ai jamais connu une expérience aussi merveilleuse.

Elle avait brusquement baissé les yeux, l'air embarrassé.

— Pardonnez-moi, vous devez penser que je suis folle, de venir vous parler comme ça.

— Non, non ! lui avait assuré Nina. Je comprends tout à

fait ce que vous voulez dire. C'est effectivement merveilleux. Tellement merveilleux qu'on a envie de le partager avec quelqu'un d'autre.

Et Nina n'avait personne. Elle ne s'était pas rendu compte avant ce jour-là à quel point elle était seule. Elle n'avait pas d'amis, pas de famille, personne avec qui partager son bonheur.

Karen Smith semblait aussi seule qu'elle. Il y avait quelque chose chez elle qui avait tout de suite attiré Nina, peut-être le chagrin qui se lisait dans ses yeux, ou bien la façon dont elle baissait la tête comme si elle n'avait pas le courage de vous regarder en face. Peut-être était-ce également parce qu'elle avait subi, elle aussi, un grand malheur, en perdant son bébé à quatre mois de grossesse.

Nina se sentait touchée par cette femme. Elle et Karen étaient comme des âmes sœurs. Très vite, elles s'étaient vues presque tous les jours pour discuter pendant des heures, principalement du bébé de Nina. Puis, tandis que leur amitié se tissait et que la grossesse de Nina progressait, celle-ci s'était confiée à Karen comme jamais elle ne l'avait fait avec personne d'autre, pas même avec son mari.

Elle lui avait raconté comment elle et Garrett avaient décidé sur un coup de tête de s'épouser, comment la famille de celui-ci l'avait méprisée dès le début car ils étaient persuadés qu'elle en voulait à leur argent. Elle avait expliqué à Karen comment les Fairchild avait utilisé ses faiblesses contre elle, et comment Garrett avait fini par choisir sa famille.

Karen avait su l'écouter avec compassion, comme une amie sincère. Comment Nina aurait-elle pu deviner que tout était feint, que cette femme jouait un jeu depuis le début ?

— Excusez-moi.

Nina était tellement plongée dans ses pensées qu'elle sursauta en entendant une voix féminine l'interpeller. Elle leva la tête, s'attendant presque à voir Karen Smith, mais la personne qui se tenait devant elle lui était totalement étrangère. Son visage rond et bouffi n'avait rien de la beauté fragile de Karen, et ses cheveux, loin d'être aussi exotiques que ceux de la jeune femme, étaient d'un châtain absolument terne.

L'inconnue, qui poussait une poussette, indiquait le banc sur lequel Nina était assise.

— Est-ce que cela vous dérange si nous nous asseyons là ? demanda-t-elle. Il est un peu agité, je crois qu'il veut son biberon.

Nina déglutit péniblement, puis acquiesça. Elle n'avait jamais été aussi proche d'un bébé depuis la naissance de Dustin. Elle ressentit comme des fourmis dans les bras lorsque la femme prit l'enfant pour l'asseoir sur ses genoux.

Elle tenta de ne pas le regarder, de détourner les yeux, mais la détresse du bébé était si flagrante qu'il l'attirait malgré elle.

Elle ne distinguait pas bien les traits de son visage, tant il était rouge de colère. Tout ce qu'elle pouvait dire, c'était qu'il n'avait presque pas de cheveux. Pendant un long moment, il n'émit aucun son, puis il sembla reprendre son souffle, se raidit, rejeta la tête en arrière et poussa un hurlement que l'on dut entendre à des kilomètres à la ronde.

Nina l'observa, fascinée, tandis que la dame s'efforçait de le calmer. Cette dernière se pencha pour fouiller dans un sac à langer plein à craquer, recherchant certainement le biberon tant attendu.

— En plus, il est en train de percer une dent, expliqua-t-elle comme pour s'excuser.

— Je peux vous aider ? demanda Nina.

— Je n'arrive pas à trouver son biberon, maugréa-t-elle. Pourtant, je suis certaine de l'avoir emporté.

— Vous l'avez peut-être oublié dans la voiture, suggéra Nina.

— J'espère que non ! Sa mère nous a juste déposés, elle est repartie tout de suite. D'habitude, nous ne venons pas dans ce parc. Il y en a un beaucoup plus près de la maison, mais Mme Baldwin avait un rendez-vous dans le quartier. Elle ne va pas revenir avant un moment.

Elle se remit à fouiller le sac en tenant le bébé avec l'autre bras.

— John David, arrête de t'agiter, soupira-t-elle. Tu ne fais qu'empirer les choses.

Au bout d'un moment, elle sembla renoncer.

— Après tout, vous pouvez peut-être m'aider, dit-elle à Nina.

Celle-ci commençait à se pencher vers le sac à langer lorsque la dame lui mit le bébé dans les bras.

— Si cela ne vous dérange pas, je préfère que vous le teniez.

Nina eut un instant d'hésitation. *Ne fais surtout pas cela*, murmura une petite voix au fond d'elle. *Ne te torture pas en imaginant comment cela aurait pu être*.

Mais c'était peine perdue. Elle n'aurait pas plus été capable de se retenir de prendre ce bébé dans ses bras que d'empêcher le soleil de se lever.

A l'orphelinat dans lequel Nina avait grandi, une religieuse lui avait dit qu'elle était née pour être mère. Qu'un jour, elle pourrait donner tout l'amour qu'elle avait dans son cœur à ses enfants, qui l'adoreraient en retour. Nina avait rêvé de voir venir ce jour. Elle avait été impatiente de tenir enfin son bébé, la chair de sa chair, dans ses bras.

Elle sentit sa gorge se serrer tandis que le petit garçon se tortillait sur ses genoux et qu'elle respirait son innocence, sa douceur. Il semblait avoir à peu près six mois, l'âge qu'aurait eu son fils, et le peu de cheveux qu'il avait étaient noirs comme ceux de Dustin. Ce bébé réveillait quelque chose de fort en elle, quelque chose qu'elle ne comprenait pas. C'était un étranger, et pourtant un torrent d'émotions affluait en elle. Que lui arrivait-il ?

— Tout va bien, petit ange, murmura-t-elle en le berçant contre elle. Tout va bien.

— Son biberon n'est pas là, grommela la dame. Je ne sais pas où il peut être. Mme Baldwin a dû le sortir. Tenez, essayez ça.

Elle tendit à Nina un anneau de dentition, mais le petit John David le rejeta aussitôt tandis que ses pleurs redoublaient.

— Tu as faim, n'est-ce pas ? dit-elle en le berçant de nouveau.

— Je crois qu'il va être obligé de patienter jusqu'à ce que sa mère revienne, observa la nourrice en soupirant.

Alors qu'elle tendait les bras pour reprendre le bébé, Nina demanda sans réfléchir :

— Oh, s'il vous plaît, est-ce que je peux le garder encore un peu ? Je crois qu'il commence à se calmer.

La dame fronça les sourcils.

— J'ai assez abusé de votre temps.

— Mais ça ne me dérange pas du tout. S'il vous plaît, juste une minute.

La voix de Nina avait un accent de désespoir qu'elle ne reconnaissait pas. Pourquoi lui semblait-il si important de s'accrocher à ce bébé ? C'était un étranger, et elle se comportait comme si…

— Je vous remercie, mais maintenant, je vais le reprendre, dit la femme de manière plus insistante.

— S'il vous plaît…

— Donnez-moi le bébé !

La peur qu'elle lut dans son regard surprit Nina. Que diable était-elle en train de faire ? Elle avait effrayé la pauvre femme simplement parce qu'elle voulait tenir l'enfant un peu plus longtemps dans ses bras.

— Je… Je suis désolée, balbutia-t-elle.

Alors qu'elle s'apprêtait à lui rendre le bébé, elle vit un homme avancer dans leur direction. Il était grand, brun, bien bâti et, comme elle put le remarquer au fur et à mesure qu'il approchait, possédait deux yeux gris très sombres et très perçants. La dame qui était assise à côté d'elle parut immensément soulagée lorsqu'elle l'aperçut. Elle bondit sur ses pieds et l'attrapa par le bras.

— M. Chambers ! s'écria-t-elle. Je suis tellement contente de vous voir !

Le regard sombre de l'homme passa de la femme à Nina, puis au bébé que celle-ci tenait encore sur ses genoux.

— Que se passe-t-il ? demanda-t-il d'une voix aussi grave et profonde que ses yeux.

Comme s'il était lui aussi influencé par l'apparition de l'inconnu, le bébé devint soudain très calme, captivé par le visage de l'homme.

— Elle ne veut pas me rendre le bébé ! prétendit la femme d'une voix perçante. Elle a insisté pour le tenir pendant que je cherchais le biberon, et depuis elle ne veut plus me le rendre.

— Non, s'il vous plaît, cela ne s'est pas passé comme ça, se défendit Nina. Je peux vous expliquer…

Avant qu'elle ait eu le temps de finir sa phrase, l'homme lui prit le bébé des mains avec une telle autorité qu'elle ne put s'empêcher de frissonner. Il fit sauter John David dans ses bras et celui-ci se mit à rire avec ravissement, oubliant sa faim pour un temps. Avec le flair d'un magicien, l'homme sortit un biberon de sa poche.

— J'ai pensé que vous auriez peut-être besoin de ça, dit-il à la femme qui devait être la nourrice de l'enfant. Vanessa l'a oublié dans mon bureau.

— Le ciel soit loué ! s'exclama-t-elle en récupérant le bébé et le biberon. Vous êtes un sauveur, M. Chambers.

Elle installa le petit garçon dans sa poussette et lui tendit le biberon, qu'il se mit à téter goulûment. Puis elle se redressa et jeta un regard mauvais à Nina.

— Est-ce qu'on doit appeler la police ?

L'homme tendit le doigt vers le parking.

— Amenez John David à ma voiture, voulez-vous ? Vanessa ne devrait pas tarder.

— Oui, monsieur.

Nina détacha son regard de la poussette qui s'éloignait et leva les yeux vers l'étranger. Il se dressait devant elle, imposant, sombre, plus redoutable qu'aucun homme qu'elle avait connu.

Il était très beau, malgré son arrogance. Il portait des vêtements simples — un jean, des chaussures montantes et une veste en cuir légère — mais elle n'était pas dupe : il avait l'apparence et l'attitude d'un homme qui possédait du pouvoir et de l'argent, et qui savait comment s'en servir à son avantage.

Pour tout dire, il lui faisait penser aux Fairchild. Nina ne put s'empêcher d'éprouver une pointe de ressentiment. Qui était-il pour la juger, alors qu'il ne la connaissait pas ?

— Je n'avais pas l'intention de faire du mal à votre bébé, dit-elle. Jamais je ne ferais une chose pareille. Je… Je voulais juste le tenir.

— Qui êtes-vous ? demanda-t-il sèchement.

— Je ne suis personne. Je n'avais pas de mauvaises

intentions. Je vais m'en aller et vous ne me reverrez plus jamais.

Il la prit par le bras au moment où elle se levait. Un frisson de terreur la traversa tandis qu'il scrutait son visage.

— Pourquoi ai-je l'impression de vous avoir déjà vue quelque part ? demanda-t-il.

— Vous vous trompez. On ne s'est jamais rencontrés. Je voulais tenir votre bébé parce que je… Enfin, peu importe pourquoi. Je suis désolée.

Etait-ce son imagination ou les traits de son visage s'étaient-ils adoucis ? Il continuait à la regarder d'un air interrogateur.

— Je crois qu'on va en rester là, finit-il par dire en lui lâchant le bras. Mais si j'étais vous, je ferais attention. Les gens ont un instinct de protection très vif avec leurs enfants. Quelqu'un pourrait se faire une fausse idée et vous causer de sérieux problèmes.

Sans attendre une réponse de sa part, il s'éloigna à grands pas. Nina patienta quelques minutes puis emprunta un chemin détourné pour atteindre le parking, en espérant qu'il serait déjà parti au moment où elle arriverait. Mais tandis qu'elle s'apprêtait à ouvrir sa portière, elle l'aperçut non loin d'elle.

Il se tenait à côté d'une BMW gris argent et parlait à la femme blonde qui se trouvait au volant. La nourrice était en train d'installer le bébé dans son siège-auto. Elle monta à l'arrière à côté de lui pendant que l'homme rangeait la poussette dans le coffre. Il dit encore quelques mots à la blonde, puis celle-ci démarra et sortit en marche arrière de sa place.

Nina s'empressa de monter dans sa voiture en espérant qu'elle ne serait pas repérée. Mais alors que la BMW approchait de l'endroit où elle était garée, la femme blonde fut obligée de ralentir pour laisser manœuvrer un pick-up. Sa fenêtre était baissée ; lorsqu'elle arriva au niveau de la voiture de Nina, elle tourna la tête vers elle et leurs regards se croisèrent.

Ce fut l'un de ces instants-clés de la vie, l'une de ces coïncidences impossibles. Nina n'en croyait pas ses yeux, et pourtant elle était là, devant elle. La couleur de ses cheveux n'était pas la même, son expression et son attitude étaient différentes. Mais il y avait quelque chose dans ses yeux…

L'espace d'une seconde, les deux femmes semblèrent figées dans le temps. Puis la blonde tourna la tête brusquement et la voiture fit un bond en avant. Mais elle avait reconnu Nina, celle-ci en était sûre. Car il s'agissait de Karen Smith.

3

— Je voudrais parler au sergent Farrell, s'il vous plaît.

Nina tenta de reprendre son souffle tandis qu'elle attendait que le détective prenne son appel. Elle n'arrivait toujours pas à croire ce qui était arrivé. Combien de fois était-elle allée dans ce parc depuis que Dustin avait disparu, en espérant le retrouver, en espérant voir Karen Smith ?

Quand la voiture de celle-ci s'était éloignée, Nina avait fait son possible pour la suivre, mais la circulation était devenue plus dense en dehors du parc. Elle avait réussi pendant un moment à la garder en vue, mais même cela s'était avéré bientôt impossible. La BMW roulait bien plus vite que sa petite voiture. Sans prévenir, elle avait emprunté une bretelle d'accès à l'autoroute et avait bientôt disparu dans le flot de circulation qui menait vers le centre-ville. Nina était restée loin derrière, coincée entre deux poids lourds.

Dustin avait été si proche… Si proche ! Elle l'avait même tenu dans ses bras !

Nina ravala un sanglot. Son bébé était vivant. Il semblait en bonne santé, bien nourri et… mon Dieu, elle l'avait tenu dans ses bras.

— Sergent Farrell.

— C'est Nina, dit-elle d'une voix essoufflée. Vous ne devinerez jamais ce qui vient de se passer.

— Nina, fit le policier en soupirant. N'avons-nous pas déjà parlé aujourd'hui ?

— Si, mais il est arrivé quelque chose d'extraordinaire. Un miracle. J'ai vu Dustin. J'ai vu mon bébé ! Je l'ai même tenu dans mes bras ! Il ne nous reste plus qu'à le récupérer. Vous allez m'aider, n'est-ce pas ? Il faut que vous m'aidiez…

— Nina, calmez-vous. Comment cela, vous avez vu votre bébé ?

— Au parc de Mirror Lake. J'y vais tous les jours. Au fond de moi, j'ai toujours espéré le retrouver, et aujourd'hui c'est arrivé. C'est vraiment arrivé.

Nina serrait le combiné si fort que sa main lui faisait mal. Bientôt, son bébé serait de nouveau dans ses bras. Bientôt, Dustin serait de retour à la maison, là où était sa place. Elle l'imaginait déjà dans sa chambre tapissée de jaune et de blanc où l'attendaient tous ses nounours.

— Vous l'avez vu au parc de Mirror Lake, répéta Farrell d'un air dubitatif.

— Oui. Il y était avec une femme qui doit être sa nourrice, et qui m'a laissée le tenir. Elle l'a appelé John David. Son nom de famille, c'est Baldwin ou Chambers, je ne sais pas. Mais peu importe, puisque son vrai nom est Dustin Fairchild. Vous me croyez, n'est-ce pas ?

Farrell parut hésiter avant de répondre :

— Vous avez vu une femme avec un bébé au parc. Qu'est-ce qui vous fait penser qu'il s'agit de Dustin ?

— Parce que j'ai aussi vu Karen Smith.

— *Quoi* ?

Enfin, il semblait s'intéresser à ce qu'elle disait. Nina poussa un soupir de soulagement. Elle s'y était mal prise, évidemment. Elle aurait dû lui parler de Karen Smith en premier, mais son bébé avait été sa seule préoccupation. Ce n'était pas étonnant que le sergent Farrell n'ait rien compris à ce qu'elle disait.

— Je devrais peut-être commencer par le début, murmura-t-elle.

— Oui, je crois que ce serait une bonne idée.

Nina lui expliqua tout ce qui s'était passé au parc, en omettant l'épisode dans lequel la nourrice l'avait accusée de ne pas vouloir lui rendre le bébé. Elle était consciente de ne pas avoir eu une attitude très rationnelle, et elle avait désespérément besoin que le sergent Farrell la croie.

— Je n'ai pas pu suivre la voiture, conclut-elle. Mais j'ai réussi à noter la plaque d'immatriculation.

Elle lui dicta le numéro, avant de demander d'une voix fébrile :

— Vous pouvez retrouver le véhicule, n'est-ce pas ?

Une fois de plus, Farrell sembla hésiter.

— Nina, êtes-vous sûre de tout ce que vous racontez ?

— Bien sûr que oui. Je ne pourrais pas me tromper sur ce genre de chose. C'est la vie de mon bébé qui est en jeu.

— Vous dites que la femme dans la BMW était blonde. Mais Karen Smith était brune, d'après votre description.

— Elle peut très bien s'être teint les cheveux ou avoir porté une perruque. Ce ne serait pas étonnant qu'elle se soit déguisée, vu qu'elle voulait me voler mon bébé.

— Ce n'est pas impossible, concéda-t-il avec un soupir. Mais j'ai quand même du mal à croire que vous ayez vu Karen Smith dans le parc où vous l'aviez rencontrée la première fois. Si c'est elle qui a pris Dustin, pourquoi reviendrait-elle là-bas en sachant qu'elle risquait de tomber sur vous ?

— La nourrice m'a dit qu'ils n'allaient pas dans ce

parc habituellement, mais que la mère du bébé — elle l'a appelée Mme Baldwin — avait un rendez-vous dans le quartier. Ça tient debout, quand on y réfléchit. Après tout ce temps, Karen devait se dire qu'elle ne courait pas trop de risques. Il y avait une chance sur un million que je la voie aujourd'hui.

— Vous dites que son nom est Baldwin ? demanda Farrell, qui semblait préoccupé.

— Oui, et l'homme s'appelle Chambers, mais je ne sais pas quels sont ses liens de parenté avec Dustin.

Avait-il participé à l'enlèvement de son petit garçon ? Nina frissonna en repensant au regard de l'homme, à la manière dont il l'avait dévisagée.

— Vous me croyez, n'est-ce pas ? Vous allez suivre cette piste ?

— Je vais vérifier, concéda Farrell. Dès que nous saurons à qui appartient cette voiture, nous déciderons de la marche à suivre.

— Combien de temps cela va-t-il prendre ?

— J'entrerai tout cela dans l'ordinateur dès que nous aurons raccroché. Mais attention : comme vous l'avez dit vous-même, il y a une chance sur un million pour que vous ayez vu Karen Smith dans ce parc.

— Ce qui veut dire ?

— Ne vous emballez pas trop vite, d'accord ?

Nina attendait à son bureau lorsque le sergent Farrell la rappela un peu plus tard. Elle décrocha le téléphone dès la première sonnerie.

— Vous l'avez retrouvée ?

— J'ai vérifié la plaque d'immatriculation, répondit Farrell.

La voiture appartient à une certaine Vanessa Baldwin, qui habite à Houston. A River Oaks, pour être plus précis.

C'était le quartier le plus prestigieux, le plus riche de la ville. Un flot de souvenirs déferla en Nina : la famille de Garrett vivait dans un quartier de San Antonio qui ressemblait fort à River Oaks. Les rues bordées d'arbres et les immenses maisons couvertes de lierre lui avaient toujours paru oppressantes. Elle détestait l'idée que son bébé grandisse dans une telle atmosphère.

— Qu'avez-vous trouvé d'autre ? demanda-t-elle.

— Son mari, Clayton Baldwin, est vice-président de Chambers Petroleum, dont le propriétaire est le père de Vanessa, J.D. Chambers. Est-ce que ces noms vous disent quelque chose ?

— Non. Pourquoi, ils devraient ?

— D'après ce que j'ai compris, la famille Chambers est très influente dans l'industrie pétrolière ainsi que dans la société de River Oaks. Je pensais que vous aviez pu lire leurs noms dans le journal.

Nina prit une profonde inspiration pour tenter de calmer les battements de son cœur. Quelque chose dans le ton du sergent Farrell l'inquiétait.

— Qu'est-ce que nous allons faire, à présent ? demanda-t-elle. Quand allons-nous voir cette Vanessa Baldwin ? Quand pourrai-je récupérer mon bébé ?

— Ce n'est pas aussi simple que ça. Nous ne parlons pas de n'importe qui. Ces gens ont de l'influence.

— Qu'est-ce que vous voulez dire ? Parce qu'ils sont riches et puissants, ils sont au-dessus de la loi ?

— Je ne dis pas ça. Je dis qu'il faut avancer avec précaution. Je dis que vous pourriez vous tromper.

— Je ne me trompe pas.

Nina sentit la colère monter en elle. Pourquoi ne voulait-il pas l'écouter ? Pourquoi n'essayait-il pas de l'aider ? Et pourquoi les riches et les puissants avaient-ils toujours tous les avantages ?

— Je sais ce que j'ai vu, dit-elle, les mâchoires serrées.

— Ou bien c'est ce que vous pensez avoir vu ? Ce que vous *vouliez* voir ? J'ai une photo de Vanessa Baldwin sous les yeux. Elle ne ressemble pas du tout au portrait de Karen Smith que le dessinateur avait fait selon votre description. Les cheveux, la bouche, même la forme du visage, tout est différent.

— Mais c'est parce qu'elle était déguisée ! s'écria Nina. Vous êtes policier, oui ou non ? Vous avez bien dû voir ce genre de choses avant. Regardez ses yeux, la ressemblance est flagrante !

— Même s'il y a une ressemblance, répondit Farrell après un moment d'hésitation, il reste tout de même un problème majeur : pourquoi une femme comme Vanessa Baldwin prendrait-elle le risque de voler un enfant ? Elle vient d'une famille haut placée. Il lui serait quasiment impossible de faire passer le bébé d'une autre pour le sien.

— Je ne sais pas comment elle s'est débrouillée, c'est votre boulot de le découvrir. Ce que je sais, c'est qu'elle a mon bébé, et je veux que vous me disiez ce que vous comptez faire pour le récupérer.

— Est-ce que vous lisez le journal, Nina ? Le *Messager de Houston* ? demanda Farrell d'une voix calme, comme s'il parlait à une enfant.

— De temps en temps. Pourquoi ?

— Est-ce que vous l'avez lu aujourd'hui ?

— Je l'ai feuilleté, oui.

— Il y avait une photo de Vanessa Baldwin dans la rubrique société. Vous ne vous rappelez pas l'avoir vue ?

— Non, répondit-elle avec colère. Vous m'agacez, avec vos questions. Est-ce que vous ne devriez pas être en train de l'interroger, elle ?

— N'est-il pas possible que vous ayez vu la photo de Vanessa Baldwin dans le journal sans en être vraiment consciente, ce qui expliquerait pourquoi vous avez eu l'impression de la reconnaître au parc ? Vous veniez juste de tenir son bébé. Vous avez dit vous-même que vous aviez ressenti un lien très fort avec lui. Vous voyez cette femme, la mère du bébé, qui vous semble familière, et vous pensez que c'est Karen Smith. Vous *voulez* que ce soit Karen Smith.

Nina sentait son cœur tambouriner dans sa poitrine. Comment pouvait-il ne pas la croire ? Qu'allait-elle faire ?

— Cela devait arriver tôt ou tard, continua-t-il. Vous allez dans ce parc tous les jours en espérant retrouver votre bébé, en espérant voir Karen Smith, même si vous avez toujours su au fond de vous que les chances étaient quasi nulles.

— Mais je l'ai vue, insista Nina.

— J'en reviens toujours à la même question. Si Karen Smith et Vanessa Baldwin sont une seule et même personne, pourquoi reviendrait-elle dans ce parc ? Pourquoi prendrait-elle le risque de vous rencontrer ?

— Mon Dieu, murmura Nina. Vous n'allez rien faire, c'est ça ?

— Nina…

— Vous avez peur d'eux, dit-elle en ravalant un sanglot hystérique. La police ne leur fera rien parce qu'ils sont importants. Les gens comme eux peuvent faire tout ce qui leur plaît, et tant pis pour les autres. C'est ça ? Eh bien, moi je n'ai pas peur d'eux. Je récupérerai mon bébé avec ou sans votre aide.

— Nina, écoutez-moi, dit Farrell sur un ton alarmé. Il faut vous ressaisir, ou vous pourriez vous attirer des ennuis.

C'était exactement ce que lui avait dit l'homme au parc.

— Moi, je pourrais m'attirer des ennuis ? répéta-t-elle. Qu'est-ce que j'ai fait de mal ?

— Pour l'instant, rien, et j'aimerais que cela reste ainsi.

— Ne vous inquiétez pas pour moi, je me débrouille très bien toute seule.

— J'aimerais vous croire, grommela-t-il. Bon, écoutez, je vais voir ce que je peux trouver sur Vanessa Baldwin et son bébé. Mais nous devons rester discrets. Je n'ai pas envie que nous soyons poursuivis pour harcèlement, est-ce clair ? Vous restez loin de Vanessa Baldwin, et quoi que vous fassiez, vous restez loin de ce bébé. Compris ?

4

— Oh, c'est vous, monsieur Chambers. Vous m'avez fait peur.

La nourrice s'était arrêtée devant la nursery en voyant Grant penché au-dessus du lit de John David, en train de tenter de le calmer. Elle semblait troublée par sa présence, et plus que coupable.

— Il pleurait lorsque je suis passé, madame Becker. Personne n'était là avec lui.

— Oh, je vous en prie, appelez-moi Alice, dit-elle avec un petit rire. Je m'étais juste éclipsée une minute. Est-ce que la fête a commencé en bas ?

Elle étudia avec intérêt le smoking de Grant puis détourna rapidement les yeux vers le lit, où John David remuait les bras et les jambes et faisait des bulles avec enthousiasme en regardant son oncle.

— Je suis venu un peu plus tôt pour vous voir, annonça Grant.

La nourrice porta une main à sa gorge en rougissant comme une jeune fille.

— Oh ! Pour quelle raison ? demanda-t-elle.

— Je voulais vous reparler de l'incident au parc, cet après-midi.

— Ah, dit-elle d'un air déçu, en laissant retomber sa main. Vous voulez parler de cette femme.

— Exactement.

Grant avait été incapable de chasser « cette femme » de son esprit. Quelque chose chez elle lui avait semblé étrangement familier, et pourtant il était persuadé qu'elle lui avait dit la vérité en lui affirmant qu'ils ne s'étaient jamais vus. Et il l'avait crue également lorsqu'elle lui avait dit qu'elle ne voulait aucun mal au bébé.

Alors pourquoi n'arrivait-il pas à l'oublier ?

Ce n'était pas le genre de femme à capturer l'imagination d'un homme. Son apparence fluette n'avait rien de la minceur étudiée des mannequins, mais ressemblait plus à celle d'une femme qui avait vécu des moments difficiles. Son visage était trop étroit pour être saisissant, ses traits trop quelconques pour être mémorables, et pourtant il y avait quelque chose de troublant chez elle, une tristesse et un désespoir qui avaient hanté Grant comme ceux des enfants abandonnés qu'il avait vus dans les pays du tiers-monde. Il voulait ne plus penser à elle, mais n'y parvenait pas. Parce que, tout comme ces enfants, la femme du parc possédait quelque chose de très rare : une dignité silencieuse, une pureté d'âme qu'aucune somme d'argent ne pourrait jamais acheter. Grant se surprenait à se demander pourquoi cette jeune femme semblait avoir vécu bien trop de choses pour son âge.

La voix de la nourrice le tira de ses pensées.

— Cette femme m'a fait une peur bleue, dit-elle en portant une main à son cœur. Je ne sais pas ce que j'aurais fait si vous n'étiez pas arrivé.

— Je ne crois pas qu'elle voulait du mal au bébé, répondit Grant. De toute façon, je doute qu'on la revoie un jour ;

il vaut donc mieux oublier l'incident. C'est de cela que je voulais vous parler. Avez-vous alerté ma sœur ?

Alice Becker sembla hésiter, comme si elle tentait de deviner la réponse qu'il souhaitait entendre. Décidément, cette nourrice ne lui inspirait pas confiance. Il ne pouvait s'empêcher de se demander si Vanessa et Clayton avaient bien vérifié ses références avant de l'employer.

— Je n'en ai pas encore parlé à Mme Baldwin, admit-elle enfin. J'attendais le bon moment.

— C'est très bien, répondit-il. Parce que je veux que cette histoire reste entre nous.

Les yeux de la nourrice s'agrandirent de surprise.

— Pourquoi ?

— Vous connaissez l'état de santé de ma sœur.

C'était une affirmation, et non une question. Son père avait toujours insisté pour que chacune des personnes qui travaillaient au sein de la famille Chambers soit informée des problèmes cardiaques de Vanessa. En cas d'urgence, tout le monde devait savoir exactement comment réagir. Grant doutait que cette règle ait changé depuis que sa sœur vivait dans sa propre maison : J.D. Chambers ne l'aurait pas permis, car sa fille devait être protégée à tout prix.

— Il est inutile de causer du souci à ma sœur pour rien, expliqua-t-il.

— Mais j'aurais des scrupules à lui cacher cet incident, protesta-t-elle d'un air gêné.

Grant comprenait son embarras : si Vanessa apprenait un jour ce qui s'était passé, Alice Becker ne voulait pas être accusée de n'avoir rien dit.

— Ne vous inquiétez pas, j'en prends l'entière responsabilité, lui assura Grant.

Il se pencha une dernière fois au-dessus du lit et laissa

John David lui capturer l'index dans son petit poing. Au bout d'un long moment, il se redressa.

— Bonsoir, madame Becker.

Elle s'apprêtait à dire quelque chose — peut-être à lui demander encore de l'appeler Alice — mais sembla se raviser.

— Bonsoir, monsieur Chambers, murmura-t-elle tandis qu'il quittait la pièce.

Assise à l'arrière du taxi, Nina regardait par la fenêtre, mais le paysage qui défilait sous ses yeux n'était qu'une masse indistincte de formes et de couleurs. Comment pouvait-elle se concentrer sur ce qui l'entourait alors que ses pensées étaient aussi chaotiques ?

Avait-elle raison de faire cela ?

Et si elle se faisait prendre ?

En apercevant son reflet dans la vitre, elle s'étonna encore des changements qu'elle avait réussi à apporter à son apparence. Elle avait passé plusieurs heures cet après-midi dans un salon de beauté très chic du centre-ville. La facture avait été démesurée, tout comme le prix de sa nouvelle robe, mais elle savait que cela en valait la peine.

Envolés, les cheveux longs d'un blond terne, le teint pâle, les yeux mornes. A présent, des mèches dorées étincelaient dans sa coupe courte dernier cri ; son visage resplendissait grâce à un maquillage discret, et ses yeux verts brillaient d'excitation. Nina avait du mal à se reconnaître elle-même.

Elle se laissa aller en arrière contre le dossier de la banquette et se remémora le reste de l'après-midi, comme pour s'assurer qu'elle avait pris la bonne décision.

Après sa seconde conversation avec le sergent Farrell, elle avait ressorti le journal de la poubelle pour consulter la rubrique société. Lorsqu'elle avait vu la photo de Vanessa Baldwin, le doute l'avait soudain assaillie : cette jeune femme ne ressemblait pas du tout à Karen Smith.

Farrell avait-il raison, finalement ? Nina avait-elle vu dans les yeux de Vanessa Baldwin quelque chose qu'elle voulait désespérément y voir, mais qui ne s'y trouvait pas ?

L'article qui accompagnait la photo rapportait que Vanessa Baldwin organisait une réception ce soir-là dans sa maison de River Oaks en l'honneur de son frère, Grant Chambers, qui venait tout juste de rentrer du Venezuela. Après avoir lu cette information, Nina avait élaboré un plan dangereux. Pour sa propre tranquillité d'esprit, il fallait qu'elle revoie cette Vanessa Baldwin. Il fallait qu'elle soit sûre.

Et, pour être honnête, elle devait admettre qu'elle avait aussi envie de revoir le bébé, même si elle savait que ce serait la partie la plus risquée de son plan. Si seulement elle pouvait tenir cet enfant dans ses bras de nouveau… savourer sa douceur…

Nina inspira profondément. Le plus important était de rester rationnelle. Si Vanessa Baldwin n'était pas Karen Smith, alors ce bébé n'était pas Dustin, et elle n'avait aucun droit de le voir et encore moins de le toucher. Elle devait absolument garder cela à l'esprit.

Le taxi pénétra dans la propriété des Baldwin, puis roula lentement sur l'allée de gravier qui menait à la grande maison de style méditerranéen, toute scintillante de lumières. Nina sortit dans l'air froid d'octobre, à la fois impressionnée et écœurée par la façade en stuc et les balcons en fer forgé.

Deux couples descendirent d'une voiture qui s'était garée derrière son taxi. Nina leur emboîta le pas et s'efforça d'engager la conversation avec l'une des femmes, tout en montant les marches du perron le plus naturellement possible.

Grant la remarqua tout de suite. Il était en train de discuter du projet vénézuélien avec son père et plusieurs associés lorsqu'elle entra dans la pièce. Il eut aussitôt l'impression de ne voir plus qu'elle.

Elle n'était pas belle au sens traditionnel du terme, mais il y avait quelque chose en elle, une sorte d'élégance et de raffinement naturels, qui le poussait à vouloir la connaître.

Sa robe noire laissait ses épaules et ses bras nus, et révélait sous le tissu soyeux un corps un peu trop mince au goût de Grant. Mais loin de la faire paraître fragile, sa petite taille lui conférait une sensualité surprenante. Cette femme était on ne peut plus féminine.

Elle s'écarta des gens avec qui elle était entrée et accepta la coupe de champagne que l'un des serveurs lui offrait, avant de se retirer dans un coin de la pièce pour regarder les groupes de convives. Grant l'observa de son côté, par-dessus son verre. S'étaient-ils déjà rencontrés ? Il en doutait, et pourtant il y avait quelque chose d'étrangement familier chez elle. Il s'excusa et traversa la pièce pour la rejoindre.

Tandis qu'il s'approchait d'elle, il crut voir son visage se décomposer, l'espace d'une seconde. Le connaissait-elle ? Il aurait presque juré qu'elle avait peur de lui.

— Je sais que c'est la pire des approches, mais est-ce que nous nous sommes déjà rencontrés quelque part ? lui demanda-t-il.

Elle leva les yeux vers lui et se passa nerveusement la langue sur les lèvres.

— Non. Je suis sûre que non.

— Vous me semblez… pas familière, mais…

Il l'étudia un moment.

— Il y a quelque chose chez vous qui m'interpelle.

— C'est mon visage, qui est assez commun, trancha-t-elle.

Grant était sûr que ce n'était pas cela, mais il crut bon de ne pas poursuivre cette conversation. La jeune femme semblait nerveuse, prête à s'enfuir à tout moment. Et Grant n'avait pas du tout envie qu'elle lui échappe.

— Je suis Grant Chambers, dit-il en lui tendant la main.

Elle la lui serra brièvement mais ne se présenta pas.

— Et vous êtes… ?

Un éclair de panique passa dans son regard. Il ne comprenait pas pourquoi elle était si troublée par sa présence. Etait-il si intimidant que cela ? Il ne s'en était jamais aperçu.

— Je suis…

Elle s'interrompit et baissa les yeux. Après une grande inspiration, elle murmura :

— En fait, je ne suis pas censée être là.

— Vous voulez dire que vous vous êtes incrustée dans la fête de ma sœur ?

Lorsqu'elle acquiesça, il ne put s'empêcher de rire. Voilà pourquoi elle était si nerveuse. Elle pensait certainement qu'il la chasserait, mais c'était bien la dernière chose qu'il avait envie de faire.

Il la regarda, sa curiosité piquée au vif. Il voyait son pouls battre sur sa gorge, et se prit à imaginer combien ce serait agréable de presser sa bouche à cet endroit précis, de sentir sa peau chaude et douce palpiter sous ses lèvres.

— Ne vous en faites pas, murmura-t-il en se penchant vers elle. Je saurai garder votre secret.

— Donc… ma présence ici ne vous dérange pas ? demanda-t-elle, surprise.

— Pas du tout.

Leurs regards se croisèrent de nouveau avant qu'elle ne détourne rapidement les yeux. Grant en profita pour l'observer à son insu. Il ne se souvenait pas avoir été autant intrigué par une femme.

— Alors, dites-moi : pourquoi avoir choisi cette fête en particulier ?

Elle haussa les épaules, un mouvement léger qui attira le regard de Grant plus bas, sur la peau laiteuse de sa gorge, jusqu'à l'ombre séduisante de son décolleté… Il sentit alors quelque chose s'embraser en lui.

— Je suis venue avec ma cousine, dit-elle en faisant un vague signe de tête vers le centre de la pièce.

— Vous voulez dire Cynthia ? Je ne savais pas qu'elle avait une cousine.

— Nous ne sommes pas très proches. Je ne la vois pas souvent.

— Vous n'habitez pas Houston, alors ?

— Je viens de… San Antonio.

— Ah oui ? Je connais bien cette ville. Où vivez-vous exactement ?

Elle hésita de nouveau, comme si elle n'était pas sûre de vouloir lui en dire autant sur elle. Puis elle finit par nommer un quartier que Grant connaissait très bien. Il haussa les sourcils, étonné.

— Comme le monde est petit ! J'ai un très bon ami qui vit à Alamo Heights. Nous étions camarades de chambre à l'université. Trent Fairchild, vous le connaissez ?

Le visage de la jeune femme se décomposa soudain. Il

vit trop tard la flûte de champagne glisser de ses doigts et se briser à leurs pieds sur le sol de marbre.

Portant une main à sa gorge, elle regarda les morceaux de verre avec horreur.

— Oh, mon Dieu.

Son visage était si pâle que Grant lui prit le bras pour la soutenir.

— Qu'est-ce qui ne va pas ? demanda-t-il. Est-ce que j'ai dit quelque chose qu'il ne fallait pas ?

— Non, non, ce n'est pas ça. Je… La flûte m'a échappé des mains. Je suis navrée, bégaya-t-elle. Je ne suis pas si maladroite d'habitude.

— Il n'y a aucun souci, assura-t-il. Cela arrive à tout le monde de casser un verre.

Il fit signe à l'un des serveurs, qui s'empressa de venir nettoyer. Grant en profita pour attirer la jeune femme à l'écart de la foule. Elle semblait encore toute bouleversée, et il ne comprenait pas pourquoi un incident aussi trivial la troublait autant.

— Croyez-moi, ce verre ne manquera pas, plaisanta-t-il.

Une ombre sembla passer sur le visage de la jeune femme tandis qu'elle parcourait du regard la pièce richement décorée.

— Je ne m'inquiète pas pour ça, dit-elle avec une touche d'amertume dans la voix. Mais je suis vraiment navrée.

— Les accidents arrivent. Du moment que ce n'est pas ma compagnie qui vous rend si nerveuse.

— Co… comment ? demanda-t-elle en levant vers lui ses grands yeux candides.

Grant se demanda si elle était innocente au point de ne pas reconnaître son numéro de charme, aussi maladroit fût-il. Peut-être avait-il perdu l'habitude…

Ou peut-être n'était-elle tout simplement pas intéressée. Il était temps de passer à autre chose. Il y avait un certain nombre de gens importants dans la pièce, et Grant savait qu'il était censé serrer des mains et dispenser quelques sourires — comme son beau-frère était sans doute en train de le faire, et comme son père attendait d'eux qu'ils le fassent. Mais malgré la meilleure volonté du monde, Grant n'arrivait pas à rassembler le courage nécessaire pour quitter cette charmante jeune femme.

Non pas qu'il rechigne à parler du projet vénézuélien, qui s'était avéré un franc succès. Mais les conversations concernant son retour aux Etats-Unis menaient toujours à des spéculations au sujet de son exil. Et Grant n'aimait pas repenser au passé. Il n'aimait pas repenser à l'époque où il avait failli tout perdre, et ce à cause d'une femme.

Alors pourquoi ne faisait-il pas preuve de plus de prudence maintenant ? Pourquoi s'acharnait-il à poursuivre cette femme qui, de toute évidence, voulait qu'on la laisse tranquille ?

— Je devrais peut-être partir, dit-elle, comme si elle avait lu dans ses pensées.

— A cause d'un verre cassé ? Ecoutez, si vraiment cela vous tracasse, il n'y a qu'une seule chose que vous puissiez faire pour vous racheter.

— Quoi ? demanda-t-elle d'un air inquiet.

— Dansez avec moi.

— Oh, je ne peux pas. Enfin, je veux dire, je ne sais pas bien danser.

— Pourquoi ne me laissez-vous pas en juger par moi-même ?

Lorsqu'il lui prit la main, il la sentit trembler dans la sienne. Pour une raison ou pour une autre, cela la rendait douce et vulnérable — des qualités qu'il avait toujours grandement sous-estimées, décida-t-il.

— Mais…

— Il n'y a pas de « mais ». J'ai le pressentiment qu'à minuit, vous aurez disparu et que je ne vous reverrai jamais. Accordez-moi au moins une danse en souvenir de vous.

Même dans ses rêves les plus fous, Nina n'aurait jamais imaginé un tel scénario. Lorsqu'elle avait vu Grant Chambers traverser la pièce pour se diriger vers elle, elle avait été certaine qu'il l'avait reconnue et qu'il s'apprêtait à la chasser de chez sa sœur. Ou même à la faire arrêter.

Et puis elle avait lu l'admiration dans son regard et s'était aperçue à son plus grand soulagement qu'il n'avait aucune idée de son identité. Son maquillage et sa nouvelle coupe de cheveux avaient donc été efficaces, et elle s'était efforcée de ne rien dire et de ne rien faire qui puisse la trahir. Mais lorsqu'il avait prononcé le nom de Trent Fairchild, sa réaction avait été instinctive ; elle avait cru s'évanouir.

Quelle ironie… Elle était venue ici en quête de la vérité concernant son enfant, et elle se retrouvait dans les bras d'un homme qui était un ami de son pire ennemi. Trent Fairchild avait juré qu'il lui ferait payer la mort de Garrett. Avait-il un lien avec la disparition de Dustin ? Le sergent Farrell l'avait innocenté depuis longtemps, mais Nina n'avait jamais vraiment cessé de le soupçonner.

— Vous tremblez, remarqua Grant de sa voix grave. Vous avez froid ?

— Un peu.

Elle tenta de maintenir une distance entre eux, mais

Grant Chambers ne voulut rien savoir : il la serra encore plus fort contre lui.

— C'est mieux ?

Non ! aurait-elle voulu crier, mais elle se contenta d'acquiescer et de se laisser aller dans ses bras. Il était très grand, si grand qu'elle se sentait très vulnérable. Et il était d'une beauté sombre qui aurait fait défaillir n'importe quelle femme. Mais Nina était immunisée contre les hommes riches et puissants. Elle ne leur faisait pas confiance. D'après son expérience, ils avaient toujours des intentions cachées.

Le seul homme qui l'intéressait pour le moment était son fils, et elle se sentait prête à tout pour le retrouver, même si cela impliquait de danser avec Grant Chambers et de feindre un intérêt qu'elle ne ressentait pas. Son bébé pouvait très bien se trouver à l'étage en ce moment même, et Grant était certainement la seule personne susceptible de la conduire jusqu'à lui.

— Vous m'avez menti, n'est-ce pas ?

Sa voix lui fit l'effet d'une caresse contre son oreille. Elle retint sa respiration.

— De quoi parlez-vous ?

— Vous m'avez dit que vous ne saviez pas danser. Je me doutais bien que ce ne pouvait pas être vrai.

Elle laissa échapper un petit rire, profondément soulagée.

— Ce n'est pas parce que je ne vous ai pas encore marché sur les pieds que cela ne va pas arriver, fit-elle remarquer.

— Cela ne me fait pas peur.

Il lui décocha un sourire qui lui coupa le souffle. Il était décidément très séduisant. Ses yeux gris sensuels étaient bordés d'épais cils noirs, et recelaient assez de mystère pour qu'une femme se demande où il était allé et ce qu'il avait vu. Ce qu'il avait fait, et avec qui il l'avait fait.

Il n'avait vraiment rien de commun avec sa sœur. Vanessa était blonde et beaucoup plus pâle que lui. Nina avait-elle commis une grossière erreur ? Est-ce qu'une perruque brune, des lunettes et du maquillage pouvaient changer l'apparence de quelqu'un de façon aussi spectaculaire ?

Il suffit de me regarder, songea-t-elle. Seulement quelques heures plus tôt, Grant Chambers fixait sur elle un regard accusateur, et maintenant il dansait avec elle.

— A quoi pensez-vous donc si sérieusement ? demanda-t-il.

— Je… Je pensais à votre sœur.

— Vanessa ? Pourquoi ?

— J'ai entendu dire qu'elle avait eu un bébé récemment, mais elle paraît si mince. Je me demandais comment elle avait fait pour retrouver la ligne aussi rapidement.

— Je n'étais pas là quand elle a eu John David, mais j'imagine qu'elle a fait le nécessaire. Ma sœur est assez perfectionniste.

Nina crut déceler une certaine amertume dans sa voix, et leva les yeux vers lui. Avait-il quelque chose à reprocher à Vanessa ?

— Elle est très belle, murmura-t-elle. Est-ce que son fils lui ressemble ?

— Je n'y ai jamais vraiment réfléchi, répondit Grant après un moment d'hésitation. Vanessa et Clayton sont tous les deux blonds, et les rares cheveux de John David sont plutôt sombres. A vrai dire, j'ai l'impression qu'il me ressemble plus qu'il ne ressemble à ses parents.

L'idée ne semblait pas lui déplaire.

— Vous m'étonnez, dit-elle d'un ton léger. Je ne pensais

pas que vous étiez le genre d'homme à s'intéresser aux bébés.

— Je crois que je m'étonne moi-même, répondit-il en riant. Je n'ai pas beaucoup d'expérience avec les bébés. Mais il y a quelque chose de très spécial avec John David. C'est difficile à expliquer. Il est tellement… je ne sais pas, tellement innocent. Il vous donne envie de le protéger. Pas très masculin, comme sentiment, non ?

Au contraire. Nina se remémora soudain la façon dont Grant l'avait regardée cet après-midi lorsqu'il lui avait pris le bébé des bras. Sa présence menaçante l'avait terrifiée, et elle avait été certaine qu'il ferait n'importe quoi pour protéger cet enfant. A aucun moment sa virilité n'avait été mise en doute.

Nina ne put s'empêcher de frissonner de nouveau. Aussitôt, Grant la serra plus fort contre lui.

— Vous êtes gelée, dit-il. Laissez-moi aller chercher votre manteau. A quoi ressemble-t-il ?

Les pensées se bousculèrent dans sa tête. Si elle restait plus longtemps près de Grant Chambers, elle risquait de se trahir. Il fallait qu'elle s'éloigne de lui. Il fallait qu'elle trouve un moyen de monter à l'étage et de repérer la nursery.

— Il est d'un style très neutre, répondit-elle. Je ferais mieux d'aller le chercher moi-même.

Elle tenta de s'écarter de lui, mais il la retint dans ses bras et plongea son regard dans le sien. Il était évident qu'il ressentait de l'attirance pour elle, et qu'il n'avait pas l'intention d'en rester là. Elle sentit un frisson lui parcourir le dos.

— Promettez-moi de revenir, dit-il doucement.

Elle acquiesça puis s'éloigna.

*
* *

Lentement, Nina monta l'escalier, le cœur martelant dans sa poitrine. *L'instant de vérité approche*, murmura une petite voix au fond d'elle.

Bientôt, elle trouverait le bébé qu'ils appelaient John David et regarderait son petit visage. Bientôt, elle saurait si c'était son fils, car son instinct ne la tromperait pas.

Elle se pencha au-dessus du large balcon pour observer la foule des convives, en bas. Son regard s'arrêta sur Vanessa Baldwin. La jeune femme ne lui avait même pas accordé un regard. De toute évidence, elle n'avait aucune idée de qui elle était et de ce qu'elle était venue faire ici. Elle n'avait aucune idée de la menace qui pesait sur son petit univers protégé.

Serait-il facile, se demanda Nina, de s'emparer du bébé et de s'enfuir ? De disparaître avec lui plutôt que de laisser la justice suivre son cours ?

Elle avait un peu d'argent de côté. Bien qu'elle n'ait rien reçu de l'immense fortune de Garrett, elle avait tout de même hérité d'une petite assurance-vie. Elle pourrait utiliser l'argent pour partir à l'étranger et refaire sa vie avec son bébé, loin des Fairchild, des Baldwin et des Chambers.

Mais de voir Vanessa Baldwin ce soir ne faisait qu'intensifier ses doutes. Cette jeune femme était si belle, si élégante, si sûre d'elle… Karen Smith avait été tout le contraire : modeste, timide, douloureusement angoissée. Tout cela n'avait-il été qu'une mascarade, qu'un stratagème pour gagner sa confiance et lui voler son bébé ?

Trent Fairchild avait-il participé à ce petit jeu ?

Et Grant ?

Sans qu'elle en ait conscience, son regard s'arrêta sur ce dernier. Il était en pleine conversation avec une femme vêtue d'une magnifique robe rouge, qui gardait une main posée sur son bras comme si elle voulait montrer qu'il était à elle. Nina ressentit une certaine gêne. Elle se souvint avoir lu un article dans le journal qui faisait référence à un scandale dans lequel Grant avait été impliqué quatre ans plus tôt, juste avant qu'il ne parte au Venezuela. Bien qu'elle n'y ait pas accordé beaucoup d'importance sur le moment, elle était curieuse, à présent, de savoir ce qui lui était arrivé, et pourquoi il s'était senti obligé de quitter le pays.

S'il avait passé les quatre dernières années au Venezuela, comme il le lui avait expliqué pendant qu'ils dansaient, alors il n'avait pas été là lorsque Dustin avait été kidnappé.

Pourquoi, tout à coup, voulait-elle désespérément y croire ? Que lui importait que Grant soit coupable ou innocent, du moment qu'elle retrouvait son bébé ?

Comme s'il s'était senti observé, il leva soudain la tête et croisa son regard. Malgré la distance, Nina ressentit l'intensité et la puissance de sa présence.

Lorsqu'il découvrirait qui elle était et ce qu'elle était venue faire ici, Grant Chambers deviendrait son ennemi. Sans qu'elle puisse se l'expliquer, cette pensée l'ébranla. Elle dut se faire violence pour arracher son regard au sien et s'éloigner du balcon.

A l'étage, le couloir donnait sur plusieurs portes ; Nina n'avait aucun moyen de deviner laquelle était celle de la nursery. Elle se mit à les vérifier toutes l'une après l'autre, consciente qu'elle ne disposait que de quelques minutes avant que Grant ne commence à se demander pourquoi elle mettait autant de temps à retrouver son manteau.

La plupart des pièces étaient des chambres à coucher, la

plus grande d'entre elles correspondant sans doute à celle de Vanessa et de Clayton. Nina s'arrêta dans le couloir un instant, le temps de vérifier que personne n'arrivait par l'escalier ou ne la regardait d'en bas, puis se glissa dans la chambre de Vanessa Baldwin.

Qu'espères-tu trouver ? se demanda-t-elle soudain. *Une perruque brune ? Une paire de lunettes à la monture noire ?*

Si Vanessa Baldwin était réellement Karen Smith, elle aurait détruit depuis longtemps son déguisement. Fouiller sa maison était totalement inutile, mais Nina ne pouvait pas se décider à partir. Pas encore.

La chambre donnait sur une petite pièce qui devait être le salon privé de Vanessa ; élégamment décoré dans les tons crème, or et vert foncé, il manquait totalement de personnalité. Il n'y avait rien qui ne fût pas à sa place, rien de dépareillé, aucune touche d'originalité, comme si ce n'était pas une pièce dans laquelle on vivait vraiment.

Alors que Nina s'apprêtait à repartir, une photographie posée sur une petite table ancienne en merisier attira son attention. Elle traversa le salon et souleva le cadre doré, sentant son cœur cogner violemment dans sa poitrine tandis qu'elle regardait l'image.

Et voilà ta preuve, pensa-t-elle amèrement. *Voilà ce que tu es venue chercher.*

La femme sur la photo était Vanessa Baldwin. Une Vanessa très belle, et très enceinte. Debout devant un bâtiment à colonnes blanches, elle semblait au moins dans son septième ou huitième mois de grossesse.

Nina sentit ses mains trembler. Cela confirmait-il ses doutes ? Cela prouvait-il que Vanessa Baldwin n'était pas Karen Smith ?

Elle avait tant voulu retrouver Karen qu'elle avait peut-être cru la voir sous les traits de Vanessa Baldwin. Dustin lui manquait tellement qu'elle avait peut-être tenté de se convaincre que John David était son fils.

Pourtant, le sergent Farrell l'avait prévenue : les chances étaient contre elle, la coïncidence était trop forte. Mais elle avait refusé de le croire.

Nina ne s'était jamais sentie au bord du gouffre comme maintenant, pas même lorsque Garrett était mort ou que Dustin avait disparu. Elle avait réussi à faire face à ces deux tragédies parce qu'elle avait toujours été une survivante. Elle n'avait pas eu le choix.

Mais maintenant…

Maintenant, c'était sa santé mentale qui était en question. Elle ne pouvait plus faire confiance à son propre jugement. Mon Dieu, que se serait-il passé si elle avait pris ce bébé ? Elle avait failli plonger quelqu'un dans le même enfer que celui qu'elle avait connu en perdant Dustin.

Elle ferma les yeux, sentant la pièce tourner autour d'elle. Il fallait qu'elle sorte d'ici avant de dire ou faire quelque chose qui risquait de l'envoyer en prison ou à l'asile psychiatrique.

Elle traversa la chambre en toute hâte, mais au moment où elle s'apprêtait à sortir dans le couloir, elle entendit une porte s'ouvrir. Elle recula vivement et regarda par l'entrebâillement. Et si c'était Vanessa ? Il fallait qu'elle trouve un endroit où se cacher !

Elle fut soulagée de voir la nourrice de John David sortir d'une pièce, trois ou quatre portes plus loin. Sous les yeux ébahis de Nina, la femme extirpa une flasque de sa poche, prit une grande rasade de ce qui devait être de l'alcool, replaça la bouteille dans son uniforme puis s'éloigna vers les escaliers.

Lorsque la nourrice fut hors de vue, Nina quitta la

chambre et referma la porte derrière elle. Au moment où elle passait devant la nursery, elle entendit des cris à l'intérieur et s'arrêta malgré elle.

Une petite voix lui disait de sortir de cette maison au plus vite, mais les bruits provenant de la nursery l'attiraient comme un aimant. Peu importait qu'elle se soit convaincue quelques minutes plus tôt que John David n'était pas Dustin : après ce que la nourrice venait de faire, Nina devait s'assurer que l'enfant allait bien. Elle l'aurait fait avec n'importe quel bébé.

Elle ouvrit la porte et se glissa dans la pièce. Celle-ci était faiblement éclairée par une petite veilleuse, mais les rideaux des immenses fenêtres n'avaient pas été tirés et le clair de lune entrait à flots. Le bébé était allongé sur le dos dans son lit, complètement réveillé, et tentait d'amener un pied à sa bouche.

Nina se pencha au-dessus du lit pour le regarder. Il se calma aussitôt. Au lieu de s'alarmer en voyant une inconnue si près de lui, il sembla fasciné par son apparition soudaine. Il soutint son regard un long moment, puis se mit à gazouiller en tapant ses deux talons contre le matelas. Il roula sur le ventre et rampa jusqu'à elle.

— Oh, petit trésor, murmura Nina, tandis qu'elle caressait les cheveux fins du bébé.

Non sans difficulté, il réussit à s'asseoir et tendit les bras vers elle. Qui aurait pu résister à un tel numéro de charme ?

Certainement pas Nina… Elle le prit dans ses bras sans réfléchir. Ses boucles d'oreilles devaient refléter la lumière de la lune, car le petit se mit à rire et tenta d'en attraper une. Nina rit à son tour et sauva son oreille au dernier moment.

— Tu es vraiment le plus mignon de tous les bébés, même si tu n'es pas le mien, chuchota-t-elle.

A contrecœur, elle le reposa dans son lit. Comme s'il avait senti qu'elle allait partir, il fronça ses petits sourcils en une grimace de mécontentement.

Et Nina resta figée sur place.

Incapable de bouger, incapable de détourner les yeux, elle le dévisagea, le souffle coupé. L'espace d'un instant, d'une seconde, elle avait cru voir Garrett à travers cette grimace.

Combien de fois avait-elle surpris le même air contrarié sur les traits de son mari ?

— Mon Dieu, murmura-t-elle. Alors tu es bien Dustin.

Sans réfléchir aux conséquences, sans même penser à ce qu'elle faisait, Nina se pencha de nouveau vers le bébé. Mais avant qu'elle ait eu le temps de le prendre dans ses bras, une voix masculine la fit sursauter.

— Qu'est-ce que vous faites là ?

Sous le choc, Nina leva les yeux vers Grant tandis qu'il s'avançait lentement vers elle. Que fallait-il faire ? Prendre le bébé et s'enfuir en courant ?

Bien que l'idée lui traversât l'esprit, elle était tout à fait consciente de la folie d'un tel geste. On ne la laisserait jamais quitter cette maison avec Dustin. Le mieux était de garder son sang-froid et d'attendre de pouvoir appeler le sergent Farrell. Maintenant qu'elle savait avec certitude que ce bébé était le sien, il serait bien obligé de l'aider. Il ne pourrait pas lui tourner le dos.

— Je… je cherchais mon manteau, bégaya-t-elle.

— Ici ?

Grant se tenait de l'autre côté du lit, en face d'elle, et l'observait dans le clair de lune. Nina regarda le bébé, puis leva de nouveau les yeux vers Grant.

— Je l'ai entendu crier, expliqua-t-elle. Je suis juste entrée pour voir si tout allait bien.

— Bon sang, fulmina-t-il. Où est cette femme ?

— Vous voulez dire la nourrice ? demanda Nina, effrayée par la colère de Grant. Je l'ai vue descendre. Enfin, je pense que c'était elle.

Il soupira puis fit le tour du lit pour se tenir devant elle. L'expression de son visage sembla s'adoucir tandis qu'il la regardait.

— Je commençais à me dire que vous ne reviendriez pas, dit-il doucement.

Elle s'humecta les lèvres, embarrassée.

— Eh bien, je…

Avant qu'elle n'ait fini sa phrase, il posa les mains sur ses épaules. Nina tenta de calmer les battements de son cœur, d'empêcher ses jambes de trembler. Il fallait qu'elle sorte d'ici, qu'elle trouve un téléphone pour appeler Farrell. Elle leva les yeux vers lui, glacée de peur.

— Ecoutez, je sais que ça peut paraître fou, dit-il. Je ne connais même pas votre nom. Mais j'ai l'impression étrange qu'il y a quelque chose qui nous unit. Je ne veux pas vous laisser partir ce soir et ne plus jamais vous revoir.

Sans attendre de réponse de sa part, il se pencha et posa ses lèvres sur les siennes. Si Nina n'avait pas déjà été dans un tel état de choc, elle aurait peut-être réagi plus vite. Elle aurait pu éviter ce baiser, ou peut-être même repousser Grant. Mais elle n'eut d'autre choix que de le laisser l'embrasser tandis qu'un flot d'émotions la submergeait.

Elle pensa d'abord à Dustin, puis à Garrett. Leur

premier baiser avait été plus passionné, plus profond, et pourtant…

Quelque chose s'éveilla en elle, quelque chose qu'elle ne pouvait pas, qu'elle ne devait pas ressentir.

Elle s'écarta brusquement de lui en chancelant. Elle voyait son visage éclairé par la lune, ses yeux sombres et troublants, la ligne de sa mâchoire puissante. Il la regardait comme s'il était prêt à la dévorer.

Cet après-midi, au parc, elle s'était dit qu'il était l'homme le plus redoutable qu'elle eût jamais vu. La façon dont il venait de l'embrasser ne faisait que renforcer cette impression.

— Vous êtes très belle, murmura-t-il tandis qu'il passait le dos de sa main le long de la joue de Nina.

— Je vous en prie, arrêtez, supplia-t-elle.

— Arrêter quoi ? Arrêter de vous toucher ? De vous embrasser ? D'essayer de vous poursuivre ?

Tout cela à la fois, voulut-elle crier, mais elle s'entendit répondre d'une voix tremblante :

— Cela va… trop vite… Je ne pense pas…

— Parfois, c'est comme ça que ça se passe.

Sa voix regorgeait de sensualité. Sombre et séductrice, elle lui promettait de l'emmener dans des endroits où elle n'avait même pas rêvé d'aller.

— Parfois, on ne contrôle pas les choses, ajouta-t-il.

— Je ne crois pas, répondit-elle.

Il leva un sourcil tandis que son index glissait sur la bretelle de sa robe.

— Vous ne vous êtes jamais laissé emporter par la passion ? Vous n'avez jamais fait fi de toute prudence ?

Imprudente, elle l'avait été de nombreuses fois. Lorsqu'elle avait épousé Garrett, par exemple. Ou bien lorsqu'elle était venue ici.

Mais se laisser emporter par la passion ?

Dans le lit, à côté d'eux, le bébé commença à s'agiter. Il avait roulé sur le ventre et les observait à travers les barreaux de bois. Loin de rompre la tension du moment, ses petits gazouillis ne faisaient qu'accroître le trouble que ressentait Nina. Elle voulait plus que tout au monde le prendre dans ses bras, lui dire qu'il était son fils et qu'elle l'aimerait toujours.

Mais elle ne pouvait pas le faire. Pas encore, pas toute seule. Car malgré ce baiser, il suffisait de regarder Grant Chambers dans les yeux pour savoir qu'une fois contrarié, il deviendrait un terrible adversaire.

Grant se mit à rire et prit le bébé dans ses bras.

— Qu'est-ce qui t'arrive, mon bonhomme ? Tu te sens exclu ?

Il souleva l'enfant au-dessus de sa tête et John David poussa des cris de joie. Il était évident que Grant adorait son neveu, et Nina en était presque heureuse. Mais comment pouvait-elle l'être, alors qu'elle ne savait pas quel rôle il avait joué dans cette histoire ? Alors qu'elle ne savait pas ce qu'il ferait lorsqu'il découvrirait qui elle était ?

Il lui jeta un coup d'œil et sourit.

— Vous voulez le prendre ? proposa-t-il.

Nina sentit son cœur bondir dans sa poitrine.

— Oh oui, cela me ferait très plaisir.

Elle tendit les mains vers le bébé, mais avant que ses bras n'aient pu se refermer autour de son petit corps, la lumière s'alluma soudain et elle fit un bond en arrière d'un air coupable.

Un petit cri de surprise retentit depuis la porte. Nina et Grant se retournèrent en même temps : la nourrice se tenait dans l'entrée de la chambre, la main sur l'interrupteur, les yeux rivés sur Nina.

— Vous ! s'écria-t-elle.

Nina crut que son cœur allait s'arrêter de battre. Que fallait-il faire ? Tenter de s'enfuir en courant ? Mais comment pouvait-elle abandonner son bébé après ce qu'elle avait découvert au sujet de cette femme ? Elle avait la chair de poule rien qu'à imaginer Dustin sous sa surveillance.

La main de la nourrice quitta l'interrupteur pour désigner Nina.

— Vous ! cria-t-elle de nouveau.

— Mais bon sang, de quoi parlez-vous ? gronda Grant.

A contrecœur, il reposa le bébé dans son lit puis se redressa pour fusiller la nourrice du regard. Les cheveux de celle-ci étaient défaits, son visage était rouge et ses yeux brillaient. Nina la regarda avec horreur s'avancer dans leur direction d'un pas mal assuré.

— Bon Dieu, siffla Grant. Vous avez bu, je le sens d'ici !

La nourrice s'arrêta soudain. Elle titubait, les yeux plissés. L'espace d'un instant, Nina crut — espéra — qu'elle allait s'évanouir, mais elle sembla rassembler le peu de facultés qui lui restaient et leva le bras vers elle.

— C'est elle, monsieur Chambers ! s'exclama-t-elle de nouveau. C'est *elle* !

Grant échangea un regard avec Nina.

— Est-ce que vous vous êtes déjà rencontrées ? lui demanda-t-il.

Nina porta une main à sa gorge et secoua la tête, incapable de prononcer un mot.

— C'est elle ! C'est elle ! criait la nourrice d'une voix hystérique. La femme du parc ! Vous ne la reconnaissez pas, monsieur Chambers ?

Lentement, Grant se tourna vers Nina, et elle vit dans ses yeux le moment précis où il la reconnut.

— Mais c'est vous, en effet, dit-il d'une voix blanche.

— Oh, mon Dieu ! cria la nourrice en s'agrippant au lit du bébé. Vous ne comprenez donc pas ? Elle est venue ici pour kidnapper John David !

Le petit se mit à hurler à son tour. Par réflexe, Nina s'avança vers lui, mais Grant l'en empêcha en lui saisissant fermement le bras.

— Ne vous approchez pas de ce bébé, siffla-t-il.

Ses yeux étaient froids et gris comme l'acier. *Ça y est*, songea tristement Nina. *Il est devenu mon ennemi.*

— Pourquoi êtes-vous venue ici ce soir ? demanda-t-il. Bon sang, qui êtes-vous ?

Nina hésita. Mais elle savait que tôt ou tard, il découvrirait la vérité. Mieux valait qu'il l'entende de sa bouche.

— Je m'appelle Nina Fairchild, dit-elle doucement. Et je suis venue ici pour récupérer mon bébé.

5

— Je ne comprends pas, dit Vanessa faiblement. Comment est-elle arrivée ici ?

— Apparemment, elle est simplement entrée.

Grant faisait les cent pas dans la chambre de sa sœur. Bien qu'il ait eu près d'une heure pour tenter de comprendre ce qui s'était passé, il n'arrivait toujours pas à croire avec quelle facilité Nina Fairchild l'avait trompé.

Fairchild. Le nom revenait en boucle dans sa tête. La veuve de Garrett Fairchild. Voilà pourquoi elle avait été si troublée lorsqu'il lui avait parlé de Trent Fairchild. Elle avait dû avoir peur d'être démasquée avant de mener son plan à bien.

Mais quel était son plan, exactement ? se demanda-t-il. Que diable avait-elle voulu dire lorsqu'elle avait affirmé qu'elle était venue ici pour récupérer son bébé ? Quel démon l'avait possédée pour qu'elle croie que John David était son fils ? Etait-ce simplement parce qu'elle l'avait tenu dans ses bras au parc ? Etait-elle folle à ce point ?

Grant regarda sa sœur, qui était allongée dans son lit, un linge humide sur le front. Malheureusement, Vanessa était entrée dans la nursery avant que Grant n'ait eu le temps de comprendre l'étrange déclaration de Nina. Alice Becker

— la pauvre imbécile — s'était empressée de raconter à Vanessa comment Nina avait essayé de lui prendre John David au parc l'après-midi, et comment elle était revenue ce soir pour finir son travail.

Vanessa avait jeté un seul coup d'œil sur Nina et s'était évanouie. Pendant que Grant lui avait administré son traitement pour le cœur, Alice Becker avait cru bon d'appeler la police. Ensuite, elle était descendue pour alerter le père de Grant et Clayton, qui s'étaient précipités dans la nursery dans un état de colère bien justifié.

Grant n'avait pas disposé d'une seule minute avec Nina. Tout était arrivé très vite, et il avait d'abord voulu s'assurer que Vanessa allait bien. La dernière fois qu'il avait vu Nina, celle-ci lui avait paru toute petite, triste et délaissée, près du lit de John David. Il avait transporté sa sœur dans sa chambre et, lorsqu'il était revenu, la police avait déjà emmené la jeune femme, le laissant seul avec toutes ses questions.

— Je ne comprends pas, répéta Vanessa en portant une main à son cœur. Qui est cette femme ? Que veut-elle ?

— Une cinglée, de toute évidence, explosa J.D. Chambers en s'éloignant de la fenêtre où il était resté silencieux depuis un moment. Ne t'inquiète pas, princesse. Je me charge de ça. Je me charge de tout.

Clayton, posant un regard bleu glacial et méprisant sur Grant, fit écho à son beau-père.

— Oui, Van, ma chérie. Ne te fais pas de souci. J'ai posté des gardes autour de la maison pour cette nuit. Elle ne pourra pas revenir prendre notre bébé.

J.D. acquiesça d'un air approbateur, mais Vanessa ne semblait pas du tout rassurée. Elle agrippa la main de son frère.

— Grant, et si elle continue à prétendre que mon bébé est le sien ? Et si la police la croit ?

— Pourquoi la croiraient-ils ? C'est apparemment quelqu'un de très dérangé.

Mais en prononçant ces mots, il revit en esprit les yeux tristes et sages de Nina Fairchild. Elle ne lui avait pas du tout semblé malade. Etait-il possible qu'il se soit trompé à ce point ?

— Je ne sais pas ce que je ferais si je perdais John David, dit Vanessa d'une voix tremblante d'émotion.

Il y avait bien longtemps que Grant ne l'avait pas vue aussi faible, aussi fragile.

— Ecoute, il n'y a aucun risque qu'elle te prenne John David, répondit-il. Tu es sa mère. Tu as son acte de naissance. Ton médecin a ton dossier.

Vanessa devint encore plus pâle qu'elle ne l'était déjà.

— Oh, mon Dieu, ça n'ira pas jusque-là, n'est-ce pas ? Je ne le supporterais pas…

— Bon sang, bien sûr que ça n'ira pas jusque-là ! tempêta J.D. Si j'ai mon mot à dire là-dessus, cette femme finira chez les fous, là où elle devrait déjà être. Là où elle ne pourra pas faire de mal à ma petite fille.

Il traversa la pièce et caressa la tête de Vanessa comme si c'était encore une enfant.

— Je t'en supplie, ne laisse pas cette femme me faire souffrir, papa.

— Je l'en empêcherai, je te le promets. Maintenant, il faut faire en sorte que personne ne soit au courant de cette affaire. La fusion avec Ventura en est encore à un stade précaire. S'ils devaient entendre parler d'un autre scandale, tout tomberait à l'eau.

Il posa un regard accusateur sur Grant, puis se tourna de nouveau vers Vanessa.

— Mais tu ne dois pas te soucier de ça, princesse. Essaie de te reposer. Nous nous occupons de tout, n'est-ce pas, les garçons ?

— Evidemment, s'empressa d'acquiescer Clayton. Repose-toi maintenant, comme l'a dit ton père, ajouta-t-il en embrassant Vanessa sur le front.

— Venez, ordonna J.D. Il faut que nous parlions.

Clayton et lui sortirent dans le couloir, mais au moment où Grant s'apprêtait à les suivre, Vanessa le retint par la main.

— Je sais que papa et Clayton me veulent du bien, dit-elle, mais je sais aussi que c'est sur toi que j'ai toujours pu compter, Grant. Tu es mon grand frère. Tu as toujours été là pour me protéger.

— Je suis toujours là, assura-t-il.

— Tu te souviens, quand j'avais douze ans et que toi et Riley Addams en aviez seize ? Il avait essayé de m'embrasser alors qu'il croyait que tu ne regardais pas. Tu l'as frappé tellement fort que tu lui as cassé le nez. Sa mère a dépensé une fortune en chirurgie esthétique avant d'envoyer la facture à papa. Il était furieux contre toi, mais tu ne lui as jamais dit pourquoi tu avais frappé Riley. Tu t'en souviens ?

— Je m'en souviens.

— Tu savais que tout était ma faute, n'est-ce pas ? Tu savais que je lui avais demandé de m'embrasser.

Grant haussa les épaules.

— Tu n'étais qu'une gamine. Riley n'aurait pas dû faire ça.

— La vérité, dit Vanessa doucement, c'est que tu as toujours été là pour moi, même quand je n'étais pas la petite fille sage que papa a toujours cru que j'étais. Même quand je n'étais pas une princesse.

Où voulait-elle en venir ? s'inquiéta Grant.

— Vanessa…

Elle lui serra la main un peu plus fort tandis qu'une larme roulait sur sa joue livide.

— S'il te plaît, Grant. Ne laisse pas cette femme approcher de John David, quoi qu'elle dise. S'il devait arriver quelque chose à mon bébé, je ne crois pas que mon cœur le supporterait. Je crois que cela me tuerait.

J.D. faisait les cent pas dans le couloir lorsque Grant sortit de la chambre de Vanessa. Il s'arrêta et regarda son fils, les sourcils froncés.

— La situation est grave. Très grave, dit-il.

— C'est ce qu'il semble.

— Nous devons arrêter cette femme.

— Elle ne peut pas faire grand-chose là où elle est, fit remarquer Grant.

Il tenta de se figurer Nina derrière les barreaux, mais l'image était trop déconcertante. Tout ce qui la concernait était troublant.

— Je crois que nous sommes tranquilles pour le moment, concéda J.D. Cette Mme Becker a au moins fait une chose de bien : elle a fait monter la police par-derrière. Personne en bas ne sait ce qui s'est passé, mais si on ne descend pas bientôt pour s'occuper des gens de Ventura, l'affaire pourrait nous passer sous le nez. Nous pourrions perdre des millions.

— J'y vais, proposa aussitôt Clayton.

— Non, toi tu restes ici avec ta femme, pour t'assurer que rien ne la perturbe de nouveau. Je vais descendre parler avec eux. Et toi, Grant, va au poste de police pour discuter avec cette cinglée. Essaie de voir ce qu'elle veut, quel est son prix. Fais en sorte qu'elle abandonne ces âneries. Je te laisse carte blanche.

— Je n'arrive pas à croire que vous soyez allée là-bas, alors que je vous avais dit de ne pas approcher de Vanessa Baldwin et de son bébé. Que faut-il faire pour que vous compreniez ?

Le sergent Farrell regardait Nina d'un air furieux, assis en face d'elle dans la salle d'interrogatoire où on l'avait conduite quelques minutes plus tôt.

Elle ne parvenait pas à oublier ce moment de pure panique, quand Grant l'avait reconnue, ni le désespoir qu'elle avait ressenti lorsqu'elle avait été obligée de quitter son fils. Sans compter l'humiliation d'être menottée et traînée au poste de police comme une vulgaire criminelle. Et puis était venu le moment terrible où elle s'était aperçue qu'elle n'avait personne à prévenir, personne qui pouvait l'aider. Elle ne connaissait même pas le nom d'un avocat.

C'était pour cette raison qu'elle avait utilisé son seul appel téléphonique autorisé pour contacter l'unique personne qui était au moins au courant de ce qui se passait. En regardant le sergent Farrell, elle se dit qu'il regrettait sûrement de lui avoir donné son numéro personnel.

— Pourquoi avez-vous fait cela, Nina ?

— Vous savez pourquoi j'y suis allée. Il le fallait, dit-elle en baissant les yeux.

— Est-ce que vous savez au moins dans quelle situation vous vous êtes mise ?

— Ils n'ont pas encore porté plainte contre moi, répondit-elle d'une voix tremblante. Est-ce légal ?

— Ils peuvent vous garder pendant vingt-quatre heures. Ensuite…

— Vingt-quatre heures ! l'interrompit-elle. Mais je ne peux pas rester ici aussi longtemps ! Il faut que j'aille chercher mon bébé.

— Nina…

— Ecoutez, je sais que vous ne me croyez pas, mais je sais aussi que ce bébé est Dustin. Je l'ai vu ce soir. Je l'ai tenu dans mes bras.

Elle posa une main sur le bras de Farrell.

— Il ressemble trop à mon défunt mari pour ne pas être son fils.

Le sergent la dévisagea un moment avant de hausser les épaules.

— J'abandonne. Je ne sais plus quoi dire pour vous faire entendre raison. Quand comprendrez-vous que vous ne pouvez pas accuser quelqu'un comme ça et penser que tout le monde va vous croire ? Vous ne pouvez pas prétendre qu'un bébé est à vous et attendre de la police qu'elle aille vous le chercher.

— Que suis-je censée faire, alors ? demanda Nina d'une voix désespérée. Dites-le-moi, s'il vous plaît. Je suis prête à faire n'importe quoi.

— C'est bien ça qui me fait peur. Ecoutez, je sais combien ces derniers mois ont été durs pour vous. Une personne plus faible aurait craqué bien avant.

— C'est donc ça que vous pensez ? s'écria-t-elle. Vous croyez que je suis folle ?

— Ce n'est pas ce que j'ai dit. Mais vos nerfs ont été mis à rude épreuve. Je vais essayer d'expliquer votre situation aux Baldwin. Peut-être qu'ils ne porteront pas plainte contre vous.

— Et ensuite ?

— Ensuite, vous rentrerez chez vous et vous oublierez tout cela. Il faut que vous trouviez un moyen de continuer à vivre, Nina. Sinon…

Il se passa les mains dans les cheveux d'un air las.

— Ce n'est pas ma juridiction, ici, vous savez. L'agent m'a laissé vous voir parce que je suis policier. Si vous faites encore une bêtise, je ne pourrai plus vous aider. Vous comprenez ?

Parfaitement, songea-t-elle avec amertume. Il l'avait sortie d'affaire une fois, mais il ne fallait plus qu'elle compte sur lui, désormais.

Après tout, pouvait-elle vraiment le lui reprocher ? Elle comprenait que son histoire paraisse tirée par les cheveux, et le sergent Farrell devait penser à sa carrière, à sa famille. Il ne pouvait pas risquer son travail pour elle.

Il n'en restait pas moins que dorénavant, elle était seule. Personne ne la croyait, personne ne voulait l'aider, personne ne se souciait de son malheur. Si Nina voulait récupérer son bébé, alors il lui faudrait trouver un moyen d'y parvenir seule.

La porte de la salle d'interrogatoire s'ouvrit soudain et un officier fit signe au sergent Farrell de venir le voir. Ils discutèrent quelques secondes à voix basse, puis l'agent repartit et Farrell revint s'asseoir en face de Nina.

— Vous êtes libre, annonça-t-il.

Une vague de soulagement l'envahit.

— Cela veut-il dire que la police me croit ?

— Cela veut dire que Vanessa Baldwin et son mari ont décidé de ne pas porter plainte. Ils ont demandé au commissaire de vous libérer.

— Pourquoi ? demanda-t-elle, soudain mal à l'aise.

— Je ne sais pas, mais à votre place, je serais reconnaissant. Suivez mon conseil, Nina. Rentrez chez vous et oubliez cette histoire. Laissez-moi me charger de l'enquête sur la disparition de Dustin.

— Est-ce que Vanessa Baldwin fera partie de votre enquête ?

— Vous n'avez pas l'intention d'abandonner, n'est-ce pas ? dit-il en hochant la tête de dépit. Vous allez encore vous attirer des ennuis, Nina. De gros ennuis. Et je ne pourrai rien faire pour vous.

Grant la repéra dès qu'elle sortit du poste de police. Une petite bruine tombait depuis quelques minutes, et il l'observa depuis l'intérieur confortable de sa voiture, tandis qu'elle resserrait son manteau autour d'elle et commençait à remonter la rue. Elle cherchait sans doute un taxi.

Il démarra et la suivit jusqu'à ce qu'il soit à son niveau, puis ouvrit sa fenêtre.

— Montez.

Lorsqu'elle le reconnut, elle serra encore plus fort ses bras contre sa poitrine et jeta un coup d'œil par-dessus son épaule, comme pour s'assurer que le poste de police était assez près pour qu'on l'entende crier en cas de besoin. Elle ne répondit pas et continua à marcher.

Grant gara sa voiture, préférant la rattraper à pied. En voyant qu'il la suivait, elle se mit à courir, ses talons hauts résonnant plaintivement contre le trottoir. Il n'eut aucune peine à l'arrêter.

— Ne vous inquiétez pas, je ne vais pas vous faire de mal, dit-il.

— Qu'est-ce que vous voulez ?

Elle commençait à ressembler à un petit chien mouillé avec ses cheveux courts qui lui collaient au visage. Son mascara avait coulé à cause de la pluie ou des larmes, ou bien des deux. Pour la première fois ce soir-là, Grant décela dans son regard le même désespoir que celui qu'il avait perçu au parc, l'après-midi. Mais il voyait également, dans la manière dont elle le regardait droit dans les yeux, cette dignité discrète qui l'avait tant attiré en premier lieu.

— Montez dans la voiture, répéta-t-il. Je vous raccompagne chez vous.

— Pourquoi ?

— Ecoutez, sans moi vous seriez encore là-bas, dit-il, agacé, en montrant le poste de police. Vous me devez au moins une explication.

— Vous ne me croiriez pas, répondit-elle doucement.

— Pourquoi ne pas essayer ?

Elle détourna les yeux et s'essuya le visage du bout des doigts. Grant s'aperçut que ses mains tremblaient et il ne put s'empêcher de la plaindre. De toute évidence, cette femme était perturbée, mais qu'est-ce qui avait pu la rendre si désespérée ?

— Pourquoi pensez-vous que le bébé de ma sœur est le vôtre ? demanda-t-il.

— Pourquoi vous le dirais-je ? Vous êtes des leurs.

Un peu de paranoïa en plus du désespoir, songea Grant.

— De qui parlez-vous ?

— Je vais appeler un taxi, grommela-t-elle en faisant demi-tour vers le poste de police.

— Non, je vous ramène chez vous. Je vous promets que je ne vous ferai aucun mal.

Elle s'arrêta, visiblement incertaine. Grant comprenait son hésitation : alors qu'elle venait à peine d'être libérée, il lui serait difficile de retourner au poste de police, même si l'alternative était d'accepter de monter dans sa voiture.

— Que vouliez-vous dire en affirmant que sans vous, je serais encore là-bas ? demanda-t-elle soudain.

— Je les ai persuadés de vous relâcher. Et j'ai discuté avec ma sœur et son mari. Ils ne porteront pas plainte contre vous.

— Pourquoi ? demanda-t-elle avec suspicion.

— Nous pensons tous qu'il s'agit d'un malentendu. Je crois que si nous en parlions calmement, nous pourrions régler le problème.

— Ah oui ?

La dureté de sa voix le surprit. Peut-être n'était-elle pas aussi vulnérable qu'il le pensait, finalement.

— Qu'avez-vous à perdre à me parler ?

— Je ne sais pas, répondit-elle sincèrement. C'est ce que j'étais en train de me demander.

Grant se gara dans l'allée qui conduisait au petit pavillon de Nina, puis coupa le moteur. Un silence pesant s'installa dans la voiture. La bruine s'était transformée en pluie battante depuis qu'ils avaient quitté le centre-ville, et le vent s'était levé, dispersant les feuilles mortes dans la petite cour devant chez elle. Sa maison était plongée dans l'obscurité. Elle paraissait froide et isolée comparée à la chaleur de l'intérieur de la voiture, tout en cuir.

Mais Nina savait que cette atmosphère douillette n'était qu'une illusion. Elle posa la main sur la poignée de la porte et se tourna pour observer le profil de Grant, éclairé par la faible lumière du lampadaire. Il regardait sa maison d'un air maussade. A quoi pensait-il ? Quel plan était-il en train d'élaborer ? Remarquait-il lui aussi à quel point sa maison était sombre, à quel point Nina était seule ?

Au moment où elle ouvrait la porte pour sortir, il lui saisit le poignet pour l'en empêcher.

— Nous n'avons pas encore fini.

— Je crois bien que si, protesta-t-elle.

— Je ne partirai pas d'ici avant que vous m'ayez dit pourquoi vous êtes venue chez ma sœur ce soir, et pourquoi vous pensez que son bébé est le vôtre.

— S'il vous plaît, murmura-t-elle, vous me faites mal.

Ce n'était pas vrai. Il la tenait à peine, mais elle tenait plus que tout à se libérer de son étreinte.

— Excusez-moi, dit-il en la relâchant immédiatement.

Elle saisit l'occasion pour s'échapper de la voiture et courir vers sa maison. Elle l'entendit se précipiter derrière elle, et lorsqu'ils atteignirent le porche, ils étaient tous deux trempés.

Il se tenait debout devant elle, l'empêchant de s'enfuir de nouveau. Des gouttes de pluie brillaient dans ses cheveux noirs, et bien qu'elle pût à peine discerner son visage, elle savait que ses yeux jetaient des éclairs.

— Est-ce que vous préférez parler aux policiers ? fulmina-t-il.

Il la tenait, et Nina en était consciente. L'idée de passer la nuit au poste la terrifiait.

— Très bien, consentit-elle d'une voix lasse. Dans ce cas, venez.

Elle ouvrit la porte et entra dans le petit hall en se débarrassant de son manteau. Sa robe était encore sèche, mais la nudité de ses bras et de sa gorge la mettait mal à l'aise.

— Je vais vous chercher une serviette, dit-elle sans le regarder.

Elle sentit qu'il ne la quittait pas des yeux tandis qu'elle se pressait dans le couloir. Elle revint un peu plus tard avec une serviette de toilette qu'elle lança vers Grant, qui était resté dans l'entrée. Puis elle s'enferma dans sa chambre pour enfiler, à la place de sa robe, un jean et un sweat léger en coton. Après s'être frotté rapidement les cheveux, elle s'assit au bord de son lit pour réfléchir.

Si elle restait dans sa chambre et refusait d'en sortir, finirait-il par s'en aller ? Elle en doutait. Grant Chambers ne semblait pas du genre à renoncer facilement.

La seule solution était de lui dire la vérité. De lui révéler ce que sa sœur avait fait. La croirait-il ? Il y avait peu de chances, mais au fond d'elle, elle ne pouvait pas s'empêcher d'espérer. Et si Grant devenait l'allié dont elle avait tant besoin ?

Car bien qu'il fût le frère de Vanessa Baldwin, bien qu'il fût riche et puissant, beau et charismatique, et habitué à obtenir ce qu'il voulait, il y avait également quelque chose en lui que Nina ne parvenait pas à définir. On ne pouvait pas dire qu'il était vulnérable, mais étrangement, sous son apparence imposante, elle avait perçu chez lui une sorte de fragilité lorsqu'il lui avait déclaré qu'il ne voulait pas qu'elle disparaisse de sa vie.

N'avait-ce été qu'une vulgaire approche pour la séduire ? La douceur de son baiser avait-elle été feinte ?

Nina ouvrit la porte de sa chambre et traversa silencieusement le couloir. Elle s'arrêta un instant pour le regarder qui rôdait dans son salon, l'air aussi peu vulnérable qu'un lion sur son territoire.

Elle prit une profonde inspiration et entra dans la pièce pour l'affronter.

6

Au moment où Grant se retournait en l'entendant entrer dans le salon, Nina crut percevoir un changement subtil dans son expression. Comme elle avait encore les cheveux mouillés et ne portait plus de maquillage, elle se faisait une petite idée de ce qu'il était en train de penser.

— Je ressemble plus à la femme que vous avez vue au parc, n'est-ce pas ?

— Vous vous êtes fait couper les cheveux.

— Je les ai fait couper, j'ai fait faire des mèches et j'ai été maquillée par une professionnelle. C'est étonnant, ce qu'ils peuvent faire, n'est-ce pas ?

Les traits de Grant s'assombrirent.

— Ça a bien failli marcher, dit-il. En tout cas, moi je me suis fait avoir.

— Oui, mais pas la nourrice. Elle m'a reconnue tout de suite.

Il eut un rire sans joie.

— Même dans son état, elle a réussi à voir plus clair que moi.

— Je l'ai surprise en train de boire, avant que vous ne montiez. Cela m'inquiète que le bébé soit sous sa protection.

— Ne vous en faites pas. Elle ne sera plus là demain.

Il renvoyait cette femme sans sourciller. Nina ne put s'empêcher de se demander si elle serait la suivante sur la liste, si on s'occuperait d'elle de cette manière.

— Que serait-il arrivé si elle ne vous avait pas reconnue ? demanda Grant. Qu'aviez-vous l'intention de faire ?

Nina se détourna, incapable de croiser son regard. Elle se dirigea vers la fenêtre et observa la pluie tomber dans la nuit.

— Je ne sais pas exactement, répondit-elle enfin.

— Je ne comprends pas pourquoi vous pensez que John David est votre fils. Ma sœur lui a donné naissance.

— En êtes-vous sûr ? demanda Nina en se retournant vers lui.

— Je n'étais pas là quand il est né, si c'est ce que vous voulez dire. Mais il y a des dossiers, il y a des médecins et des infirmières qui ont assisté à l'accouchement.

— En êtes-vous sûr, encore une fois ?

Comme il ne répondait pas, elle regarda de nouveau par la fenêtre. Elle savait que cette histoire pouvait paraître bizarre, qu'il devait penser qu'elle était folle, mais c'était pourtant la vérité. Le bébé qu'il appelait John David était bien son fils. Elle n'avait plus aucun doute depuis qu'elle avait revu son petit visage.

— Puis-je m'asseoir ? demanda-t-il.

— Oh, bien sûr. Excusez-moi.

Elle lui indiqua le canapé mais ne fit aucun geste pour le rejoindre. Après être resté silencieux un long moment, il tenta d'engager la conversation.

— Vous êtes la veuve de Garrett Fairchild, c'est bien cela ?

Sans s'en rendre compte, Nina croisa les bras sur sa poitrine, comme pour se défendre.

— Oui. Vous connaissiez Garrett ?

— Pas très bien. Je l'ai rencontré quelques fois en allant voir Trent. J'ai été surpris d'apprendre qu'il s'était marié. Je ne pensais pas que c'était son genre.

— Qu'est-ce que vous voulez dire par là ?

— Vous connaissez l'expression « un fils à maman » ?

— Ce n'est pas très gentil de dire ça.

— Excusez-moi, je ne voulais pas vous blesser. Mais pour être franc, je n'ai jamais beaucoup apprécié Garrett.

— En revanche, vous appréciez Trent, fit-elle remarquer sans parvenir à cacher sa répugnance.

— Je comprends à votre ton que vous ne vous entendez pas bien tous les deux, dit-il en fronçant les sourcils.

— On peut dire ça comme ça. Si vous voulez vraiment savoir, il me méprise.

— Pourquoi ?

— Parce que j'ai épousé son frère, et que je n'étais pas assez bien pour devenir une Fairchild.

— C'est tout ?

— C'était suffisant. Les gens comme les Fairchild n'ont pas besoin de plus. Je n'étais pas leur genre.

— Les choses sont rarement aussi simples, dit-il sur un ton sarcastique.

— Ah bon ? Regardez-vous. Je parie que vous m'avez très vite oubliée cet après-midi lorsque vous êtes parti du parc. Mais ce soir, habillée comme je l'étais, j'avais l'air d'une jeune femme de votre monde, et vous…

Elle s'interrompit, soudain gênée.

— Et supposons que vous vous trompiez, répliqua-t-il. Supposons que j'aie repensé, justement, à cette femme du parc, plus d'une fois, au point de ne pouvoir la chasser de mon esprit. Parce qu'il y avait quelque chose dans ses yeux…

Il se leva pour la rejoindre près de la fenêtre et la dévisagea de son regard profond, comme s'il cherchait à retrouver ce qui l'avait attiré en elle. Nina s'efforça de maîtriser les battements erratiques de son cœur. Pourquoi cet homme lui faisait-il un tel effet ?

— Je n'arrive pas à croire que je ne vous aie pas reconnue ce soir, mais…

Il s'interrompit de nouveau, comme s'il ne voulait pas en révéler trop sur ses sentiments, puis s'éloigna de quelques pas.

— Quelles étaient vos relations avec Edwina, la mère de Garrett ? demanda-t-il pour changer de sujet.

— Je ne l'ai rencontrée qu'une fois, à l'enterrement de Garrett.

— Une seule fois ? Depuis combien de temps étiez-vous mariés, avec Garrett ?

— Un peu moins d'un an. Ecoutez, pourquoi me posez-vous toutes ces questions ? Quelle importance tout cela a-t-il ?

— J'essaie juste de vous comprendre, répondit-il.

— Pourquoi ? Pour mieux savoir comment vous débarrasser de moi ? demanda-t-elle avec colère. Est-ce pour cela que vous êtes ici ? Avez-vous été désigné pour régler ce vilain petit problème ?

Aussi impossible que cela puisse paraître, elle aurait juré qu'il rougissait.

— Croyez-le ou non, j'aimerais vraiment vous aider, répondit-il. J'ai entendu parler de la mort de Garrett, ajouta-t-il prudemment. Cela a dû vous porter un coup terrible.

— Nous étions en instance de divorce lorsqu'il est mort.

Même sans le regarder, Nina perçut la surprise de Grant, ce qui lui procura une étrange satisfaction. Elle voyait très bien ce qu'il pouvait penser. Si ce n'était pas la mort de Garrett qui l'avait rendue folle, alors quoi d'autre ? Qu'est-ce qui l'avait bouleversée au point de prétendre que le bébé d'une autre femme était le sien ?

Nina devinait très bien ses intentions mais, bizarrement, elle avait envie de parler, de tenter de le convaincre.

— Garrett a été tué dans un accident de voiture, c'est bien cela ? demanda Grant gentiment.

— Il pleuvait ce soir-là, répondit-elle d'un air absent, tandis qu'elle regardait une goutte de pluie couler le long de la vitre. Nous venions de terminer une réunion avec les avocats, et je suis sortie de l'immeuble en furie. Garrett m'a suivie. Nous avons eu une dispute terrible.

— A propos du règlement de divorce ?

— Je suppose que c'est ce qui vous vient tout de suite à l'esprit, dit-elle avec un sourire sans joie.

Elle observa son reflet dans la fenêtre, son visage fin, presque maigre, ses yeux creux, l'expression de tristesse qui ne l'avait pas quittée depuis ce soir-là.

— En fait, c'est bien à propos du règlement de divorce que l'on s'est disputés, mais pas dans le sens que vous pensez. Je ne voulais rien de lui. Je n'avais rien apporté à notre mariage, et j'avais l'intention de repartir de la même manière. Mais Garrett ne voulait pas en entendre parler. Il avait besoin de soulager sa conscience, vous comprenez, et en même temps il pensait acheter mon silence, en quelque sorte. Il espérait que je quitterais la ville pour ne pas les ennuyer lui et sa famille.

Elle ferma les yeux en repensant à la colère qu'elle avait ressentie lorsqu'il lui avait fait cette proposition, lorsqu'elle s'était rendu compte qu'il croyait aux mensonges qu'on lui avait racontés sur elle.

— Pour ma part, je voulais juste m'échapper de toute

cette laideur, continua-t-elle. Je voulais rentrer chez moi pour oublier tous les mensonges terribles que sa mère et son frère lui avaient racontés sur moi, et que Garrett avait crus. Mais il ne voulait pas me laisser partir. Il est monté dans la voiture avec moi, et je suis partie quand même.

Elle dégagea ses cheveux de son visage en un geste impatient.

— J'étais énervée, je ne me concentrais pas tellement sur la route. Et nous n'arrêtions pas de nous disputer.

Nina, attention ! Les dernières paroles de Garrett résonnaient encore dans sa tête. Elle regarda par la fenêtre et revit la voiture plonger dans le fossé, sentit de nouveau le choc violent contre l'arbre, se souvint de l'instant où elle avait compris que Garrett était mort…

— Il y avait du sang partout, continua-t-elle. Je ne savais pas quoi faire d'autre qu'aller chercher de l'aide. Mais quand je suis revenue…

Lorsqu'elle leva les yeux vers Grant, son regard sombre brillait de compassion.

— Savait-il que vous étiez enceinte ? demanda-t-il.

Elle le dévisagea, surprise.

— Je suppose que vous avez eu un enfant récemment si vous pensez que John David est votre fils, expliqua-t-il.

— Il y a six mois, répondit-elle. Il s'appelle Dustin.

— Que s'est-il passé ?

— C'est une longue histoire.

— J'ai toute la nuit devant moi.

Grant dénoua sa cravate et la glissa dans la poche de son smoking, avant de défaire les deux premiers boutons de sa chemise. Nina était comme fascinée par le mouvement de ses doigts. Bizarrement, ces gestes semblaient l'apaiser.

— Est-ce que les Fairchild savaient que vous étiez enceinte ? demanda-t-il de nouveau.

— Pas au début, admit-elle. Je ne le savais pas moi-même avant de déménager à Houston.

— Pourquoi êtes-vous venue ici ? Pourquoi avez-vous quitté San Antonio ?

— Parce qu'ils ne voulaient pas de moi là-bas, dit-elle amèrement. Parce qu'ils me reprochaient la mort de Garrett. Trent m'a juré qu'il trouverait un moyen de me la faire payer, et je savais qu'il en était capable. J'ai pensé qu'il était préférable pour tout le monde que je quitte la ville et que j'oublie leur existence.

— Et ensuite vous avez découvert que vous étiez enceinte.

— J'ai appelé chez eux pour le leur dire. Malgré tout, je pensais qu'ils avaient le droit de savoir, mais lorsque je l'ai dit à Trent…

Elle s'interrompit, frissonnant au souvenir de cette conversation avec son beau-frère.

« Oublie ça, Nina. Tu n'as pas reçu un sou de mon frère de son vivant, et tu n'auras rien maintenant qu'il est mort. Supposons que tu sois vraiment enceinte, comment pourrions-nous être sûrs que Garrett est le père ? Je te préviens : n'essaie pas de chercher des ennuis. Et n'appelle plus jamais ici. »

— Trent m'a très bien fait comprendre qu'il ne voulait pas entendre parler de moi ou du bébé, expliqua-t-elle.

— Parce que vous et Garrett étiez en instance de divorce au moment de sa mort ?

Il avait posé la question gentiment, mais Nina percevait un sous-entendu qui ne lui plaisait pas.

— Je sais ce que vous pensez, dit-elle froidement. Si mon mari et moi étions en train de divorcer, comment suis-je tombée enceinte ?

— Je sais comment vous êtes tombée enceinte, répondit-il sèchement. Je me pose juste la question de vos relations avec Garrett.

Nina n'aimait pas s'appesantir sur son mariage raté, mais elle savait que Grant ne partirait pas tant qu'il n'aurait pas eu les réponses à toutes ses questions.

— Après avoir entamé la procédure de divorce, nous avons eu des doutes, Garrett et moi. Nous avons essayé de nous réconcilier. J'y croyais vraiment, mais sa famille ne nous a pas laissés tranquilles. Finalement, il a décidé de les suivre. C'est aussi simple que ça.

— Cela ne me semble pas du tout simple, au contraire. Surtout le fait que la famille de Garrett n'ait pas voulu entendre parler du bébé.

— Croyez-le ou non, j'étais plutôt soulagée. Je n'avais pas peur d'élever mon enfant toute seule. J'ai été seule toute ma vie.

— Vous n'avez pas de famille ? demanda-t-il en l'observant attentivement.

Nina s'aperçut trop tard qu'elle était tombée dans le piège. Elle venait de révéler à Grant Chambers qu'elle n'avait personne dans sa vie, personne à qui demander de l'aide. Lui et sa famille pourraient lui faire ce que bon leur semblait, il n'y aurait personne pour les arrêter.

Si, moi, songea-t-elle avec colère. S'ils pensaient qu'ils pouvaient l'intimider comme les Fairchild l'avaient fait, ils se trompaient. Elle avait beaucoup mûri au cours des derniers mois. Elle n'avait peut-être que vingt-six ans, mais elle savait qu'elle pouvait survivre à tout. Elle n'avait pas peur de Grant Chambers, et mieux valait pour lui qu'il en soit conscient.

— J'ai une famille, répondit-elle. J'ai mon fils.

Grant voulut dire quelque chose puis sembla se raviser.

De toute évidence, il voulait la ménager, comme s'il avait peur de la pousser à bout.

C'est très bien comme ça, se dit-elle. *Du moment que je sais que je ne suis pas folle.*

— Parlez-moi de votre grossesse.

Nina le vit jeter un coup d'œil sur son ventre, qui était parfaitement plat. Elle savait qu'il se faisait la même réflexion que celle qu'elle s'était faite au sujet de Vanessa. Elle semblait bien trop mince pour avoir eu un bébé aussi récemment, mais la mort de son mari et la disparition de son fils l'avaient rudement mise à l'épreuve.

— Ma grossesse s'est bien passée, répondit-elle, presque sur la défensive. Ça a été une très belle expérience.

En dehors du fait que son mari était mort et que sa belle-famille la détestait…

— Vous avez accouché ici, à Houston ?

Nina hésita. Devait-elle tout lui dire ? De toute façon, il saurait un jour ou l'autre, surtout si elle décidait d'intenter un procès contre Vanessa. N'importe quel avocat intelligent mettrait au jour tous les détails de la vie de Nina, y compris ceux qu'elle préférait laisser dans l'ombre. Mieux valait lui dire les choses elle-même.

Et peut-être qu'avec un peu de chance, elle réussirait à le convaincre…

Ne rêve pas trop, Nina.

— J'ai accouché à Galvestone, répondit-elle enfin. Au cours des trois derniers mois de ma grossesse, mon obstétricien a déménagé là-bas. Comme je tenais à ce que ce soit lui qui mette au monde mon bébé, j'ai loué un petit appartement meublé à Galvestone pour être près de l'hôpital. Mais la nuit où j'ai accouché, il y a eu un terrible accident, et le Dr Bernard a été retenu pendant des heures. C'est un interne qui a mis Dustin au monde.

— Votre bébé était… en bonne santé, lorsqu'il est né ?

— Vous voulez dire est-ce qu'il était vivant ? Est-ce que ce n'est pas sa mort qui m'a rendue cinglée ?

Il eut l'honnêteté de paraître gêné.

— D'accord, je l'admets : c'est ce que je veux savoir.

— Dustin est né en parfaite santé. Je l'ai tenu dans mes bras. Je l'ai allaité. C'était le plus beau bébé que j'aie jamais vu, dit-elle en luttant contre les larmes qui lui serraient la gorge.

— Que lui est-il arrivé, Nina ?

Elle se passa les mains sur le visage et s'éloigna de la fenêtre, tournant le dos à Grant.

— Il y a eu un incendie cette nuit-là. L'hôpital a été évacué. On m'a dit que Dustin avait été transféré à Saint-Mary, ici à Houston, avec tous les autres nouveau-nés. Mais quand je suis arrivée à l'hôpital, mon bébé était introuvable. Ils ont pensé au départ qu'il s'agissait en quelque sorte d'une erreur d'aiguillage, mais…

Elle ne put continuer. Bien qu'elle tournât toujours le dos à Grant, elle l'entendit s'approcher d'elle et se raidit. Mais il ne tenta pas de la toucher, et elle poussa un long soupir.

— On ne l'a jamais retrouvé, reprit-elle. La police a conclu que quelqu'un l'avait kidnappé en profitant de la confusion de l'évacuation. Pour ma part, j'ai toujours pensé que l'incendie n'était qu'une diversion.

— Mon Dieu, murmura-t-il. Qui aurait fait une chose pareille ?

Nina se tourna vers lui, l'air sombre.

— J'ai rencontré une jeune femme au parc avant la naissance de Dustin. Elle s'appelait Karen Smith. Nous avons sympathisé. Je crois qu'elle m'a repérée dans l'intention de voler mon bébé.

— Et vous pensez que cette femme a donné ou vendu votre fils à ma sœur ? demanda Grant, les sourcils froncés.

— Pas exactement.

— Alors pourquoi croyez-vous que son bébé est le vôtre ?

— Parce que je crois que Karen Smith est votre sœur.

Grant dévisagea Nina sans savoir quoi dire. Elle n'avait pas l'air folle. A l'écouter, elle n'était pas dérangée. Et pourtant, il n'avait jamais entendu une histoire aussi étrange, aussi peu vraisemblable.

Le plus inquiétant était qu'elle y croyait dur comme fer. Grant discernait très bien cette conviction dans son regard, en plus du chagrin et de la douleur qu'elle avait endurés si longtemps. Elle avait perdu son mari, puis son bébé… ce n'était pas étonnant qu'elle cherche désespérément des réponses.

Mais de là à croire que John David était son fils, que Vanessa avait été capable de l'aborder en vue de lui voler son bébé…

Grant était tenté de se dire que le désespoir avait eu raison d'elle. Mais à la regarder à cet instant précis, à voir la détermination d'acier dans son regard, le courage qu'elle parvenait à rassembler pour l'affronter, Grant n'arrivait pas à accepter cette explication. Nina Fairchild était parfaitement saine d'esprit, cela ne faisait aucun doute.

C'était la situation qui était complètement insensée.

— Pourquoi ma sœur aurait-elle volé votre bébé ? demanda-t-il. Elle avait son propre fils.

— Je ne pense pas. Vous savez, j'ai longuement réfléchi à cela depuis que je l'ai vue au parc cet après-midi, et j'en suis arrivée à deux possibilités : soit Vanessa n'a jamais été enceinte et voulait désespérément un bébé, soit elle a perdu le sien et n'a pas pu l'accepter.

Grant la regarda, incrédule, ressentant pour la première fois une pointe de colère monter en lui.

— Mais enfin, comment pouvez-vous tirer de telles conclusions ? protesta-t-il. Vous ne savez rien de ma sœur.

— Je sais qu'elle a mon enfant.

— Arrêtez de dire ça, pour l'amour du ciel ! Cela ne peut être vrai.

— Alors comment expliquez-vous que le bébé ressemble trait pour trait à mon défunt mari ? Je l'ai vu ce soir, je l'ai tenu dans mes bras. Je sais que ce bébé est à moi.

En voyant son regard plein de défi, Grant commença à se dire que lui et sa famille avaient peut-être vraiment du souci à se faire. De toute évidence, Nina n'était pas prête à se retirer sans faire de vagues. A moins qu'ils réussissent à la convaincre que John David n'était pas son fils, elle était capable de leur causer de gros ennuis à tous, et surtout à sa sœur. Vanessa n'avait pas besoin de ce genre de stress. Son cœur ne le supporterait pas.

— Parlez-moi de cette femme que vous avez rencontrée au parc, dit-il en se frottant la nuque.

— Il n'y a pas grand-chose à dire. Elle m'a abordée, et nous sommes devenues amies. Juste avant que j'accouche, elle m'a dit qu'elle s'était réconciliée avec son mari et qu'ils partaient s'installer ailleurs. Je ne l'ai plus jamais revue. Mais la nuit où mon bébé est né, une infirmière a parlé avec une femme correspondant à sa description, qui prétendait être ma sœur.

— Et vous dites que cette femme ressemblait à ma sœur ?

— Pas exactement. Elle était déguisée. Elle portait une perruque brune et des lunettes. La police n'a jamais retrouvé de Karen Smith. C'est comme si elle avait disparu sans laisser de traces. Et puis, aujourd'hui, quand j'ai vu Vanessa au parc, j'ai compris pourquoi on n'avait jamais retrouvé Karen : parce qu'elle n'a jamais vraiment existé.

— Vous devez vous rendre compte que votre histoire paraît complètement insensée.

— Oui, je l'admets. Je sais que vous ne voulez pas me croire. C'est ce que je ferais à votre place. Mais je vous jure que c'est vrai. Votre sœur m'a volé mon bébé.

— Bon, écoutez. Tout cela ne nous mène nulle part. Jouons cartes sur table, vous voulez bien ? Que puis-je faire pour vous convaincre que John David n'est pas votre fils ?

Le regard de Nina s'embrasa de colère.

— Rien. Je sais que c'est mon fils.

— Mais je ne peux pas accepter ça, protesta-t-il. Vous ne laissez aucune place à la négociation.

— La *négociation* ? répéta Nina, révoltée. Nous parlons de mon bébé, je vous rappelle !

— Et de celui de ma sœur. Que comptez-vous faire, exactement ?

Cette question sembla la prendre au dépourvu. Elle baissa les yeux, ne sachant que répondre.

— Vous avez un plan, je suppose, continua-t-il. En dehors de kidnapper mon neveu.

Pour la première fois de la soirée, elle paraissait déconcertée, pas sûre d'elle, songea Grant.

— Tout est arrivé si vite, murmura-t-elle. Je ne sais pas quoi faire à part prouver que ce bébé est à moi.

— Et comment pensez-vous le prouver ?

Grant fut étonné de ne pas ressentir plus de satisfaction à voir Nina plongée dans l'incertitude. Pourquoi n'arrivait-il pas à garder ses distances avec cette femme ?

— Vous voulez traîner ma sœur et son mari en justice ? reprit-il. Quel avocat sensé accepterait votre histoire ? Vous n'avez aucune preuve, parce qu'il n'y en a aucune.

— Oh si, il y en a une, répliqua-t-elle.

— Ah bon, et laquelle ?

— L'ADN.

Un flot de souvenirs déferla dans l'esprit de Grant. Il avait lui-même failli être soumis à un test ADN, autrefois, et même si ce n'était pas allé jusque-là, cette expérience lui avait laissé un goût amer.

— Vous demandez à ma sœur et à sa famille de faire un test ADN ? dit-il lentement. Et pourquoi accepterait-elle ? C'est à vous qu'il incombe de fournir des preuves.

— Y a-t-il une seule raison pour que votre sœur ait peur de passer un test ADN ? demanda-t-elle en croisant les bras sur sa poitrine.

— Bien sûr que non.

— Alors qu'a-t-elle à perdre ? Si les tests montrent que le bébé est à elle, je me retirerai et vous n'entendrez plus jamais parler de moi. Je laisserai votre famille tranquille, vous avez ma parole.

— Après ce qui s'est passé ce soir, je ne crois pas que vous soyez en position de marchander de cette façon, répliqua Grant. Ma sœur est en droit de demander à la police de vous surveiller : vous pourriez être renvoyée en prison au moindre dérapage.

— J'en suis consciente, répondit Nina, les mâchoires serrées. Mais je sais aussi que les gens comme vous n'apprécient pas tellement la mauvaise publicité. J'alerterai la presse s'il le faut. Quelqu'un finira bien par m'écouter, et alors nous verrons ce qui se passera. Je me demande combien de temps votre sœur résisterait à ce genre de pression.

Nina venait de marquer un point, et Grant fut forcé d'examiner les différentes options qui se présentaient à lui. D'après ses souvenirs, les tests ADN pouvaient être pratiqués sur un simple prélèvement dans la bouche du bébé. C'était un procédé totalement indolore pour l'enfant. Si cela pouvait mettre fin aux accusations de Nina, le désagrément en valait peut-être la peine.

Car après avoir entendu Nina, après l'avoir vue, Grant savait qu'elle ne renoncerait pas. D'une manière ou d'une autre, elle s'était persuadée que John David était son fils, et Grant n'avait aucun doute qu'elle remuerait ciel et terre pour le prouver.

Mais il n'oubliait pas non plus que toute cette pression pouvait avoir un effet négatif sur la santé de sa sœur, et que l'inévitable publicité autour de cette affaire nuirait certainement aux négociations avec Ventura. Si la fusion n'avait pas lieu, Chambers Petroleum rencontrerait de grosses difficultés financières. Grant n'avait pas l'intention de mettre en danger Vanessa ou l'entreprise de son père.

— Il faut que j'en parle à ma sœur avant de vous promettre quoi que ce soit, dit-il enfin. Mais si elle est d'accord pour passer un test ADN, vous devez accepter une condition.

— Laquelle ?

— Nous n'aurons certainement pas les résultats avant au moins deux semaines. En attendant, je vous demande de ne pas parler de cette histoire à la police, à la presse ou même à un avocat. A personne. Plus d'accusations, Nina. Plus de visites intempestives chez ma sœur. D'accord ?

Elle voulut protester, mais sembla changer d'avis.

— J'ajoute deux conditions, dit-elle. Nous allons faire les

tests tous ensemble, en même temps ; et nous choisissons ensemble le laboratoire.

— Entendu.

— Entendu, répéta-t-elle solennellement en lui tendant la main.

Grant la lui serra. En sentant la chaleur de sa peau sous ses doigts, il se souvint soudain de la sensation qu'il avait éprouvée en la tenant dans ses bras. En l'embrassant. Car malgré ses accusations scandaleuses, malgré le danger qu'elle représentait, Nina Fairchild lui semblait toujours aussi séduisante.

Elle retira sa main d'un air gênée, comme si elle avait lu dans ses pensées.

— Quand aurai-je de vos nouvelles ? demanda-t-elle.

— Demain, promit-il. Plus tôt nous en aurons fini avec cette histoire, mieux ce sera.

Nina le regarda partir. Ses jambes tremblaient tellement qu'elle tenait à peine debout, mais elle voulait s'assurer qu'il s'en allait vraiment, qu'il ne restait pas tapi quelque part dans le noir, à attendre qu'elle s'endorme pour l'égorger.

Là, tu es peut-être vraiment devenue folle, songea-t-elle. Mais était-ce insensé d'avoir peur des Chambers et des Baldwin ? Ils avaient de l'argent, du pouvoir, des amis haut placés. Nina ne doutait pas un seul instant qu'ils pouvaient la faire disparaître en un clin d'œil s'ils en avaient envie. Ou bien faire de sa vie un cauchemar. Non, le plus insensé serait de baisser la garde et de leur faire confiance, même — ou peut-être surtout — à ce Grant Chambers.

Une sensation de malaise s'insinua en elle tandis qu'elle regardait les feux arrière de la voiture disparaître à l'angle de la rue. Grant avait semblé si inquiet lorsqu'elle avait parlé des tests ADN… Et finalement, il avait changé d'avis. Etait-ce parce qu'il pensait sincèrement que cette démarche confirmerait la filiation de John David à Vanessa ? Ou bien avait-il l'intention de faire en sorte que les tests mènent à ce résultat ?

Elle jeta un coup d'œil à sa montre et vit qu'il était presque minuit. Grant avait promis de la recontacter le lendemain. Cela ne lui laissait que quelques heures pour faire ce qu'elle avait à faire.

Au moins, elle pouvait enfin mener une action concrète. Pour la première fois depuis des mois, son cœur lui sembla plus léger. Car la police ne serait plus seule, désormais, à diriger l'enquête, et le sort de son bébé ne reposerait plus entre les mains d'étrangers.

Dans quelques heures, elle aurait réuni toutes les informations sur les tests ADN qu'elle pourrait tirer d'internet. Elle disposerait d'une liste d'experts, de médecins et de laboratoires. Lorsque Grant Chambers l'appellerait, elle serait prête à l'affronter.

Et s'il ne rappelait pas, lui et sa famille pouvaient s'attendre à livrer la plus grosse bataille de leur vie.

7

Clayton se trouvait déjà avec J.D. lorsque Grant entra dans le bureau de ce dernier, le lendemain matin. Il fut étonné de voir que l'endroit l'intimidait toujours un peu, comme lorsqu'il était enfant.

La pièce n'avait pas beaucoup changé au cours des années. L'imposant bureau de bois sombre que J.D. avait hérité de son père, Harlan Chambers, était toujours fermement planté devant la rangée de fenêtres qui s'élevaient jusqu'au plafond. Des statues de bronze décoraient les quatre coins de la pièce, dont l'attrait principal — un bar immense et toujours bien fourni — restait caché derrière des doubles portes à claire-voie.

L'homme lui-même n'avait pas beaucoup changé, songea Grant. J.D. Chambers se tenait droit comme un piquet, assis dans un haut fauteuil en cuir qui lui avait toujours fait penser à un trône. Les cheveux de son père étaient peut-être un peu plus gris et son embonpoint un peu plus prononcé, mais la ligne de sa mâchoire était toujours aussi déterminée, son regard toujours aussi dur.

Clayton Baldwin, assis en face de lui, ressemblait à J.D. Chambers en plus jeune et en plus mince. Même s'il avait les cheveux blonds et non pas bruns, les yeux bleus et non pas gris, son expression était aussi féroce et son regard aussi froid que ceux de son beau-père.

— Je sais ce qui s'est passé au poste de police hier soir, annonça J.D. sans même saluer Grant. Alors va droit au but. Combien veut-elle ?

— Ce n'est pas si simple que ça, répondit Grant sans prendre la peine de s'asseoir. Je ne crois pas qu'elle veuille de l'argent.

— Qu'est-ce qu'elle peut bien vouloir, alors ?

— John David.

Clayton poussa un juron.

— Elle est folle !

— Je ne pense pas, expliqua Grant. Je crois qu'elle est vraiment convaincue que c'est son bébé.

— Et tu la crois ? aboya J.D. Je vais te dire, c'est clair comme de l'eau de roche : cette femme veut nous extorquer de l'argent. En revanche, je suis d'accord avec toi sur une chose : elle n'est pas folle. Je pense même qu'elle est très, très intelligente.

Clayton bondit sur ses pieds et se mit à faire les cent pas.

— Mais qu'est-ce qu'elle va imaginer ? Personne ne la croira jamais.

— Je serais toi, je n'en serais pas si sûr, grommela J.D. d'un ton sinistre. Si la presse a vent de cette affaire, devine qui apparaîtra comme le méchant de l'histoire ? Chambers Petroleum. Et la fusion avec Ventura tombera à l'eau.

Grant savait que tout ce que son père disait était probablement vrai. Tout sauf l'accusation selon laquelle Nina voulait leur soutirer de l'argent. Pour lui, elle était seulement persuadée que son bébé avait été volé par une femme — sa sœur. Et cette conviction l'inquiétait bien plus qu'un simple complot d'extorsion.

— Elle ne peut pas s'en sortir comme ça, fulmina Clayton en faisant face à Grant. Je vais aller la voir, et crois-moi, quand j'en aurai fini avec elle, elle regrettera d'avoir entendu parler de nous.

— A ta place, je ne ferais pas ça, rétorqua Grant avec colère.

Clayton n'était qu'une brute prétentieuse qui n'hésiterait pas à intimider ou à menacer Nina pour la forcer à renoncer. Et Grant savait que cela ne ferait qu'empirer les choses.

— Depuis quand défends-tu cette fille ? demanda Clayton d'une voix pernicieuse. Est-ce qu'il y a quelque chose là-dessous que nous ne savons pas ?

Grant se tourna vers son père sans même répondre.

— Je peux t'assurer que les menaces ne marcheront pas avec Nina. Cela ne ferait que la conforter dans sa détermination. Laisse-moi m'occuper d'elle. Je crois savoir comment mettre fin à cette histoire sans faire de mal à personne.

— Tu as eu l'occasion de le faire hier soir, et tu n'as pas réussi, fit remarquer Clayton. Cela concerne ma famille, ma femme et mon fils. C'est moi qui devrais m'occuper de cette Nina Fairchild.

J.D. resta silencieux un moment.

— Laisse-moi seul avec Grant, Clayton, finit-il par dire.

Clayton faillit protester, mais se ravisa. Il fusilla Grant du regard une dernière fois, tourna les talons et quitta le bureau.

J.D. se laissa aller en arrière dans son fauteuil et croisa les bras sur son torse.

— Si j'ai bien compris, tu as un plan.

— Pas exactement. Mais j'ai passé un peu de temps avec Nina, et je sais ce qui ne marchera pas avec elle.

— Très bien. Je te laisse t'en charger. Mais je veux que la famille et l'entreprise en pâtissent le moins possible.

— Moi aussi, assura Grant.

Il espérait également faire en sorte que Nina ne souffre pas plus qu'elle n'avait déjà souffert, mais y parviendrait-il ?

— J'aimerais que Clayton reste en dehors de tout ça.

— Je m'occupe de Clayton, assura J.D. Même si cela concerne sa femme et son fils, je ne lui fais pas confiance pour gérer une situation aussi délicate. Il est trop tête brûlée.

— Pourtant, tu lui as fait assez confiance pour le nommer vice-président, lui rappela Grant.

— C'était seulement parce que tu n'étais pas là.

A qui la faute ? songea Grant. *Qui m'a envoyé au Venezuela pendant quatre ans ?*

— Clayton fait preuve d'une agressivité qui peut être utile dans les affaires, expliqua J.D. Toi, tu as toujours été un peu trop comme ton grand-père à mon goût. L'époque où l'on concluait des marchés avec une poignée de main et un verre de whisky est révolue, Grant. Tout ça s'est terminé quand l'industrie du pétrole a fait faillite ici, à Houston, dans les années quatre-vingt. Maintenant, c'est un monde de requins et, pour être honnête avec toi, je n'ai jamais été certain que tu aurais assez d'estomac pour survivre dans les affaires.

Grant n'était pas étonné par cette révélation. Son père et lui n'avaient jamais vraiment eu la même vision des choses, encore moins concernant Chambers Petroleum. Le grand-père de Grant avait fondé l'entreprise dans les années trente, après avoir découvert du pétrole dans un champ près de chez lui. Pendant des décennies, il avait dirigé la société avec honneur et intégrité, veillant à la garder à taille humaine et à ne jamais oublier les principes qui lui étaient chers.

Mais lorsque le père de Grant avait repris les rênes, il avait eu d'autres projets pour Chambers Petroleum ; l'entreprise était vite devenue l'une des plus grosses compagnies pétrolières indépendantes du Texas. Et, ce faisant, il avait mis de côté les valeurs qu'Harlan avait tenté d'inculquer à son fils et à son petit-fils.

Grant se demandait ce que son grand-père dirait s'il voyait l'entreprise à présent, s'il assistait à toutes les combines qui se tramaient en coulisse.

— Je n'ai pas encore pris ma décision quant à celui qui me remplacera lorsque je partirai en retraite, continua J.D., comme s'il avait lu dans les pensées de Grant. Mais si tu arrives à gérer cette situation de manière satisfaisante, dis-toi que cela pèsera en ta faveur.

Grant dévisagea son père un moment, déçu qu'il s'abaisse à ce genre de chantage.

— Dois-je prendre ça comme une mise à l'épreuve ? demanda-t-il.

— Prends ça comme tu le veux. Débarrasse-nous juste de ce problème.

Lorsque Grant sortit de la pièce, Clayton l'attendait dans le couloir en piaffant d'impatience.

— Qu'est-ce que tu comptes faire, alors ? demanda-t-il tout en le suivant dans son bureau.

Grant s'assit dans son fauteuil et commença à parcourir son courrier électronique.

— Je m'occupe de ça, répondit-il. Tu n'as pas de souci à te faire.

— Ecoute-moi bien, gronda Clayton, les mains plantées sur le bureau. Là, on parle de ma femme et de mon fils. Je suis en droit de savoir ce que tu manigances.

Grant lui adressa un large sourire, sachant exactement comment faire enrager son beau-frère.

— Il va falloir que tu me fasses confiance, Clayton, comme je t'ai fait confiance il y a quatre ans. Remarque, je n'aurais peut-être pas dû, vu que je me suis retrouvé exilé au Venezuela.

— Je n'y suis pour rien. C'est ton père qui a pris cette décision.

— Et tu ne lui avais rien suggéré, j'imagine.

— Tu mijotes quelque chose, l'accusa Clayton. Je suis sûr que tu essaies de tirer avantage de cette situation.

— J'essaie d'éviter un maximum de stress à ma sœur. Et j'essaie de protéger cette entreprise contre une très mauvaise publicité. Si c'est ça que tu appelles tirer avantage de la situation, alors oui, c'est ce que je fais.

— Je te préviens, ne tente rien derrière mon dos, menaça Clayton. Je ne le tolérerai pas. J'ai autant à perdre que toi dans cette entreprise, et même plus.

— Ah bon ? En quel honneur ?

Clayton se redressa et lui jeta un regard méprisant.

— J'ai une famille maintenant, répondit-il. J'ai épousé la petite princesse de J.D., et je lui ai donné un *vrai* petit-fils.

Grant sentit une vague de colère exploser en lui. Il se leva de son fauteuil et pointa son index vers la porte.

— Sors de mon bureau, Clayton.

— D'accord, je m'en vais. Mais attention, je te surveille. Je n'ai pas envie que cette situation tourne au fiasco comme il y a quatre ans. Et je suis sûr que tu n'en as pas envie non plus.

Lorsque Clayton sortit enfin, Grant traversa la pièce et claqua violemment la porte, faisant trembler les photos et les diplômes accrochés aux murs. Bien qu'il n'ait jamais pu le prouver, il était persuadé que Clayton avait été à l'origine de son exil au Venezuela. Il savait son beau-frère capable d'avoir manigancé toute l'affaire au risque de compromettre l'entreprise, simplement pour que J.D. ait une mauvaise image de lui.

Il se laissa retomber dans son fauteuil et pivota pour regarder par la fenêtre. Dehors, le ciel était d'un bleu pur, zébré çà et là par les traces blanches de quelques avions. Clayton l'avait accusé de vouloir tourner la situation à son avantage, alors que s'il y avait un arriviste à Chambers Petroleum, c'était bien lui. Grant n'avait aucune confiance en son beau-frère. Il savait que son grand-père se retournerait dans sa tombe à l'idée de voir son entreprise confiée à un personnage aussi peu scrupuleux. Le père de Grant était une chose, mais un étranger…

Le stylo qu'il tenait dans sa main se brisa en deux. Quatre ans plus tôt, Clayton Baldwin l'avait devancé, c'était aussi simple que cela. Grant avait fait l'erreur de sous-estimer son adversaire ; on ne l'y reprendrait plus.

L'image de Nina Fairchild lui vint brusquement à l'esprit. Etait-il en train de la sous-estimer, elle aussi ? Etait-elle ce qu'elle semblait être — ce qu'il voulait qu'elle soit, en réalité — ou bien quelqu'un qui cherchait à leur soutirer de l'argent ?

Il se laissa aller en arrière dans son fauteuil et ferma les yeux. Quatre ans plus tôt, c'est une autre femme qui avait été la cause de sa chute. Il y avait encore plus de choses en jeu à présent : non seulement son avenir, mais aussi le peu d'intégrité qui restait de l'entreprise de son grand-père.

« Je n'aime pas ce que ton père a fait de Chambers

Petroleum, lui avait dit ce dernier quelques semaines avant de mourir. Je n'approuve pas sa façon de mener les affaires, sa façon de traiter les gens. Je compte sur toi pour remettre les choses d'aplomb. »

C'était une lourde charge à faire peser sur les épaules d'un garçon de douze ans, une responsabilité que Grant avait prise très au sérieux. Et qu'il continuait à prendre au sérieux, même si, pour être honnête, ce qui avait été jadis un désir de plaire à son grand-père s'était transformé en véritable ambition personnelle. Peut-être même en obsession, depuis que Clayton Baldwin faisait partie du décor.

Mais en dehors de sa propre motivation, Grant avait bien l'intention de respecter les dernières volontés de son grand-père. Il regrettait seulement que Nina Fairchild se soit mise en travers de son chemin.

Vanessa, vêtue d'un pyjama et d'une robe de chambre de soie bleue, était étendue sur le canapé de son petit salon, en train de feuilleter un magazine. Elle était d'une pâleur et d'une fragilité inquiétantes ce matin, et Grant se sentit immédiatement coupable de s'être fait autant de souci pour l'entreprise et pour son avenir personnel, alors que sa sœur était celle qui avait le plus à perdre dans cette histoire. C'était elle qu'il fallait protéger.

— Je viens de passer dans la chambre de John David, lui dit-il après l'avoir embrassée. J'ai été surpris de voir qu'Alice Becker était là avec lui. Ne me dis pas que tu ne l'as pas encore renvoyée.

— C'est temporaire, le temps de trouver quelqu'un d'autre, répondit Vanessa en refermant son magazine.

— Mais cette femme était ivre, hier soir. Comment peux-tu lui confier John David ?

— Je n'ai pas tellement le choix, figure-toi. Le Dr Sorensen m'a ordonné de rester au lit pendant une semaine. Je ne peux pas m'occuper de John David toute seule. En plus, elle a promis qu'elle ne boirait plus et elle est d'accord pour ne pas quitter la maison avec le bébé. La gouvernante emmènera John David au parc tous les jours. Tout est sous contrôle, il n'y a pas de quoi s'inquiéter.

Grant n'en était pas tellement convaincu, mais que pouvait-il faire ? Il tira une chaise près du canapé et s'assit.

— Je ne suis pas venu ici pour te parler d'Alice Becker, de toute façon. Je voulais te parler de Nina Fairchild.

Comme Vanessa ne disait rien, il crut bon de préciser :

— Tu sais, la jeune femme qui est entrée hier soir dans la chambre de John David, et que nous avions rencontrée au parc dans l'après-midi.

— Pourquoi tu ne m'as pas dit ça, Grant ? J'avais le droit de savoir.

— Je pensais que ce n'était pas important. Et je ne pensais vraiment pas qu'elle viendrait jusqu'ici hier soir.

Aussi impossible que cela puisse paraître, Vanessa sembla pâlir un peu plus.

— Pourquoi est-ce qu'elle me fait ça, à moi ? se plaignit-elle. Est-ce qu'elle est folle ? Est-ce pour ça qu'elle m'accuse de choses aussi horribles ?

Grant hésita, ne voulant pas perturber davantage sa sœur. Mais il fallait qu'ils discutent de certains points, de certaines décisions que Vanessa était la seule à pouvoir prendre.

— Je ne pense pas qu'elle soit folle, répondit-il. Elle est seulement persuadée que John David est son fils.

— Mais pourquoi ? C'est ça que je ne comprends pas. Pourquoi *mon* bébé ?

— Parce qu'elle croit que tu le lui as volé. Elle pense que tu t'es fait passer pour une autre femme, une certaine Karen Smith, dans le but de l'aborder alors qu'elle était enceinte. Elle pense que tu es allée à l'hôpital la nuit où son bébé est né, et que tu l'as kidnappé.

— Mais c'est insensé ! explosa Vanessa. Elle a perdu la raison !

Son visage s'était soudain enflammé, ce qui inquiéta Grant plus encore que sa pâleur.

— Calme-toi, dit-il rapidement. Ne te tracasse pas avec ces histoires. Nous pouvons facilement nous débarrasser d'elle.

— Comment ?

— En lui prouvant que John David est bien ton fils.

— Et pourquoi devrais-je lui prouver quoi que ce soit ? s'exclama-t-elle, indignée. John David est *mon* bébé, je l'ai fait naître. Elle ne peut pas me le prendre.

— Bien sûr que non. Mais elle peut t'en faire voir de toutes les couleurs.

— Tu ne penses pas qu'on va la croire, n'est-ce pas ?

— Tu sais, à force de le répéter assez fort et assez longtemps, elle finira bien par convaincre quelqu'un. Elle dit que si elle ne trouve aucun recours légal, elle contactera la presse.

— Oh, mon Dieu, murmura Vanessa, de nouveau livide. Clayton serait furieux. Et papa… Cela risquerait de compromettre la fusion avec Ventura, n'est-ce pas ? demanda-t-elle en lui agrippant le bras. Et dans ce cas, Chambers Petroleum aurait de gros problèmes financiers. Grant…

Il prit ses doigts gelés entre ses mains dans un geste qui se voulait rassurant.

— Ecoute, je ne suis pas aussi pessimiste que les autres. Je ne pense pas que Nina Fairchild puisse causer du tort à l'entreprise. Pour l'instant, je me fais plus de souci pour toi.

Vanessa s'appuya contre le dossier du canapé et se mordit la lèvre.

— Je sais que grand-père a toujours voulu que tu reprennes l'entreprise, dit-elle au bout d'un moment, mais c'est aussi *mon* héritage.

Il y avait dans sa voix une pointe d'amertume que Grant ne lui connaissait pas.

— Lui et papa n'ont jamais souhaité me faire participer aux affaires, continua-t-elle. Ils pensaient que ce n'était pas le rôle d'une femme. Et je suppose que tu as la même opinion.

— Pas du tout. Si j'ai montré des réticences à te faire intégrer l'entreprise, ce n'est pas du tout parce que tu es une femme, mais parce que ta santé est fragile. Je ne voulais pas te faire subir ce genre de pression.

— Tu as toujours joué le grand frère protecteur, hein ? Tu as toujours été là quand j'avais besoin de toi. Alors comment vas-tu terrasser ce dragon pour moi, Grant ?

Il repensa soudain à l'époque où Vanessa, à dix ans, avait failli ne pas s'en sortir, toujours à cause de son cœur. Alors que les médecins étaient très pessimistes sur ses chances de survie, il avait passé des heures à son chevet à lui lire des livres, à lui raconter les histoires de l'école, à la supplier de guérir. Et cela avait marché. Lorsqu'elle avait ouvert les yeux en lui souriant, Grant s'était juré qu'il ferait n'importe quoi pour protéger sa petite sœur. Et à présent, malgré les défauts de Vanessa, il ressentait toujours la même chose.

— Je sais que ce n'est pas à toi de prouver ou de réfuter

les accusations de Nina, mais c'est peut-être le seul moyen de mettre fin à cette histoire. Le moyen le plus simple, et le plus discret.

— A quoi penses-tu ?

— Aux tests ADN.

Les yeux de Vanessa s'agrandirent d'effroi tandis qu'elle se mettait à trembler de tout son corps.

— Non... Non ! s'écria-t-elle, la respiration entrecoupée.

— Vanessa, calme-toi. Concentre-toi sur ta respiration. Où sont tes cachets ?

Elle tendit le doigt vers une table à l'autre bout du canapé. Grant s'empressa de lui apporter un petit comprimé blanc et un verre d'eau.

Quelques minutes plus tard, elle ne tremblait presque plus et sa respiration était redevenue normale. Elle était encore bien trop pâle aux yeux de Grant, mais il ne s'en inquiétait pas outre mesure. Il avait déjà assisté à ce genre de crises de nombreuses fois.

— Est-ce que tu veux que j'appelle le Dr Sorensen ? demanda-t-il.

— Ça va aller, répondit-elle d'une voix faible. C'est juste que... ça a été un tel choc de t'entendre suggérer une chose pareille.

— Ce n'est pas du tout douloureux, si c'est cela qui t'inquiète, dit-il prudemment. Ils font juste un petit prélèvement dans la bouche du bébé...

— Je t'en prie, arrête, l'interrompit-elle en portant une main à son cœur. Il ne peut pas y avoir de tests ADN, pas d'analyses de sang ou quoi que ce soit d'autre. Je ne le supporterais pas.

Grant commençait à ressentir un certain malaise.

— Pourquoi ? Cela prouverait une fois pour toutes que John David est ton bébé.

— Je n'ai pas à le prouver, murmura-t-elle. Il *est* à moi. Pourquoi devrais-je soumettre mon fils et mon mari à ces tests juste parce que cette femme le demande ?

— L'idée est de la faire taire.

— Eh bien il faudra que tu trouves un autre moyen.

— Est-ce que tu peux me dire pourquoi ? demanda Grant, de plus en plus mal à l'aise.

— Je viens de te le dire.

— Bien sûr. Mais c'est à moi que tu parles. Je te connais, Vanessa, et je sais deviner quand tu me caches quelque chose. Et laisse-moi te dire que les possibilités auxquelles je pense me fichent la trouille.

Elle poussa un long soupir, puis ramena ses genoux contre sa poitrine. Après être restée silencieuse un moment, elle leva de nouveau les yeux vers Grant.

— Tu dois me promettre que rien de ce que je vais te dire ne sortira de cette pièce, dit-elle.

— Je ne sais pas si je peux te promettre ça.

— Ce n'est pas ce que tu penses. Il n'y a rien qui aille contre ton sens de la justice, affirma-t-elle presque avec colère.

— D'accord. Alors dis-moi pourquoi tu as si peur de faire un test ADN.

— Parce que Clayton n'est pas le père de John David, lâcha-t-elle.

Grant resta bouche bée, incertain d'avoir bien entendu.

— Clayton n'est pas le père de John David ? répéta-t-il.

Une larme roula sur la joue pâle de Vanessa tandis qu'elle acquiesçait.

— Alors qui… ?

— Cela n'a pas d'importance, répondit-elle en s'essuyant les yeux avec un mouchoir. C'était une terrible erreur. C'est arrivé alors que Clayton était en déplacement. Je me sentais tellement seule ! Un vieil ami m'a appelée pour me proposer d'aller dîner un soir. Je savais qu'il avait un faible pour moi, et je crois qu'il a senti que j'étais vulnérable ce soir-là. Nous avons bu quelques verres et… une chose en amenant une autre…

Grant hésita.

— Comment dire… Comment peux-tu être sûre que Clayton n'est pas le père ? Enfin, les dates devaient quand même correspondre, sinon il se serait douté de quelque chose.

— Crois-moi, je le sais, dit-elle en rougissant légèrement. Mon Dieu, si Clayton découvrait cela, je ne sais pas ce qu'il ferait.

— Il ne toucherait pas à un seul de tes cheveux, dit Grant d'un air sombre. Il n'oserait pas.

— Ce n'est pas ce que je veux dire, protesta Vanessa en essuyant une autre larme. Clayton ne me ferait jamais de mal. Je sais que tu ne l'as jamais apprécié, Grant, mais je peux t'assurer que c'est un type bien. Il nous aime, moi et John David. Cela le tuerait, et papa… Qu'est-ce qu'il penserait de ça ? Il croit toujours que je suis sa petite princesse.

Grant devait admettre que la situation était ironique. S'il avait été plus mauvais homme, il y aurait même trouvé un peu de satisfaction. Il avait toujours été le vilain petit canard de la famille, celui qui avait toujours suscité la désapprobation de son père. Mais la plupart des transgressions de Grant — sinon toutes — paraissaient dérisoires à côté de ce que Vanessa venait de lui annoncer.

— Tu te fais du souci pour rien, lui dit-il. Ce n'est pas la paternité de Clayton qui est en question. Ce que nous essayons de faire, c'est de convaincre Nina que tu es bien la mère de John David. Clayton n'aura même pas besoin de se soumettre aux tests.

— Es-tu sûr de cela ?

— Non, mais c'est ce qui me paraît le plus logique.

— Cela ne suffit pas. Ils pourraient se mettre à rechercher les groupes sanguins et je ne sais quoi d'autre encore. Je sens que si j'accepte ça, Clayton découvrira la vérité. Je ne peux pas prendre ce risque, Grant. Il va falloir que tu trouves un autre moyen d'arrêter cette femme.

— D'accord, d'accord, s'empressa-t-il de dire, la voyant de nouveau agitée. Ne t'inquiète pas. Je m'occupe de ça. Promets-moi de ne pas te monter la tête avec cette histoire.

— Et toi, promets-moi que tu ne parleras jamais de ce que je t'ai dit aujourd'hui.

— Je te le promets, dit-il en se levant.

Mais il ne put s'empêcher de se rappeler ce que Clayton lui avait lancé au visage. *J'ai autant à perdre que toi dans cette entreprise, et même plus*, avait-il dit. *J'ai épousé la petite princesse de J.D., et je lui ai donné un vrai petit-fils.*

L'idée lui traversa l'esprit qu'on venait juste de lui donner l'arme dont il avait besoin pour neutraliser son adversaire au sein de Chambers Petroleum, mais qu'il ne pouvait pas l'utiliser.

Sans le savoir, Clayton avait encore gagné une partie.

*
* *

Grant attendit plusieurs minutes avant que Nina ouvre la porte. Lorsqu'elle apparut enfin sur le pallier, il l'observa un long moment, surpris de découvrir encore un autre aspect de la jeune femme. Elle ne ressemblait ni à la créature fragile du parc, ni à la demoiselle glamour de la veille au soir. Vêtue d'un pantalon en velours noir et d'un col roulé gris argent, elle apparaissait aujourd'hui sous les traits d'une jeune femme compétente et sûre d'elle. Les mèches blondes brillaient dans ses cheveux courts. Elle recula pour le laisser entrer.

Il la suivit jusqu'au salon et attendit qu'elle s'installe sur le canapé avant de s'asseoir à côté d'elle. Devant eux, la table basse de verre était recouverte de piles de papiers, et le titre « ADN » sur l'une des pages attira son attention.

— Qu'est-ce que c'est ? demanda-t-il en prenant la feuille de papier.

— J'ai fait mes devoirs, répondit Nina en haussant les épaules. J'ai passé une partie de la nuit à faire des recherches sur internet sur les tests ADN. Comme vous pouvez le voir, j'ai trouvé quelques informations.

— Vous avez lu tout ça ?

— Presque. Je voulais être préparée.

— Vous m'impressionnez, admit-il. Vous avez l'air de bien vous débrouiller sur le Net.

— C'est préférable, répondit-elle en souriant.

Grant remarqua que cela lui faisait plisser les yeux d'une manière tout à fait séduisante. Il se surprit à regretter qu'elle ne sourie pas plus souvent, mais après ce qu'elle lui avait raconté la veille, elle n'avait pas beaucoup de raisons de le faire.

— Je crée des sites Web pour les petites entreprises, expliqua-t-elle, et je fais aussi quelques recherches pour plusieurs écrivains.

Il regarda autour de lui et fut surpris de ne pas voir d'ordinateur.

— Vous travaillez ici ?

— Oui, j'ai un petit bureau à l'arrière de la maison. Excusez-moi, je ne voudrais pas paraître impolie, mais j'aimerais savoir ce que votre sœur a pensé de ma proposition. Est-elle d'accord pour faire ces tests ?

En surface, Nina semblait calme et pleine d'assurance, mais Grant devinait l'angoisse qui la tenaillait à la manière dont elle se serrait les mains l'une contre l'autre.

— Je crains que les tests ADN soient hors de question, lui dit-il.

— Et pourquoi ?

— Ma sœur ne tient pas à soumettre sa famille à cette procédure.

— Vous voyez bien ! s'écria-t-elle, d'une voix plus tragique que triomphante. Cela veut bien dire qu'elle a quelque chose à cacher.

— Cela ne veut rien dire du tout, rétorqua Grant avec colère. Vanessa pense qu'elle n'a rien à vous prouver. John David est son fils, un point c'est tout.

— Mais nous nous étions mis d'accord…

— J'avais simplement accepté d'en parler à ma sœur, l'interrompit-il. Je l'ai fait, et maintenant il faut considérer que les tests ne sont plus une option. Mais cela ne veut pas dire qu'on en reste là, ajouta-t-il avant qu'elle ne proteste.

— Bien sûr qu'on ne va pas en rester là. On peut faire le test sans son accord. Vous pourriez récupérer un échantillon de l'ADN de John David.

— Vous me demandez de trahir ma sœur, purement et simplement ? Je ne peux pas faire ça, Nina. Vanessa a été catégorique, elle ne veut pas entendre parler de tests.

— Alors je crois que nous n'avons plus rien à nous dire.

— Je peux encore vous prouver que ma sœur a bien donné naissance à John David, insista Grant.

— Comment ?

— En vous emmenant avec moi. Il y a quelqu'un avec qui j'aimerais que vous parliez.

— Qui ?

Grant lui prit la main et fut agréablement surpris de voir qu'elle ne résistait pas.

— Venez avec moi. Je vous promets que je ne vous prépare pas de mauvais tour.

— Pourquoi vous ferais-je confiance ?

— Parce que pour l'instant, que pouvez-vous faire d'autre ? Qui va vous aider ?

— *M'aider* ? répéta-t-elle avec colère, en retirant sa main brusquement. C'est donc cela que vous essayez de faire ?

— Je pensais que cela vous aiderait de connaître la vérité. N'est-ce pas ce que vous cherchez ?

Elle ne cilla pas.

— Je connais déjà la vérité, répliqua-t-elle. Mais j'accepte de venir avec vous, pour une raison très simple : en essayant de me convaincre que John David n'est pas mon fils, vous pourriez très bien prouver le contraire.

8

Le trajet se fit dans un silence pesant. Nina regardait par la fenêtre, se demandant si elle avait pris la bonne décision. Lorsqu'ils étaient partis en direction du centre-ville, elle avait demandé à Grant où il l'emmenait, mais il lui avait répondu qu'elle le saurait bien assez vite et qu'elle n'avait pas à s'inquiéter.

Mais comment pouvait-elle le croire ? Comment pouvait-elle lui faire confiance, alors qu'elle savait pertinemment que lui et sa famille rêvaient de se débarrasser d'elle ?

Elle lui coula un regard en biais, profitant de ce qu'il se concentrait sur la route pour l'observer. C'était un homme très séduisant, elle ne pouvait pas le nier. Dès l'instant où elle l'avait vu au parc, sa beauté mystérieuse et son charisme intimidant l'avaient affectée d'une manière troublante. C'était son ennemi, le frère de celle qui lui avait volé son bébé, et pourtant, lorsqu'il l'avait embrassée la veille au soir, une petite partie d'elle-même avait voulu lui répondre.

En se rappelant la sensation de ses lèvres sur les siennes, elle sentit les battements de son cœur s'accélérer. S'il l'embrassait de nouveau, succomberait-elle à la tentation ?

Tout à coup, comme s'il s'était senti observé, Grant se tourna vers elle et soutint son regard. Ses yeux d'une profondeur insondable la mettaient mal à l'aise. Il la regardait comme s'il connaissait ses désirs les plus enfouis, comme s'il savait des choses sur elle dont elle n'avait même pas conscience elle-même.

— Nous sommes bientôt arrivés, dit-il.

Elle ne put réprimer un frisson en sentant sa voix grave résonner en elle. Si elle avait déjà éprouvé un sentiment de crainte à son égard, elle était à présent positivement terrifiée par lui. Cet homme avait encore plus de pouvoir qu'elle ne l'avait imaginé, un pouvoir dangereux qui n'avait rien à voir avec l'argent.

Elle détacha son regard de Grant et s'aperçut qu'ils approchaient du centre médical. L'immense complexe hospitalier et le pôle de recherche s'élevaient devant eux. Nina reconnut la façade blanche et imposante de Saint-Mary tandis que Grant s'engageait dans la circulation du centre-ville.

Quelques minutes plus tard, il se gara dans une rue bordée d'arbres, devant un immeuble à colonnes blanches. Le bâtiment ressemblait plus à une propriété privée ou à un musée qu'à un hôpital, comme l'indiquait pourtant une plaque discrète à l'entrée. Une impression de déjà vu s'empara de Nina, même si elle savait avec certitude qu'elle n'était jamais venue là.

— Quel est cet endroit ? demanda-t-elle tandis qu'ils sortaient de la voiture et se dirigeaient vers le bâtiment.

— C'est l'hôpital dans lequel Vanessa a accouché de son bébé.

Nina s'arrêta en bas des marches qui menaient à l'entrée. En levant la tête vers l'imposante façade, elle comprit pourquoi celle-ci lui semblait tant familière : sur la photo qu'elle avait vue la veille dans la chambre de Vanessa, la jeune femme se tenait devant ces colonnes blanches.

— Il s'agit plus en réalité d'un établissement spécialisé résidentiel, expliqua Grant. Il est géré par les docteurs Ethan Carter et Thomas Hillcroft, qui sont tous deux des gynécologues obstétriciens renommés. Ils ont fondé ce centre pour les femmes qui nécessitent de recevoir des soins quotidiens pendant leur grossesse.

— Comme votre sœur avec ses problèmes cardiaques ?

— Comment êtes-vous au courant de ça ? demanda-t-il en fronçant les sourcils.

— J'étais là hier soir quand elle s'est évanouie, vous vous souvenez ? J'ai entendu ce que vous lui avez dit, et j'ai vu à quel point vous aviez peur tous les deux.

— Alors vous comprenez sûrement pourquoi il faut absolument régler cette affaire au plus vite.

— C'est important pour moi aussi, rappela-t-elle d'une voix douce. Combien de temps est-elle restée ici ?

— Pendant presque toute sa grossesse. Elle a pris rendez-vous pour nous avec son médecin. Il nous attend.

Sur ces mots, Grant la prit par le bras et l'entraîna dans les escaliers.

A travers sa veste légère, Nina sentait la pression de ses doigts, la chaleur de sa peau. Elle se demanda pourquoi elle ne s'écartait pas de lui, pourquoi elle ne lui faisait pas clairement savoir qu'elle n'avait pas besoin de son aide.

Peut-être était-ce parce qu'elle se sentait seule depuis des mois, et qu'un peu de contact humain lui faisait du bien, même de la part d'un homme en qui elle n'avait pas confiance…

Le hall de l'hôpital était aussi impressionnant que l'extérieur du bâtiment : le sol en marbre vert était recouvert de tapis orientaux, et des peintures à l'huile ornaient les murs pastel. Sans la légère odeur d'antiseptique qui flottait dans l'air, personne n'aurait deviné qu'il s'agissait bien d'un hôpital. Une jeune réceptionniste habillée avec soin, assise derrière un bureau de verre, les accueillit avec un sourire en les voyant entrer.

Grant lui annonça leurs noms et elle confirma qu'ils avaient bien rendez-vous avec un certain Dr Ronald Mapleton. Cinq minutes plus tard, une autre jeune femme tout aussi élégante apparut dans le hall pour les conduire jusqu'au bureau du Dr Mapleton.

Lorsque celui-ci leva les yeux vers eux, Nina crut déceler une expression de mécontentement sur son visage, qu'il eut tôt fait de dissimuler sous un sourire affable en se levant pour les accueillir.

Après avoir serré la main de Grant, le Dr Mapleton reprit sa place dans son fauteuil et posa les bras sur son bureau. C'était un homme trapu au front dégarni ; Nina se fit la réflexion que ses doigts courts et gras ne ressemblaient pas à ceux d'un médecin.

— Que puis-je faire pour vous ? demanda-t-il en les observant par-dessus ses lunettes à double foyer.

— Vous avez eu ma sœur au téléphone ce matin, expliqua Grant.

— Oui, elle m'a parlé de ce qui s'est passé récemment.

Nina remarqua qu'une petite veine battait sur sa tempe ; était-ce son imagination, ou bien cet homme était-il aussi nerveux qu'elle ?

— Vous comprenez donc pourquoi elle voudrait que vous montriez à Mme Fairchild son dossier médical, continua Grant.

— C'est ce qu'elle m'a demandé, en effet, mais j'ai bien peur que ce ne soit pas possible. C'est contraire aux principes de l'hôpital. J'ai déjà expliqué tout cela à Vanessa.

— Alors nous sommes venus pour rien, fit remarquer Nina en se tournant vers Grant. Cela ne prouve rien.

Il s'apprêtait à lui répondre, mais le Dr Mapleton l'interrompit.

— Au contraire. Vanessa m'a parlé de vos accusations. Même si je n'ai pas le droit de vous montrer son dossier médical, je peux vous assurer qu'elle a été l'une de mes patientes. Elle a donné naissance à un petit garçon dans cet hôpital, il y a six mois. La mère comme l'enfant étaient en parfaite santé lorsque je les ai autorisés à sortir quelques jours plus tard.

— Vous voyez ? dit Grant doucement.

La satisfaction qui se percevait dans sa voix fit enrager Nina. S'il croyait qu'il était si facile de la convaincre, il se trompait !

— Pouvez-vous me dire à quel moment de la journée est né John David ? demanda-t-elle au médecin.

— Il devait être autour de minuit, si je me souviens bien. Normalement, les patientes présentant des risques de complications comme Vanessa sont transférées vers un hôpital plus important, mais le travail a été si rapide que nous n'avons pas eu le temps de le faire. Elle a accouché ici en toute sécurité. Notre personnel est formé pour faire face à tous les imprévus.

— Vous étiez présent à l'accouchement ?

— Bien sûr.

— Il devait y avoir d'autres personnes, également, insista Nina. Des infirmières, un anesthésiste. Une puéricultrice, peut-être, ou même un cardiologue.

— Je peux vous assurer que Mme Baldwin était entourée de tout le personnel nécessaire.

— Pouvez-vous me donner les noms de ceux ou celles qui ont assisté à la naissance ?

Nina sentit Grant se raidir à côté d'elle, et se demanda pourquoi. Etait-il inquiet de ce qu'elle pourrait découvrir ? Ou bien imaginait-il qu'elle croirait le médecin sur parole ?

— Il m'est également interdit de vous livrer les noms des membres du personnel, répondit le docteur sur un ton impatient. Sauf si c'est la police qui me le demande mais, à ce que je sache, vous n'êtes pas policiers.

— En effet, répondit Grant. Je pense que nous avons assez abusé de votre temps.

Il s'apprêtait à se lever mais Nina ne voulait pas en rester là.

— C'est vous qui avez eu l'idée de venir ici, dit-elle, et j'aimerais en profiter pour poser d'autres questions.

— Que voulez-vous savoir d'autre ? demanda le médecin en lui lançant un regard de mépris.

— Vous dites que vous avez mis au monde le bébé de Vanessa dans cet hôpital il y a six mois. Mais vu que je ne peux pas voir le dossier, tout ce que j'ai, c'est votre parole, n'est-ce pas ?

Le Dr Mapleton retira ses lunettes et la fusilla du regard.

— Vous n'avez aucune raison de douter de ma parole, jeune fille. Si vous vous donnez la peine de faire quelques recherches sur mon parcours professionnel, vous verrez que mes références sont excellentes et irréprochables.

Comme l'attestait la série de diplômes accrochés aux murs, songea Nina. Pourtant, il y avait quelque chose qui la gênait chez cet homme. Peut-être était-ce parce qu'il lui disait exactement ce qu'elle n'avait pas envie d'entendre, mais elle ne lui faisait absolument pas confiance, et elle n'était pas convaincue par son histoire. Les médecins avaient un prix, comme n'importe qui d'autre. Ils pouvaient être achetés et Vanessa Baldwin en avait certainement les moyens. Elle pouvait très bien avoir quitté cet hôpital à tout moment pour enfiler son déguisement de Karen Smith, surtout si elle n'avait jamais été enceinte.

— D'après ce que j'ai compris, nous sommes ici dans un établissement spécialisé, dit-elle.

— C'est juste.

— Vos patientes restent ici plusieurs semaines, voire plusieurs mois ?

— C'est juste.

Il sembla se détendre légèrement, et se laissa aller en arrière dans son fauteuil, les mains jointes sous le menton.

— Durant leur séjour, est-ce que vos patientes sont autorisées à quitter l'établissement ? Pour se promener un peu, ou même pour passer des week-ends en famille ?

— La plupart de nos patientes ont besoin d'un repos total au lit, ainsi que d'une surveillance continue, répondit-il, de nouveau sur la défensive. C'est pour cela qu'elles viennent ici au départ.

— J'ai bien compris. Mais il est concevable que l'une de vos patientes quitte l'hôpital sans que personne ne le sache, n'est-ce pas ?

Du coin de l'œil, elle vit Grant se tourner vers elle pour la dévisager, incrédule. Elle garda les yeux rivés sur le médecin. La petite veine qui battait sur la tempe de celui-ci semblait encore plus prononcée.

— Nous ne tenons pas une prison, répondit-il. Nos patientes ne sont pas enfermées à clé dans leur chambre, si c'est ce que vous voulez dire.

— C'est exactement ce que je veux dire, acquiesça Nina en scrutant le visage du médecin.

Si Vanessa n'avait jamais été enceinte, alors cet homme l'avait forcément aidée à dissimuler sa supercherie.

— Je vous ai dit tout ce que vous vouliez savoir, déclara le Dr Mapleton avec colère. J'espère que cela mettra fin à cette fâcheuse controverse. Même si Vanessa Baldwin n'est plus ma patiente, je continue à m'inquiéter de sa santé. Je ne voudrais pas qu'elle subisse un stress trop important.

Il replaça ses lunettes sur son nez d'un geste sec.

— A présent, si vous voulez bien m'excuser, je dois vraiment retourner à mon travail.

Cette fois-ci, Grant se leva immédiatement, comme s'il était aussi pressé que le médecin de faire sortir Nina de ce bureau.

— Merci pour votre aide, docteur Mapleton.

— Je vous en prie.

Grant et Nina n'échangèrent pas une seule parole tandis qu'ils quittaient l'établissement et rejoignaient la voiture. Mais alors que Nina s'apprêtait à s'installer à la place du passager, il la prit par le bras et l'obligea à le regarder.

— Est-ce que ça va ? demanda-t-il en scrutant son visage.

— Pourquoi je n'irais pas bien ?

— Vous devez sûrement vous rendre compte à présent de l'erreur que vous avez faite. John David est le fils de Vanessa, Nina.

— Ce dont je me rends compte, c'est jusqu'où les gens sont capables d'aller pour me faire croire ça, répondit-elle en dégageant son bras de la main de Grant. Cet homme mentait. Vous ne vous en êtes pas aperçu ? Il n'arrivait pas à nous regarder en face, ni l'un ni l'autre, et il avait hâte de se débarrasser de nous.

— C'est ridicule, enfin ! Pourquoi mentirait-il ?

— Peut-être votre sœur l'a-t-elle payé.

— Nina…

Elle leva une main pour le faire taire.

— Je sais ce que vous pensez tous. Vous croyez que je suis folle, ou bien que j'en veux à votre argent, ou bien les deux. Mais je vais vous dire : je me fiche de ce que vous pensez. Je suis plus convaincue que jamais que votre sœur m'a volé mon bébé. Et ce Dr Mapleton la couvre, pour une raison ou pour une autre.

— Nina, écoutez-moi.

Grant la prit par les épaules et l'obligea à lui faire face. Elle tenta de se libérer, mais il serra plus fort.

— Vous devez accepter la réalité, Nina, martela-t-il avec colère. John David n'est pas votre fils. Plus vous prétendrez le contraire, plus ce sera difficile pour nous tous. Je ne veux pas vous faire de mal, loin de moi cette idée. Mais je ne peux pas non plus vous laisser faire du mal à ma sœur. Je ne peux pas vous laisser menacer sa santé.

— Alors que suis-je censée faire ? s'écria-t-elle. Oublier ce qui s'est passé hier soir ? Oublier que j'ai vu mon mari dans le visage de ce bébé ? Je ne peux pas l'oublier. C'était comme si je regardais Garrett en personne.

— Vous l'aimiez, n'est-ce pas ? demanda-t-il avec douceur. Malgré le divorce, vous l'aimiez, et il doit vraiment vous manquer.

Nina sentit une vague de colère se soulever en elle. Elle se dégagea violemment de son étreinte.

— Je sais ce que vous essayez de faire. Vous voulez me faire douter, mais vous n'y arriverez pas. Je sais que ce bébé est à moi. Je le sais.

— Alors nous sommes de retour à la case départ. Vous n'avez aucun moyen de prouver que le bébé de Vanessa est le vôtre, et je n'arrive pas à vous convaincre du contraire. Alors que faisons-nous, maintenant ?

— Pour commencer, vous me ramenez chez moi, dit-elle froidement. J'ai du travail.

— Vous voulez contacter les medias ? La police ? Qu'allez-vous faire, Nina ? Qui va croire à votre histoire ? Vous ne ferez que vous causer plus de peine, à vous mais aussi aux autres, si vous ne renoncez pas.

— Je ne veux faire de mal à personne, dit-elle d'une voix tremblante.

Elle porta une main à ses lèvres.

— Je veux seulement récupérer mon bébé.

Grant resta silencieux un long moment sans la quitter des yeux. Puis il se décida enfin à parler.

— Et si je vous dis qu'il existe un autre moyen de prouver sans l'ombre d'un doute que le fils de Vanessa n'est pas le vôtre ?

— Je ne vois pas d'autres moyens que de pratiquer des tests ADN, rétorqua-t-elle.

— Il en existe pourtant un autre.

— Lequel ?

— Retrouver *votre* fils, dit-il doucement.

Nina sentit soudain les larmes lui monter aux yeux. Elle détourna la tête, incapable de soutenir son regard.

— Ma famille a de l'argent et de l'influence, y compris sur la police, continua Grant. Nous pourrions faire pression sur l'inspecteur en charge de cette affaire pour qu'il en fasse sa priorité. Nous pourrions engager les meilleurs détectives privés pour retrouver la piste de cette Karen Smith et savoir ce qu'elle a fait de votre bébé.

— Vous pensez que je n'ai pas déjà fait tout ça ? demanda-t-elle avec un sourire sans joie.

Un souffle d'air froid s'insinua dans le col de sa veste. Elle serra ses bras autour d'elle en frissonnant.

— J'ai loué les services d'un détective privé, reprit-elle, j'ai harcelé la police jour et nuit. J'ai collé des centaines d'affiches dans Houston et Galvestone. J'ai parlé aux employés de l'hôpital, j'ai écrit des dizaines de lettres au gouverneur, aux sénateurs, à toutes les personnes que je pensais susceptibles de pouvoir m'aider. Mais rien n'a marché. Rien, jusqu'à ce que je voie Karen Smith hier au parc. Rien, jusqu'à ce que je comprenne qui elle était et pourquoi elle avait disparu sans laisser de traces. Elle a pris mon bébé et s'en est retournée à sa vraie vie.

— D'accord, mais si vous vous trompiez sur ma sœur ? demanda Grant avec gentillesse. Et s'il y avait une chance que votre bébé soit encore là quelque part, et qu'avec mon aide, vous puissiez le retrouver ? Etes-vous si sûre de vous, Nina ? Voulez-vous vraiment laisser passer cette chance ?

Oui, songea-t-elle, *je suis sûre de moi.*

Mais comment pouvait-elle le prouver ? Qui la croirait ? Grant avait raison. Sa famille avait en effet de l'argent et de l'influence sur la police — et les Chambers pouvaient utiliser tout cela contre elle, faire en sorte qu'elle ne connaisse jamais la vérité. Sans l'aide de Grant, quelles chances avait-elle face à eux ?

Pour être honnête, Nina devait également admettre qu'une petite partie d'elle-même, une partie irrationnelle peut-être, avait envie de croire que Grant désirait sincèrement l'aider. Qu'il était honnête et obligeant, et qu'il ferait ce qu'il penserait juste, même si cela impliquait de s'élever contre sa propre sœur.

— Vous avez été seule dans toute cette épreuve, ajouta-t-il, le regard intense, la voix caressante. Vous avez dû vous battre toute seule bien trop longtemps, mais c'est fini à présent. Laissez-moi vous aider, Nina. Laissez-moi vous aider à retrouver votre fils.

*
* *

Il était plus de 20 heures lorsque Grant déposa Nina chez elle ce soir-là. Ils étaient restés ensemble pendant cinq longues heures d'une intensité et d'une intimité troublantes. Au cours de la soirée, leur relation s'était imperceptiblement modifiée. Ils étaient devenus… non pas des amis, mais quoi exactement ? Des alliés sur leurs gardes ? Des confidents prudents ?

Nina n'arrivait pas à décrire ce qu'elle ressentait pour Grant Chambers. Les émotions négatives étaient toujours là — par sa richesse et son pouvoir, il incarnait tout ce qu'elle avait appris à craindre et à fuir chez un homme. Mais elle avait également perçu chez Grant des qualités qu'elle admirait et qu'elle respectait, comme l'honneur et l'intégrité, et même la loyauté dont il faisait preuve envers sa sœur.

Une loyauté qui pourrait très bien mener à sa propre perte, songea-t-elle tandis qu'elle se préparait à aller se coucher. Lorsqu'elle se fut lavé les dents et le visage, elle étudia son reflet dans la glace pendant un long moment, en repensant à la soirée qu'elle venait de passer avec Grant.

Après avoir quitté le bureau du Dr Mapleton, Grant avait insisté pour qu'elle lui raconte en détail la période qui avait précédé la naissance de Dustin, ainsi que les mois terribles qui avaient suivi sa disparition. Elle lui avait dit tout ce qu'elle savait sur l'enquête de la police, les pistes qu'ils avaient suivies, les témoins qu'ils avaient interrogés et les conclusions qu'ils avaient tirées à propos de Karen Smith.

Grant l'avait écoutée avec intérêt, ne l'interrompant que pour lui poser quelques questions de temps en temps. Nina s'était laissée aller à tout lui dévoiler, jusqu'aux émotions qu'elle avait éprouvées. A la fin, elle s'était sentie vidée, mais aussi étrangement apaisée.

Au lieu de la reconduire directement chez elle, Grant l'avait emmenée dîner à l'*Americas*, un luxueux restaurant décoré d'œuvres d'art plus insolites les unes que les autres. Il semblait connaître les patrons, car ceux-ci les avaient installés à une table tranquille et intime, à l'étage. Nina n'avait pu s'empêcher de penser aux autres femmes qu'il avait sans doute amenées ici avant elle…

Après avoir passé commande, Grant avait observé Nina au-dessus de la flamme vacillante de la chandelle. Au lieu de reprendre la conversation qu'ils avaient eue dans la voiture, il lui avait alors parlé des quatre années qu'il avait passées au Venezuela : il l'avait enchantée avec ses descriptions du pays et des gens, amusée avec ses anecdotes sur les difficultés de travailler dans des contrées si reculées, où les routes étaient dangereuses sinon impraticables, et où les bandits pouvaient surgir à tout moment. Elle avait été surprise d'apprendre qu'il avait dû se mettre rapidement à l'espagnol, car personne ne parlait anglais dans son équipe.

A la fin du repas, Nina avait commencé à voir Grant d'un autre œil : il n'avait pas toujours eu la vie facile, comme elle l'avait imaginé. Bien sûr, il était issu d'une famille riche et puissante, mais il avait travaillé dur et pris beaucoup de risques pour en arriver là où il était. Il n'était pas homme à se reposer sur ses acquis, ou sur ceux de sa famille. Grant Chambers était bien décidé à laisser sa propre marque.

Alors où était sa place, à elle, dans cette ambition ? Pourquoi semblait-il tenir autant à l'aider à retrouver son fils ?

Et, surtout, pouvait-elle lui faire confiance ? S'il découvrait des preuves que sa sœur avait bien kidnappé le bébé de Nina, utiliserait-il ces informations pour le lui rendre, ou bien les détruirait-il pour protéger sa sœur ?

Cinq minutes après avoir déposé Nina, Grant garait sa voiture dans le parking de son immeuble. Il se demanda ce qu'elle penserait si elle savait qu'ils habitaient si près l'un de l'autre. Serait-elle rassurée ou bien troublée par cette proximité ? Grant espérait avoir gagné sa confiance ce soir, mais rien n'était jamais certain avec Nina.

Une fois dans son appartement, il se servit un verre et alla s'allonger sur son lit, les mains derrière la tête, pendant qu'il écoutait ses messages. Les deux premiers provenaient de son père et de Clayton, qui voulaient savoir où il en était avec Nina. Le troisième était de Trent Fairchild. Grant s'assit au bord du lit en entendant la voix de son ami.

« Salut, Grant, c'est Trent. Dommage que tu ne sois pas là. Ecoute, j'ai eu un coup de fil de ton beau-frère aujourd'hui. Il dit que vous avez des ennuis avec Nina Sparrow. Tu la connais plus sous le nom de Nina Fairchild, mais je n'arrive toujours pas à l'appeler comme ça. Enfin, bref, je ne suis pas entré dans les détails avec Clayton au téléphone, mais je crois qu'il faut qu'on parle, toi et moi. Cette femme, c'est les problèmes assurés. Rappelle-moi dès que tu rentres. »

Grant jeta un coup d'œil à sa montre. Il était à peine plus de 20 h 30, encore assez tôt pour appeler Trent à San Antonio. Mais il hésitait à le faire, bizarrement. Avait-il vraiment envie de savoir ce que son ami voulait lui dire à propos de Nina ?

Il grommela un juron et décrocha le téléphone pour

composer le numéro de Trent. Au bout de plusieurs sonneries, la gouvernante répondit enfin.

— Résidence des Fairchild.

— Je voudrais parler à Trent Fairchild, s'il vous plaît. C'est de la part de Grant Chambers.

— Je suis navrée, monsieur Chambers, mais M. Fairchild est sorti et ne reviendra que tard dans la nuit. Voulez-vous parler à Mme Fairchild ?

Grant hésita. Qu'aurait à dire Edwina sur son ex-belle-fille ? Il avait cru comprendre, d'après ce que Nina lui avait confié, qu'elle ne s'était entendue avec aucun des Fairchild, car ils ne la considéraient pas assez « bien » pour Garrett. Mais y avait-il une autre explication à cette animosité ?

— Oui, passez-la-moi, s'il vous plaît, finit-il par répondre.

Alors qu'il patientait, Grant se souvint de la dernière fois qu'il avait vu Edwina Fairchild, juste avant de partir au Venezuela. Il se trouvait à San Antonio pour le travail, et Trent et sa mère l'avaient invité à dîner. Garrett était présent lui aussi. Grant l'avait trouvé superficiel et égocentrique, un gros bébé couvé par sa famille et bichonné de façon quasi obsessionnelle par sa maman. Il n'était pas tellement étonnant, finalement, qu'Edwina ait détesté Nina. Il en aurait été de même avec n'importe quelle autre femme qui aurait osé lui faire concurrence.

Sans compter que Nina faisait une parfaite adversaire. Quel homme pouvait résister à cet étrange mélange de courage et de vulnérabilité, à cette beauté tranquille ?

— Grant ? C'est toi ?

La voix d'Edwina lui sembla bien plus vieille que dans son souvenir. La mort de Garrett ne l'avait pas épargnée.

— Bonjour, Edwina. Comment allez-vous ?

— Aussi bien qu'on peut s'y attendre. J'ai reçu tes condoléances pour la mort de Garrett. Je te remercie d'avoir été si attentionné.

— Oh, c'est bien normal. Je regrette de ne pas avoir pu assister aux obsèques.

Un silence gênant s'installa sur la ligne. Grant s'éclaircit la gorge.

— En fait, c'est un peu à propos de Garrett que j'appelais, expliqua-t-il. Je voulais vous parler de sa femme, Nina.

Il entendit la vieille dame retenir sa respiration, comme si sa demande l'avait surprise — et ce d'une manière tout à fait déplaisante.

— Ce n'est pas quelqu'un dont j'ai envie de parler, répondit-elle sèchement. Garrett était en train de divorcer lorsqu'il est mort, et il avait de bonnes raisons.

— Et pouvez-vous me dire quelles étaient ces raisons ?

— Pourquoi veux-tu le savoir ?

— Ma famille a eu quelques contacts avec elle récemment. Je n'ai pas envie de vous en dire plus par téléphone, mais je me demandais si vous pouviez me donner quelques informations sur elle, me dire par exemple d'où elle vient et comment elle a rencontré Garrett.

— Elle l'a repéré.

Grant sentit un frisson glacé lui parcourir le dos. C'était le terme exact que Nina avait employé pour parler de Karen Smith. *La police pense qu'elle m'a repérée dans le but de voler mon bébé.*

— Comment cela, elle l'a repéré ? demanda-t-il à Edwina.

— Ils se sont rencontrés par hasard dans un musée de San Antonio. C'était une rencontre tout à fait insignifiante, et Garrett l'aurait très vite oubliée si Nina n'avait pas tout fait pour qu'il se souvienne d'elle. Quand elle a découvert de quel genre de famille il venait, elle s'est mise à le suivre partout, à l'appeler à toute heure. Et Garrett…

Edwina eut un sanglot de chagrin. Grant l'entendit se moucher, puis elle reprit.

— Garrett s'est senti flatté par cette attention. Il a décidé qu'il était amoureux d'elle.

Drôle de façon de dire les choses, songea Grant, mais il garda le silence.

— Je n'ai rien su de tout cela, bien sûr, même si Trent m'a dit plus tard qu'il se doutait de cette histoire. Il a fait des recherches sur cette fille et a découvert quelque chose de troublant. Mais avant qu'il n'ait eu le temps de révéler l'information, Garrett et Nina s'étaient mariés dans notre dos. Elle lui a fait croire qu'elle était quelqu'un de bien, quelqu'un qui avait besoin d'être choyé, et il était sensible à ce genre de choses. Au moins pour un temps. Parce que ensuite, il a commencé à comprendre qui elle était vraiment et quelle terrible erreur il avait faite en l'épousant.

— Qu'est-ce que Trent a trouvé sur elle, exactement ? demanda Grant en se préparant au pire.

— Je n'ai jamais su vraiment. Tu sais, elle a grandi dans un orphelinat. Je crois que cela avait quelque chose à voir avec une adoption qui n'a jamais abouti.

Une adoption ? Grant fut frappé de se rendre compte à quel point il en savait peu sur le passé de Nina. Après cette soirée au restaurant, il pensait avoir beaucoup appris sur elle, mais elle ne lui avait même pas dit qu'elle était orpheline. D'une certaine manière, cela expliquait beaucoup de choses.

— Je vous remercie de m'avoir aidé, dit-il à Edwina, je ne vais pas vous retenir plus longtemps. Pouvez-vous dire à Trent que j'ai appelé ?

— Bien sûr. Cela m'a fait du bien de te parler, Grant. Tu sais, je ne vois pas grand monde en ce moment.

Elle paraissait vieille et seule, et Grant aurait voulu la plaindre. Mais il n'arrivait pas à oublier que ni elle, ni Trent n'avaient voulu entendre parler du bébé de Nina. Si Edwina ne pouvait rien faire contre l'âge, elle n'était pas obligée en revanche d'être seule. Personne ne la forçait à se complaire dans son amertume.

Alors qu'il s'apprêtait à raccrocher, elle le retint.

— Grant, encore une chose. Nina est une femme très intelligente et très dangereuse. Je ne sais pas ce qu'elle manigance aujourd'hui, ce qu'elle essaie de faire à ta famille, mais ne commets jamais l'erreur de lui faire confiance. Il faut s'en méfier comme de la peste.

9

Deux jours plus tard, Grant se présenta chez Nina sans l'avoir prévenue. Elle n'avait pas eu de ses nouvelles depuis le soir où ils avaient dîné ensemble, et commençait à se dire qu'elle allait prendre les choses en main. Elle lui avait promis de ne pas alerter la presse avant qu'il ait eu le temps d'enquêter sur la disparition de Dustin, mais elle commençait à perdre patience. Plus elle restait loin de son fils, plus il serait dur de rattraper le temps perdu.

Dès l'instant où Grant entra dans son salon, elle sut que quelque chose n'allait pas. Il y avait comme une distance dans son regard, une méfiance nouvelle sur son visage. Lorsqu'elle lui proposa de s'asseoir, il resta debout, comme s'il savait à quel point il l'intimidait.

— Je crois que nous devrions aller à Galvestone aujourd'hui, dit-il. J'aimerais parler au policier qui s'occupe de votre affaire pour voir s'il y a du nouveau.

— Je lui ai parlé ce matin, il n'y a rien de nouveau.

— Est-ce lui qui vous a appelée, ou bien vous ? demanda-t-il sèchement.

— Quelle différence cela fait-il ? Je reste en contact permanent avec lui.

— Je n'en doute pas. Quoi qu'il en soit, j'aimerais parler

avec lui en personne, et je pense qu'il aurait moins de scrupules à le faire si vous veniez avec moi. J'aimerais également voir où vous avez habité, l'hôpital où vous avez accouché, votre médecin, etc.

— Pourquoi cela ?

— Parce que je veux savoir ce qui s'est passé exactement. Je veux reconstituer la nuit où votre bébé a été kidnappé jusqu'au moindre détail. Vous seule pouvez m'aider à le faire.

Nina se détourna, le cœur battant. Quelles étaient les intentions réelles de Grant ? Après la soirée qu'ils avaient passée ensemble, elle avait voulu lui faire confiance plus que tout au monde. Mais comment était-ce possible, alors qu'il n'y avait plus aucune trace de gentillesse dans sa voix, et qu'il la regardait même avec suspicion ?

— Je ne peux pas partir comme cela sans avoir été prévenue, fit-elle remarquer. J'ai du travail.

— Je pensais qu'en tant que travailleur indépendant, vous pouviez organiser vos horaires comme vous le souhaitiez. De plus, vous n'avez pas vraiment besoin de travailler, je me trompe ? Vous avez obtenu un beau règlement de divorce, non ?

— Je vous ai déjà expliqué que je ne voulais rien de Garrett, répondit-elle, de plus en plus mal à l'aise. A sa mort, j'ai hérité d'une petite assurance-vie, mais ce n'était certainement pas suffisant pour que j'arrête de travailler. J'ai utilisé une partie de cet argent pour engager un détective privé, et j'ai mis le reste de côté pour l'éducation de mon fils.

Nina se demanda pourquoi elle ressentait le besoin de se justifier, surtout devant Grant. *Parce que quelqu'un lui a dit quelque chose sur moi*, songea-t-elle. *Parce qu'il commence à croire aux mensonges, comme Garrett.*

Lui et Trent Fairchild étaient amis. Il n'y avait pas besoin de beaucoup réfléchir pour deviner avec qui Grant avait parlé, et pourquoi son attitude envers elle avait changé. Bizarrement, elle ne supportait pas l'idée que Grant ait une mauvaise opinion d'elle.

— Si vous ne pouvez pas vous absenter cet après-midi, je peux faire ce voyage tout seul, dit-il. Je peux parler au sergent Farrell sans vous, même si je pensais que vous auriez aimé être là.

Il la mettait au défi de ne pas venir avec lui. Si Nina avait nourri des idées romantiques au sujet de Grant depuis leur dîner, elles furent bien vite anéanties par cette attitude méprisante.

C'était donc bien un ennemi. Pourquoi s'était-elle autorisée à croire le contraire ? Il avait ses propres intérêts dans cette histoire, et elle serait bien stupide de l'oublier. Elle serait encore plus stupide de penser qu'il pourrait se retourner contre sa sœur pour elle.

Nina n'était pas stupide. Elle était déterminée à retrouver son fils, même s'il fallait pour cela prétendre qu'elle ignorait les intentions de Grant. Car qu'elle le veuille ou non, il était son seul lien avec Dustin pour le moment. Plus elle restait proche de Grant Chambers, plus elle avait de chances d'approcher son bébé.

Une heure plus tard, ils quittaient le pont reliant l'île de Galvestone au continent, puis s'engageaient dans Broadway, une rue bordée de palmiers et de grands manoirs du début du siècle.

Nina guida Grant jusqu'à l'immeuble dans lequel elle avait loué une chambre meublée lorsque le Dr Bernard avait transféré son cabinet à Galvestone. Les appartements se remplissaient très vite pendant l'été, mais comme Nina était arrivée à la fin du printemps, elle avait pu facilement trouver à se loger. Elle n'avait pas eu le temps de sympathiser avec les autres locataires.

La propriétaire n'avait aucun souvenir d'elle, et ne se rappelait pas non plus avoir vu une femme brune avec des lunettes rôder dans les environs. Mais elle pouvait très bien avoir oublié, précisa-t-elle en regardant Grant avec intérêt, avant de lancer un bref coup d'œil vers Nina. Elle ajouta qu'ils croisaient tout un tas de gens bizarres dans le coin.

Ils quittèrent l'immeuble pour se rendre au centre médical où était situé le cabinet du Dr Bernard, et où les restes de l'hôpital brûlé avaient été dégagés. Un nouveau bâtiment était en construction.

Lorsque Grant se fut garé, Nina sortit de la voiture et promena son regard sur le chantier et les ouvriers. Dans son esprit, elle revoyait les flammes qui avaient dévoré l'hôpital, elle entendait les cris de panique des patients et du personnel, le hurlement des sirènes de pompiers. Elle se souvenait de la terreur qu'elle avait ressentie non pas pour elle-même, mais pour son bébé. Elle était loin d'imaginer alors que l'incendie avait été déclenché par quelqu'un qui voulait le kidnapper.

— C'était un petit hôpital, observa Grant en la rejoignant. Il ne devait pas y avoir beaucoup de patients. Pourquoi ceux-ci ont-ils été transférés à Houston, plutôt que dans un autre hôpital de Galvestone ? Il y en a un à quelques rues d'ici.

— Parce que cet hôpital dépendait de Saint-Mary à Houston, expliqua Nina. Je suppose qu'ils ont transféré un maximum de patients là-bas pour des questions d'assurance.

— Vous n'avez jamais pensé leur faire un procès ?

— Non, répondit-elle d'un air surpris. Autant que je sache, l'hôpital n'avait rien à voir avec l'incendie ou la disparition de mon bébé. Un procès ne m'aurait pas rendu mon fils.

Grant la dévisagea pendant un long moment, comme s'il n'arrivait pas à la comprendre.

— Je suppose que vous avez raison, finit-il par dire en haussant les épaules. Il est temps de repartir, le sergent Farrell nous attend.

Boyd Farrell accueillit Nina poliment, quoique un peu froidement. Son attitude envers elle avait changé depuis le soir où il était venu la voir au poste de police, à Houston. Il lui avait alors clairement fait comprendre qu'elle ne pourrait plus compter sur lui, et son comportement, aujourd'hui, confirmait cette position. Grant remarquait-il la réticence que le policier témoignait à l'égard de Nina ?

Après avoir discuté quelques minutes, Grant demanda à voir le dossier sur la disparition de Dustin. Le sergent Farrell hésita un instant puis sortit une épaisse pochette de son tiroir.

— Tenez, il n'y a rien que vous ne puissiez voir.

S'il y avait eu quoi que ce fût de sensible dans le dossier, Nina était certaine que Farrell l'aurait retiré avant qu'ils arrivent.

Après avoir feuilleté rapidement les différents documents, Grant s'arrêta sur une page qui semblait avoir attiré son attention.

— Il est dit ici que vous avez été transportée inconsciente hors de l'hôpital par un pompier.

— Oui. J'ai été assommée par quelque chose avant de pouvoir sortir du bâtiment.

— Par quelque chose ? répéta-t-il.

— Je ne sais pas ce qui s'est passé. Je suis restée à l'intérieur pour m'assurer que mon bébé avait été mis hors de danger. En quittant la nursery, j'ai cru voir quelqu'un derrière moi. Au moment où je me retournais pour appeler à l'aide, une partie du plafond s'est effondrée, et j'ai été assommée. Si le pompier ne m'avait pas trouvée…

Elle frissonna et vit le regard de Grant s'assombrir.

— Ce document dit également que le médecin qui s'est chargé de vous à l'extérieur a remarqué que votre bracelet d'identification de l'hôpital avait disparu. Avez-vous une idée de ce qui s'est passé ? demanda-t-il en se tournant vers Farrell.

Nina répondit avant lui :

— J'ai toujours pensé que la personne qui avait kidnappé Dustin avait pu aussi m'enlever mon bracelet.

— C'est possible, dit Farrell. Mais il se peut aussi que ce soit quelqu'un d'autre.

— Qui ? demanda Nina.

— A vous de me le dire.

— Vous pensez que c'est moi qui l'ai découpé ? s'écria-t-elle en le regardant d'un air horrifié.

— Je n'ai pas dit ça.

— Mais c'est ce que vous sous-entendez, répliqua-t-elle avec colère.

Elle soutint son regard un long moment, jusqu'à ce qu'il détourne les yeux.

— Pourquoi aurais-je fait une chose pareille ? demanda-t-elle.

— Ecoutez, je ne pense pas forcément que vous l'avez fait, d'accord ? Je dois juste envisager toutes les possibilités.

Mon Dieu, songea Nina. Quelqu'un avait donc aussi parlé à Farrell. Quelqu'un lui avait raconté les mêmes mensonges qu'à Grant et, en quelques jours, elle avait dégringolé de la place de victime à celle de suspect. Elle avait l'impression qu'on lui serrait lentement une corde autour du cou, et que personne n'était là pour la libérer. Elle prit une profonde inspiration et tenta de repousser la sensation de nausée qui l'envahissait.

— Est-ce que je peux avoir un peu d'eau ? demanda-t-elle.

— La fontaine est au bout du couloir, sur la gauche, répondit Farrell en faisant un signe de tête vers la porte.

Partagée entre le besoin de prendre l'air et la crainte de laisser les deux hommes seuls, Nina se leva à contrecœur. Elle lança un regard vers Grant, mais celui-ci était plongé dans le dossier et ne sembla pas remarquer qu'elle sortait.

— Il y a toujours eu quelque chose d'étrange chez Nina, observa Farrell en soupirant.

Grant, qui se tenait debout près de la fenêtre, se retourna pour dévisager le policier.

— Dans quel sens ?

— C'est difficile à expliquer. Sa réaction face au kidnapping de son fils, par exemple. Elle n'a jamais vraiment craqué, si vous voyez ce que je veux dire. Elle n'a jamais montré le genre d'émotions auxquelles on pourrait s'attendre.

— Les gens réagissent différemment face à la tragédie, fit remarquer Grant avec une pointe d'agacement dans la voix.

— C'est vrai, mais je ne l'ai jamais vue verser la moindre larme. Comme si cela ne la touchait pas vraiment.

Le courage était l'une des qualités que Grant admirait le plus chez Nina. Mais c'était aussi quelque chose qui l'intriguait beaucoup. Que se passerait-il si un jour elle perdait le contrôle d'elle-même ? Il préférait ne pas l'imaginer.

— Etes-vous en train de me dire que vous suspectez Nina ?

— Toutes les personnes qui ont été en contact avec son bébé sont suspectes. Je ne sais pas ce que vous connaissez de son passé, mais Nina n'a pas de famille. Pas d'amis non plus. C'est une vraie solitaire, ses voisins de Houston ne savaient même pas qu'elle était enceinte. Et la famille de son mari non plus. Je trouve ça un peu bizarre qu'elle n'ait parlé de sa grossesse à personne. Pourquoi l'aurait-elle gardée secrète ?

— Etes-vous sûr qu'elle n'a jamais parlé du bébé aux Fairchild ?

— C'est ce qu'ils prétendent, en tout cas. Je n'aime pas dire cela, mais… cela pourrait cacher plus de choses que vous ne l'imaginez.

— Comme quoi ?

Le policier leva les yeux vers Grant.

— Comme je l'ai dit, la réaction de Nina face à la disparition de son fils m'a toujours un peu gêné. Dernièrement, j'ai commencé à me poser de graves questions. Et si elle n'avait jamais voulu garder le bébé, par exemple ? Et si elle lui avait… fait quelque chose, et qu'elle avait monté toute cette histoire pour se couvrir ?

Grant le dévisagea, ahuri.

— Vous ne pensez pas vraiment ça ?

— Je sais que ça paraît fou, mais croyez-moi, j'en ai vu d'autres.

— Mais Nina a accouché quelques heures seulement avant que le bébé ne disparaisse, protesta Grant. Elle n'aurait pas eu le temps de… de lui faire quelque chose.

Les suppositions de Farrell lui paraissaient tellement horribles et ridicules qu'il avait du mal à les exprimer. L'idée que Nina puisse être autre chose qu'une mère aimante et dévouée allait complètement à l'encontre de ce qu'il pensait d'elle.

— En fait, répondit lentement Farrell, il n'y a aucune preuve de la naissance du bébé. Tous les dossiers ont été détruits dans l'incendie. Le gynécologue de Nina, un certain Dr Bernard, n'a pas pu arriver à temps à l'hôpital pour l'accouchement. Il a confirmé qu'elle avait bien été enceinte, mais pas qu'elle a accouché cette nuit-là. Et il ne peut même plus prouver sa grossesse. Je viens de découvrir qu'il est parti à l'étranger pour plusieurs mois.

— Et le médecin qui a mis au monde le bébé ? demanda Grant, plus troublé par cette conversation qu'il ne voulait l'admettre.

— Nina dit que c'est un interne, un certain M. Wharton, qui l'a accouchée. Le seul Wharton de garde cette nuit-là est en cure de désintoxication. Il a profité de l'incendie pour voler une grosse quantité de médicaments assez costauds. Il a été suspecté pendant un temps d'avoir provoqué l'incendie, mais finalement il a été innocenté. Il n'a plus le droit d'exercer, et il ne se souvient de rien, ni du feu, ni d'avoir mis au monde un bébé cette nuit-là.

— Et le personnel soignant ? insista Grant, craignant presque d'entendre la réponse de Farrell.

Mais n'était-ce pas ce qu'il voulait, pourtant ? Ne cherchait-il pas un moyen de discréditer l'histoire de Nina pour protéger sa famille ? Alors pourquoi cela ne lui procurait-il aucune satisfaction ?

— Oui, il y a quand même ça, acquiesça Farrell. L'une des infirmières se souvient de Nina. Elle s'appelle Ruthanne Keller. Elle était de garde à la maternité lorsque l'incendie s'est déclaré.

— Est-ce que c'est elle qui a vu une femme brune près de la salle d'accouchement, qui prétendait être la sœur de Nina ?

— Comment le savez-vous ?

— Nina m'en a parlé.

— C'est bien elle. Mais elle est revenue sur cette déclaration après l'incendie. Elle a dit que cette femme était peut-être là pour voir une autre maman.

— Vous avez vérifié, je suppose ?

— Oui. Deux autres femmes ont accouché cette nuit-là. Aucune n'a reçu la visite d'une sœur.

— Cela va donc dans le sens de Nina.

— Jusqu'à un certain point. Il reste encore la question du bracelet d'identification.

Grant regarda par-dessus son épaule. Nina n'était toujours pas revenue, et il se sentait coupable de parler d'elle dans son dos.

— Elle dit qu'elle a cru voir quelqu'un près d'elle avant de perdre connaissance lors de l'incendie, fit-il remarquer. La personne qui a pris le bébé peut très bien avoir assommé Nina et lui avoir retiré le bracelet, comme elle le disait.

— Je ne vois pas pourquoi cette personne aurait pris le risque de mourir dans l'incendie simplement pour assommer Nina et lui enlever son bracelet, rétorqua Farrell.

— Mais vous avez dit que vous ne pensiez pas que Nina l'avait ôté elle-même.

— Non, j'ai dit qu'il fallait envisager toutes les possibilités, précisa le policier en se passant une main dans les cheveux. Je ne sais pas quoi penser. Il y a tellement d'incohérences dans cette histoire.

Grant s'avança jusqu'à la porte et regarda à travers la vitre pour voir si Nina revenait.

— Depuis combien de temps avez-vous des doutes sur elle ?

— Depuis toujours, plus ou moins. Mais j'ai vraiment commencé à me poser des questions quand elle s'est mise à prétendre que votre sœur et Karen Smith était la même personne. C'est là que je me suis dit qu'elle avait peut-être perdu les pédales.

— Pourquoi me dites-vous tout ça ? demanda Grant en se retournant pour faire face au policier.

Il lui semblait que Farrell n'était pas très professionnel en lui dévoilant ainsi ses pensées. Celui-ci regarda par terre un moment, comme s'il cherchait la bonne réponse. Lorsqu'il releva la tête, ses yeux étaient comme assombris.

— Ecoutez, malgré tout ce que je viens de vous dire, j'aime bien Nina. Je crois qu'elle a eu beaucoup de coups durs dans sa vie, mais je me dois aussi de vous faire part de mes doutes. Je m'inquiète pour elle. J'ai peur de ce qu'elle pourrait faire. Je ne veux voir personne souffrir. Si vous avez un moyen de désamorcer la situation avant qu'elle ne nous échappe, je crois qu'il ne faut pas hésiter. Pas seulement pour Nina, mais aussi pour votre sœur.

— De quoi avez-vous parlé, alors ? demanda Nina.

Ils étaient remontés en voiture et se dirigeaient vers l'hôpital dans lequel Ruthanne Keller travaillait à présent. Nina avait parlé deux fois avec l'infirmière depuis que Dustin avait disparu, mais cela n'avait servi à rien. Elle espérait que Grant aurait plus de chance, ce qui n'était pas du tout impossible : quelle femme ne serait pas prête à mettre son cœur à nu face à un homme aussi séduisant que Grant Chambers ?

— Vous allez me répondre, oui ou non ? insista-t-elle.

— Nous avons parlé de l'enquête, dit-il en haussant les épaules.

— Vous avez appris autre chose ?

— C'est difficile à dire.

— C'est oui ou c'est non, dit-elle avec impatience. Pourquoi êtes-vous si vague ?

— Ecoutez, soupira-t-il. Je veux juste rester objectif et rassembler le plus d'informations possible. Je ne veux pas tirer de conclusions pour l'instant, d'accord ?

Il n'avait toujours pas répondu à sa question. Nina se demanda une nouvelle fois ce que lui et Farrell avaient bien pu se dire lorsqu'elle était sortie du bureau. Est-ce que le sergent avait rencontré quelqu'un avant eux ? Elle se rendait compte qu'elle devenait de plus en plus méfiante, mais elle ne pouvait faire autrement. Elle avait l'impression que quelqu'un s'acharnait à la discréditer, quelqu'un qui voulait s'assurer qu'elle ne connaîtrait jamais la vérité sur son fils.

Si elle suspectait fortement Vanessa, elle n'oubliait pas non plus que Trent Fairchild était très doué pour monter les gens les uns contre les autres. Etait-il possible qu'il soit impliqué dans cette histoire, d'une manière ou d'une autre ?

Elle aurait voulu demander à Grant s'il avait été en contact récemment avec Trent, mais ils arrivaient tout juste à l'hôpital et durent partir à la recherche de Ruthanne Keller.

Celle-ci leur annonça qu'elle ne serait pas disponible

avant 19 heures. S'ils voulaient revenir à ce moment-là, ils pourraient lui poser toutes les questions qu'ils voudraient. Mais elle prévint Nina que les réponses ne seraient pas différentes des autres fois.

— Il y a un café un peu plus loin dans la rue, Chez Antoinette, leur dit-elle. Je m'y arrête souvent après le travail pour manger un morceau.

— Nous vous retrouverons là-bas, alors, répondit Grant. J'ai juste une question à vous poser avant que vous ne repartiez.

Il sortit une photo de la poche de sa veste et la posa sur le bureau, devant Ruthanne. Lorsque Nina vit le visage de Vanessa, elle sentit son cœur cogner dans sa poitrine.

— Est-ce que cette femme ressemble à celle que vous avez vue la nuit de l'incendie ? demanda-t-il.

L'infirmière étudia la photo quelques secondes puis secoua la tête.

— Comme je l'ai dit à la police, cette femme était brune. Elle ne ressemblait pas du tout à ça.

— Vous en êtes sûre ? insista Grant. Regardez bien.

— Regardez ses yeux, intervint Nina, en soutenant le regard de Grant d'un air de défi.

— Je suis navrée, mais cette femme ne me dit vraiment rien, répéta Ruthanne.

— Attendez.

Nina sortit un stylo noir de son sac pour foncer les cheveux de Vanessa et lui dessiner une paire de lunettes. Plus les cheveux devenaient bruns, plus les traits de Karen Smith commençaient à ressortir. Ruthanne regardait Nina dessiner avec une fascination mêlée de curiosité.

— Et maintenant, vous voyez une ressemblance ? demanda cette dernière.

L'infirmière étudia la photo quelques secondes de plus avant de répondre.

— Je ne suis pas sûre, mais c'est peut-être bien elle.

— Mais si je vous montrais la photo de n'importe quelle femme avec ce genre de gribouillis, vous diriez la même chose, non ? rétorqua Grant.

— C'est vrai, il y a quelque chose dans ce regard..., murmura-t-elle pour toute réponse, sans quitter la photo des yeux.

— Alors vous la reconnaissez ? triompha Nina, soudain pleine d'allégresse.

— Je ne peux pas vous le dire avec certitude, répondit Ruthanne. Il faut vraiment que je retourne travailler, mais puis-je garder cette photo ? Je vous la rendrai ce soir au café.

— Bien sûr, acquiesça Grant, avant de se tourner vers Nina, le visage fermé. Allons-y, lui dit-il.

— Cela ne prouve rien, déclara-t-il tandis qu'ils repartaient en voiture. J'espère que vous en êtes consciente.

— D'accord, mais c'est au moins un début.

Comme il ne disait rien, Nina croisa les bras sur sa poitrine.

— Je sais que ce n'est pas ce que vous vouliez entendre, continua-t-elle. Je sais que vous n'avez pas envie de croire que votre sœur est impliquée dans cette affaire. Vous m'avez amenée ici pour me prouver qu'elle n'avait rien à voir avec tout ça. Mais si nous découvrons le contraire, que ferez-vous ?

— Je vous ai promis de vous aider à retrouver votre bébé, et je le ferai.

— Quoi qu'il en coûte ?

— Quoi qu'il en coûte, répéta-t-il en regardant la route avec détermination. Je sais combien vous avez envie de croire que John David est votre fils. Cela signifierait que vos recherches ont abouti, et que votre bébé est en bonne santé. Mais autant vous êtes sûre que John David est votre Dustin, autant je suis persuadé du contraire. Je dois garder l'esprit ouvert dans cette enquête, et vous aussi.

— Est-ce que je pourrais le revoir ?

Cette question la surprit autant que lui. Il s'arrêta le long du trottoir, coupa le moteur et se tourna vers elle.

— Je ne crois pas que ce soit une bonne idée. Vanessa ne sera jamais d'accord.

— Je le sais bien. Mais vous pourriez faire en sorte qu'elle ne soit pas au courant.

Il la dévisagea un long moment.

— Vous vous rendez compte de ce que vous me demandez ?

— Oui. Je ne vous le demanderais pas si la vie de mon fils n'était pas en jeu. Je ne veux pas vous faire de mal, ni à vous ni à votre famille. Malgré ce que vous avez pu entendre sur moi, je ne suis pas mauvaise.

Le regard de Grant sembla s'adoucir.

— Je n'ai jamais pensé cela. Sinon je ne serais pas là.

— Alors vous me laisserez voir le bébé de nouveau ? demanda-t-elle en lui touchant timidement le bras.

— Je ne peux pas.

Il lui prit tendrement la main.

— J'espère que vous comprenez, ajouta-t-il, mais je ne peux pas faire ça dans le dos de ma sœur.

— Et si jamais je me rendais compte, en le voyant, que je me suis trompée ? Est-ce que cela ne vaudrait pas la peine de désobéir à votre sœur ?

— Mais ce n'est pas pour ça que vous voulez le revoir, n'est-ce pas ? dit-il en lui caressant doucement le dos de la main. Vous pensez encore à ces tests ADN, je me trompe ?

Nina sentit un frisson la parcourir. Peut-être y avait-elle pensé inconsciemment, en effet. Si elle pouvait être seule quelques minutes avec le bébé, si elle pouvait prélever un peu de sa salive, elle pourrait prouver une fois pour toutes qu'elle disait la vérité.

— Ce serait tellement simple, tellement rapide, Grant, soupira-t-elle.

— Pour moi, ce ne serait pas simple, fit-il remarquer, le visage soudain assombri.

— Je le sais bien. Mais je dois le voir, Grant… S'il vous plaît.

— Nina…

— Je ne peux pas supporter de ne pas le voir, de ne pas le tenir dans mes bras, de ne pas l'avoir dans ma vie, se lamenta-t-elle. Vous n'imaginez pas quel cauchemar je vis.

Il se pencha vers elle, le regard sombre, profond, plein de compassion et d'une autre émotion qu'elle n'arrivait pas à saisir.

— Je sais que c'est difficile, ça l'est pour tout le monde. C'est pour cela que nous faisons ça. Nous allons trouver la vérité sur votre fils, Nina.

Elle le regarda dans les yeux un long moment.

— J'aimerais tant vous croire.

— Vous le pouvez.

— Vous êtes d'accord pour poser des questions, pour engager des détectives, pour utiliser votre influence sur la police, mais pas pour faire la seule chose qui permettrait de mettre fin à toute cette histoire.

— Parce que je ne peux pas.

— Alors je ne vois pas ce que nous avons d'autre à nous dire.

Elle retira sa main de la sienne, se sentant soudain très seule, démunie.

— Je ne sais pas pourquoi je suis venue ici avec vous.

— Parce que vous savez que c'est le mieux à faire.

— Tout ce que je sais, c'est que je meurs à l'intérieur, murmura-t-elle en luttant contre les larmes. Je meurs un peu plus chaque jour que je passe loin de mon fils.

— Alors raison de plus pour être ici.

Il lui effleura les cheveux d'un geste léger.

— Raison de plus pour faire notre possible pour retrouver votre fils.

10

Ils décidèrent de dîner en attendant que Ruthanne Keller finisse sa journée de travail. Grant l'invita dans un restaurant près de la jetée, avec une vue imprenable sur le golfe du Mexique.

Lorsqu'ils se furent installés près des baies vitrées, Nina se surprit, au lieu d'étudier la carte, à contempler les mouvements gracieux des mouettes qui descendaient en piqué sur l'eau. Au loin, les premiers bateaux de pêche revenaient vers le port tandis que le soleil plongeait dans la mer, répandant une lumière dorée sur la crête des vagues.

Le spectacle était d'une telle sérénité que, pour la première fois depuis très longtemps, Nina commença à se détendre.

Ils restèrent silencieux un long moment, comme pour s'imprégner de la vue magnifique et de l'atmosphère paisible. Ce n'est que lorsque le serveur eut débarrassé leurs entrées pour leur apporter leur plat de fruits de mer que Grant se mit à poser des questions à Nina, d'abord sur son travail puis sur son passé.

— J'ai grandi dans un orphelinat à San Antonio, dit-elle avant de boire une gorgée d'eau.

Elle reposa son verre et leva les yeux vers lui. Il l'observait intensément, comme si son histoire l'intéressait au plus haut point.

— Mais je suppose que vous savez déjà cela, ajouta-t-elle en soutenant son regard.

Il eut l'honnêteté de ne pas le nier.

— Edwina me l'a dit.

— Vous avez donc parlé avec les Fairchild.

Nina savait qu'il était stupide de se sentir trahie à ce point, mais c'était plus fort qu'elle.

— Est-ce vous qui l'avez appelée ?

— J'essayais de joindre Trent, mais il n'était pas là. Il avait laissé un message sur mon répondeur, disant qu'il voulait me parler.

— A propos de moi ?

Grant hésita.

— Oui.

— Quand était-ce ? demanda-t-elle en s'efforçant de ravaler sa colère.

— Il y a deux ou trois jours.

Voilà qui expliquait son changement d'attitude à son égard, lorsqu'il était arrivé chez elle cet après-midi. Elle avait donc bien deviné : les Fairchild avaient fourré leur nez dans cette affaire.

— Qu'est-ce qu'Edwina vous a dit d'autre ?

— Pas grand-chose, répondit-il avant d'avaler une gorgée de vin. Elle m'a seulement raconté que vous aviez été élevée dans un orphelinat, et qu'il y avait eu un problème à propos d'une adoption. Que s'est-il passé, Nina ? Enfin, vous n'êtes pas obligée de me le dire, si c'est trop douloureux.

— Oh, il n'y a pas grand-chose à dire, murmura-t-elle en regardant par la fenêtre. Lorsque j'avais quinze ans, un couple de personnes assez âgées a décidé de m'adopter. Ils m'ont prise chez eux, m'ont installée dans une chambre magnifique, m'ont acheté de très beaux vêtements et m'ont donné tout ce que je pouvais désirer. Pendant un temps, ils m'ont traitée comme une princesse. Je pensais que c'était trop beau pour être vrai, et ça l'était. Quelques mois avant que l'adoption ne soit prononcée, ils ont décidé qu'ils ne voulaient plus de moi.

C'était un peu plus compliqué que cela, mais Nina n'avait pas tellement envie d'entrer dans les détails.

— Ils m'ont ramenée à l'orphelinat et m'y ont laissée.

Quelque chose traversa le regard de Grant. De la sympathie ? De la pitié ? De la suspicion ? Elle était incapable de le dire.

— Pourquoi ? demanda-t-il.

— Ils avaient leurs raisons.

— Cela a dû être dur pour vous.

— Pas vraiment. Les sœurs étaient très gentilles avec moi, j'étais contente de les retrouver.

— Vous ne connaissez rien de votre mère ou de votre père ? demanda-t-il sans la quitter des yeux.

Nina aurait voulu savoir ce qu'il pensait. Etait-il surpris que personne n'ait jamais voulu d'elle, ni ses parents, ni le couple adoptant, ni les Fairchild ?

Elle s'était posé la même question avant de mettre Dustin au monde, mais lorsqu'elle avait regardé son adorable petit visage, elle avait compris que cela importait peu. Elle était la mère de ce petit ange, elle se sentait entière, à sa place, et très désirée. Elle était persuadée que personne ne lui enlèverait jamais cette sensation. Et pourtant…

— Je ne sais rien de mes parents, finit-elle par dire. Les sœurs m'ont trouvée devant le portail du couvent, un matin. Je n'avais que quelques semaines. Comme il n'y avait aucun moyen de connaître mon identité, l'une des sœurs m'a appelée Nina, comme sa mère. Elle disait tout le temps que j'avais une âme très spéciale, une âme capable de beaucoup… aimer.

Sans qu'elle s'y attende, Grant lui prit la main. Elle aurait voulu se dégager, mais quelque chose la retint, quelque chose qui la faisait trembler et lui donnait envie de se réfugier dans ses bras.

— Vous avez eu la vie dure, murmura-t-il en lui caressant le dos de la main.

— Il y en a qui ont connu pire.

— Vous me donnez envie de prendre soin de vous.

Nina leva les yeux vers lui, surprise par tant de sincérité.

— Je n'ai pas besoin qu'on prenne soin de moi. Je me débrouille très bien toute seule.

— Je sais, dit-il en imprimant une légère pression sur sa main. Et c'est ce qui vous rend encore plus désirable. Votre indépendance et votre détermination acharnée, mêlées à votre douceur incroyable et à votre vulnérabilité. C'est un mélange explosif, Nina.

— Mais je ne suis pas vulnérable.

Elle retira sa main et la posa sur ses genoux. Elle ressentait comme des picotements à l'endroit où il l'avait touchée, comme une douce chaleur qui lui manquait cruellement. Elle ferma les yeux un bref instant.

— Je ne suis pas vulnérable, répéta-t-elle pour elle-même.

— Nous le sommes tous. Nous avons tous nos faiblesses, Nina.

Sauf vous, songea-t-elle. Elle n'avait jamais rencontré personne d'aussi fort, d'aussi charismatique. Comment quelqu'un comme Grant Chambers pouvait-il être vulnérable ?

Le serveur leur apporta la note, que Grant régla sans un mot.

— Partons.

Il lui prit le bras pour sortir du restaurant. Une fois de plus, Nina se demanda pourquoi elle ne parvenait pas à refuser cette familiarité. Il leur faudrait bien un jour parler de ce qui se passait entre eux, et lorsque cette discussion aurait eu lieu, rien ne serait plus jamais comme avant. Nina ne pourrait plus prétendre que la relation entre Grant et John David était leur seul lien.

Dehors, la nuit était tombée. Quelques étoiles brillaient parmi les nuages et se reflétaient sur l'eau. L'air était doux, calme, et le bruit du ressac emplissait Nina d'une mélancolie dont elle ne connaissait pas l'origine.

— Il est encore un peu tôt pour retrouver Ruthanne, observa Grant en jetant un coup d'œil à sa montre. Que diriez-vous de marcher un peu sur la plage ? Voilà bien longtemps que cela ne m'est pas arrivé.

Etant donné son état d'esprit, Nina n'était pas certaine que ce soit une bonne idée, mais elle acquiesça tout de même.

— Il faut d'abord que j'appelle le bureau, dit-il.

— A cette heure-ci ? Il y aura encore quelqu'un ?

— 6 heures, ce n'est pas tard. Je ne sors pas avant 7 ou 8 heures, d'habitude.

Arrivés au bas des marches de bois qui menaient du restaurant à la plage, il sortit son téléphone portable.

— J'en ai pour une minute, promit-il.

Nina s'éloigna vers la mer. Le faible clapotis des vagues lui donnait envie de marcher dans l'eau, et elle ôta ses chaussures et ses chaussettes. Mais en dépit de la douceur du soir, l'eau était glacée. Elle en sortit toute frissonnante et s'assit sur le sable le temps de sécher. Elle était en train de se rechausser lorsque Grant la rejoignit.

— Elle était bonne ? demanda-t-il en s'asseyant à côté d'elle.

Nina sentit son cœur s'emballer tandis que leurs épaules se frôlaient.

— Trop froide pour moi, répondit-elle.

Les rayons de lune jouaient sur la surface de l'eau, brossant les vagues d'un éclat argenté. Nina observa Grant dans la faible lumière et songea que de tous les hommes dont elle aurait pu tomber amoureuse, celui qui menaçait de voler son cœur était aussi celui qui avait le pouvoir de la priver de son fils.

Je ne suis pas amoureuse de lui, jura-t-elle intérieurement.

Soudain, comme s'il l'avait entendue, Grant se tourna vers elle. Son expression était si énigmatique, son regard si profond qu'elle retint son souffle. L'attirance entre eux était devenue électrique, et Nina sut que s'il l'embrassait maintenant, elle le laisserait faire. Alors, elle serait perdue, car il lui serait impossible de garder la tête froide.

Il ne fallait pas que cela arrive. Quoi qu'il lui en coûte, elle devait rester sur ses gardes.

Elle se tourna vers l'océan dans l'espoir de briser la tension insupportable qui s'était installée entre eux, puis chercha à engager la conversation.

— Pourquoi êtes-vous parti au Venezuela ?

Grant eut un geste d'impatience.

— J'ai été *envoyé* au Venezuela. Exilé, si vous préférez.

— Pourquoi ? demanda-t-elle, surprise.

— J'ai été impliqué dans un scandale. Rien de bien méchant, mais l'industrie pétrolière, c'est un peu comme un village. Les rumeurs peuvent prendre des proportions démesurées, et la réputation d'une personne peut affecter les affaires d'une manière que vous n'imaginez même pas.

A entendre l'amertume dans sa voix, Nina se fit la réflexion qu'elle s'était sans doute trompée à propos de Grant : peut-être était-il vraiment vulnérable.

— Que s'est-il passé ?

— C'était à cause d'une femme, évidemment.

L'amertume s'était transformée en ironie. Il lui jeta un bref coup d'œil, puis regarda ses pieds.

— Evidemment, murmura Nina.

Elle ne put s'empêcher de ressentir une pointe de jalousie en imaginant Grant avec une autre femme. C'était stupide, car il y en avait eu certainement des dizaines. Nina n'en faisait pas encore partie et, si elle faisait attention, ce ne serait jamais le cas.

— On avait eu un flirt à l'université, expliqua-t-il. Rien de sérieux, nous sommes vite repartis chacun de notre côté. Il y a quatre ans, elle a refait surface à Houston avec un fils de dix ans qui, selon elle, était de moi. Elle voulait de l'argent. Un règlement en une fois, et je n'entendrais plus jamais parler d'elle. Sinon, elle dirait à tout le monde que j'étais au courant pour sa grossesse et que je ne voulais pas entendre parler du bébé.

Nina se demanda si cela expliquait pourquoi il avait tant de mal à accepter ce qu'elle lui disait à propos de John David. Peut-être était-il devenu méfiant avec les femmes, surtout s'il y avait des enfants en jeu ?

— Qu'avez-vous fait ?

— L'entreprise était en pleine fusion avec une société très conservatrice. Les responsables avaient clairement fait comprendre que les valeurs familiales étaient aussi importantes à leurs yeux que l'éthique professionnelle, et ces deux aspects les inquiétaient un peu à propos de Chambers Petroleum. D'une manière ou d'une autre, mon père a réussi à les convaincre que nous étions l'exemple même de la respectabilité, et les négociations ont pu suivre leur cours. Quand mon père a appris l'histoire de cette femme qui me réclamait de l'argent, il a failli faire une syncope. Il m'a ordonné de la payer avant que les responsables de Trident ne découvrent l'affaire.

— Et ?

— Et j'ai refusé. Je lui ai dit que si l'enfant était de moi, il méritait mieux que ça. Je voulais payer une pension alimentaire, ouvrir un compte pour lui, ce genre de choses. Et je voulais apprendre à le connaître, faire partie de sa vie et peut-être même tenter d'être un père pour lui.

Les yeux rivés sur Grant, Nina songea qu'il y avait beaucoup de choses qu'elle ne connaissait pas de lui. Et pourtant, la manière dont il parlait de cet enfant, la manière dont il se confiait à elle l'empêchait de résister à la force d'attraction qu'il exerçait sur elle. Il n'était plus l'ennemi dont elle devait se méfier, mais un homme qu'elle pouvait admirer. Qu'elle comprenait, et qu'elle désirait mieux connaître.

— Vous aviez envie qu'il soit votre fils, n'est-ce pas ? demanda-t-elle doucement.

Ce fut à son tour d'être surpris.

— C'est amusant que vous disiez cela. L'idée n'est jamais venue à mon père que je pourrais avoir effectivement envie que ce gosse soit de moi. C'est dur à expliquer, mais dès l'instant où j'ai regardé ce garçon dans les yeux, j'ai vu une partie de moi-même dans son regard. Une partie de moi-même qui ne s'était jamais sentie proche de mon père comme je voulais que mon fils soit proche de moi.

Je n'avais pas envie que mon enfant vive cela. Est-ce que vous comprenez ?

— Parfaitement, répondit Nina en entourant ses genoux de ses bras. Je vois très bien ce que vous voulez dire. On veut toujours pour ses enfants ce qu'on a voulu pour nous mais qu'on n'a jamais pu avoir. Moi, je voulais que mon bébé grandisse en sachant qu'il était aimé, et que sa maman serait toujours là pour lui.

Nina sentit les larmes lui brûler les paupières. Elle posa son menton sur ses genoux et détourna les yeux, tentant de se concentrer sur le va-et-vient des vagues. Elle savait que Grant l'observait, mais elle n'osait pas le regarder en face. Elle aurait éclaté en sanglots.

— Vous serez une merveilleuse maman, dit-il doucement. Vous *êtes* une merveilleuse maman.

— Merci, murmura-t-elle en essuyant ses larmes, profondément touchée par ses paroles.

En sentant la main de Grant dans ses cheveux, elle tourna la tête vers lui. Une vague d'émotions déferla en elle tandis que leurs regards se croisaient dans le clair de lune. Il lui caressait doucement la nuque, et elle savait que d'un moment à l'autre, il l'attirerait contre lui. Elle ferma les yeux, s'imprégnant de son contact, savourant l'attente et le désir impensable qu'il faisait naître en elle.

— Comment cette histoire s'est-elle terminée ? demanda-t-elle, consciente qu'elle ne faisait que retarder l'inévitable.

Grant laissa retomber sa main et détourna les yeux.

— Nous avons fait appel à des avocats, répondit-il froidement. Et nous avons fait des analyses.

— Des tests ADN ?

— Non, ce n'est pas allé jusque-là. Une analyse de sang a suffi pour prouver que je ne pouvais pas être le père.

Il resta silencieux un moment. Etait-il en train de comparer sa situation à celle de Nina, comme elle le faisait elle-même ?

— La jeune femme avait inventé cette histoire pour m'extorquer de l'argent, finit-il par dire en haussant les épaules. Mais j'ai toujours suspecté que quelqu'un l'avait engagée pour me faire perdre ma position au sein de l'entreprise. Le petit garçon n'était qu'une victime innocente. Bien sûr, Trident a eu vent de l'histoire et s'est retiré du projet de fusion. Vu que je n'avais pas réglé ce problème comme mon père le désirait, il a décidé de m'envoyer au Venezuela.

— Cela a dû être dur pour vous.

— C'est pour le petit garçon que j'étais peiné, répondit Grant. Je ne pouvais pas m'empêcher de penser que s'il avait été mon fils, on aurait perdu dix ans à ne pas se connaître. Cela aurait été vraiment triste.

— C'est plus que triste de ne pas connaître son enfant, observa Nina. C'est insupportable.

Avant qu'il ait eu le temps de répondre, elle se leva et passa les mains sur son jean pour faire tomber le sable qui le recouvrait.

— Il est presque 7 heures, rappela-t-elle. Nous devrions y aller.

Grant se leva à son tour, mais au moment où Nina commençait à se diriger vers la voiture, il la prit par les épaules et l'obligea à lui faire face.

— Je suis navré pour votre bébé, lui dit-il. Je suis navré pour tout ce qui vous est arrivé. Mais je vous promets que je ferai tout ce qui est en mon pouvoir pour le retrouver.

— J'aimerais vous croire, murmura-t-elle. Mais comment le pourrais-je ?

— Je suis attaché à vous.

— Pourquoi ?

Il effleura sa joue du bout des doigts.

— Parce que vous êtes vous. Parce que vous êtes Nina.

Alors qu'elle ne répondait rien — que pouvait-elle répondre ? — il plongea son regard dans le sien et reposa ses deux mains sur ses épaules.

— Je crois que je suis en train de tomber amoureux de vous.

Ce fut un tel choc que Nina crut défaillir tant son cœur battait fort. Elle resta interdite pendant de longues secondes, le souffle coupé.

— Je ne sais pas quoi vous dire, avoua-t-elle.

Il sourit, mais son regard restait sombre, son visage sérieux.

— Vous n'avez pas besoin de dire quoi que ce soit. Je pensais juste qu'il fallait que vous sachiez ce que je ressens.

Nina ne savait plus quoi penser. Elle avait assez d'expérience pour avoir deviné que Grant s'intéressait à elle, voire qu'il la désirait. Mais elle était à des lieues d'imaginer qu'il l'aimait. Pouvait-il vraiment être tombé amoureux d'elle, avec ce qu'il savait sur elle ? L'amour était-il aussi fort ?

Nina n'osait pas l'espérer.

— Cela ne change rien pour nous, dit-elle d'un air navré. Je crois toujours que votre sœur a volé mon bébé, et j'ai toujours l'intention de faire mon possible pour le récupérer.

— Je sais tout ça. Et moi, je ferai toujours mon possible pour protéger Vanessa, mais cela ne change rien à ce que j'éprouve pour vous. Je ne peux pas nier, cependant, que j'aurais préféré vous rencontrer dans d'autres circonstances, ajouta-t-il avec un petit sourire.

— Sans ces circonstances, nous ne nous serions jamais rencontrés, fit remarquer Nina.

Il l'attira imperceptiblement contre lui.

— Je ne suis pas d'accord, répondit-il. Certaines choses sont prédestinées.

— Et d'autres ne le sont pas, rétorqua-t-elle, tout en ayant conscience de ne pas être très convaincante.

Ils se tenaient maintenant très près l'un de l'autre, si près que Nina se demanda si Grant pouvait entendre les battements erratiques de son cœur, et percevoir le tourbillon de ses émotions, la faiblesse de ses défenses.

Alors, très doucement, il l'obligea à lever le visage vers lui et la regarda intensément. Pendant un instant qui sembla durer une éternité, ils restèrent immobiles, silencieux, pris dans un moment intemporel d'attente, d'espoir, de désir. Puis Grant baissa la tête pour l'embrasser.

Nina ferma les yeux tandis qu'il posait ses lèvres sur les siennes et l'enlaçait tendrement. Elle pressa ses mains contre son torse pour tenter de le repousser, mais elle se surprit à se serrer encore plus fort contre lui alors que Grant approfondissait son baiser.

Une vague de désir la submergea. Elle n'avait jamais rien ressenti de tel, elle n'avait jamais éprouvé cette impression exquise que quelque chose d'inéluctable était en train de se produire.

Derrière eux, les vagues s'échouaient sur la plage dans un souffle régulier, tandis que la lune répandait sur l'eau une lumière pâle et intime. Et sous la main de Nina, le cœur de Grant battait à un rythme aussi effréné que le sien.

Vous n'avez jamais fait fi de toute prudence ? lui avait-il demandé un jour. *Vous ne vous êtes jamais laissé emporter par la passion ?*

Etait-ce cela, qu'il avait voulu dire ? Ce désir, cette

faim, cette envie désespérée qu'il l'embrasse et continue à l'embrasser, qu'il pose ses mains partout sur son corps, qu'il l'attire plus près de lui jusqu'à ce que…

Il abandonna ses lèvres pour déposer une pluie de baiser sur son visage, plongeant ses mains dans ses cheveux, murmurant des mots au creux de son oreille jusqu'à ce que plus rien d'autre ne compte. Jusqu'à ce que Nina oublie pourquoi elle ne devait pas tomber amoureuse de cet homme.

— Je ferais n'importe quoi pour vous, chuchota-t-il.

— N'importe quoi ? souffla-t-elle.

— Vous le savez.

Nina frissonna tandis qu'il passait la pointe de sa langue le long de son oreille.

— Est-ce que vous… ?

Elle ressentit comme une hésitation de sa part avant même qu'elle ait terminé sa phrase. Il cessa de lui caresser les cheveux et posa les mains sur ses épaules, comme pour prendre un peu de distance. La flamme du désir brûlait encore dans ses yeux, mais Nina y percevait une autre émotion qui l'emplissait de regret.

— Est-ce que je quoi, Nina ?

Elle ferma les yeux, rêvant de l'attirer de nouveau contre elle, de retrouver ce moment de pur bonheur où tout le chagrin et la peine de ces six derniers mois s'étaient évaporés, où rien n'existait à part eux deux. Mais elle savait que ce moment était perdu. Ils ne seraient jamais que tous les deux.

Ce fut presque un soulagement de ressentir de nouveau la douleur de son chagrin, de se rendre compte que rien, pas même un homme comme Grant Chambers, ne lui ferait oublier son bébé.

— Est-ce que vous me laisseriez voir mon fils ? dit-elle enfin, en le regardant dans les yeux.

Il laissa retomber ses mains. Il paraissait soudain sombre et lointain, comme lorsqu'il lui avait arraché le bébé des bras, au parc. Nina sentit son cœur se serrer en s'apercevant que, quoi qu'il dise, il resterait toujours son ennemi.

— Je vais voir ce que je peux faire, répondit-il de manière totalement inattendue.

Sa voix était si froide, si distante, qu'elle en eut la chair de poule. Elle serra ses bras contre sa poitrine comme pour se réchauffer.

— Vous… vous feriez ça pour moi ?

— Pourquoi avez-vous l'air si surprise ? Je vous ai dit que je ferais n'importe quoi pour vous, et vous me mettez au défi de le faire.

Il s'apprêtait à partir mais elle le rattrapa par le bras.

— Vous n'imaginez pas à quel point c'est important pour moi de revoir Dustin, plaida-t-elle.

— Le bébé s'appelle John David. Et, comme je l'ai dit, je vais voir ce que je peux faire. J'essaie toujours de tenir parole, quoi que vous croyiez.

Sur ces mots, il se retourna et repartit vers la voiture.

Lorsqu'ils arrivèrent dans Smith Street, la rue dans laquelle était situé le café que Ruthanne Keller leur avait indiqué, Nina remarqua immédiatement les gyrophares des trois voitures de police et de l'ambulance garés en plein milieu de la chaussée. Grant repéra une place le long du trottoir et s'y gara.

— Je me demande ce qui est arrivé, dit-elle tout haut.

— Je n'en sais rien.

Il coupa le moteur et se tourna vers elle. Nina tenta d'ignorer l'intensité du regard qu'ils échangèrent. Tous ses sens vibraient encore de ce qui s'était passé sur la plage, même si elle était douloureusement consciente, depuis le début, qu'aucune relation n'était envisageable entre elle et Grant. A présent, il le savait lui aussi. Il connaissait ses priorités, et c'était mieux ainsi.

Il n'en restait pas moins que la proximité de Grant faisait battre son cœur plus vite, et qu'elle frissonnait chaque fois que son bras effleurait le sien tandis qu'ils se dirigeaient vers le café.

Lui en voulait-il encore d'avoir utilisé les sentiments qu'il éprouvait pour elle — et qu'il lui avait avoués ! — pour obtenir ce qu'elle désirait le plus au monde ? Nina n'était pas vraiment fière de ce qu'elle avait fait. Mais si elle pouvait revoir son fils, le serrer de nouveau dans ses bras, elle savait qu'elle n'aurait plus aucun regret.

Ou peut-être quelques-uns, admit-elle en lançant un coup d'œil vers Grant. Son visage ne trahissait rien de ce qu'il ressentait, comme s'il ne s'était rien passé. Son regard était rivé sur les gyrophares, à quelques mètres d'eux.

Des gens s'étaient massés dans la rue devant Chez Antoinette. Les voitures de police et l'ambulance étaient garées juste devant le café, et le cercle de piétons empêchait Nina de voir ce qui se passait. Grant s'approcha d'un badaud pour lui demander de quoi il retournait.

— Un accident avec délit de fuite, expliqua-t-il d'un air sombre. J'ai tout vu. Cette satanée voiture est arrivée de nulle part à toute vitesse, elle l'a fauchée et a continué son chemin. La pauvre femme n'a même pas eu le temps de comprendre ce qui lui arrivait.

Une sensation de nausée s'empara de Nina. Elle entendit Grant demander :

— Vous la connaissiez ?

— Je la voyais assez souvent, c'était une habituée du café.

La nausée se transforma en peur panique. Elle échangea un regard avec Grant, puis il se tourna de nouveau vers l'inconnu.

— Est-ce que vous connaissez son nom ?

— Ruth, Ruthie, quelque chose comme ça. Elle était infirmière, je crois.

Nina porta une main à sa bouche, ne voulant pas croire à ce qu'elle venait d'entendre, ni aux implications que cela pouvait avoir. Tandis que les ambulanciers soulevaient le brancard, la foule s'écarta et, l'espace d'une seconde, Nina put voir le drap ensanglanté qui recouvrait le corps de la victime.

Ruthanne Keller, la seule personne capable d'identifier Karen Smith en dehors d'elle-même, venait de mourir.

11

La maison de Nina était plongée dans le noir lorsque Grant se gara dans l'allée. Elle avait oublié de laisser une lumière allumée en partant, si bien qu'à présent, l'endroit semblait froid et inhospitalier, presque inquiétant.

Grant coupa le moteur et éteignit les phares. L'obscurité les enveloppa. Nina ne put s'empêcher de frissonner en repensant au corps sans vie de Ruthanne Keller étendu sur le brancard.

Un accident avec délit de fuite, avait dit l'homme que Grant avait interrogé. Une voiture était arrivée de nulle part, l'avait renversée, puis était repartie. Etait-ce une simple coïncidence que Ruthanne Keller ait été tuée quelques minutes avant qu'elle ne rencontre Grant et Nina ? Etait-ce une simple coïncidence qu'elle ait vu quelque chose de troublant dans la photo de Vanessa Baldwin ?

Soudain, une autre pensée frappa Nina. Grant avait passé un coup de téléphone lorsqu'ils étaient sortis du restaurant. Et s'il s'était arrangé pour qu'on se débarrasse de Ruthanne ?

Elle osait à peine le regarder tant cette possibilité la terrorisait. Il l'observait, immobile, dans la faible lumière du réverbère. A quoi pensait-il ? Qu'était-il en train de manigancer ?

Ne sois pas ridicule, se morigéna-t-elle. *Ce n'est pas ce genre d'homme.*

Jamais Grant n'ordonnerait froidement de tuer quelqu'un. Mais comment pouvait-elle en être sûre ? Après tout, elle ne savait que très peu de choses sur lui, en dehors du fait qu'il était prêt à tout pour protéger sa petite sœur.

Etait-il capable d'aller jusqu'à prétendre qu'il était tombé amoureux d'elle ?

— Qu'est-ce qui ne va pas ?

Le son de sa voix la fit sursauter.

— Rien, je… je repensais juste à cette pauvre Ruthanne. Si nous ne lui avions pas donné rendez-vous ce soir, elle serait peut-être encore en vie.

— Vous n'en savez rien. Elle a dit qu'elle allait souvent dans ce café avant de rentrer chez elle. Elle y serait sûrement allée quand même.

— C'est possible, murmura Nina sans être convaincue. Vous devez admettre que c'est tout de même une étrange coïncidence. Elle était de garde la nuit où j'ai accouché. Elle a vu Karen Smith à l'hôpital. Je n'arrête pas de me demander qui aurait pu vouloir la tuer. Et la réponse qui me vient chaque fois à l'esprit, c'est : quelqu'un qui avait peur d'être reconnu par elle.

— Je ne suis pas sûr de bien aimer ce que vous sous-entendez, remarqua Grant. J'espère que vous n'êtes pas en train de me dire que Vanessa a quelque chose à voir avec la mort de Ruthanne Keller.

— Je ne sais pas, répondit-elle sincèrement. Vous avez vu comme moi la réaction de Ruthanne face à la photo de Vanessa.

— Cela ne prouve rien, et vous le savez très bien, dit

Grant avec impatience. Vous vous montez la tête. La mort de Ruthanne n'est qu'un tragique accident. Il en arrive tous les jours. Vous ne pouvez pas accepter cela ?

— Non, je ne peux pas. Et je pense qu'au fond de vous, vous n'y croyez pas non plus.

Comme il ne répondait pas, Nina poussa un long soupir.

— La journée a été dure. Je vais rentrer.

— Je vous raccompagne jusqu'à la porte.

— Ce n'est pas nécess…

Elle ne termina pas sa phrase, car il était déjà sorti de la voiture. Fallait-il être rassurée ou bien inquiète qu'il la raccompagne ? L'idée de rentrer seule dans une maison froide et sombre ne l'enchantait pas vraiment, mais Grant pouvait très bien être un homme dangereux.

Il n'a rien à voir avec cet accident, se dit-elle tandis qu'ils montaient les marches du perron et qu'elle ouvrait la porte. Un homme qui avait fait preuve d'autant de passion et de tendresse ne pouvait pas avoir ordonné un acte aussi atroce. Grant était innocent, Nina voulait y croire plus que tout au monde.

Lorsqu'elle eut allumé la lumière dans l'entrée, il s'appuya contre le chambranle de la porte et la regarda fixement, comme s'il avait envie de la prendre de nouveau dans ses bras et de l'embrasser jusqu'au bout de la nuit. Malgré la confusion de ses pensées, une onde de désir la traversa.

— A propos de ce qui s'est passé ce soir, dit-il d'une voix grave. Sur la plage…

— Ne vous sentez pas obligé de vous expliquer, l'interrompit-elle. Je sais que c'était une erreur.

— Vraiment ? demanda-t-il en scrutant son visage. J'étais très sérieux. Je tiens à vous, Nina, peut-être plus qu'il ne le faudrait étant donné les circonstances. Jamais je ne vous ferai du mal.

— Mais vous devez protéger votre sœur. Je comprends, Grant.

— Je ne suis pas sûr que vous me compreniez vraiment, dit-il d'un air hésitant. Je dois faire ce qu'il convient de faire, quels que soient mes sentiments à votre égard. Il y a beaucoup de vies en jeu.

— Nous savons tous les deux ce qu'il convient de faire, rétorqua Nina avec une pointe d'amertume. Pour ma part, je dois retrouver mon bébé.

— Je suis bien d'accord.

— Même si John David s'avère être mon fils ?

Il la regarda un long moment sans répondre.

— Même si John David s'avère être votre fils, finit-il par dire.

Nina resta sans voix. Etait-il sérieux ? Pensait-il vraiment ce qu'il disait ?

— Jamais je ne vous empêcherai de retrouver votre bébé, Nina. Il faut me croire.

— J'aimerais bien, murmura-t-elle. Vous n'imaginez pas à quel point.

Lorsqu'elle leva les yeux vers lui, elle fut à deux doigts de penser que tout irait bien. Qu'elle retrouverait Dustin, et que Grant l'aiderait. Elle voulait lui dire combien ses paroles la réconfortaient, combien elles faisaient renaître l'espoir en elle.

Elle tendait la main pour le toucher quand le téléphone portable de Grant se mit à sonner. Il s'éloigna à regret pour répondre, et son expression se fit de plus en plus grave.

— J'arrive tout de suite, dit-il avant de raccrocher.

— Qu'y a-t-il ? demanda Nina, sentant qu'il se passait quelque chose de grave. Est-ce le bébé ?

— Non, John David va bien. C'était la gouvernante de ma sœur. Vanessa est à l'hôpital, elle a fait un malaise.

— Mon Dieu… Est-ce qu'elle va bien ?

— Je ne sais pas. Il faut que j'aille à l'hôpital.

— Oui, bien sûr.

Nina porta une main tremblante à ses lèvres. Cela prouvait-il que Vanessa était innocente, qu'elle n'avait rien à voir avec la mort de Ruthanne Keller ?

Quelle que soit la réponse à cette question, elle était sincèrement triste pour Vanessa, et surtout pour Grant. Elle savait à quel point il était proche de sa sœur.

— Grant, je suis désolée, dit-elle. J'espère de tout cœur que votre sœur va aller mieux.

Il lui lança un regard incertain, comme s'il ne savait pas s'il devait la croire.

— Je vous tiendrai au courant, dit-il avant de tourner les talons et de disparaître dans la nuit.

Lorsque Grant rejoignit l'hôpital, son père venait tout juste d'arriver. Ils restèrent côte à côte dans le couloir du service de cardiologie, à regarder Vanessa à travers la cloison vitrée.

Elle paraissait pâle et très fragile au milieu des draps blancs. On lui avait posé une perfusion pour que le médicament fasse effet plus vite, et on l'avait intubée pour l'aider à respirer. Près de son lit, un moniteur montrait le rythme faible et irrégulier de son cœur.

— Bon sang, murmura J.D. en pressant ses doigts contre la vitre, comme s'il voulait lui donner un peu de sa force et de son courage à distance.

Grant n'avait jamais eu des relations faciles avec son père, mais il s'efforça d'oublier toutes ses rancœurs, comme il l'avait toujours fait dans les moments de crise.

— Elle va s'en sortir, assura-t-il en posant une main sur l'épaule de son père. Vanessa est une battante.

J.D. acquiesça, mais l'inquiétude avait creusé de profondes rides sur son visage. Pour la première fois, Grant le trouva vieux. Vieux, fatigué et usé.

— Elle ressemble à sa mère, allongée comme ça, soupira J.D.

Grant avait très peu de souvenirs de sa mère. Elle avait succombé à un cancer alors qu'il avait quatre ans et Vanessa à peine un an. Avec les années, il avait même fini par oublier à quoi elle ressemblait ; mais à cet instant, il crut revoir une femme vêtue de blanc, avec le sourire le plus tendre qu'il ait jamais vu et la voix la plus douce qu'il ait jamais entendue. Il sentait presque sa main réconfortante sur son front, lorsqu'il était malade et qu'elle prenait soin de lui.

Etrangement, ce souvenir lui fit penser à Nina, à l'amour qu'elle éprouvait pour son fils.

— Que s'est-il passé ? demanda-t-il à son père.

— J'étais en réunion ce soir. Quand je suis rentré à la maison, il y avait un message de la gouvernante de Vanessa sur le répondeur. Apparemment, Vanessa avait eu un malaise. Alice Becker l'a trouvée inconsciente dans la nursery. Elle a appelé une ambulance, puis elle a commencé un massage cardiaque.

Il s'interrompit en hochant la tête.

— Cette femme m'a toujours agacé au plus haut point, mais elle a fait quelque chose de bien ce soir. Elle a sauvé la vie à Vanessa. Quand je pense qu'on a failli la renvoyer…

Et c'est Grant qui avait insisté le plus pour qu'elle soit licenciée. Si cela n'avait tenu qu'à lui, elle aurait été mise à la porte le soir où il avait découvert qu'elle buvait. Mais

Vanessa l'avait gardée, et elle venait de lui sauver la vie. Grant se demanda s'il fallait tirer un message de l'ironie de cette situation. Quoi qu'il en soit, il ne pouvait que remercier cette femme de s'être trouvée là au bon moment.

— Est-ce que tu as une idée de ce qui est à l'origine de ce malaise ? demanda-t-il.

Mais avant que son père ait eu le temps de répondre, Clayton accourut vers eux. Ses vêtements étaient en désordre, ce qui ne lui ressemblait pas du tout. Sa cravate était dénouée et ses cheveux blonds, habituellement coiffés avec soin, étaient tout ébouriffés, comme s'il s'était passé la main dedans. Lui, ou quelqu'un d'autre, songea Grant.

— Je suis venu aussi vite que j'ai pu, dit Clayton à J.D. en rajustant sa cravate.

Il n'avait même pas encore jeté un coup d'œil sur sa femme, ce qui en disait long sur l'amour qu'il prétendait ressentir pour elle. Grant ne pouvait s'empêcher de se demander où Clayton avait passé la soirée. Il avait l'air coupable et tentait désespérément de le cacher.

Comme s'il avait lu dans ses pensées, Clayton se tourna brusquement vers la cloison vitrée pour regarder Vanessa.

— Oh, mon Dieu, soupira-t-il. Ma pauvre Van.

Grant détourna les yeux, écœuré. Son beau-frère lui donnait la nausée.

— Que s'est-il passé ? demanda Clayton.

J.D. répéta l'histoire et, lorsqu'il eut fini, il ajouta d'un air impatient :

— Je vais aller chercher le médecin. Je ne peux pas supporter d'attendre comme ça. Il doit nous dire quelque chose.

— Il faut qu'elle s'en sorte, murmura Clayton une fois que J.D. se fut éloigné. Il le faut vraiment.

— Tu peux arrêter ta comédie, mon père n'est plus là pour t'entendre, lâcha Grant.

Clayton se tourna vers lui, affichant un air méprisant.

— Va te faire voir. Comment oses-tu mettre en doute l'amour que j'éprouve pour Vanessa alors que tout ça est ta faute ? Je suis sûr que ton père s'en rend compte, lui aussi.

— Ma faute ? Et comment expliques-tu cela, s'il te plaît ?

— Vanessa subit une pression terrible depuis que cette femme a déboulé chez nous avec ses accusations complètement folles. C'était à toi de nous en débarrasser, et tu ne l'as pas fait. Et maintenant, regarde où ça nous mène. Tu devrais peut-être commencer à faire tes cartons au bureau, Grant, parce que je crois que tu viens de prouver encore une fois à ton père à quel point tu es un raté.

— Je n'arrive pas à y croire, répondit Grant avec dégoût. Ta femme est peut-être en train de mourir, et tout ce qui te préoccupe, c'est te débarrasser de moi ? Qu'est-ce qui se passe dans ta tête, bon sang ?

— On n'aurait jamais dû t'écouter, siffla Clayton. J'aurais dû m'occuper de cette femme moi-même. J'aurais dû lui donner de l'argent dès le début, et rien de tout ça ne serait arrivé.

— Je t'ai déjà expliqué que Nina Fairchild ne veut pas d'argent. Elle est persuadée que John David est son fils, et rien ne lui fera abandonner cette idée, surtout pas des billets.

— Je te rappelle que tu n'as rien fait non plus pour régler le problème. Laisse-moi te dire une chose, Grant. S'il arrive quelque chose à Vanessa… Si elle ne s'en sort pas, je t'en tiendrai pour responsable.

Grant sentit la colère monter en lui. Il rêvait de lui

envoyer son poing à la figure, mais il savait que cela n'arrangerait rien.

— Si tu te fais autant de souci pour ma sœur, pourquoi n'étais-tu pas chez toi ce soir ? demanda-t-il d'une voix glaciale. Pourquoi est-ce Alice Becker qui l'a trouvée, et pas toi ?

Un éclair de culpabilité traversa le regard de Clayton. Grant était sûr que son beau-frère cachait quelque chose. Mais ce dernier était aussi très doué pour retourner les situations en sa faveur, ce qu'il s'empressa de faire.

— Puisque tu parles d'emploi du temps, puis-je savoir ce que tu as fait de ta journée, toi ? demanda-t-il d'un air sournois. Lori m'a dit que tu avais quitté le bureau juste après le déjeuner sans lui dire où tu allais. Je pense que ton père aimerait bien le savoir, lui aussi.

A la plus grande satisfaction de Clayton, Grant hésita. *Ce salaud sait très bien où j'étais*, songea-t-il.

— J'ai passé l'après-midi avec Nina, répondit-il. Nous sommes allés à Galvestone pour parler au policier qui enquête sur la disparition de son fils. Mais je suppose que tu sais déjà tout ça, n'est-ce pas ? Qu'est-ce que tu as fait, tu nous as suivis ?

— J'ai bien autre chose à faire, figure-toi — comme travailler, par exemple. Si tu veux savoir, j'ai passé une bonne partie de la journée avec les gens de Ventura. J'ai toujours eu à cœur de servir les intérêts de l'entreprise, comme ton père le sait. J'ai l'intention de faire ce qu'il faudra pour que cette fusion ait lieu, que tu le veuilles ou non.

Comme d'habitude, il tombait à point : J.D. les rejoignit à ce moment-là et posa une main sur l'épaule de Clayton en signe de soutien.

— Mais tout de suite, je n'arrive pas à penser au travail, reprit Clayton en se tournant vers sa femme. Vanessa occupe toutes mes pensées. Elle et John David sont toute ma vie. Si je les perdais l'un ou l'autre…

Il laissa sa phrase en suspens et ferma les yeux, comme si son émotion était trop forte.

— Elle va s'en sortir, fiston, ne t'inquiète pas, le rassura J.D. Tu ne perdras ni Vanessa ni John David, j'y veillerai.

Grant aurait pu se réjouir que son père ait retrouvé son arrogance, s'il n'avait pas été aussi attristé de voir comme J.D. se laissait avoir par Clayton. Mais que pouvait-il dire ? Clayton avait toujours été le chouchou de J.D. Chambers, et ce dernier ne supporterait aucune critique de la part de Grant. Sans compter que révéler la vraie nature de Clayton nuirait à sa propre réputation. Grant connaissait très bien son père.

Mais ce n'est pas fini, songea-t-il. Cette fois-ci, il ne se retirerait pas sagement à l'autre bout de la terre. Cette fois-ci, il resterait pour se battre.

— Allons prendre l'air, proposa J.D. à Clayton. Ça te fera du bien.

Clayton acquiesça. Mais il ne put résister au plaisir de lancer à Grant un regard triomphant, avant de suivre son beau-père dans le couloir.

Resté seul devant la cloison vitrée, Grant regardait sa sœur tout en continuant à penser à Clayton. Les dernières paroles de son beau-frère le troublaient. *Vanessa occupe toutes mes pensées. Elle et John David sont toute ma vie. Si je les perdais l'un ou l'autre…*

Grant était conscient que Clayton avait feint son affliction pour plaire à son père, mais il y avait quelque chose dans le choix de ses mots qui l'inquiétait. Qu'arriverait-il en effet s'il perdait réellement Vanessa ou John David ? L'ascension météorique de Clayton au sein de Chambers Petroleum était sans aucun doute liée à son mariage avec

Vanessa, et peut-être même à la naissance du seul petit-fils de J.D.

Si Vanessa ou John David disparaissait, la position de Clayton dans l'entreprise serait sévèrement mise à mal. Sans le lien familial, il aurait peu de chances d'être nommé P.-D.G., et Grant ne doutait pas un seul instant que Clayton y avait déjà pensé.

Etait-ce pour cette raison qu'il se sentait si menacé par Nina ? Avait-il peur qu'elle parvienne à prouver que le bébé était le sien ?

Là, tu vas un peu loin, songea-t-il.

L'enfant de sa sœur ne pouvait pas être celui de Nina. Il avait vu une photo de Vanessa enceinte, il avait parlé avec son médecin.

Cet homme mentait, lui avait dit Nina lorsqu'ils avaient quitté le bureau du Dr Mapleton. *Vous ne vous en êtes pas aperçu ?*

Etait-ce possible ?

Grant secoua la tête dans l'espoir de clarifier ses idées. Bien sûr que ce n'était pas possible. Et pourtant, il savait que Nina n'était pas folle. Jamais il n'avait rencontré quelqu'un d'aussi sain d'esprit.

Et il y avait autre chose que Grant savait sans aucun doute : malgré ce qu'avait sous-entendu le sergent Farrell, Nina n'aurait jamais fait de mal à son propre fils, et elle ne l'aurait jamais abandonné non plus. Elle l'aimait plus que tout au monde et était prête à tout pour le retrouver.

Où cela le menait-il, alors ? Faisait-il confiance à Nina, une femme pour qui il ressentait une attirance peu commune, ou bien à sa sœur, qui luttait contre la mort, et qu'il pensait connaître aussi bien que lui-même ?

Sa sœur était loin d'être parfaite. Grant ne s'était jamais fait d'illusions à cet égard. C'était une jeune fille gâtée et caractérielle qui, lorsqu'elle se sentait acculée, pouvait se révéler extrêmement manipulatrice. Mais de là à voler le bébé d'une autre femme…

Un test ADN pourrait régler le problème très facilement, chuchota une petite voix en lui.

Un terrible sentiment de culpabilité l'envahit tandis qu'il regardait Vanessa à travers la cloison vitrée. Il se rappela comme ils s'étaient amusés enfants, comme ils avaient été proches, adolescents. Le lien qui les unissait avait toujours été très spécial — Vanessa, la belle petite sœur fragile, Grant, le grand frère protecteur… Pour être honnête, la fragilité de Vanessa l'avait toujours fait se sentir fort et utile.

A la voir lutter pour sa vie, il éprouvait encore davantage ce besoin de la protéger, et une tristesse accablante l'envahit soudain. Vanessa ou Nina ? Comment pouvait-il choisir entre les deux sans perdre quelque chose de précieux ? Sans trahir quelqu'un qui lui était cher ?

Quelle que soit la manière dont il envisageait la situation, Grant savait que cette histoire ne pourrait pas bien se terminer. Et il ne pouvait pas non plus oublier que ce soir, une femme qui avait un lien avec Nina et la disparition de son bébé avait été tuée. Il avait envie de croire qu'il ne s'agissait que d'un tragique accident, mais il n'était pas stupide : la mort de Ruthanne Keller pouvait tout aussi bien avoir été préméditée.

Peu après minuit, Nina se réveilla en sursaut avec un terrible sentiment de déjà-vu. Avait-elle fait un cauchemar ? Cela expliquait-il la légère odeur de fumée qui semblait flotter dans l'air ?

Elle se redressa brusquement. *Mon Dieu*, songea-t-elle. L'odeur était bien réelle !

Elle bondit sur ses pieds et se précipita vers la porte de sa chambre. Prenant soin de vérifier que la poignée n'était pas brûlante, elle l'ouvrit lentement et sortit dans le couloir. Comme elle ne sentait plus rien, elle se demanda si elle n'avait pas tout imaginé, finalement. Mais au même moment, le détecteur de fumée situé à l'arrière de la maison se mit à retentir, et son cœur fit un bond dans sa poitrine. Il y avait le feu dans sa maison !

Des images d'un autre incendie jaillirent dans son esprit tandis qu'elle courait dans le couloir. Dans sa panique, elle trébucha et tomba de tout son long. En se relevant, elle se souvint que le détecteur de fumée situé dans sa chambre ne s'était pas déclenché, ce qui signifiait que le feu s'était déclaré à l'arrière de la maison. C'était pour cette raison que l'odeur de fumée était moins forte dans le couloir. Nina avait tout le temps de sortir de chez elle, il ne fallait pas qu'elle panique.

Elle tenta de respirer profondément pour se calmer. Si le feu était à l'arrière, elle devait sortir par la porte de devant, c'était aussi simple que cela.

Elle passa dans le salon pour attraper son téléphone sans fil puis se hâta vers la sortie, tout en appelant les pompiers. Une fois dehors, elle fit le tour de la maison en prenant soin de garder ses distances.

Bien qu'elle entendît toujours l'alarme qui hurlait à l'intérieur, elle ne voyait pas beaucoup de fumée. Elle se demanda si elle n'aurait pas dû attendre un peu avant d'appeler les pompiers. Et s'il ne s'agissait que d'un feu sans importance, qu'elle aurait pu éteindre toute seule ?

Son bureau était situé à l'arrière de la maison, dans ce qui avait été jadis une véranda. D'un pas hésitant, elle s'approcha de la porte. Le danger ne semblait pas très grand. Elle pouvait voir à l'intérieur à travers les parois de verre : il y avait très peu de fumée et pas de flammes. Peut-être y avait-il eu un court-circuit dans son installation informatique, tout simplement, et que tout serait réglé si elle revenait à l'intér…

Soudain, la pièce tout entière s'embrasa avec une violence qui lui coupa le souffle. L'intensité de la chaleur la projeta en arrière. Elle s'éloigna sur les genoux, toussant et crachant tandis que son cœur cognait dans sa poitrine.

En quelques secondes, son bureau fut en flammes. Son ordinateur, ses dossiers, tout son travail était en train de brûler sous ses yeux, sans qu'elle puisse rien faire.

Elle jeta des regards affolés autour d'elle et repéra le tuyau d'arrosage qui était relié à un robinet près de son garage. Elle se précipita sur le robinet pour l'ouvrir puis traîna le tuyau jusqu'à l'arrière de la maison, avant de diriger le jet vers le feu. Une épaisse fumée noire s'éleva vers le ciel là où l'eau rencontrait les flammes, et les fenêtres de son bureau se brisèrent une à une. La bataille semblait désespérée, mais elle n'avait pas l'intention de renoncer.

A son grand soulagement, elle entendit au loin la sirène des pompiers. Quelques secondes plus tard, le camion s'arrêtait dans l'allée, et les hommes la remplacèrent. Nina se réfugia devant son garage pour regarder la scène, plongée dans un état de torpeur qui, elle le savait, ne durerait certainement pas.

L'incendie fut maîtrisé en un temps record, mais son bureau avait été réduit à un tas de cendres fumantes. L'un des pompiers la rejoignit.

— Vous avez de la chance, lui dit-il. Le feu n'a touché qu'une seule pièce. Vous aurez des dégâts liés à la fumée et à l'eau, mais cela aurait pu être bien pire.

Nina acquiesça, bien qu'elle n'eût pas l'impression d'être si chanceuse que cela. Elle regarda son bureau en songeant à tout ce qu'elle avait perdu.

— Madame, avez-vous une idée de ce qui a provoqué cet incendie ? demanda le pompier.

— Pas vraiment. Mais c'est une vieille maison, l'installation électrique était peut-être défaillante.

— Vous n'avez pas laissé un mégot mal éteint ou une bougie allumée, ou encore un petit radiateur en marche ?

Nina hocha la tête en serrant ses bras autour d'elle, sentant la torpeur se dissiper peu à peu.

— Non, je ne fume pas et je suis quelqu'un de très prudent.

— Très bien, nous en saurons plus lorsque l'enquêteur en aura terminé.

Nina leva les yeux vers lui, sous le choc.

— L'enquêteur ? répéta-t-elle. Vous pensez que quelqu'un a délibérément mis le feu à ma maison ?

— Ce n'est probablement pas le cas. La plupart des incendies sont accidentels, mais c'est la routine de mener une petite enquête.

Il s'apprêtait à s'éloigner, mais se ravisa.

— Au fait, est-ce que vous laissez la porte de derrière fermée, habituellement ?

— Bien sûr que oui. Cette pièce me sert de bureau. Il y a… il y *avait* du matériel de valeur, à l'intérieur. Pourquoi ?

— Elle n'était pas fermée lorsque nous sommes entrés.

Nina sentit son cœur bondir dans sa poitrine.

— Dans ce cas, ce n'était pas un accident, n'est-ce pas ?

Il sembla hésiter.

— Attendons de voir ce que va dire l'enquêteur.

Nina le suivit jusqu'à l'arrière de la maison, mais au moment où elle s'apprêtait à entrer dans la pièce en ruines, il l'arrêta.

— Madame, vous êtes pieds nus. Il y a du verre partout, vous pourriez vous blesser.

Pour la première fois, Nina s'aperçut qu'elle était encore en chemise de nuit. L'air froid de la nuit la fit frissonner. Elle tendit le cou pour avoir un aperçu de ce qui avait été son bureau, et poussa un soupir affligé : ce que le feu n'avait pas atteint, l'eau s'en était chargée. Tout était complètement détruit. Son ordinateur, ses dossiers, tout. Par chance, elle avait acheté récemment un ordinateur portable, qu'elle avait installé dans sa chambre pour pouvoir travailler la nuit lorsqu'elle n'arrivait pas à dormir. La plupart de ses projets du moment étaient donc sauvés, mais toutes ses archives avaient été réduites en cendres.

Elle sentit les larmes lui brûler les paupières. Bien sûr, elle pouvait être reconnaissante de ne pas posséder de photos ou de souvenirs irremplaçables, comme la plupart des gens. A bien y réfléchir, sa plus grosse perte personnelle concernait les papiers qu'elle avait accumulés sur la disparition de Dustin — les rapports du détective privé, les copies des lettres qu'elle avait écrites, tout ce qui était en relation avec son fils.

Tout.

Cette révélation la frappa avec une telle violence qu'elle se sentit défaillir. Le pompier la retint par le bras.

— Eh, détendez-vous. C'est un coup dur, mais vous vous en remettrez.

Pendant un instant, Nina fut incapable de recouvrer sa respiration. Quelqu'un lui avait fait cela. Quelqu'un avait volontairement détruit tout ce qui la reliait à son bébé.

On avait raconté des mensonges à son propos, on avait

détruit ses archives et ses dossiers, et Ruthanne Keller était morte.

Qu'adviendrait-il ensuite ? *A qui le tour ?* songea-t-elle avec horreur. Jusqu'où cette personne était-elle capable d'aller pour l'empêcher de retrouver son fils ?

12

Grant passa une bonne partie de la nuit à l'hôpital, et ne rentra chez lui le lendemain matin que pour prendre le temps de se laver et de changer de vêtements avant de se rendre au bureau. Peu avant minuit, l'état de Vanessa s'était nettement amélioré, et Grant avait convaincu son père de rentrer se reposer. Clayton s'était lui aussi éclipsé et Grant avait été autorisé à rester aux côtés de Vanessa pour le reste de la nuit.

A l'aube, elle s'était réveillée et lui avait souri, avant de replonger dans le sommeil. Rassuré, Grant avait décidé de retourner travailler. Il savait que son père et Clayton avaient prévu de passer la matinée à l'hôpital : il fallait donc que quelqu'un assure la permanence au siège de l'entreprise.

Il espérait venir à bout de la montagne de papiers qui s'étaient accumulés sur sa table de travail ces derniers jours. Mais lorsqu'il ouvrit la porte du bureau de sa secrétaire, Trent Fairchild l'attendait, affalé dans le fauteuil de Lori, les pieds posés sur le bureau, en train de lire le journal. En entendant Grant entrer dans la pièce, il referma le journal et se leva.

— Bon sang, ce n'est pas trop tôt ! s'exclama-t-il. Je vois que tu n'as pas changé. Tu continues à faire des horaires de fonctionnaire alors que nous autres, nous ne voyons pas la couleur du jour.

— Comme si tu t'étais déjà tué à la tâche, rétorqua Grant en lui serrant la main.

— Je suis content de te revoir, Grant.

— Moi aussi, répondit-il tandis qu'il ouvrait la porte de son bureau.

Trent le suivit à l'intérieur et s'installa confortablement dans un fauteuil en face de lui.

— On dirait que le Venezuela t'a réussi, observa-t-il. Tu es toujours aussi jeune.

Grant aurait aimé pouvoir dire la même chose de son ami. En quatre ans seulement, celui-ci semblait avoir vieilli de dix ans. Ses cheveux bruns avaient tourné au poivre et sel, et les rides autour de ses yeux et de sa bouche étaient bien plus marquées qu'elles n'auraient dû l'être pour ses trente-deux ans. Trent avait toujours aimé faire la fête, et il semblait que toutes ces nuits blanches avaient pris leur revanche.

— Alors, dit Grant en s'asseyant derrière son bureau. Qu'est-ce qui t'amène à Houston de si bonne heure ? Tu as dû partir de San Antonio avant l'aube.

— Non, j'ai passé la nuit ici avec un ami. J'ai essayé de t'appeler hier soir, mais tu n'étais pas chez toi. Ou du moins tu n'as pas répondu au téléphone. J'ai pensé que tu prenais probablement du bon temps, dit-il avec un sourire malicieux.

— Tu ne dois pas savoir pour Vanessa, alors, répondit Grant en fronçant les sourcils. Elle a été transportée à l'hôpital hier soir.

Trent redevint soudain sérieux.

— A cause de son cœur ? Est-ce qu'elle va s'en sortir ?

— Elle allait beaucoup mieux ce matin quand je l'ai quittée. Les médecins sont optimistes, mais ils préfèrent rester prudents.

— Tant mieux. C'est honteux, tout ce que cette pauvre Vanessa a subi. Comme si elle avait besoin de cette histoire avec Nina.

— Je suppose que c'est pour ça que tu es ici.

Trent remua dans son fauteuil tandis qu'une lueur indéfinissable traversait son regard.

— Ma mère m'a dit qu'elle t'avait eu au téléphone l'autre soir. Je m'attendais à ce que tu rappelles, mais comme je n'avais pas de nouvelles, j'ai préféré venir jusqu'ici pour te mettre au parfum.

— Ta mère m'a raconté que tu avais fait des recherches sur Nina avant qu'elle se marie avec Garrett, dit Grant. Elle m'a expliqué que tu avais trouvé quelque chose de troublant à propos d'une adoption qui n'aurait jamais abouti.

— Et comment, répondit Trent en croisant les jambes. Quand Nina avait quinze ans, un couple riche a décidé de l'adopter. Ils n'avaient jamais pu avoir d'enfants. Vu leur âge, ils ne voulaient pas d'un bébé ou d'un jeune enfant, mais étaient convaincus qu'ils pouvaient être utiles à une adolescente comme Nina. Qu'ils pouvaient lui donner une chance, un bon début dans la vie. C'étaient des gens bien.

Grant avait un mauvais pressentiment concernant cette histoire.

— Que s'est-il passé ? demanda-t-il à contrecœur.

— Ça ne faisait pas un mois que Nina était chez eux quand certaines choses ont commencé à disparaître — des bijoux, des bibelots, même de l'argent.

— Et ils ont accusé Nina ?

— C'était logique. La seule autre personne qui vivait

chez eux était leur vieille gouvernante qui avait toujours travaillé pour eux. Ils n'avaient jamais eu de problèmes avant que Nina arrive. Mais ils voulaient quand même lui laisser une chance.

— Et ?

— Elle a été prise en flagrant délit, en train de voler de l'argent dans le portefeuille de l'homme. Plusieurs centaines de dollars. Comme elle refusait de reconnaître ses torts et de changer d'attitude, ils ont été obligés de la ramener à l'orphelinat.

Grant se leva pour aller regarder par la fenêtre.

— C'était leur parole contre celle de Nina, alors.

— C'est vrai, mais pourquoi auraient-ils menti, Grant ? Ils voulaient l'adopter. Ils l'ont accueillie chez eux de bonne foi, mais Nina s'en est prise à eux. Elle leur a menti, elle les a volés, elle a montré à plusieurs reprises que tout ce qu'elle voulait, c'était de l'argent. Et malheureusement, cette attitude s'est répétée avec mon frère, et maintenant avec ta famille.

Grant resta un long moment sans parler. Il ne parvenait pas à associer la Nina qu'il connaissait avec la jeune délinquante que Trent venait de lui décrire. Quelque chose ne collait pas.

— Pourquoi Garrett et elle voulaient-ils divorcer ? demanda-t-il en se tournant vers Trent.

— Parce que ce mariage avait été une grossière erreur. Garrett a bien fini par s'en rendre compte.

— Tu sous-entends donc que c'est lui qui voulait divorcer ? Savait-il que Nina était enceinte ?

— Non. Elle a lâché cette petite bombe quelques jours après l'enterrement, quand elle s'est rendu compte qu'elle ne toucherait pas un sou de Garrett.

Il marqua une pause.

— Ça te fait cogiter, hein ? reprit-il. Ils étaient en plein divorce, et ils continuaient à coucher ensemble ? Quel genre de femme ferait ça ?

Grant s'efforça de calmer la colère qui montait en lui. Son premier réflexe fut de prendre la défense de Nina, même s'il se disait que Trent n'avait aucune raison de mentir.

— Peut-être qu'ils essayaient de se réconcilier, avança-t-il. Cela expliquerait sa grossesse.

Trent eut un rire amer.

— Garrett ne pouvait pas avoir envie de se réconcilier avec elle. Il avait hâte de divorcer.

— Alors qu'est-ce que tu sous-entends ? Que le bébé de Nina est d'un autre homme ?

Ces mots lui laissaient un goût amer dans la bouche.

— Je sous-entends plus que ça, mon ami. Je dis que Nina n'a jamais été enceinte.

— Quoi ?

— Réfléchis. Selon la police, personne n'était au courant de sa grossesse.

— Elle dit qu'elle t'en a parlé.

— Oh, bien sûr qu'elle me l'a dit, mais j'ai bien compris son petit jeu.

Il se pencha soudain en avant.

— Ecoute, peu de gens sont au courant, mais je suis sûr que Garrett en a parlé à Nina, dit-il en baissant la voix. L'argent de Garrett — et le mien aussi, d'ailleurs — était bloqué sur un plan d'épargne ouvert par mes grands-parents. Nous ne pouvions pas récupérer cet argent avant nos trente ans. J'ai touché le mien l'an dernier, mais Garrett avait encore deux ans à patienter. Selon le contrat, si l'un de nous venait à mourir avant son trentième anniversaire, l'argent revenait aux enfants du défunt, s'il y en avait. Les *enfants*, tu entends, pas l'épouse. Je crois que Nina était tout à fait au courant de cette clause.

Grant le dévisagea, incrédule.

— Tu penses que Nina a feint d'être enceinte pour tenter de récupérer le plan d'épargne de Garrett ? Et comment pensait-elle s'en tirer ?

— Oh, elle s'est tirée de nombreuses situations délicates dans sa vie, crois-moi. Je pense qu'elle a fait semblant d'être enceinte jusqu'à ce qu'elle puisse mettre la main sur un bébé.

— Nom de nom, murmura Grant en se tournant de nouveau vers la fenêtre.

Tout cela lui donnait le vertige. Qu'est-ce que Trent essayait de faire, bon sang ? Cela n'avait aucun sens.

— C'est absurde, dit-il. Quelqu'un était au courant pour la grossesse de Nina : son médecin. La police lui a parlé.

— Oh, je t'en prie, Grant ! s'exclama Trent en riant. Tu n'es pas si naïf. Les médecins, ça s'achète. Elle peut très bien l'avoir payé pour qu'il mente pour elle, pour qu'il fabrique un dossier médical bidon, et tout le reste. Ce n'est pas impossible.

Ces paroles firent à Grant l'effet d'un coup de poing. Nina avait dit exactement la même chose à propos du médecin de Vanessa.

— Et l'incendie, à l'hôpital ? demanda-t-il en faisant face à Trent.

— Nina peut très bien l'avoir provoqué elle-même, en sachant que dans la confusion, personne ne serait capable de confirmer ou d'infirmer qu'elle avait accouché cette nuit-là. Tous les dossiers ont été détruits.

Grant se souvint de ce que Farrell lui avait dit : le médecin qui avait mis au monde le bébé de Nina était maintenant en cure de désintoxication. Il ne se souvenait pas de l'incendie, et encore moins d'avoir accouché une femme cette nuit-là. La seule personne qui se souvenait de Nina était morte. Mais cela semblait plutôt donner raison à Nina, selon qui quelqu'un voulait à tout prix l'empêcher de découvrir la vérité…

— L'incendie la couvrait, tu comprends, continua Trent. Et cela lui permettait de gagner du temps. Je dois admettre que son plan était brillant. Regarde-toi. Je devine qu'elle a déjà à moitié réussi à te convaincre qu'elle dit la vérité.

Grant ne se donna pas la peine de contester.

— D'accord, imaginons que je croie à tout ce que tu viens de me dire. Nina avait besoin d'un bébé pour récupérer l'argent de Garrett. Elle a mis le feu à l'hôpital pour détruire tous les dossiers, puis elle a prétendu qu'elle avait accouché cette nuit-là du fils de Garrett. Mais pourquoi n'aurait-elle pas pris n'importe quel bébé pendant la confusion ? Pourquoi choisir le bébé de Vanessa ?

— Tu n'as pas encore compris ? demanda Trent en souriant. Vanessa n'était pas une étrangère pour Nina. Celle-ci avait une très bonne raison de vouloir s'en prendre à ta sœur.

Si Grant pensait être immunisé contre tout nouveau choc, il s'était trompé. Il retourna s'asseoir derrière son bureau.

— Tu es en train de me dire que Vanessa et Nina se connaissaient ?

— Pas personnellement. Mais Nina avait entendu parler d'elle.

— Comment ?

Trent hésita, comme s'il ne savait pas par où commencer.

— Pendant que tu étais au Venezuela, Garrett et Vanessa

sont devenus amis, finit-il par dire. Plus qu'amis, en fait. Ils sont devenus… proches.

— Comment ça, proches ?

— Garrett me disait que c'était sérieux, qu'il voulait l'épouser.

— Et alors ?

— Alors je suppose que Vanessa n'était pas aussi sérieuse que Garrett. Elle a rompu, et quelques mois plus tard, elle a annoncé qu'elle était fiancée à Clayton. Ça a été très dur pour Garrett.

Grant fronça les sourcils, tentant de digérer tout ce que Trent lui apprenait.

— Edwina ne m'en a pas du tout parlé quand je l'ai eue au téléphone l'autre jour, fit-il remarquer.

— Elle n'est pas au courant. Garrett ne parlait pas beaucoup de sa vie privée, et encore moins à maman. Bref, après que Clayton et ta sœur se sont mariés, Nina est arrivée comme une fleur alors que Garrett ne s'était pas encore remis de son chagrin. C'est pour cela qu'il l'a épousée si vite, sans rien savoir sur elle.

— Tu crois que Nina était au courant de la relation que Garrett avait eue avec Vanessa ?

— J'en suis sûr. Garrett le lui a dit, et elle s'est mise à être jalouse de ta sœur. A la limite du raisonnable. Je crois qu'elle voulait absolument se venger.

Grant éprouvait encore des difficultés à faire le rapprochement entre la femme qu'il connaissait et celle que Trent lui décrivait. C'était comme s'ils parlaient de deux personnes différentes — Nina, et une autre femme que Grant ne connaissait pas. Qu'il n'avait pas envie de connaître. Il se frotta le visage dans les mains en soupirant.

— Donc, tu penses que Nina avait prévu depuis le début

de prétendre qu'on lui avait volé son bébé, et qu'elle a choisi Vanessa par esprit de revanche ?

— Je sais que ça paraît tiré par les cheveux, mais quand tu auras entendu la suite, tu seras obligé d'y croire. Peu avant sa mort, Garrett m'a confié qu'il avait passé une nuit avec Vanessa alors qu'ils étaient tous les deux mariés. C'était une erreur, et ils le regrettaient, mais…

Il laissa sa phrase en suspens, étudiant le visage de Grant comme s'il ne voulait rien rater de sa réaction.

— Vanessa est tombée enceinte, conclut-il.

— Elle pensait que Garrett était le père ? demanda Grant, abasourdi.

— Elle n'en était pas sûre.

Grant n'en croyait pas ses oreilles. Et pourtant, tandis qu'il restait bouche bée devant ce que Trent venait de lui révéler, un souvenir lui revint soudain à la mémoire. *Dis-moi pourquoi tu as si peur de faire un test ADN*, avait-il demandé à sa sœur.

Il se rappelait très bien sa réponse. *Parce que Clayton n'est pas le père de John David.*

Et tout de suite derrière ce souvenir en vint un autre, provenant cette fois-ci de Nina : *Alors comment expliquez-vous que le bébé ressemble trait pour trait à mon défunt mari ?*

Etait-il possible que Garrett Fairchild soit réellement le père de John David ? Etait-ce pour cette raison que Nina pensait que ce bébé était le sien ?

Grant ne pouvait se résoudre à croire que la disparition du fils de Nina était une histoire montée de toutes pièces. Il avait vu la douleur et le tourment dans son regard. Personne ne pouvait jouer aussi bien la comédie. A moins que…

Mon Dieu, songea-t-il en fermant les yeux.

Personne ne pouvait jouer aussi bien la comédie, à moins

de croire que tout cela était vrai. A moins d'être tellement déséquilibré que l'invention était devenue réalité.

Mais Nina n'était pas déséquilibrée, c'était bien là la faille. Grant ne pouvait pas s'être trompé à ce point à son sujet. Il la connaissait, bon sang. Même s'il ne l'avait rencontrée que depuis quelques jours, il la connaissait. Il savait quel genre de femme elle était, il savait de quel genre de femme il était tombé amoureux.

— Je ne crois rien de tout ça, annonça-t-il à Trent. Je ne pense pas que Nina soit la personne que tu m'as décrite. Je comprends très bien que toi et ta famille ayez pu avoir des problèmes avec elle, mais j'ai passé du temps avec elle, je la connais. Je suis…

Il s'interrompit face au sourire de Trent.

— Tu tiens à elle, pas vrai ? dit celui-ci avant de secouer la tête. Tu ne comprends donc pas ? Elle a ce truc qui fait qu'on a envie de l'aider, de la croire. Mais tu es bien obligé d'admettre qu'il ne s'agit pas de simples coïncidences. Franchement, la veuve de mon frère qui vient prétendre que le bébé de ta sœur est le sien ? Allons, ce n'est pas possible. Tout cela fait partie du plan qu'elle a si bien élaboré. Et sans le savoir, tu es devenu un pion dans son petit jeu.

L'air s'était soudain rafraîchi. Nina serra sa veste autour d'elle tandis qu'elle regardait les enfants jouer avec leurs mamans au parc. Les rires s'élevaient dans le ciel mais ne parvenaient pas à atteindre son cœur gelé.

Quelqu'un avait mis le feu à son bureau. Quelqu'un avait tué Ruthanne Keller. Quelqu'un avait fait en sorte que le sergent Farrell doute de son histoire. Quelqu'un avait décidé de la détruire.

Cela semblait étrange, mais elle savait que c'était vrai. Quelqu'un avait décidé de saper sa crédibilité, d'éliminer tous les éléments qui prouvaient qu'elle avait eu un enfant. Bien sûr, un simple examen médical pourrait confirmer qu'elle avait bien donné naissance à un bébé, mais il ne dirait pas quand exactement. Et un tel examen ne justifierait rien du tout, car d'ici là, Nina paraîtrait tellement incompétente et tellement folle que personne ne s'en soucierait. Personne ne la croirait jamais.

Les ombres du parc s'allongèrent. Les mamans commencèrent à rassembler leurs poussettes et leurs enfants ; bientôt, Nina se retrouverait toute seule. La nuit tomberait petit à petit, il ferait de plus en plus froid. Mais la perspective de rentrer chez elle, dans cette maison vide qui sentait le brûlé, lui semblait encore plus triste.

Elle ne savait plus depuis combien de temps elle était assise sur ce banc. Elle était partie de chez elle plusieurs heures auparavant, après avoir discuté avec l'expert de l'assurance et erré parmi les débris de son bureau. Comme rien n'était récupérable, elle avait décidé de s'en aller. Le lendemain, des professionnels viendraient nettoyer la pièce, puis Nina se remettrait au travail sur l'ordinateur installé dans sa chambre. La Terre ne s'arrêterait pas de tourner. Mais plus rien ne serait pareil.

Parce qu'à présent, elle avait compris à quoi elle était confrontée. Elle savait que la famille de Vanessa Baldwin était puissante, mais elle n'avait pas imaginé à quel point ils pouvaient être sans pitié, ni jusqu'où ils étaient capables d'aller pour l'arrêter.

Et au centre de cette famille, il y avait Grant. Nina ferma les yeux, tentant de chasser les pensées qui affluaient dans son esprit. Il était avec elle la veille lorsque Ruthanne Keller avait été tuée. Elle avait envie de croire que cela l'innocentait, mais elle ne pouvait pas oublier le coup de téléphone qu'il avait passé juste avant. L'incendie ne faisait qu'accroître son inquiétude, car Grant savait où était son bureau. Elle lui avait dit qu'il se trouvait à l'arrière de la maison.

« Cela ne prouve rien », murmura-t-elle. N'importe qui aurait pu localiser son bureau, en faisant simplement le tour de chez elle et en regardant par les fenêtres. Pourquoi n'arrivait-elle pas à suivre son instinct concernant Grant ? Pourquoi ne s'autorisait-elle pas à croire qu'il était exactement l'homme qu'il semblait être, c'est-à-dire quelqu'un d'honnête et d'intègre, qui ne ferait jamais rien pour l'empêcher de retrouver son fils ?

Elle avait toujours soupçonné Vanessa d'avoir un complice, quelqu'un qui l'aurait aidée à mettre en scène une grossesse et à soudoyer le Dr Mapleton, quelqu'un qui l'aurait aidée à provoquer un incendie à l'hôpital pour lui permettre de kidnapper Dustin. Les événements récents semblaient aller dans ce sens : Vanessa n'avait pas été en état, la veille, de conduire une voiture pour renverser la pauvre Ruthanne, ni de mettre le feu au bureau de Nina. Quelqu'un d'autre s'en était chargé.

Qui était ce complice, alors ? Le mari de Vanessa ? Son père ? Ou son frère ?

Ou bien Trent Fairchild était-il impliqué dans cette affaire, comme Nina l'avait toujours pensé ? Même s'il semblait que son seul lien avec Vanessa fût son amitié avec Grant, pouvaient-ils être plus proches en réalité ?

Nina se leva et se mit à marcher, agitée par toutes ces réflexions. Il y avait au moins une chose dont elle était certaine : la situation était devenue très dangereuse, et elle voulait plus que jamais retirer son fils de cette famille. Qui savait ce qui pouvait arriver si Vanessa ou son complice se sentaient coincés ? Nina ferait n'importe quoi pour protéger Dustin.

Et soudain, avec une clarté presque aveuglante, elle sut exactement ce qu'il fallait qu'elle fasse.

Nina gara sa voiture dans la rue des Baldwin et observa leur maison, à la recherche de signes de vie. La propriété était bien éclairée, tant à l'intérieur qu'à l'extérieur. Elle n'avait aucun moyen de savoir si Clayton était chez lui, mais elle espérait qu'il se trouvait encore à l'hôpital avec Vanessa. Dans tous les cas, la maison ne serait pas vide : il y aurait au moins la gouvernante et la nourrice. Et si la nourrice y était, alors le bébé y serait également.

Elle prit une profonde inspiration dans l'espoir de calmer les battements de son cœur. Celui-ci cognait à tout rompre depuis qu'elle avait décidé de venir ici et de mettre son plan à exécution.

Elle sursauta en entendant le ronflement d'un moteur et jeta un bref coup d'œil par-dessus son épaule, s'attendant presque à voir une voiture de police s'arrêter derrière elle. Mais les phares disparurent à l'angle d'une rue, et tout redevint calme.

Elle ne pouvait pas se permettre de rester ici trop longtemps. River Oaks était un quartier bien surveillé. Si la police n'arrivait pas bientôt, ce serait les agents de sécurité. Il fallait agir rapidement, mais il y avait une faille majeure dans son plan : elle ne savait pas comment entrer dans la maison sans se faire repérer.

Elle sortit de sa voiture, ferma la portière sans un bruit et se mit à marcher le long du trottoir en s'efforçant de paraître détendue, comme si elle n'était qu'une résidente en train de faire sa promenade du soir. Lorsqu'elle arriva au niveau de la maison des Baldwin, elle regarda autour d'elle puis plongea dans les buissons épais qui longeaient la propriété.

Tout en essayant d'éviter l'éclairage de sécurité, elle se hâta vers l'arrière de la maison. Le jardin comportait assez d'arbres et d'arbustes pour avancer à couvert, mais plus on s'approchait de la maison, plus la vue était dégagée. Les lumières de la piscine illuminaient la terrasse.

Elle leva les yeux dans l'espoir de localiser la fenêtre de la nursery. De toute façon, il n'y avait aucun moyen d'escalader la façade ; elle se demanda s'il ne valait pas mieux sonner à l'entrée, se faufiler à l'intérieur et s'emparer du bébé aussi vite que possible. Avec un peu de chance, elle pourrait être déjà loin avant que la police n'arrive.

Et ensuite ? Elle disparaîtrait avec le bébé à tout jamais. Il lui faudrait trouver une nouvelle identité, un autre travail, un endroit où habiter. Elle serait tout le temps en train de regarder derrière elle, de peur qu'on la reconnaisse et qu'on lui prenne son enfant.

Si elle entrait dans cette maison, elle ne serait plus jamais libre, et son fils non plus. Avait-elle le droit de lui imposer ce genre de vie ?

Elle avait essayé de faire les choses correctement. Elle avait demandé de l'aide à la police, mais le sergent Farrell refusait de la croire. Que pouvait-elle faire d'autre ? Pourquoi devrait-elle respecter les règles, alors que Vanessa Baldwin ne s'en souciait même pas ?

Parce que je ne suis pas comme elle.

Elle porta ses mains tremblantes à son visage tandis qu'elle regardait l'imposante maison. Elle n'était pas comme les Baldwin, les Chambers ou les Fairchild. Elle ne s'était jamais considérée au-dessus de la loi, et pourtant, c'était exactement ce qu'elle était en train de faire.

Même si elle devait protéger son fils à tout prix, ceci n'était pas la meilleure façon de s'y prendre. Si on l'envoyait en prison pour le restant de ses jours, qu'arriverait-il à son bébé ?

Ayant pris sa décision, elle s'apprêtait à revenir sur ses pas lorsque la lumière aveuglante d'une torche fut braquée sur son visage.

— Ne bougez pas, fit une voix grave. Je suis armé.

A contre-jour, Nina percevait la silhouette d'un homme bâti comme une armoire. Elle leva une main pour se protéger les yeux, mais l'autre aboya aussitôt :

— Ne bougez pas, j'ai dit ! Par ici, Danny ! cria-t-il lorsqu'il vit qu'elle obéissait. C'est elle, la femme dont ils nous ont parlé. On ferait mieux d'appeler rapidement M. Baldwin pour savoir ce qu'il veut qu'on fasse d'elle.

13

Dès l'instant où Grant sortit de la maison, il vit Nina. Elle ressemblait à une biche surprise par les phares d'une voiture. Sa première réaction fut de se sentir profondément soulagé, puis la colère monta peu à peu en lui. Que diable faisait-elle ici ? Et où était-elle pendant qu'il se faisait du souci à en perdre la raison ?

— Ecoutez, disait-elle à l'agent de sécurité, d'une voix tremblante de peur. C'est une erreur. Je peux tout vous expliquer.

— Vous garderez vos explications pour M. Baldwin, répondit le garde.

Au moment où il s'apprêtait à prendre Nina par le bras, Grant cria :

— Qu'est-ce qui se passe ?

Aussitôt, l'agent fit volte-face et pointa le faisceau de sa lampe sur Grant. Celui-ci leva une main pour se protéger.

— Enlevez cette foutue lumière de mon visage, grogna-t-il.

— Pardon, M. Chambers, s'excusa l'agent, en baissant immédiatement la torche. Je ne savais pas que c'était vous.

L'éclairage de la piscine répandait une douce lumière sur la terrasse, illuminant les traits terrorisés de Nina. Elle jeta un coup d'œil vers Grant puis baissa la tête, comme si elle ne pouvait pas le regarder en face.

— Qu'est-ce qui se passe ici ? répéta-t-il.

— Je l'ai surprise en train de rôder autour de la maison, expliqua l'agent de sécurité. M. Baldwin nous a mis en garde contre cette femme. Danny est en train de l'appeler pour savoir ce qu'il veut qu'on fasse d'elle.

Le deuxième agent apparut sur la terrasse, le téléphone portable à la main.

— Alors, tu l'as appelé ? lui demanda son collègue.

— Je m'apprêtais à le faire lorsque j'ai vu M. Chambers, répondit-il.

Les deux hommes se tournèrent vers Grant, comme s'ils attendaient son avis.

— Ne l'appelez pas, dit-il.

— Mais nous avons des ordres, protesta le premier agent. M. Baldwin a été très clair : si cette femme approchait de la maison, il fallait le prévenir aussitôt.

— Je sais bien, répondit Grant. Mais mon beau-frère passe la soirée avec sa femme à l'hôpital. Je ne crois pas que ce soit une bonne idée de les déranger avec cet incident. Pas ce soir. Je n'ai pas envie que ma sœur se fasse du souci.

— Je comprends, mais que devons-nous faire, alors ? Appeler la police ?

Grant hésita. Il scruta le visage de Nina, recherchant des signes de culpabilité, des signes de ce que lui avait dit Trent. Etait-il possible qu'elle soit aussi bonne actrice ?

Lorsqu'elle lui rendit son regard presque avec défi, la colère bouillonna en lui. De la colère contre elle, contre la situation. De la colère, car il ne savait plus quoi, ni qui croire.

— Je me charge de cela, dit-il sans la quitter des yeux.

— Mais…

— Ne vous faites pas de souci. Je prends la responsabilité de cette situation. Vous deux, vous retournez à votre poste.

L'agent prénommé Danny obéit immédiatement aux ordres de Grant et tourna les talons, mais le premier garde semblait moins certain de ce qu'il devait faire. Après avoir hésité pendant quelques secondes, il s'éloigna sans protester. Lorsque les deux hommes eurent disparu dans la nuit, Grant se tourna vers Nina.

— Que diable faites-vous ici ? gronda-t-il en la prenant par les épaules. Est-ce que vous imaginez le souci que je me suis fait ?

Elle cligna des yeux, comme si elle ne comprenait pas bien ce qu'il venait de lui dire.

— Pourquoi ? demanda-t-elle.

— Pourquoi ?

Grant tenta de maîtriser ses émotions. Maintenant qu'ils étaient seuls, sa colère commençait à se dissiper. Il se souvenait de ce qu'il avait ressenti lorsqu'il était allé chez elle et qu'il avait découvert qu'une partie de la maison avait brûlé. Il n'avait pas réussi à savoir ce qui lui était arrivé, et il avait imaginé le pire, évidemment. A présent, il se sentait envahi par un immense soulagement. Il dut se faire violence pour ne pas l'attirer dans ses bras et la serrer contre lui. Etrangement, il se fichait bien qu'elle ait été surprise dans la propriété de sa sœur, alors qu'elle avait promis de ne pas s'en approcher. Tout ce qui lui importait, c'était qu'elle soit saine et sauve.

— Je suis allé chez vous et j'ai vu qu'il y avait eu un incendie, expliqua-t-il. Vos voisins ne savaient pas ce qui était arrivé, ni où vous étiez partie. J'ai appelé les pompiers, la police, et tous les hôpitaux de la ville, mais vous aviez disparu…

Il s'interrompit en voyant le regard de Nina.

— Vous vous faisiez du souci pour moi ? demanda-t-elle.

— Bien sûr que oui. Cela vous étonne ?

— C'est juste que…

Pour la première fois, Grant comprit à quoi la vie de Nina avait dû ressembler, comme elle avait dû être différente de la sienne. Même s'il ne s'entendait pas toujours bien avec sa famille, il ne supportait pas l'idée de la perdre.

Il regarda Nina, l'incertitude qui se lisait dans ses yeux, l'orgueil et la dignité qui transparaissaient dans son attitude ; et l'émotion qui le submergea ne fut pas la pitié, mais l'admiration.

Elle a ce truc qui fait qu'on a envie de l'aider.

Grant étouffa un juron. Comme il aurait préféré ne jamais avoir cette conversation avec Trent Fairchild ! Et pourtant, celle-ci avait bien eu lieu. Des questions avaient été soulevées et, qu'il le veuille ou non, il lui faudrait confronter Nina aux accusations de Trent.

— Comment avez-vous su que je serais ici ? demanda-t-elle.

— Je ne le savais pas. Je suis venu ici en dernier recours, mais je me rends compte maintenant que c'est là que j'aurais dû vous chercher en premier lieu. Vous êtes venue pour prendre John David, n'est-ce pas ?

Sa question sembla la choquer. Grant aurait juré qu'elle s'apprêtait à nier, mais après un moment de silence tendu, elle acquiesça, à sa plus grande surprise.

— Est-ce que vous pouvez me le reprocher ? Après tout

ce qui s'est passé, j'ai peur pour lui, dit-elle. Une femme a été tuée, Grant. Vous ne pouvez pas l'ignorer.

— Je ne l'ignore pas. Mais kidnapper John David n'est pas une solution.

— C'est mon fils.

— Pas aux yeux de la loi.

Il posa les mains sur ses épaules et l'obligea à le regarder.

— Avez-vous vraiment envie de passer le restant de vos jours en prison ?

— Je ferais bien plus pour mon fils, répondit-elle, les yeux remplis de larmes.

— Ce n'est pas une réponse, Nina, dit-il doucement.

— Je sais. Je n'ai pas mis longtemps à me rendre compte que même si j'arrivais à entrer dans la maison et à kidnapper John David sans que personne ne me voie, nous serions toujours en fuite. Nous serions toujours obligés de rester hors de portée de la loi. Je n'ai pas envie de soumettre mon fils à ce genre de vie.

Elle marqua une pause, cherchant à se faire comprendre.

— Je veux juste le revoir. Je veux le tenir dans mes bras. Grant, s'il vous plaît…

— Ne me demandez pas cela maintenant.

— Mais vous avez promis…

— Je sais, coupa-t-il. Mais ce n'est pas le moment. Les agents de sécurité vous ont vue ici et vous pouvez être sûre qu'ils vont tout dire à Clayton. Peut-être pas ce soir, mais bientôt. Vous ne pouvez pas leur donner encore plus d'armes contre vous. Il faut partir d'ici. Je vous raccompagne chez vous.

— Ma voiture est garée dans la rue.

— Alors je vous suivrai, insista-t-il. Nous avons beaucoup de choses à nous dire, Nina. Nous avons beaucoup de questions à tirer au clair.

Vingt minutes plus tard, Nina s'arrêtait dans son allée pendant que Grant se garait dans la rue. Ils rejoignirent la maison côte à côte, en silence. Dès l'instant où elle ouvrit la porte, un relent de fumée froide les prit à la gorge.

— Désolée pour l'odeur de brûlé, dit-elle en accrochant leurs vestes au portemanteau.

— Je pensais que ce serait pire, étant donné les dégâts, fit-il remarquer. Avez-vous subi de grosses pertes ?

— Cette pièce était mon bureau. Mon ordinateur a été détruit, ainsi que tous mes dossiers et toutes mes archives.

— Je suis navré.

Il la suivit jusqu'au salon, puis s'assit à côté d'elle sur le canapé.

— Est-ce que vous savez comment le feu a pris ?

— Un des pompiers m'a dit que quelqu'un l'avait peut-être provoqué volontairement.

— Et pourquoi pense-t-il cela ? s'étonna Grant. Ils ont trouvé quelque chose de suspect ?

Etait-ce son imagination, ou bien Grant semblait-il plus distant que d'habitude ?

— Pour l'instant, ils n'ont rien trouvé, répondit-elle. Mais nous en saurons plus lorsque l'enquêteur aura rendu son rapport.

— Au moins, il n'y a plus de doute, observa Grant en se laissant aller contre le dossier du canapé.

— Comment cela, il n'y a plus de doute ? demanda-t-elle d'un ton brusque.

— Vanessa était à l'hôpital hier soir. Elle n'a donc rien à voir avec l'incendie, ni avec la mort de Ruthanne Keller.

Nina se retint de lui faire remarquer que sa sœur pouvait très bien avoir un complice. A quoi bon le lui dire ? Elle avait son opinion, et lui la sienne.

— De quoi vouliez-vous me parler ? demanda-t-elle.

— J'aimerais en savoir plus sur l'adoption que vous avez évoquée hier soir. Pouvez-vous me dire pourquoi elle n'a pas eu lieu ?

Nina sentit son estomac se serrer. Pourquoi cela l'intéressait-il ?

— C'était il y a longtemps, répondit-elle. Ce n'est pas important.

— Si, ça l'est.

— Je vois. Vous avez encore parlé avec Trent.

— Il est venu me voir au bureau aujourd'hui. Il a fait un certain nombre d'allégations assez graves.

— Je n'en doute pas, dit-elle amèrement. Il a toujours été doué pour ce genre de choses.

Nina savait qu'il était stupide de se sentir trahie à ce point, mais c'était plus fort qu'elle. Soudain, elle ne supporta plus de rester assise si près de Grant. Elle se leva pour aller regarder par la fenêtre.

— Ces gens s'appelaient John et Marlene Webster, expliqua-t-elle. Ils étaient très riches et très dignes, et dès l'instant où je les ai vus, ils m'ont terrorisée.

— Pourquoi ?

Elle perçut la surprise dans sa voix et se tourna pour le regarder.

— Parce que la vie qu'ils m'offraient était complètement différente de ce que j'avais connu jusque-là. Je ne voulais pas aller chez eux, mais je n'avais pas le choix. Les sœurs ont essayé de me remonter le moral en m'énumérant toutes les opportunités merveilleuses que les Webster pouvaient m'offrir.

— Alors que s'est-il passé ?

Elle sentit que Grant s'approchait d'elle et se raidit inconsciemment, mais il garda ses distances. Elle ne savait pas s'il fallait qu'elle en soit soulagée ou attristée. Il semblait y avoir un tel fossé entre eux ce soir…

— Comme je vous l'ai dit hier soir, ils m'ont acheté des vêtements magnifiques, m'ont inscrite dans le meilleur collège privé de la région, et m'ont montrée à leurs amis et à leurs associés pour prouver leur générosité.

— Et ?

Nina croisa les bras sur sa poitrine.

— Et un jour M. Webster m'a fait des avances.

Elle vit le visage de Grant s'assombrir de colère.

— Que s'est-il passé, Nina ?

— C'était un jour où j'étais seule. Mme Webster était à une réunion, et son mari est rentré plus tôt que d'habitude. Il a fait irruption dans ma chambre sans frapper à la porte, et il a essayé de… me toucher.

— Est-ce qu'il vous a fait du mal ? demanda-t-il en lui prenant le bras.

— Non, ce n'est pas allé jusque-là. Mais comme je ne voulais pas coopérer et que je l'ai menacé de tout dire à Mme Webster — à maman, comme elle m'avait demandé de l'appeler — il m'a dit que si j'en parlais à qui que ce soit, je le regretterais. Il m'a annoncé qu'il avait déjà commencé à dire à sa femme que certaines choses avaient disparu, de l'argent, des bijoux, etc. Si je ne me taisais pas, il me ferait jeter en prison.

— Très sympathique, murmura Grant. Et qu'avez-vous fait ?

— La seule chose que je pouvais faire : me taire. Le

lendemain, Mme Webster est venue me parler. Elle m'a dit que son mari m'avait surprise en train de voler de l'argent dans son portefeuille, plusieurs centaines de dollars. Ils n'avaient pas d'autre choix que de me ramener au couvent, où l'on m'apprendrait les valeurs morales qui me manquaient si cruellement. Je suis donc retournée chez les sœurs, et j'y suis restée jusqu'à la fin du lycée.

Elle se tourna vers Grant.

— Voilà, c'est ce que vous vouliez savoir. Maintenant, c'est à vous de décider si vous voulez me croire.

— Je vous crois, répondit-il doucement.

Nina aurait voulu se sentir réconfortée par ses paroles, mais elle savait qu'ils n'en avaient pas fini. Loin de là. Trent Fairchild avait tout fait pour la déprécier aux yeux de Garrett, et elle se doutait bien qu'il avait tenté de faire la même chose avec Grant.

— Que vouliez-vous savoir d'autre ? lui demanda-t-elle.

Grant sembla hésiter.

— Avant cette histoire avec John David, est-ce que vous connaissiez Vanessa ?

Nina le dévisagea, stupéfaite. Elle ne s'attendait pas à cette question.

— Bien sûr que non. Je ne l'avais jamais vue avant… avant de la rencontrer au parc sous les traits de Karen Smith.

Grant ne releva pas.

— Garrett ne vous avait jamais parlé d'elle ?

— Non, pourquoi ?

— Trent dit que vous la connaissiez.

— Il ment.

— Pourquoi mentirait-il ?

— Parce qu'il me déteste.

Nina se sentait gelée à l'intérieur. Et si elle n'arrivait pas à le convaincre ?

— Trent et sa mère m'ont toujours reproché la mort de Garrett, expliqua-t-elle. Trent ferait n'importe quoi pour me détruire. Je me suis souvent demandé s'il n'était pas impliqué dans la disparition de Dustin.

— C'est une accusation très grave, dit Grant en fronçant les sourcils. Je connais Trent Fairchild depuis des années.

— Je vois très bien votre dilemme, répondit Nina avec colère. Qui devez-vous croire, un ami de toujours ou bien une femme que vous connaissez depuis moins d'une semaine ?

— Il n'y a aucun dilemme pour moi, répliqua-t-il en lui lançant un regard perçant.

Nina sentit son cœur cogner contre sa poitrine tandis qu'il s'approchait d'elle.

— Je ne crois pas que Trent mente, continua-t-il. Je pense qu'il se trompe.

— Et pourtant, vous avez douté de moi. Toutes ces questions…

— Je voulais entendre votre version des choses. Et maintenant que c'est fait, je vous crois.

Les yeux de Nina s'emplirent de larmes. Elle avait envie de se jeter dans ses bras et d'y rester pour l'éternité. Il lui semblait injuste que le destin les ait dressés l'un contre l'autre dans cette histoire dramatique. Et, au milieu de tout cela, il y avait un petit garçon qui n'avait aucune idée de ce qui se passait.

— Qu'allons-nous faire à présent ? soupira-t-elle.

— Je vais régler ce problème, répondit-il, l'air déterminé. Je ne sais pas comment, ni quand, mais je vous le promets, nous trouverons la vérité. Vous devez me faire confiance.

Il l'avait dit presque avec défi. Grant avait choisi de la croire elle plutôt qu'un ami qu'il connaissait depuis des années. Etait-elle prête à faire la même chose pour lui ?

— Je vous fais confiance, dit-elle d'une voix hésitante. Je ne sais pas pourquoi, mais je vous crois.

— Je pense que vous savez très bien pourquoi, répondit-il en souriant.

Il fit un pas vers elle et, l'espace d'un fol instant, Nina crut qu'il allait la prendre dans ses bras et l'embrasser comme il l'avait fait la veille sur la plage. Elle frissonna en se rendant compte à quel point elle avait envie de cela.

Au lieu de cela, il se tint tout près d'elle sans la toucher ; mais la façon dont il la regardait était bien plus intime qu'une caresse ou un baiser.

— Les personnes qui s'aiment se font confiance, Nina, dit-il d'une voix grave.

— Qui… s'aiment ? répéta-t-elle, le souffle coupé.

— Le niez-vous ? demanda-t-il sans la quitter des yeux.

Elle ne pouvait pas le nier, c'était certain.

— Mais comment pouvons-nous nous aimer ? Avec toute cette histoire…

Elle fit un geste vague de la main, et Grant la lui captura au passage, entremêlant ses doigts aux siens.

— Pour moi, c'est très simple. Je vous aime comme je respire.

— Mais ce n'est pas simple, Grant, protesta-t-elle en fermant les yeux. Nous savons tous les deux que cette situation est impossible.

— Non, elle ne l'est pas, dit-il en posant son index sur les lèvres de Nina. J'ai pris une décision. J'ai réfléchi à ce dont nous avons discuté hier à Galvestone.

Le cœur de Nina fit un bond dans sa poitrine.

— Vous voulez parler du test ADN ?

— Oui. J'ai décidé de le faire. J'en ai déjà parlé à un laboratoire, nous pouvons avoir les résultats en une semaine.

Nina n'en croyait pas ses oreilles. Dans une semaine, elle aurait la preuve que le bébé connu sous le nom de John David Baldwin était bien Dustin Fairchild, son fils. Mais son allégresse fut vite atténuée par l'émotion qu'elle lisait dans le regard de Grant. Il était prêt à l'aider, mais à quel prix ?

— Je n'arrive pas à croire que vous fassiez ça pour moi, dit-elle en imprimant une légère pression sur sa main.

— Je ferais bien plus que cela pour vous, assura-t-il. Mais je vous demande une chose : si le test prouve que vous n'êtes pas la mère de John David, Vanessa ne devra jamais avoir vent de cette histoire.

— Et si le test prouve que je suis sa mère ?

— Nous ferons avec.

Nina attira la main de Grant à sa joue.

— Je ne sais pas quoi dire, comment vous remercier. J'imagine ce que cela doit vous coûter.

— Vous savez, j'ai toujours protégé Vanessa, j'ai toujours fait en sorte qu'elle ne souffre pas. L'idée de la trahir, surtout en ce moment alors qu'elle est si malade…

Il s'interrompit et plongea son regard dans le sien.

— Mais ce qui m'arrive n'est rien comparé à ce que vous avez vécu. Je veux que votre cauchemar se termine, Nina. Je ferais n'importe quoi pour y mettre fin.

Sans penser aux conséquences, sans aucune retenue, Nina se réfugia dans ses bras. Elle posa la tête contre son torse et, tandis qu'elle entendait les battements réconfortants de son cœur, elle se dit qu'après toutes ces années de solitude, elle avait enfin trouvé l'amour.

Sa relation avec Garrett n'avait jamais été aussi forte. Il

avait accepté de croire aux mensonges qu'on lui racontait sur elle, il lui avait tourné le dos et avait fini par choisir sa famille. Tandis que Grant… Grant avait tellement plus à perdre, et pourtant il était prêt à tout risquer pour elle.

Elle releva le visage vers lui. Il lui caressa la joue tendrement, les yeux assombris par l'émotion. Lorsqu'il baissa la tête pour l'embrasser, Nina l'accueillit avec un bonheur indescriptible. Ses lèvres s'entrouvrirent, leurs langues se touchèrent et une vague de désir, rapide et brûlante, surgit au plus profond d'elle-même.

Il l'attira contre lui et fit courir ses mains le long de son dos, sur ses hanches et sur l'arrondi de ses seins. Partout où il la touchait, sa peau semblait revivre, chaude et sensible. Son corps tout entier frémissait d'impatience. Elle avait envie de lui comme jamais elle n'avait désiré personne.

Elle ne sut pas vraiment comment ils se retrouvèrent sur le canapé, mais soudain, Grant était allongé au-dessus d'elle et déposait des milliers de baisers le long de son menton, de son cou. Elle sentit qu'elle se cambrait contre lui et ses mains, comme si elles étaient dotées d'une vie propre, se glissèrent sous la chemise de Grant.

Soudain, le téléphone se mit à sonner. Grant se releva en étouffant un juron.

— Vous devriez répondre, conseilla-t-il d'une voix essoufflée.

Assez embarrassée par ce brusque retour à la réalité, Nina remit de l'ordre dans ses vêtements tandis qu'elle se levait pour décrocher. Elle se crispa en reconnaissant la voix du sergent Farrell.

— Avez-vous des nouvelles, sergent ?

— Oui.

Quelque chose dans le ton de sa voix la terrorisait.

— Qu'est-ce qui se passe ? le pressa-t-elle.

— Je crains que cela ne vous fasse un choc.

Grant la dévisageait, l'air soucieux. Nina pensa tout de suite à son bébé. Ils l'avaient retrouvé, mais quelque chose n'allait pas.

— Mon Dieu, souffla-t-elle.

Ses mains tremblaient tellement que le combiné lui échappa et tomba par terre.

— Nina, est-ce que ça va ? demanda Grant, de plus en plus inquiet.

Comme elle ne répondait pas, il s'empara du téléphone.

— Sergent Farrell ? Ici Grant Chambers. J'ai cru comprendre que vous aviez une mauvaise nouvelle à annoncer à Nina.

Celle-ci dévisageait Grant d'un air désespéré tandis qu'il écoutait Farrell. Elle était persuadée qu'il était arrivé quelque chose à son bébé, et elle ne pouvait supporter de l'entendre. Quelques secondes plus tard, Grant raccrocha.

— Ce n'est pas ce que vous pensez, lui dit-il. Cela n'a rien à voir avec le bébé.

Il fallut un moment à Nina pour comprendre ces mots, et une vague de soulagement l'envahit.

— Il n'appelait pas à cause de mon bébé ? demanda-t-elle.

Grant hocha la tête. Elle s'aperçut qu'il n'avait fait aucun geste pour la rassurer, bien qu'il fût assis à côté d'elle. Et son visage s'était de nouveau refermé.

— Qu'est-ce qui se passe ? demanda-t-elle.

Grant l'étudia un moment, puis se leva. Elle se sentit soudain toute petite et très vulnérable.

— Nous devons rencontrer le sergent Farrell dans son

bureau demain après-midi. Il y a quelqu'un avec qui il aimerait que nous discutions, annonça-t-il.

— Qui ?

— Karen Smith. Elle arrive de Californie ce soir.

14

Le lendemain après-midi, Grant et Nina se garaient sur le parking du poste de police, à Galvestone. Nina n'avait pas fermé l'œil de la nuit, et n'avait pas réussi non plus à se reposer dans la journée tant ses pensées étaient confuses. Comment pouvait-elle rencontrer Karen Smith au bureau du sergent Farrell si elle et Vanessa Baldwin étaient une seule et même personne ? Vanessa était à l'hôpital. Si son état de santé s'était amélioré, elle restait encore très fragile. Elle ne pouvait pas être présente à cette réunion.

Nina serra ses mains sur ses genoux en regardant par la fenêtre. Etait-il possible qu'elle se soit trompée sur toute la ligne ?

Et Grant ? Quel impact ce retournement de situation aurait-il sur leur relation ? La veille, il lui avait promis qu'il la croyait, qu'il lui faisait confiance. Mais comment le pouvait-il encore, maintenant que tout reposait sur ce que dirait la femme qui prétendait être Karen Smith ?

Ils restèrent silencieux tandis qu'ils sortaient de la voiture pour se rendre au poste de police. Le sergent Farrell les accueillit dans le hall d'entrée. Il serra la main de Grant et fit un petit signe de tête vers Nina, l'air réservé.

— Elle nous attend dans mon bureau, annonça-t-il.

— Comment savez-vous qu'il s'agit vraiment de Karen Smith ? demanda Nina sans oser regarder Grant. Quelqu'un la paye peut-être pour brouiller les pistes.

— J'ai fait quelques vérifications, répondit Farrell. Son histoire semble tenir debout.

— *Semble* ? répéta-t-elle en sentant déjà la colère monter en elle.

— Si c'est vraiment Karen Smith, pourquoi a-t-elle attendu tout ce temps pour venir ici ? demanda Grant à la plus grande surprise de Nina.

— Elle m'a dit que lorsqu'elle est partie avec son mari en Californie, elle a perdu le contact avec ses amis et ses connaissances à Houston. Et puis, il y a quelques jours, elle est tombée sur un article de magazine qui parlait d'enfants disparus. Les noms de Nina et de Dustin étaient mentionnés. Selon Mme Smith, elle a été horrifiée de lire son propre nom dans la liste des suspects. Elle m'a appelé tout de suite.

— Alors pourquoi la police n'a jamais pu la retrouver avant ? demanda Grant.

— Karen Smith est un nom très répandu, et nous n'avions rien d'autre qu'une vague description. Pas d'adresse, pas d'informations sur son travail, rien. Nous n'avions même pas le nom de son mari. L'ordinateur nous a trouvé des dizaines de Karen Smith, mais aucune d'entre elles n'était la bonne.

Le sergent semblait légèrement sur la défensive, mais Nina ne pouvait pas lui en vouloir. Il avait recherché cette femme pendant six mois, et tout à coup, un beau jour, c'était elle qui l'appelait.

— Pourquoi ne pas garder toutes ces questions pour plus tard ? proposa-t-il. Karen Smith nous attend.

Nina se sentit de plus en plus nerveuse tandis qu'elle

suivait Farrell dans le couloir. Elle aperçut, à travers la porte entrouverte de son bureau, une femme brune assise sur une chaise. Elle portait des lunettes à montures noires.

La jeune femme se leva lorsqu'elle entendit le sergent Farrell entrer, et Nina crut que son cœur allait s'arrêter de battre. Pendant quelques secondes qui lui semblèrent durer une éternité, elle resta immobile, figée, à dévisager la femme brune aux lunettes noires qui prétendait être Karen Smith. Et qui feignit de la reconnaître dès l'instant où elle posa les yeux sur elle.

Derrière elle, Grant la poussa doucement dans la pièce pour refermer la porte. Aussitôt, la jeune femme se précipita vers Nina et la prit dans ses bras. Son parfum lui était étrangement familier. Nina se dégagea de son étreinte pour mieux la regarder.

— Comme je te plains ! s'écria la femme brune. J'ai appris ce qui t'était arrivé, je n'étais au courant de rien. Tu ne peux pas t'imaginer le choc que ça m'a fait de découvrir ton nom dans l'article et de réaliser que c'était bien toi. Et quand j'ai vu mon nom…

Elle se tourna vers Farrell.

— Je n'arrive pas à croire que l'on m'ait suspectée pendant tout ce temps. J'étais à des lieues d'imaginer ce qui se passait ici.

Nina avait la sensation d'être prise au piège dans une sorte de cauchemar étrange. Rien ne paraissait réel.

— Qui êtes-vous ? murmura-t-elle, abasourdie. Pourquoi me faites-vous cela ?

La jeune femme sembla confuse. Elle jeta un coup d'œil vers Grant puis regarda de nouveau Nina.

— Je ne comprends pas, dit-elle. Tu ne te souviens pas de moi ? Nous étions si proches, pourtant. Toutes ces conversations qu'on a eues au parc, tous ces secrets qu'on a partagés… Tu ne peux pas m'avoir oubliée.

Nina fit un pas en arrière, horrifiée par le petit jeu de l'inconnue. Elle sentit la main de Grant se poser au bas de son dos, comme pour la réconforter. Mais c'était peine perdue.

— Ce n'est pas vous. Vous n'êtes pas Karen Smith ! s'écria-t-elle. Qui vous a envoyée ? Qui vous paye pour mentir ?

La jeune femme parut sincèrement blessée.

— Nina, c'est bien moi, pourtant. Je *suis* Karen.

Elle se mordit la lèvre, comme si elle n'était pas sûre de ce qu'il fallait dire ensuite. Puis son visage s'éclaira.

— Ecoute, je peux te le prouver. Je me souviens de tout ce que tu m'as dit. Tu as été élevée dans un orphelinat, à San Antonio. Les sœurs t'ont trouvée devant les grilles du couvent. Tu n'as jamais su qui étaient tes parents. Lorsque tu as quitté le couvent, tu as vécu seule jusqu'à ce que tu rencontres Garrett Fairchild, avec qui tu t'es mariée. Il est mort avant de savoir que tu étais enceinte.

Elle marqua un silence, puis écarta les mains, les paumes vers le plafond.

— Voilà, dit-elle. Comment pourrais-je savoir tout cela si tu ne me l'avais pas raconté ?

— Parce que quelqu'un vous l'a dit, l'accusa Nina. Quelqu'un vous a fait répéter ce qu'il fallait dire.

— Mais non, je *suis* Karen. Je ne sais pas pourquoi tu fais ça…

La jeune femme s'interrompit brusquement, comme si elle venait d'avoir une révélation. Ses yeux s'emplirent de pitié.

Face à ce regard, Nina sentit quelque chose se briser

en elle. Elle posa les mains sur le bureau de Farrell et se pencha vers lui en le regardant d'un air désespéré.

— Vous ne voyez donc pas ce qu'elle est en train de faire ? dit-elle d'une voix sourde. Quelqu'un l'a payée pour qu'elle vienne ici. Ils veulent me discréditer encore plus, me faire passer pour une paranoïaque. Vous ne pouvez pas les laisser faire.

— Calmez-vous, Nina, lui conseilla Farrell.

— Me calmer !

Elle se tourna brusquement vers Grant.

— Elle ment, Grant ! Il faut me croire.

L'expression de son visage montrait qu'il ne savait plus quoi croire. Une peur panique se souleva en elle. Si Grant ne lui faisait pas confiance, alors personne ne la croirait. Il était son seul espoir.

— J'imagine comme cela a été dur pour elle, se lamenta la fausse Karen Smith en hochant la tête. Perdre son bébé comme ça…

— Elle ment ! cria Nina. Je ne peux pas croire que vous ne vous en rendiez pas compte.

— Nina…

Grant la prit par le bras mais elle se dégagea brusquement. Elle ouvrit la porte à toute volée et s'enfuit du bureau, consciente des regards étonnés que lui jetaient les gens sur son passage. Une fois dehors, elle s'arrêta en haut des marches et tenta de reprendre son souffle. Son cœur battait la chamade. Elle leva ses mains à son visage, ne sachant pas où aller, ni vers qui se tourner.

Grant surgit du poste de police derrière elle. Nina commença à s'éloigner mais il la rattrapa et la retint par le bras.

— Vous allez dans le mauvais sens, dit-il. La voiture est garée là-bas.

— Elle mentait, Grant, lui assura-t-elle, tout en se laissant entraîner vers le parking. Cette femme n'est pas Karen Smith. Ou en tout cas pas celle que j'ai connue.

— Farrell découvrira la vérité, répondit-il gravement.

— Et s'il n'y parvient pas ? S'il se contente d'accepter sa parole ?

— C'est un professionnel, Nina. Nous devons lui faire confiance, il fera son travail.

— Mais je ne lui fais plus confiance, protesta-t-elle. Quelqu'un lui a dit des mensonges à mon propos. Il s'est retourné contre moi. Vous ne vous en rendez pas compte ?

— Alors nous engagerons un détective privé pour faire des recherches sur cette femme.

Nina se sentait apaisée par ses paroles. Elle s'appuya contre la voiture et le dévisagea.

— Est-ce que vous me croyez ?

— Toute cette histoire est tellement bizarre, répondit-il, incertain. Je ne sais plus quoi penser.

— Au moins, vous êtes honnête, dit-elle amèrement.

Mais elle ne pouvait s'empêcher de se rappeler ce qu'il lui avait dit la veille : que les gens qui s'aiment se font confiance. Où était cette confiance à présent, au moment où elle en avait le plus besoin ?

Nina savait qu'elle était injuste avec lui, mais elle n'y pouvait rien. Grant avait été son seul espoir, et elle sentait qu'il lui échappait.

— Je me fiche de savoir qui est cette femme, dit-elle avec colère. Cela ne change rien. John David est toujours mon fils. Quelqu'un l'a payée pour mentir.

— Nina…

— Mais il y a une chose pour laquelle ils ne peuvent pas

mentir, continua-t-elle. Le fait que ce bébé soit le portrait craché de Garrett.

Alors qu'elle levait les yeux vers lui, Nina vit l'expression de Grant se transformer. Son regard s'emplit d'une émotion qu'elle ne comprenait pas.

— Il y a quelque chose que vous ne savez pas, annonça-t-il après avoir poussé un profond soupir.

— Quoi donc ?

— Vous vous souvenez, hier soir, je vous ai dit que selon Trent, vous connaissiez Vanessa.

— Il mentait.

— Peu importe. Il m'a aussi dit que Garrett et Vanessa avait eu une aventure alors qu'elle était mariée à Clayton, et Garrett à vous.

Nina en resta bouche bée.

— Une aventure ? Entre Garrett et… Vanessa ? Je n'y crois pas.

Mais qu'est-ce qu'elle ne croyait pas, au juste ? Que son mari l'ait trompée, ou bien qu'il l'ait fait avec Vanessa ?

— Je ne sais pas si c'est vrai, expliqua Grant. Je vous rapporte simplement ce que Trent m'a dit. Apparemment, quand Vanessa est tombée enceinte, elle a pensé que Garrett pouvait être le père.

Nina sentit l'air lui manquer. L'espace d'un instant, elle fut incapable de reprendre son souffle.

— Non, murmura-t-elle.

— Vous voyez où je veux en venir, n'est-ce pas ? dit-il doucement. Si cette histoire est vraie, cela expliquerait pourquoi le bébé de Vanessa ressemble à votre mari.

*
* *

Le trajet du retour se fit dans le même silence qu'à l'aller. Nina était encore plus confuse. Garrett et Vanessa ? Etait-ce possible ? Pouvaient-ils vraiment avoir eu une aventure sans qu'elle le sache ?

Bien sûr que c'était possible, songea-t-elle avec impatience. Ce genre de choses arrivait tous les jours. Mais ce qu'elle ne parvenait pas à croire, c'était que Garrett ait pu faire un enfant à Vanessa.

Nina porta une main tremblante à son visage. Pourquoi cela lui arrivait-il à elle ? Pourquoi découvrait-elle seulement maintenant que son mari l'avait trompée avec une autre femme — Vanessa Baldwin, en plus ? Pourquoi est-ce qu'une femme prétendait être Karen Smith ? Qui l'avait envoyée, et pourquoi ?

Il n'y avait qu'une seule explication : on voulait la rendre folle, lentement, méthodiquement. Personne ne la croirait après tout cela. Même pas Grant.

Elle observa son profil, mais il ne tourna pas la tête pour croiser son regard. Il était concentré sur la route, et la manière dont sa mâchoire restait figée lui en disait plus qu'elle ne voulait savoir.

Nina fut étonnée, presque alarmée, lorsqu'il se gara dans le parking d'un immeuble à Houston.

— Où sommes-nous ? demanda-t-elle.

— C'est ici que j'habite, dit-il en coupant le moteur. Je crois que vous ne devriez pas rester seule ce soir.

— Pourquoi ? Vous avez peur que je perde la raison ? Que je fasse une bêtise ?

— Cette idée ne m'a jamais traversé l'esprit. Vous êtes la femme la plus forte que j'aie jamais connue.

Avant qu'elle n'ait eu le temps de répondre ni même de comprendre ce qu'il venait de lui dire, il sortit de la voiture et en fit le tour pour l'aider à descendre. Il lui prit la main et ne la lâcha pas avant qu'ils fussent entrés dans son appartement.

Nina regarda autour d'elle, légèrement désorientée. L'ameublement en cuir et en cuivre était typiquement masculin. Soudain, elle prit pleinement conscience qu'elle était seule avec Grant, chez lui, et une étrange sensation d'excitation s'empara d'elle malgré la tension qu'elle ressentait.

Gênée, elle s'éclaircit la gorge et se détourna de lui.

— Laissez-moi prendre votre veste.

Il prit soin de la toucher le moins possible tandis qu'il l'aidait à retirer son manteau, qu'il posa sur une chaise avec le sien. Un silence embarrassé s'installa entre eux.

— Que diriez-vous de dîner ? proposa Grant au bout d'un moment. Je vais voir ce que je peux trouver dans la cuisine.

— Je n'ai pas faim.

— Il faut que vous mangiez. Je suis sûr que vous n'avez pas pris de vrai repas depuis plusieurs jours.

Pas depuis qu'il l'avait emmenée au restaurant, en effet, songea Nina. C'était quelques jours plus tôt seulement, et pourtant il lui semblait que cela faisait une éternité.

— Merci, mais vraiment, je ne veux rien, répondit-elle. Je suis juste… épuisée.

Elle s'assit sur le canapé, soudain vidée de toute son énergie. Les révélations de ces derniers jours l'avaient marquée aussi bien moralement que physiquement.

— Pourquoi ne pas vous allonger sur le lit, alors ? suggéra-t-il. Vous pouvez dormir un peu. J'ai laissé mon numéro à Farrell. Il appellera s'il y a du nouveau.

Nina hésita. Dormir dans le lit de Grant, c'était faire un pas de plus dans leur relation, un pas qu'elle n'était peut-être pas prête à franchir.

— Le canapé ira très bien, répondit-elle. Je vais m'allonger ici.

Il lui prit la main d'autorité et l'obligea à se lever.

— Ne soyez pas si têtue. Le lit est bien plus confortable.

Nina le suivit à contrecœur jusque dans la chambre, sans pouvoir s'empêcher de jeter des regards curieux autour d'elle. Les mêmes couleurs masculines — bleu marine, marron et vert foncé — se retrouvaient ici. Grant tapota les oreillers et attendit qu'elle ait retiré ses chaussures et qu'elle se soit glissée sous les draps pour rabattre les couvertures sur elle. Alors qu'il tendait le bras pour éteindre la lampe de chevet, elle s'aperçut soudain qu'elle n'avait pas envie de se retrouver dans le noir. Et qu'elle n'avait pas envie d'être seule.

Elle attrapa la main de Grant avant qu'il n'ait eu le temps d'atteindre l'interrupteur. Il l'interrogea du regard, surpris, mais elle ne répondit rien. Que pouvait-elle dire ?

— Je crois que je vais rester un peu avec vous, murmura-t-il. Cela ne vous dérange pas ?

— Pas du tout, répondit-elle en souriant.

Il s'installa à côté d'elle, le dos appuyé contre la tête de lit. Nina roula sur le côté pour lui faire face, puis, au bout d'un moment, dit :

— Grant, cette femme n'était pas Karen Smith. Il faut me croire.

Il tendit la main pour ramener une mèche de cheveux derrière son oreille. Le geste était si tendre, si protecteur, qu'elle eut envie de pleurer.

— Je mènerai moi-même une enquête sur cette femme, affirma-t-il, et je m'assurerai que Farrell fait bien son travail. Je suis toujours de votre côté, Nina, rien n'a changé. Mais si cette femme s'avère être celle qu'elle prétend être…

— Cela n'arrivera pas, coupa Nina en revenant sur le dos.

— Mais si cela arrive, alors il ne sera pas nécessaire de pratiquer un test ADN sur John David.

— Parce que cela prouvera qu'il n'est pas mon fils. C'est ce que vous croyez, de toute façon, n'est-ce pas ? Vous pensez qu'il est le fils de Vanessa et de Garrett.

— Ce n'est pas impossible.

— Mais si John David est vraiment le bébé de Vanessa, alors où est mon fils ? Qui l'a pris ? Est-ce qu'il va bien ? Est-ce qu'il est encore vivant ?

Sa voix se brisa tandis que les questions s'échappaient de ses lèvres sans qu'elle puisse les retenir. Pour la première fois depuis longtemps, elle se sentait sur le point de perdre le contrôle d'elle-même. Elle tenta de ravaler ses larmes, de se contenir, mais dès l'instant où Grant l'attira dans ses bras, toutes ses défenses s'écroulèrent.

Elle sanglota sans bruit contre son torse tandis qu'il la tenait serrée contre lui, tout en lui caressant les cheveux et en lui murmurant que tout irait bien. Personne ne l'avait jamais consolée de cette façon. Les sœurs, à l'orphelinat, avaient toujours souligné l'importance de ne compter que sur soi-même. Nina avait donc grandi sans jamais avoir besoin de personne. Mais en cet instant précis, elle avait besoin de Grant, à tel point que cela lui faisait peur.

Lorsqu'elle n'eut plus de larmes à verser, elle s'écarta de lui en s'essuyant le visage.

— Excusez-moi, soupira-t-elle. Je ne me suis jamais laissée aller comme cela.

— Vous auriez peut-être dû, observa-t-il avec un sourire.

— Je crois que je n'aurais pas pu, de toute façon. Il n'y

a jamais eu personne pour recoller les morceaux à ma place.

— Eh bien, maintenant il y a quelqu'un, dit-il en lui caressant tendrement la joue.

— Je ne sais pas pourquoi vous faites tout cela pour moi, murmura-t-elle, touchée par ses paroles. Après tout ce qui vient d'arriver…

— Je serai là, quoi qu'il arrive, coupa-t-il en lui prenant la main. Vous ne comprenez donc pas ?

— Je crois que je commence à comprendre.

Elle leva les yeux vers lui, et crut que son cœur allait s'arrêter de battre. Avant qu'elle n'ait eu le temps de reprendre son souffle, il se pencha sur elle pour emprisonner ses lèvres d'un doux baiser. Puis il s'écarta, l'air sombre.

— Pardonnez-moi, dit-il. Je sais que ce n'est pas le bon moment.

— Et moi je pense que c'est le meilleur moment, au contraire, chuchota-t-elle.

Elle plongea sa main dans les cheveux de Grant pour l'attirer de nouveau à elle et l'embrasser avec passion. Avec un grognement sourd, Grant se glissa à son niveau pour la serrer encore plus près de lui. Mais les couvertures formaient une barrière entre eux : il les repoussa avec force, jusqu'à ce que leurs corps soient si proches que Nina ne fut plus capable de savoir si c'était son cœur ou le sien qu'elle sentait battre aussi fort.

Ce n'était probablement pas le bon moment, en effet, songea-t-elle fugitivement. Ses émotions étaient bien trop à vif. Mais serait-ce un jour le bon moment ? Etait-il condamnable de vouloir se laisser aller à quelques instants de passion ? D'amour ?

Grant roula au-dessus d'elle, appuyé sur ses coudes, et plongea son regard dans le sien.

— Je vous aime, dit-il comme s'il devinait ce qu'elle avait besoin d'entendre.

Ses doigts effleurèrent le décolleté de son chemisier, envoyant des milliers de petits frissons sur sa peau.

— Je vous aime, moi aussi, répondit-elle. Je ne comprends pas pourquoi, mais je vous aime.

Elle laissa glisser ses mains le long de sa chemise et défit les boutons un à un. Grant lui retira son chemisier et le laissa tomber par terre, puis il entreprit de dégrafer son soutien-gorge.

Elle ferma les yeux en souriant. Bientôt, le reste de leurs vêtements suivraient le même chemin et ils se retrouveraient nus, exposés l'un à l'autre. Grant l'embrasserait, la toucherait, la caresserait, et elle crierait de passion. Il lui ferait l'amour, peut-être plus d'une fois, jusqu'à ce qu'ils s'effondrent, satisfaits, repus. Et tandis que ces images inondaient son esprit, le désir et l'impatience se firent presque insoutenables.

Elle ouvrit les yeux et s'aperçut que Grant l'observait. Il se mit à sourire, lentement, comme s'il devinait ses pensées.

— Certaines choses sont prédestinées, Nina.

— Alors montrez-moi, murmura-t-elle en l'attirant contre elle.

Nina fut réveillée en sursaut par la sonnerie du téléphone. L'espace d'un instant, elle crut qu'elle était chez elle, dans son lit, puis les souvenirs lui revinrent à la mémoire. Elle se tourna sur le côté dans l'idée de se blottir contre Grant, mais la place était vide et froide.

Lorsque le téléphone se remit à sonner, Nina se redressa

dans le lit et regarda autour d'elle. La porte de la salle de bains était entrouverte et elle entendait des bruits de douche. Devait-elle décrocher ? S'il s'agissait du sergent Farrell ou bien de l'hôpital, Grant aurait certainement envie de savoir ce qui se passait.

Mais avant que Nina ait pu atteindre le téléphone, le répondeur se mit en marche et la voix de Grant emplit la pièce, demandant de laisser un message après le « bip ».

Nina se pelotonna sous les couvertures tandis qu'une voix vaguement familière parlait au répondeur.

« Je viens de rentrer de l'hôpital, Grant. Le médecin dit que Vanessa va mieux, mais je m'inquiète encore pour elle. Je sais que tu te fais du souci, toi aussi. On n'a pas toujours été d'accord par le passé, mais s'il y a une chose sur laquelle on s'est toujours entendus, c'est sur le fait que Vanessa a besoin d'être protégée. »

Nina se rendit compte que ce devait être le père de Grant. Elle jeta un coup d'œil vers la salle de bains, craignant qu'il sorte d'une seconde à l'autre et qu'il la surprenne en train d'écouter ses messages. Mais l'eau coulait toujours, et elle se concentra de nouveau sur la voix de J.D. Chambers.

« Cette femme m'inquiète, disait-il. Nous ne pouvons pas la laisser continuer à prétendre des choses aussi insensées. Il faut faire quelque chose. »

Nina sentit son cœur cogner dans sa poitrine. Qu'était-il en train de suggérer, au juste ?

« Ecoute, je ne sais pas ce que tu as prévu de faire pour te débarrasser d'elle, mais tu ferais mieux d'accélérer un peu les choses. Lorsque Vanessa sera sortie de l'hôpital, je veux que cette femme ait disparu de nos vies pour de bon. Je compte sur toi pour t'occuper d'elle, Grant. Ne me fais pas faux bond. »

Il raccrocha, puis tout redevint silencieux en dehors de son cœur qu'elle entendait résonner à ses oreilles. Elle avait l'impression de se noyer, lentement, irrémédiablement.

Je ne sais pas ce que tu as prévu de faire pour te débarrasser d'elle, mais tu ferais mieux d'accélérer un peu les choses... Je compte sur toi pour t'occuper d'elle, Grant.

Le plan de Grant lui apparut soudain clair comme de l'eau de roche. Devenir proche d'elle, trouver ses faiblesses, utiliser ses sentiments contre elle.

Et elle avait joué le jeu comme une idiote. Elle s'était laissé convaincre qu'il voulait l'aider, alors qu'il avait toujours voulu garder une longueur d'avance sur elle, la piéger pour qu'elle finisse par paraître folle. Comment avait-elle pu être aussi aveugle ?

Elle chercha ses vêtements et les enfila en toute hâte. Elle savait qu'elle devrait rester ici pour demander des comptes à Grant, le forcer à lui dire la vérité. Mais avec tout ce qui s'était passé ce jour-là, elle se sentait faible et vulnérable. Il fallait qu'elle parte d'ici pour rassembler ses forces, et ensuite seulement, lorsqu'elle se sentirait prête, elle penserait aux représailles.

Elle se glissa sans bruit hors de l'appartement et frissonna dans l'air froid de la nuit. Elle avait oublié son manteau, mais il était hors de question d'aller le chercher. Elle n'habitait qu'à quelques rues de là et, avec un peu de chance, elle serait en sécurité chez elle avant que Grant ne se rende compte qu'elle était partie.

Elle marcha à grands pas le long du trottoir, les bras serrés autour d'elle pour se réchauffer. Pour l'instant, elle refusait de penser à son cœur trahi, blessé, abandonné.

Pense à Dustin, s'ordonna-t-elle. *Il n'y a que lui qui compte dans toute cette histoire.*

Lorsque Grant sortit de la douche et commença à s'essuyer, son premier désir fut de se glisser de nouveau dans son lit avec Nina et de reprendre là où ils s'étaient arrêtés un peu plus tôt. Il avait envie d'elle plus que jamais, et il eut toutes les peines du monde à se retenir de la réveiller pour raviver la passion qui les avait dévorés quelques heures plus tôt.

Mais Nina était épuisée, tant sur le plan moral que physique. Ce dont elle avait vraiment besoin, à présent, c'était de se reposer. Il lui faudrait disposer de toutes ses forces pendant les jours à venir.

La femme qu'ils avaient rencontrée dans le bureau de Farrell était-elle vraiment Karen Smith ? Et si ce n'était pas elle, quelqu'un l'avait-il réellement payée pour mentir ?

Les questions se formaient bien plus vite dans son esprit que les réponses. Mais après ce qui s'était passé entre eux ce soir, Grant était encore plus déterminé à retrouver le fils de Nina, où qu'il soit.

La première chose qu'il vit en entrant dans la chambre fut le lit, vide.

— Nina ? Nina ! appela-t-il plus fort en passant de pièce en pièce.

Ses vêtements avaient disparu. De toute évidence, elle était partie, mais pourquoi ? Avait-elle eu des regrets ?

Il détestait l'idée qu'elle se trouve toute seule dans la rue à cette heure-là. Il sauta dans ses vêtements, prit ses clés de voiture sur la table de nuit et s'apprêtait à partir à sa recherche lorsque le téléphone se mit à sonner.

— Nina ? dit-il aussitôt en décrochant.

— Je suis bien chez M. Chambers ? fit une voix étonnée.

— Oui.

Pour la première fois, Grant s'aperçut que le répondeur clignotait. Quelqu'un avait dû appeler pendant qu'il se douchait.

— Ici Kaylin McDougal, infirmière à l'hôpital. Je travaille au service de cardiologie. Vous nous avez laissé votre numéro en cas d'urgence.

Grant sentit son estomac se serrer.

— C'est Vanessa ? demanda-t-il sans douter de la réponse.

— Oui, son médecin m'a demandé de vous appeler. Il veut que vous veniez le plus vite possible.

15

Kaylin McDougal accueillit Grant dans le couloir du service de cardiologie, devant la chambre de Vanessa.

— Le médecin est avec elle pour l'instant, lui expliqua-t-elle. Il va bientôt sortir vous parler.

— Que s'est-il passé ? demanda Grant. Elle allait mieux, pourtant.

— Nous ne savons pas. Une des infirmières dit que votre sœur a reçu la visite d'un homme il n'y a pas longtemps. Peu après qu'il fut parti, elle est devenue très agitée. Le médecin se fait beaucoup de souci pour elle.

— Qui était cet homme ?

— Je n'en sais rien.

Grant jeta un coup d'œil vers la chambre de sa sœur, mais les rideaux avaient été tirés.

— Avez-vous prévenu mon père et le mari de ma sœur ?

— Je n'ai pas réussi à les joindre. Votre numéro était aussi sur la liste. Le médecin a insisté pour que quelqu'un de la famille soit présent.

Grant se demanda si l'infirmière se rendait compte à quel point ce qu'elle disait était inquiétant. Elle s'excusa et retourna travailler, laissant Grant seul devant la chambre de Vanessa. Lorsque le médecin en sortit quelques minutes plus tard, son visage était sombre, fermé.

— L'état de votre sœur s'est sérieusement aggravé, lui dit-il. Dans ces circonstances, je n'autorise pas les visites habituellement, mais elle a demandé à vous voir. Vous pouvez entrer, mais gardez bien à l'esprit qu'il faut absolument qu'elle reste calme.

— D'accord.

Le médecin s'éloigna et Grant entra sans bruit dans la chambre. Vanessa avait les yeux fermés, si bien qu'il crut, l'espace d'un instant, qu'elle dormait. Il tira une chaise près du lit et s'assit en lui prenant la main. Sa peau était froide, presque sans vie. Il ne pouvait supporter de la voir dans cet état.

Bientôt, elle battit des paupières et s'efforça de sourire.

— Je savais que tu viendrais. Tu as toujours été mon sauveur.

Quelque chose dans sa voix lui fit froncer les sourcils.

— Le médecin dit qu'ils ont du mal à te calmer, dit-il. Qu'est-ce qui ne va pas ?

— Je crains d'avoir une confession à faire sur mon lit de mort.

Elle parlait faiblement mais Grant l'entendait parfaitement bien.

— Ne dis pas des choses comme ça, grommela-t-il.

— Oh, ne t'en fais pas, je m'en sortirai. Je m'en sors toujours, n'est-ce pas ?

— Oui, tu es une battante.

Elle eut un petit rire.

— Si tu savais, murmura-t-elle.

— Qu'est-ce que c'est censé vouloir dire ?

Elle marqua une pause pour rassembler ses forces.

— Tu te souviens, quand nous étions petits et que tu invitais tes amis à jouer au foot dans le jardin ? Je m'installais sur le balcon de ma chambre pour vous regarder.

— Tu étais ma plus grande fan, se souvint Grant.

— Est-ce que tu le crois vraiment ?

Son ton sarcastique le surprit.

— Vanessa, où veux-tu en venir ? demanda-t-il, mal à l'aise.

— Tu te souviens quand tu partais au ski en hiver ? Et en été, quand tu allais avec grand-père dans sa cabane de pêcheur au Canada ?

— Je m'en souviens. Mais je ne comprends pas pourquoi tu me parles de tout ça.

— Pourquoi ? Parce que moi, je ne suis jamais partie. Je n'ai jamais pu faire ce que tu faisais.

— Je suis navré, murmura Grant, ne sachant pas que répondre.

Elle se tourna vers lui et croisa son regard. Quelque chose brillait dans ses yeux. Quelque chose qui faisait mal à Grant.

— Est-ce que tu imagines à quel point je t'en ai voulu pendant notre enfance ? demanda-t-elle.

— Je ne m'en suis jamais rendu compte.

— Bien sûr que tu le savais, ricana-t-elle avec amertume. C'est juste que tu ne voulais pas l'admettre.

— Cela n'a plus d'importance, à présent. C'était il y a longtemps.

— Pas si longtemps que tu le crois, répliqua-t-elle. Les vacances au ski et au Canada, c'était une chose. Mais ce que je n'ai pas supporté, c'est la façon dont grand-père t'a formé pour reprendre Chambers Petroleum. Cela ne lui est jamais venu à l'idée que l'entreprise était aussi mon héritage.

Elle se reposa un moment, si bien que Grant crut qu'elle en avait fini. Elle avait soulagé sa conscience et pouvait se rendormir, apaisée. Mais alors qu'il s'apprêtait à quitter la chambre, elle le retint par la main.

— Tu ne l'as jamais su, mais un jour je suis allée voir papa pour lui dire que j'avais vraiment envie de faire partie de cette entreprise. Je me disais que lui, il me comprendrait. J'ai toujours été sa petite princesse. Mais tu sais ce qu'il a fait ? Il m'a gentiment balayée. Il m'a dit que je n'avais pas à me soucier de Chambers Petroleum, parce que toi et lui vous vous en occupiez, comme vous vous étiez toujours occupés de moi. J'avais vingt ans, et il me traitait comme une enfant. Pire que ça : comme une invalide. C'est comme ça que tu m'as toujours traitée, toi aussi.

Grant faillit protester mais se ravisa. Peut-être avait-elle raison. Peut-être était-il allé trop loin en essayant de la protéger. Peut-être aurait-il dû la laisser se débrouiller seule dès le début.

— Après ça, Chambers Petroleum est devenu le symbole de tout ce que j'avais toujours voulu mais que je ne pourrais jamais avoir. De tout ce que tu avais toujours eu sans jamais lever le petit doigt. Je voulais qu'il y ait au moins une chose que tu n'aies pas. Ce n'était que justice, regarde-toi…

Elle laissa sa phrase en suspens, puis leva son bras où était enfoncée l'aiguille de la perfusion.

— … et regarde-moi, conclut-elle.

— Vanessa…

— Non, laisse-moi finir, j'en ai besoin.

Elle prit quelques secondes pour rassembler ses forces. Sa respiration était inégale, laborieuse. Mais quand Grant tenta de protester de nouveau, elle lui lança un regard d'avertissement. Que pouvait-il faire d'autre que la laisser parler ? Cela semblait la calmer, bizarrement.

— Un jour, en allant au bureau, j'ai rencontré Clayton, reprit-elle. Papa venait juste de l'embaucher, et j'ai su, dès l'instant où j'ai posé les yeux sur lui, qu'il pourrait me donner ce que je voulais. Tout ce que j'avais à faire, c'était me débarrasser de toi. Et je l'ai fait.

— Qu'est-ce que tu veux dire ?

— C'est moi qui ai payé ton ex pour qu'elle prétende que son fils était le tien. C'est moi qui ai monté ce scandale de toutes pièces pour te discréditer aux yeux de papa. Et ça a marché encore mieux que je ne l'espérais. Tu ne peux pas imaginer ma joie lorsqu'il t'a envoyé au Venezuela pour quatre ans. Cela me laissait tout le temps d'épouser Clayton et de convaincre papa de le nommer vice-président. Et je savais que si Clayton et moi offrions à papa son premier petit-fils, l'affaire serait dans la poche.

Grant dévisagea sa sœur avec l'impression de voir une étrangère.

— Je n'arrive pas à croire à ce que tu me racontes.

— Pourquoi ? Parce que tu ne me pensais pas capable de mettre au point un plan aussi brillant ? dit-elle avec ironie.

— Non, je ne te pensais pas capable d'une telle tromperie.

— Eh bien, maintenant tu le sais. Et tu n'as encore rien entendu.

— Je n'ose presque pas te demander ce que tu veux dire par là, dit-il, glacé d'horreur.

— Parce que tu sais ce que je vais te dire, n'est-ce pas ? demanda-t-elle doucement.

Pour la première fois, Grant perçut un signe de regret dans ses yeux. Elle cligna des paupières et détourna le regard.

— Il y a eu une seule faille dans mon plan, continua-t-elle. J'ai découvert que je ne pouvais pas avoir d'enfants. Or, sans héritier, Clayton n'avait aucune chance de prendre les rênes de l'entreprise à ta place. Tu sais ce que papa pense de la famille.

— Qu'es-tu en train de me dire, Vanessa ? demanda Grant avec dégoût.

— Je dis que John David n'est pas mon fils, répondit-elle avec un air de défi. C'est son fils, à *elle*.

Bon sang, songea Grant. *Nina avait donc raison depuis le début, et je n'ai rien vu.*

— Comment as-tu pu faire une chose pareille, Vanessa ? Comment as-tu osé prendre le bébé d'une autre femme, lui faire subir une chose aussi atroce ?

— Je me suis dit qu'il ne fallait pas penser à Nina, c'est tout. Elle n'était qu'un moyen d'arriver à mes fins, et tout se serait bien passé si elle ne m'avait pas vue au parc l'autre jour.

Elle lui lança un regard accusateur.

— D'une certaine manière, tout cela est ta faute, Grant. C'est toi qui as insisté pour que je laisse Alice emmener John David au parc, cet après-midi-là, tu t'en souviens ? C'est à partir de là que les choses se sont gâtées.

— Tu parles de la mort de Ruthanne Keller, de l'incendie du bureau de Nina ? Mon Dieu, Vanessa, qu'as-tu fait ?

Il la dévisagea, incrédule, se demandant comment il avait pu rater tous les indices.

Pour la première fois, une lueur de peur brilla dans ses prunelles.

— Je n'ai pas tué cette femme, et je n'ai pas mis le feu à la maison de Nina, se défendit-elle. Je n'ai pas non plus provoqué d'incendie à l'hôpital. Je n'ai jamais voulu faire de mal à personne. Mais maintenant…

Elle s'interrompit, à bout de souffle. Le moniteur, à la

tête de son lit, enregistra l'accélération des battements de son cœur. Grant bondit sur ses pieds, alarmé.

— Vanessa ?

— Ne comprends-tu pas ? souffla-t-elle en lui agrippant la main. Je ne maîtrise plus rien maintenant. Nina l'a poussé dans ses retranchements, et la seule chose qu'il puisse faire c'est se débarrasser d'elle.

— Qui ? demanda-t-il. De qui parles-tu, Vanessa ?

Le visage de sa sœur était devenu livide. Elle serra ses mains sur sa poitrine, respirant avec peine.

— Grant…, souffla-t-elle.

— Calme-toi. Je vais chercher de l'aide.

Il se précipita dans le couloir et appela l'infirmière, mais le bureau avait déjà été alerté par le moniteur. Une équipe de médecins et d'infirmières se hâtait vers la chambre.

— Vous devez partir maintenant, monsieur, lui dit l'une des infirmières en le poussant vers la porte. Nous avons besoin de place.

Ils se groupèrent autour du lit de Vanessa, si bien qu'il ne la voyait plus.

— Est-ce qu'elle va s'en sortir ?

— S'il vous plaît, monsieur. Vous devrez attendre dehors.

Grant se laissa entraîner dans le couloir. Il resta devant la porte à regarder les médecins s'activer auprès d'elle tandis qu'une terrible sensation de peur s'emparait de lui.

Je ne maîtrise plus rien maintenant. Nina l'a poussé dans ses retranchements, et la seule chose qu'il puisse faire c'est se débarrasser d'elle.

Grant ferma les yeux, déchiré entre deux femmes. Sa sœur était en train de lutter contre la mort pendant que Nina était seule quelque part et courait un grand danger.

Il savait que Vanessa était entre les mains des meilleurs

médecins. Au fond de lui, il savait aussi qu'il avait toujours fait ce qu'il avait pu pour elle. Et pour l'instant, il ne pouvait lui être d'aucun secours. Tandis que Nina, la femme qu'il aimait, était seule et vulnérable. Sans hésiter, il fit volte-face et se dirigea vers la sortie.

Lorsque Nina fut sortie de la douche et eut enfilé sa chemise de nuit et sa robe de chambre, elle tenta de se convaincre qu'elle se sentait plus forte. Elle était prête à affronter Grant, mais il ne l'avait même pas suivie jusque chez elle comme elle s'y était attendue. Il ne l'avait même pas appelée. Avait-il écouté le message de son père ? Savait-il que son petit jeu avait été démasqué ?

Nina resserra sa robe de chambre autour d'elle tandis qu'elle faisait les cent pas dans sa chambre. La première chose qu'elle ferait le lendemain serait de consulter un avocat. Après tout ce qui s'était passé, elle en trouverait certainement un qui serait d'accord pour l'écouter. Sinon, elle réfléchirait à un autre moyen de se défendre contre les Chambers et les Baldwin. Elle ferait le nécessaire pour retrouver son enfant…

Soudain, un bruit dans la maison la fit sursauter. Elle se figea et tendit l'oreille. Le bruit recommença. Quelqu'un était entré chez elle, cela ne faisait aucun doute.

Le cœur battant à se rompre, elle s'approcha lentement de la porte. Son instinct lui dictait de fermer celle-ci à clé, d'appeler la police puis de s'enfuir par la fenêtre. Mais avant qu'elle n'ait eu le temps de faire quoi que ce fût, elle aperçut une ombre dans le couloir.

Terrorisée, Nina tenta de claquer la porte, mais l'intrus fonça dessus de tout son poids. Nina tomba à la renverse.

L'homme, entièrement vêtu de noir, fut sur elle avant qu'elle ne puisse bouger. Elle commença par se débattre de toutes ses forces, puis s'arrêta brusquement lorsqu'elle sentit le métal glacé d'un pistolet pressé contre sa tempe.

— Là, du calme, fit une voix qu'elle reconnut immédiatement.

— Trent, murmura-t-elle.

Il arracha sa cagoule et lui adressa un large sourire.

— Bonjour bonjour, chantonna-t-il. Ça faisait un bail, pas vrai ?

Nina comprit que toutes ses angoisses étaient en train de se réaliser. Trent était revenu se venger de la mort de son frère.

— Qu'est-ce que tu veux ? demanda-t-elle avec plus de force qu'elle n'en avait réellement.

— Je veux que tu la fermes et que tu arrêtes de me causer des ennuis.

— Je ne sais pas de quoi tu parles.

Nina tenta de remuer sous le poids de Trent, mais il pressa le canon du pistolet un peu plus fort contre sa tempe.

— Je parle de John David, Nina. Tu dois arrêter de prétendre qu'il est ton fils.

Elle le regarda, sous le choc.

— Qu'est-ce que ça peut te faire ?

— C'est pourtant simple. S'il s'avère être ton fils, cela voudrait dire qu'il est aussi mon neveu, tu me suis ? Et ça, je ne peux pas l'accepter. Je ne peux pas accepter que toi et ton sale gosse vous veniez réclamer l'argent du livret d'épargne de Garrett. Trente millions de dollars, ça fait beaucoup d'argent, Nina. Beaucoup trop pour quelqu'un comme toi.

— Mon sale gosse ? répéta-t-elle, le souffle coupé. Es-tu en train de dire que…

— Qu'il est ton fils ? Evidemment.

Malgré la situation, une joie indescriptible la submergea. John David était son fils ! C'était vraiment Dustin !

Trent dut remarquer l'expression de jubilation sur son visage, car il se mit à rire.

— Ne te fais pas trop d'illusions, Nina. Tu ne le reverras pas.

Elle ignora sa menace. La révélation que John David était son fils lui donnait des ailes.

— Tu l'as kidnappé à l'hôpital, n'est-ce pas ? devina-t-elle. C'était donc toi, depuis le début. Comment as-tu persuadé Vanessa de te suivre ?

— Ça n'a pas été dur. J'ai su qu'elle voulait absolument un bébé juste après que tu as appelé pour annoncer que tu étais enceinte. Le plan s'est monté presque tout seul.

— Avec l'aide du Dr Mapleton.

— Naturellement. Il nous fallait un professionnel de notre côté. C'est lui qui a pris les photos de Vanessa devant la clinique, avec une prothèse sous son t-shirt. Tout le monde était persuadé qu'elle était enceinte, et comme elle était confinée à l'hôpital, même Clayton n'a jamais rien su. Et puis il a fallu que tu te mêles de tout ça.

— Comment as-tu osé faire ça au bébé de ton propre frère ?

— Ce n'est pas comme si je l'avais vendu. Bon sang, ce gamin va grandir en plein luxe.

— Mais mettre le feu à un hôpital… Mon Dieu, tu aurais pu tuer des innocents !

Quelque chose traversa le regard de Trent. Nina aurait voulu croire que c'était de la folie, mais elle n'était pas dupe : il n'était pas fou, il était sans pitié.

— L'incendie était simplement une heureuse coïncidence, expliqua-t-il. Vanessa, déguisée en Karen Smith, traînait dans le couloir en prétendant qu'elle était ta sœur, en attendant le bon moment pour prendre le bébé. Quand l'incendie s'est déclaré, elle a tout bonnement profité de l'occasion. Maintenant, l'incendie de ton bureau, c'est autre chose.

— Et Ruthanne Keller ?

— Une regrettable victime. Je ne pouvais pas risquer qu'elle reconnaisse Vanessa, pas vrai ?

Nina sentait son cœur cogner dans sa poitrine. Elle comprit soudain que Trent était réellement dangereux et que sa situation était désespérée. Il devait y avoir un moyen de s'en tirer, songea-t-elle. Elle avait bien trop de choses à vivre pour abandonner le combat maintenant.

— Et cette femme qui prétendait être Karen Smith ?

— Une actrice, répondit Trent en haussant les épaules. Si Farrell creuse suffisamment, il le découvrira, mais je ne pense pas qu'il en prendra la peine après ce soir.

— Comment ça, après ce soir ? demanda Nina pour gagner du temps.

Elle gardait une lampe torche sous son lit en cas de panne d'électricité. Si elle réussissait à l'attraper, elle aurait au moins une arme, même si celle-ci ferait pâle figure à côté du pistolet de Trent.

— L'enquête sera abandonnée après ton suicide, Nina, expliqua-t-il froidement. La police, comme tout le monde d'ailleurs, sera soulagée de ne plus t'avoir dans les pattes.

La main de Nina se referma sur le métal froid de la lampe torche.

— Mais je n'ai même pas de pistolet, avança-t-elle. Ils se poseront quand même la question.

— Pas si tu te sers de celui de Garrett. Tu vois, j'ai vraiment pensé à tout.

— Pas tout à fait, gronda la voix de Grant depuis la porte.

Dans la demi-seconde où Trent tourna la tête, Nina lui envoya de toutes ses forces la lampe dans la tempe. Il bascula en arrière assez longtemps pour qu'elle s'éloigne de lui en rampant. En un instant, Grant était sur lui. Le pistolet s'échappa de la main de Trent, et les deux hommes se précipitèrent dessus. Ce fut Trent qui l'attrapa le premier, mais avant qu'il ne puisse viser, Grant lui saisit le poignet.

Nina leva de nouveau la lampe torche, mais au moment où elle s'apprêtait à frapper, les deux hommes roulèrent sur le côté et Trent se retrouva soudain dessous. L'arme était entre eux deux. Nina entendit le bruit sourd des coups de poing et des grognements de douleur, jusqu'à ce qu'un coup de feu retentisse. Elle poussa un cri.

Pendant quelques instants, personne ne bougea. Puis Grant roula sur le dos. Nina se précipita vers lui, terrifiée.

— Mon Dieu… Oh, mon Dieu ! s'écria-t-elle.

Sa chemise était couverte de sang, mais elle vit tout de suite qu'il était vivant. Elle sanglota de soulagement.

— Je vais bien, dit Grant en s'asseyant et en la prenant dans ses bras. C'est fini.

Il jeta un coup d'œil sur le corps prostré de Trent.

— Nous ferions mieux d'appeler une ambulance.

Il se leva et aida Nina à faire de même avant de l'entraîner jusqu'au salon. Elle resta près de la fenêtre tandis qu'il appelait les urgences, puis il la rejoignit.

— Je sais avec certitude que John David est mon fils, dit-elle en lui faisant face.

— Je le sais moi aussi. Vanessa me l'a dit.

Nina leva les yeux vers lui, surprise.

— C'est vrai ?

— Je sais tout.

Nina poussa un profond soupir.

— Moi aussi, je sais tout, dit-elle tristement. Votre père a laissé un message sur votre répondeur pendant que vous vous douchiez. Il disait qu'il fallait que vous trouviez un moyen de vous débarrasser de moi avant que Vanessa ne sorte de l'hôpital. A l'entendre, c'était comme si vous aviez prévu cela depuis le début.

— Alors c'est pour ça que vous êtes partie…

Grant la prit par les épaules.

— Ce n'est pas ce que vous pensez, assura-t-il. J'avais dit à mon père que je gérerais la situation. Je pensais pouvoir trouver un moyen de mettre fin à cette histoire sans blesser personne. J'ai toujours voulu vous aider à retrouver votre fils, Nina. Je sais que cela doit être dur à croire, tout de suite.

Le sang qui entachait sa chemise rappela brutalement à Nina qu'elle avait failli mourir ce soir. Mais Grant lui avait sauvé la vie. C'était tout ce qui importait.

— Je vous crois, dit-elle simplement.

Il la prit dans ses bras tandis que les sirènes des voitures de police hurlaient au loin.

Épilogue

Une semaine s'était écoulée depuis le soir où Trent Fairchild avait été tué. Les jours suivants, la vérité sur le fils de Nina avait éclaté. Vanessa avait tout avoué à la police, et Nina retrouverait bientôt son bébé ; ce n'était plus qu'une question de temps et de paperasserie. Elle était en train d'apprendre que les rouages de l'institution judiciaire tournaient parfois très lentement.

Je peux être patiente, se dit-elle, debout dans la chambre jaune et blanche de Dustin. Elle avait attendu son fils pendant six mois. Elle pouvait patienter encore quelques jours.

— Mais j'espère que ça ne va pas trop durer, murmura-t-elle tout haut en déposant une nouvelle peluche dans le petit lit.

Soudain, la sonnette retentit. A contrecœur, elle quitta la chambre pour aller répondre. Lorsqu'elle ouvrit la porte, elle crut que son cœur allait s'arrêter de battre.

Grant se tenait sur le seuil, une valise posée à ses pieds et Dustin dans les bras, vêtu d'une salopette adorable et d'une petite casquette.

Nina croisa les mains sur son cœur tandis qu'elle les dévorait du regard. Combien de fois avait-elle rêvé d'un tel moment ?

— Tu ne nous proposes pas d'entrer ? dit Grant en souriant.

Elle recula d'un pas, sans voix. Les larmes lui piquaient les yeux, l'émotion lui serrait la gorge.

— Je ne crois pas que vous ayez déjà été présentés, dit Grant en tournant le bébé face à elle. Nina, voici ton fils. John… Dustin, voici ta maman.

Nina ne savait pas que son cœur pouvait contenir autant de joie. Elle leva les bras et, à sa plus grande satisfaction, son fils tendit les mains vers elle. Elle le prit et le serra contre elle en se disant qu'elle ne voulait plus jamais le lâcher.

Mais Dustin n'était pas de cet avis. Il se tortilla dans ses bras pour pouvoir regarder Grant avec adoration.

— Est-ce que tu sais au moins la chance que tu as ? demanda celui-ci au bébé en lui chatouillant le menton.

— C'est moi qui ai de la chance, murmura Nina. Je n'arrive pas à croire que ce jour est enfin arrivé.

Grant referma la porte, puis ils se dirigèrent tous les trois vers le salon. Nina s'installa sur le canapé, tournant son bébé face à elle pour pouvoir admirer sa jolie petite frimousse. Grant s'assit à côté d'elle en souriant. Pendant quelques minutes, ils restèrent silencieux tandis que Dustin mâchait avec contentement un hochet que Grant avait sorti de sa poche.

— C'est le plus beau bébé que j'aie jamais vu, murmura Nina.

— Ça, je suis bien d'accord, répondit Grant. Il ressemble trait pour trait à sa maman.

— Tu le penses vraiment ?

— Je ne sais pas pourquoi je ne l'avais pas remarqué avant. C'est certainement pour cela qu'au parc, j'ai eu l'impression de t'avoir déjà vue quelque part.

Nina n'avait pas envie de gâcher ce moment de pur bonheur, mais il y avait une question qui la tourmentait.

— Comment va Vanessa ?

Grant détourna le regard.

— Elle va mettre du temps à guérir. Mon père a fait appel à une équipe d'avocats, ils ont déjà rencontré le procureur. Etant donné l'état de santé de ma sœur et l'influence de ma famille, je ne crois pas qu'elle va faire de la prison.

Il se tourna de nouveau vers Nina, le regard assombri.

— Est-ce que tu le supporteras ? demanda-t-il.

— Je ne suis pas un monstre, répondit-elle. Bien sûr, j'aurais aimé qu'elle paye pour ce qu'elle nous a fait subir, à mon fils et à moi. Mais quand je te regarde, je n'ai pas envie de te voir souffrir plus que tu n'as déjà souffert. Tu as été formidable avec moi, Grant.

Il passa un bras autour de ses épaules et l'attira contre lui.

— Clayton a accepté un emploi à l'étranger. J'ai cru comprendre que Vanessa le rejoindra dès qu'elle sera en état de voyager. Je ne crois pas qu'elle reviendra.

— Je suis désolée pour tout ce que ta famille traverse en ce moment, dit Nina en se mordant la lèvre.

— Ce n'est pas ta faute. Et puis, il y a quand même quelque chose de positif qui ressort de cette histoire : nous deux.

Alors qu'il se penchait pour embrasser Nina, Dustin se mit à babiller et lui donna un coup de hochet sur la tête.

— Tout doux, l'animal ! dit Grant en riant. Je vois que je vais devoir t'apprendre à partager. Enfin, si ta mère est d'accord…

— Je veux que tu fasses partie de sa vie, Grant. Il t'adore, et il a besoin de toi. Moi, je ne suis encore qu'une étrangère pour lui.

— Pourtant, il me semble assez à l'aise dans tes bras.

C'était vrai. Nina était émerveillée de voir à quel point Dustin paraissait satisfait d'être avec elle. C'était bon signe pour la suite.

— Je suis d'accord, répondit-elle, mais je crois qu'il aura quand même bien besoin de ta présence.

— Et toi ? demanda Grant d'une voix grave qui la fit frissonner.

— J'ai besoin de toi, moi aussi, murmura-t-elle. Je veux que tu fasses partie de ma vie.

— Cela tombe bien. Parce que je n'ai pas l'intention de m'en aller.

Il l'embrassa malgré les protestations de Dustin.

— Il va falloir que tu t'y habitues, mon petit bonhomme.

Mais le bébé n'avait plus la force de lutter. Il se frotta les yeux et cala sa tête contre le sein de sa maman pour s'endormir.

— Je pourrais le tenir comme ça pendant des heures, chuchota Nina.

— Il ne va pas s'en aller, lui non plus, assura Grant. Pourquoi ne pas le mettre dans son lit ?

A contrecœur, Nina porta son fils dans sa chambre. Lorsqu'elle l'eut installé dans son petit lit, elle quitta la pièce sur la pointe des pieds, en prenant soin de laisser la porte ouverte pour l'entendre dès qu'il se réveillerait.

Grant se tenait debout près de la fenêtre. Elle le rejoignit pour se blottir dans ses bras.

— Tu sais, c'est quand même incroyable qu'on ait réussi à se trouver malgré les circonstances, fit-il remarquer.

— Je ne pense pas du tout que ce soit incroyable, répliqua-t-elle.

Elle passa les mains autour de son cou et l'attira à elle.

— Parce que certaines choses sont prédestinées, murmura-t-elle tout contre ses lèvres.

LINDA CASTILLO

La falaise du souvenir

éditions Harlequin

Titre original : IN THE DEAD OF NIGHT

Traduction française de FLORENCE BERTRAND

83/85 boulevard Vincent-Auriol 75646 PARIS CEDEX 13.
Service Lectrices — Tél. : 01 45 82 47 47

Prologue

Sara Douglas n'avait pas peur du noir.

C'était une grande fille, après tout — elle avait presque huit ans. Elle ne croyait ni aux monstres, ni au père Fouettard, ni aux fantômes.

Pourtant, allongée dans son petit lit bordé de dentelles, les yeux fixés sur la lueur qui vacillait derrière la fenêtre de sa chambre, elle était effrayée.

Elle se cramponna à son petit hippopotame bleu, et compta les secondes comme maman le lui avait appris.

Une. Deux.

Un coup de tonnerre retentit, lui arrachant un cri. Elle plaqua une main sur sa bouche, et ferma les yeux avec force. Le tonnerre parut rouler pendant une éternité, évoquant les pas monstrueux d'une bête gigantesque.

Si sa grande sœur avait été là, Sara se serait glissée dans son lit. Mais Sonia passait la nuit chez son amie Jonie. Sonia avait neuf ans et elle était intrépide. Elle se moquait de Sara parce qu'elle avait peur de l'orage, et la traitait de poule mouillée.

Tout de même, Sara regrettait que sa sœur ne soit pas là.

Une rafale soudaine souleva les rideaux des portes-fenêtres, qui s'ouvraient sur le balcon. Dans l'obscurité, ils ressemblaient à des spectres agités. Un nouvel éclair déchira la nuit. Prise de panique, Sara remonta les draps sur son visage. Cette fois, le tonnerre gronda si fort que les vitres tremblèrent.

Repoussant ses couvertures, elle se glissa à bas du lit et s'approcha des portes-fenêtres. Il ne pleuvait pas, mais le vent malmenait les arbres, qui se balançaient comme des chevelures fantastiques contre le ciel sombre.

Sara prit une profonde inspiration et courut le long du balcon vers la chambre de ses parents, ses pieds nus giflant le sol comme de petites palmes.

Une de leurs portes-fenêtres était entrebâillée. Une lumière jaune s'en échappait, semblable à un rayon de soleil. Des voix flottaient dans la nuit. Papa, maman, et oncle Nicolas. Sara aimait bien oncle Nicolas. Il sentait bon le chewing-gum à la menthe et il racontait des histoires qui la faisaient rire.

Elle s'approcha de la mince ouverture, et jeta un coup d'œil dans la pièce. Papa, maman et oncle Nicolas étaient debout autour de la table, dans le séjour, et ils regardaient des papiers. Mais ils ne riaient pas. Leurs expressions donnèrent à Sara une curieuse sensation au creux de l'estomac.

Elle voulait entrer. Elle voulait que sa maman la tienne dans ses bras pendant qu'oncle Nicolas lui raconterait des histoires.

Mais maman pleurait. Oncle Nicolas avait l'air fâché. Il criait, et les veines de son cou ressortaient comme des serpents sous sa peau. Papa était tout rouge, et il serrait les poings.

Sara mourait d'envie de se ruer à l'intérieur et de se jeter dans les bras de sa mère. Or elle ne pouvait pas bouger. Elle avait l'impression que ses pieds étaient cloués au sol.

Sans qu'elle sache pourquoi, la pensée d'entrer l'effrayait plus encore que l'orage.

Des larmes roulèrent sur ses joues. Un éclair zébra l'obscurité. Du coin de l'œil, Sara vit les branches des arbres se tordre vers le ciel noir. Elle se boucha les oreilles pour ne pas entendre l'inévitable grondement du tonnerre, mais elle savait que cela ne servirait à rien.

Le vacarme explosa dans sa tête. Trois fois, dans une succession rapide. Sara crut qu'il ne finirait jamais. Les mains plaquées sur ses oreilles, en pleurs, elle poussa la porte-fenêtre. Une autre sorte de peur la saisit quand elle entra dans la pièce.

Une peur intense, inconnue, qui la fit chanceler et qui lui noua l'estomac.

Terrifiée, elle fixa le revolver, son canon noir qui crachait la mort.

Une fois. Deux fois.

Chaque coup de feu était plus éblouissant qu'un éclair. Plus assourdissant qu'un coup de tonnerre.

Plus terrifiant que n'importe quel orage.

Sous les yeux de Sara, une choquante fleur rouge s'épanouit, aussi brillante que les roses qui poussaient dans le jardin de maman. Le monde se mit à tourner autour d'elle comme si elle avait été emportée par une tornade géante.

La pièce devint floue, se transforma en un tourbillon de terreur, d'éclairs et de grondements.

— Maman, murmura Sara.

Sa maman ne répondit pas.

La nuit s'engouffra dans la maison, et l'engloutit dans sa noire étreinte.

1

Les phares de la voiture de location transperçaient la pluie, le brouillard et l'obscurité.

Les mains crispées sur le volant, Sara Douglas avançait au pas sur la route sinueuse sans oser regarder vers la rambarde, derrière laquelle la falaise tombait à pic sur la côte rocheuse, trente mètres plus bas.

La maison l'appelait depuis quelque temps déjà. Depuis des années, à vrai dire, mais Sara n'avait jamais prêté attention à cette petite voix insistante. Sa carrière de styliste de théâtre l'occupait beaucoup trop pour qu'elle écoute ce genre d'appels.

Certainement pas quand il s'agissait de la terrible succession d'événements qui avait brisé sa vie vingt ans plus tôt.

Pourtant, deux jours plus tôt, un appel téléphonique avait changé tout cela.

Le souvenir de la voix électroniquement altérée qui lui avait parlé lui donnait encore des frissons.

Pourquoi quelqu'un cherchait-il à réveiller un passé qu'elle s'efforçait tant bien que mal d'oublier depuis une éternité ? Qui pouvait prendre tant de soin à dissimuler son identité et pourquoi ?

Sara l'ignorait, et elle avait la ferme intention de le découvrir.

Malgré tout, minuit n'était sans doute pas le meilleur moment de la journée pour arriver dans une vaste villa délabrée où elle n'avait pas remis les pieds depuis deux décennies.

Sara avait projeté d'arriver en plein jour, mais son vol de San Diego à San Francisco avait été retardé en raison de problèmes mécaniques. Ensuite, elle avait pris un petit coucou jusqu'à Shelter Cove Airport, un aérodrome minuscule qui desservait une bonne partie de la côte nord-ouest de la Californie, qu'on appelait la Côte Perdue. Le temps qu'elle récupère ses bagages et sa voiture de location, il était près de 22 heures.

Une boîte aux lettres penchée, prisonnière d'un enchevêtrement de vignes, l'avertit qu'elle était arrivée à destination. Le cœur battant, Sara s'engagea dans l'allée envahie par les mauvaises herbes.

L'ancienne villa des Douglas se dressa devant elle, à la fois imposante et triste, telle une actrice d'Hollywood sur le déclin. Enveloppée d'un linceul de mystère, de chic et de scandale, la bâtisse était perchée tout en haut des falaises rocheuses, et dominait l'océan Pacifique. Elle semblait pleurer en regardant la vaste étendue noire de la mer.

Vingt-cinq ans auparavant, le père de Sara, Richard Douglas — jeune producteur en pleine ascension à l'époque — l'avait conçue et construite pour sa famille. C'était la maison de ses rêves.

Une maison qui aurait dû être remplie d'enfants, de rires et de joie.

Cinq ans plus tard, un double meurtre et un suicide avaient transformé le rêve en cauchemar. La villa était devenue une sombre légende, et avait inspiré des récits plus sombres encore.

Sara et sa sœur, Sonia, avaient hérité de la propriété. Elles l'avaient louée une dizaine de fois au cours des années écoulées. Elles avaient longtemps parlé de la vendre, jusqu'à ce qu'elles se décident à la mettre sur le marché. Mais la maison n'avait pas trouvé d'acquéreur.

Plus tard, l'agent immobilier gêné avait fini par lui avouer que personne ne voulait acheter une villa qui avait été le cadre du crime le plus affreux de l'histoire de Cape Darkwood.

A travers le rideau de pluie, le faisceau des phares illumina la porte en acajou du garage, au vernis écaillé par les intempéries.

Sara coupa le moteur.

Pendant un instant, le seul son fut celui des gouttes qui tambourinaient sur le toit du véhicule.

— Bienvenue à la maison, chuchota-t-elle, d'une voix qui lui parut tendue.

Sans se donner le temps de se demander s'il était bien sage de venir ce soir, Sara ouvrit la portière et sortit sous la pluie battante. Elle souleva le coffre, prit ses bagages et se hâta vers la porte d'entrée. Autour d'elle, l'air froid sentait l'océan et les feuilles mouillées.

Elle fit rouler la valise sur l'allée en ardoise jusqu'à la haute porte de verre biseauté et enfonça la clé dans la serrure, puis tourna légèrement.

La porte céda aussitôt en gémissant.

Sara s'avança sur le seuil, accueillie par une odeur de poussière, de mildiou et d'abandon. Elle avait pris soin de téléphoner à l'avance pour demander à ce que le téléphone et l'électricité soient reconnectés. Tâtonnant à la recherche d'un interrupteur, elle espéra avec ferveur que sa demande avait bien été prise en compte.

Un soupir de soulagement lui échappa quand ses doigts trouvèrent ce qu'elle cherchait.

La lumière jaillit dans l'entrée. L'espace d'un moment, Sara demeura immobile, les yeux rivés sur le majestueux escalier en marbre et en acajou.

Deux volées de marches s'incurvaient sur la droite et la gauche, montant vers un balcon à balustrade qui dominait l'imposant vestibule.

Une foule de souvenirs l'assaillirent. Son père debout dans l'entrée, les bras autour de sa mère. Les éclats de rire que Sonia et elle avaient partagés en dévalant les marches lisses dans leurs sacs de couchage.

Elle sentait presque le parfum des roses que sa mère cueillait chaque matin et disposait dans un vase sur la table.

En une seconde, les souvenirs s'enfuirent, remplacés par le vide d'une maison inhabitée depuis si longtemps qu'il n'y restait plus un souffle de vie.

Les bottines de Sara claquèrent joliment sur le carrelage en marbre alors qu'elle se dirigeait vers la salle à manger. Elle appuya sur le commutateur et, pendant un instant, se laissa submerger par l'impressionnante grandeur de la pièce.

Un lustre en cristal recouvert d'une dentelle de toiles d'araignée projetait des prismes de lumière sur la grande table ovale drapée d'une toile poussiéreuse. Une immense fenêtre donnait sur le jardin où abondaient autrefois les roses et les fleurs sauvages, des herbes aromatiques que sa mère cultivait en petits rangs bien nets, et le kiosque victorien orné que papa et oncle Nicolas avaient construit pendant ce dernier été.

Ils ne savaient pas qu'à l'automne, ils seraient morts tous les trois — et que son père serait accusé de meurtre.

Vingt années durant, Sara avait cru à la version officielle des faits. Elle avait détesté son père pour lui avoir volé son enfance et détruit son bonheur, et gardé cette haine dans son cœur ; elle s'y était accrochée parce qu'elle avait besoin de quelqu'un à blâmer.

Quelqu'un à détester afin de pouvoir enfouir toutes ces vieilles émotions dans un coin de sa mémoire et continuer à vivre.

L'appel téléphonique avait fait resurgir tout cela, comme une eau noire qui remonte des égouts.

Elle abandonna ses bagages dans la salle à manger et parcourut le rez-de-chaussée, allumant les lumières sur son passage. Certaines des pièces n'avaient plus de lampes, mais elle disposait d'assez de clarté pour voir que la maison avait souffert de ces années de négligence. Dans le bureau de son père, elle s'avança le long des hauts rayonnages en se demandant ce qu'il était advenu de sa collection de livres. Des effluves d'huile de citron, de cigares odorants et de vieux cuir flottèrent jusqu'à ses narines, mais ce n'étaient que des souvenirs.

Elle emprunta le couloir au plafond voûté qui menait à la salle de bains. Quelques carreaux étaient tombés, dont les débris gisaient au pied de la baignoire. Des gouttes d'eau couleur de rouille coulaient du plafond, formant une flaque de la taille d'une soucoupe sur le sol.

Dans la pénombre, on aurait dit du sang.

— N'y pense même pas, marmonna-t-elle, refusant de se laisser entraîner par son imagination.

Elle porta sa valise au premier étage. Le cœur battant, elle poussa la porte de son ancienne chambre et l'éclaira. L'espace d'un instant, elle s'était attendue à voir deux lits jumeaux, des couettes roses assorties et des oreillers à froufrous. Des meubles en pin clair. Un pouf violet et une maison de poupées aussi grosse qu'une Volkswagen.

Au lieu de quoi, elle se trouvait devant un lit double et un secrétaire antique en merisier terni par la poussière. Une lampe en cuivre était posée sur une table de chevet solitaire. Des draps propres étaient pliés sur un fauteuil à oreillettes. C'était la seule pièce où les housses qui protégeaient le mobilier avait été retirées.

Sara se félicita d'avoir averti le gardien, un retraité du nom de Skeeter Jenks, qu'elle venait passer une semaine. Sonia et elle lui envoyaient chaque mois une petite somme en échange de menus travaux d'entretien. Il faudrait qu'elle l'appelle le lendemain pour qu'il vienne réparer la fuite dans la salle de bains.

Posant sa valise sur le lit, Sara se mit en devoir de ranger ses affaires. Elle venait de suspendre le dernier jean dans la garde-robe quand les lumières vacillèrent et s'éteignirent, plongeant la maison dans le noir.

Malgré elle, Sara sentit son cœur s'emballer. C'était stupide, se morigéna-t-elle. Stupide.

Elle n'avait pas peur du noir.

Il n'y avait pas de quoi s'affoler, assurait une petite voix incertaine dans sa tête. La maison était vieille, plutôt délabrée ; il était probable que le vent avait fait tomber un poteau. A moins qu'elle n'ait allumé trop de lumières et fait sauter un fusible.

Heureusement, elle avait été assez prévoyante pour apporter une torche, songea-t-elle en sortant celle-ci du tiroir de la table de nuit où elle venait de la ranger. Il n'y avait plus qu'à espérer que le gardien avait une réserve de bougies et de fusibles, au cas où.

Un coup de tonnerre assourdissant la fit sursauter. Elle

laissa échapper un rire forcé. Enfin ! Elle n'était plus une petite fille. Elle n'avait pas peur de l'orage. Vraiment.

Une faible lueur perçait à travers les portes-fenêtres, et, en quelques secondes, ses yeux s'habituèrent au noir d'encre. Le crépitement de la pluie sur le toit semblait plus distinct dans l'obscurité, l'ombre plus menaçante. Le vent sifflait autour de la balustrade du balcon. Les silhouettes des arbres se balançaient dans la tempête. Quelque part dans la maison, elle entendit un claquement.

Etait-ce un volet battant contre le mur ? Ou autre chose ?

La torche à la main, elle se dirigea vers le couloir, le plancher grinçant sous ses pas. A mesure qu'elle descendait les marches pour gagner le vestibule, le bruit devint plus net. Elle braqua la lampe vers la cuisine, balaya la pièce. Ce n'était que le vent, se rassura-t-elle. Un morceau de bardeau arraché par la tempête.

Mais ses doigts tremblaient.

Tenant la torche devant elle à la manière d'une arme, elle s'avança prudemment. La cuisine était une pièce caverneuse, aux placards de bois de rose, surmontés de surfaces de travail en carrelage cobalt. Autrefois, elle avait été du dernier cri. Ses parents aimaient mitonner de petits plats et recevoir des amis à dîner. Sara avait passé des après-midi entiers juchée sur un tabouret pendant que ses parents confectionnaient patiemment des canapés compliqués et des hors-d'œuvre au nom imprononçable.

Un rai de lumière tombait par la fenêtre en forme d'arche placée au-dessus de l'évier. Pendant la journée, cette fenêtre offrait une vue splendide sur la mer turbulente. Ce soir, la nuit et les ombres formaient une menace diffuse, inquiétante.

Repoussant cette pensée, Sara posa la torche sur le

plan de travail et farfouilla dans les tiroirs. A son grand soulagement, elle découvrit une bougie à demi consumée et une boîte d'allumettes.

Elle prit une soucoupe dans le placard, en guise de bougeoir, et alluma la mèche. Une lumière jaune fit naître des images vacillantes sur les murs. Légèrement rassérénée, Sara alla reprendre sa lampe et se tourna vers la buanderie. Elle traversait la cuisine quand, du coin de l'œil, elle surprit un mouvement sur le côté.

Le souffle coupé, elle fit volte-face, au moment où une ombre se faufilait devant la fenêtre. Le cœur tambourinant dans sa poitrine, Sara recula précipitamment, trébuchant à demi, l'adrénaline lui brûlant l'estomac. La torche lui échappa et tomba avec un bruit sonore.

Elle se hâta de la ramasser, mais l'ampoule s'était éteinte. Elle la tapa doucement contre la paume de sa main. Quand elle releva les yeux, l'ombre avait disparu.

Un horrible malaise la submergea. Il y avait quelqu'un dehors. Elle en était sûre. Mais qui pouvait rôder derrière une vieille maison vide par une nuit pareille ? Des vandales ? Des adolescents qui cherchaient un endroit où traîner ? Ou…

Elle se remémora l'appel téléphonique et cela accrut son angoisse. Avait-elle fermé la porte d'entrée à clé ? Le garage était-il verrouillé ? Et les portes-fenêtres ?

La main sur le téléphone portable accroché à sa ceinture, elle souffla la bougie. Dans le noir complet, un intrus malintentionné aurait plus de mal à l'atteindre.

Sans détacher son regard de la fenêtre, elle sortit de la cuisine à reculons et traversa l'entrée sans faire de bruit, se dirigeant vers l'escalier. Son cœur battait à tout rompre, le sang rugissait à ses tempes comme un moteur d'avion.

Alors qu'elle passait devant la porte, un éclair déchira

la nuit avec une intensité aveuglante, illuminant une haute silhouette drapée de noir et dégoulinante de pluie.

Un cri s'étrangla dans la gorge de Sara. Elle recula en titubant, portant la main à son téléphone tandis que la porte s'ouvrait à la volée, et qu'une rafale de pluie et de vent s'engouffrait à l'intérieur.

— Ne bougez pas, ordonna une voix grave, masculine.

Les doigts crispés sur l'appareil comme sur une bouée de sauvetage, Sara tourna les talons et se mit à courir. Se ruant dans l'escalier, elle en monta les marches quatre à quatre, tout en cherchant désespérément à se rappeler si oui ou non, il y avait un verrou à la porte de sa chambre.

Elle entendit l'intrus s'élancer derrière elle alors qu'elle atteignait le palier. Des pas lourds. Le souffle un peu court. Elle était seule avec quelqu'un qui lui voulait peut-être du mal.

Les doigts tremblants, elle tapa 911 sur le cadran.

— Arrêtez-vous ! Police de Cape Darkwood.

Les paroles de l'homme pénétrèrent à peine le voile de panique qui brouillait l'entendement de Sara. Elle fonça dans la chambre et tenta de refermer la porte.

L'homme la bloqua du pied.

— Calmez-vous, dit-il.

Sara recula, affolée. Elle entendit alors, enfin, la voix de l'opératrice.

— Il y a un rôdeur chez moi ! hurla-t-elle.

La porte de la chambre s'ouvrit en grand, et le faisceau d'une torche perça l'obscurité. La silhouette de l'homme se détachait sur le seuil. Avec frénésie, Sara chercha une arme des yeux. Ne trouvant rien, elle jeta son portable à la tête de l'intrus.

Celui-ci tenta d'esquiver, mais ne fut pas assez rapide.

L'appareil heurta le côté gauche de son visage. Il laissa échapper un grognement de douleur, et porta la main à sa joue.

— La police arrive ! cria-t-elle.

En même temps, elle remarqua la lampe sur la table de nuit. Elle s'en servirait s'il s'approchait.

— Je suis la police, aboya-t-il. Calmez-vous !

Ses paroles se firent un chemin dans la conscience de Sara, ralentissant la vague de peur. Il éclaira son visage de sa torche, en même temps qu'elle abaissait le bras.

— Je suis policier, répéta-t-il. Posez cette lampe.

Il n'avait pas l'air d'un policier, songea-t-elle, encore réticente à le croire. Vêtu d'un jean et d'un T-shirt sous un imper sombre, il ressemblait plutôt au méchant dans un film d'horreur. L'idée la fit frissonner.

— Je… je veux voir votre plaque, balbutia-t-elle.

— Laissez vos mains là où je peux les voir, répondit-il en braquant la lampe sur elle, la balayant des pieds à la tête. Qui êtes-vous et que faites-vous ici ?

— Je suis la propriétaire de cette maison.

Il tira une plaque de la poche de son imper et la lui mit sous le nez.

— La propriétaire ?

— C'est ce que je vous ai dit.

— Montrez-moi vos papiers.

Il inclina légèrement la tête, parlant dans un micro fixé au revers de son imper.

— Deux-zéro-quatre. Ici dix-vingt-trois. A vous.

— Qu'est-ce qu'il y a, chef ? répondit une grêle voix masculine.

— Oublie l'appel que tu viens de prendre, veux-tu ? Il y a eu un malentendu.

— Bien, chef.

Enfin convaincue que l'homme était bien un policier, Sara se pencha vers le lit et tira ses papiers de son portefeuille.

— Vous m'avez fait une peur bleue, dit-elle en les lui tendant.

Il dirigea le faisceau de lumière sur les documents.

— Sara Douglas.

Il avait prononcé son nom comme s'il laissait un mauvais goût sur ses lèvres.

— Il... il y avait un rôdeur, dit-elle. Je l'ai vu. A la fenêtre de la cuisine. Un homme.

Baissant la tête, il se pinça l'arête du nez.

— Il y a combien de temps ?

— Une minute. Deux, peut-être.

— C'était sans doute moi.

— Oh.

Sara ravala un rire nerveux, évacuant un peu de la tension qui s'était accumulée en elle.

Il fronça les sourcils, apparemment incapable de saisir l'humour de la situation. Peut-être parce qu'il avait une grosse bosse sur sa pommette gauche, là où elle l'avait atteint avec le téléphone.

— Je suis désolée de vous avoir lancé l'appareil à la tête.

— Hmm.

Il effleura sa joue du doigt.

— Je vous ferai savoir si je décide de vous arrêter pour avoir agressé un policier.

— Vous blaguez, non ?

Il ne répondit pas, et Sara regretta de ne pouvoir mieux distinguer ses traits.

— Qu'est-ce que vous faites ici ?

— Nous avons reçu un appel il y a une vingtaine de minutes. Quelqu'un a signalé avoir vu de la lumière.

Sara comprit brusquement.

— Vous voulez dire qu'on m'a prise pour un rôdeur ? demanda-t-elle, incrédule.

— Cette maison est vide depuis des années. Les voisins sont habitués à ne voir aucune sorte d'activité ici. A moins, bien sûr, qu'il ne s'agisse de fantômes.

Le mot resta suspendu dans l'air comme une mauvaise plaisanterie.

— De fantômes ?

— La rumeur en ville veut que cette maison soit hantée.

— C'est ridicule, dit-elle avec un rire sans joie.

— Compte tenu de ce qui s'est passé ici…

Il haussa une épaule, la laissa retomber.

— Les gens aiment bien les histoires de fantômes.

Ou les énigmes policières, pensa-t-elle.

Il remit la plaque dans sa poche. Elle aperçut son revolver et le holster qu'il portait à l'épaule, mais l'homme semblait plus dangereux encore que l'arme.

Il était grand, avec des hanches minces et de longues jambes musclées prises dans un jean serré. Son T-shirt bleu marine, moite de pluie, collait à son torse, révélant des abdominaux de sportif.

— Vous comptez me frapper avec ça ?

Sara se rendit compte qu'elle tenait encore la lampe et la reposa sur la table de chevet.

— Je vous prenais pour un cambrioleur.

— Heureusement pour vous que je ne le suis pas, rétorqua-t-il en désignant la lampe. Ça ne ferait pas le poids contre un revolver.

Sara ne sut que répondre. Elle était mieux placée que

quiconque pour savoir le mal qu'une arme à feu pouvait faire.

— Je ne voulais pas vous effrayer, reprit-il. Ça va ?

— Je suis juste un peu sur les nerfs. L'électricité a été coupée.

— La foudre est tombée sur un transformateur dans Wind River Road. Les dépanneurs sont en route, mais c'est plutôt isolé ici. Il va peut-être falloir patienter un moment.

— Charmant.

— Vous avez une torche ou des bougies ?

— Je viens de casser ma torche, mais je crois qu'il y a des bougies dans la cuisine.

— Je vais rester avec vous le temps que vous en ayez allumé quelques-unes, si vous voulez.

— Ce n'est pas que j'aie peur des fantômes, ni rien.

— Bien sûr que non.

Il toucha le rebord de sa casquette, puis sortit de la chambre et marcha vers l'escalier. Sara le suivit, penaude. Quelle vaine panique !

— Vous êtes d'où ? demanda-t-il alors qu'ils descendaient les marches.

— De San Diego.

Sur le seuil de la cuisine, il s'effaça pour la laisser entrer, lui éclairant le chemin. Sara alla rallumer la bougie qu'elle avait posée sur le plan de travail, puis se mit à en chercher d'autres.

— Alexandra et Richard Douglas étaient vos parents ?

Elle n'aurait pas dû être surprise qu'il connaisse leurs noms ; elle le fut néanmoins. Cape Darkwood était une petite ville, se souvint-elle en levant les yeux vers lui.

A la lueur de la bougie, elle le voyait mieux. Son visage

lui sembla bizarrement familier. Son estomac se noua, et elle eut le pressentiment d'une surprise déplaisante.

— Oui. Pourquoi ?

— Je les connaissais. Mes parents aussi. Il y a longtemps.

Elle sentit qu'il n'avait pas terminé et cessa de fourrager dans le tiroir pour jeter un coup d'œil par-dessus son épaule. Son regard rencontra le sien. Un peu trop inquisiteur.

Un peu trop intense.

Sa présence la troublait. Elle aurait voulu attribuer son malaise à l'obscurité. A l'orage. A l'étrangeté de la maison. Mais elle se trouvait face à l'un des hommes les plus déconcertants qu'elle ait jamais rencontrés.

— Vous aussi, je vous connaissais, ajouta-t-il.

Stupéfaite, Sara le dévisagea. Elle se serait souvenue de lui ! Il avait des traits qu'on n'oubliait pas.

Des yeux qu'on n'oubliait pas.

— Je ne crois pas.

— C'était il y a vraiment longtemps.

— Je n'ai pas saisi votre nom…

— Nick Tyson, chef de la police.

Il lui tendit la main.

— Votre père a abattu le mien le soir où il a tué votre mère.

2

Sara regarda Nick, bouleversée.

Elle avait su qu'à un moment donné, elle devrait affronter les blessures du passé. Faire face aux gens qui avaient souffert à cause de son père, toutes ces années auparavant.

Mais le destin lui jouait un tour cruel en la mettant ce soir même face à cet homme — cet homme dont l'enfance avait été brisée, comme la sienne, par le geste de son père.

— Nicky ?

— Il est rare qu'on m'appelle ainsi à présent.

Son sourire transforma les traits endurcis de son visage, lui rappelant brusquement le garçon qu'il avait été.

Un enfant espiègle, aux cheveux noirs et aux yeux de la couleur de l'océan. La mémoire de Sara se réveilla comme une bête qui sort de l'hibernation après deux décennies…

Elle avait sept ans. Nick Tyson en avait douze. Il lui avait appris à jouer à cache-cache mais, quand elle avait fermé les yeux, au lieu de courir se cacher, il lui avait volé un baiser. Son premier baiser. Bien que parfaitement innocent, il avait eu un profond effet sur Sara.

C'était curieux qu'elle se souvienne d'un détail aussi trivial dans un moment pareil, songea-t-elle. Mais après tout, elle avait enterré dans sa mémoire bien des événements qui s'étaient déroulés cet été-là.

L'homme qui se tenait devant elle ne ressemblait en rien au garçon qui la taquinait — et qui la charmait secrètement. Il n'y avait plus rien d'innocent chez lui. Ses yeux étaient toujours de la couleur de l'océan, mais à présent, c'était un océan agité, fait de vagues houleuses et d'une eau sombre comme l'ardoise.

Sous sa casquette de Cape Darkwood PD, ses cheveux noirs étaient coupés court, dans un style militaire. Il était indéniablement séduisant, et aurait pu avoir l'air soigné sans sa barbe d'un jour et la lueur dure qui habitait son regard.

— Surprise ? s'enquit-il.

Soudain consciente qu'il avait encore la main tendue, Sara lui donna la sienne.

— Je ne sais pas quoi dire.

Si sa poigne était ferme, une douceur la tempérait, qui démentait la sévérité de son apparence.

— Bonsoir suffirait, répondit-il.

Un silence gêné descendit sur eux.

Sara savait qu'elle n'était pas responsable du geste de son père. Elle n'était qu'une petite fille, à l'époque. Mais il était déconcertant de penser que le père de cet homme avait été l'amant secret de sa mère.

Et que Richard Douglas avait tué Nicolas Tyson dans un accès de rage provoqué par la jalousie, avant de retourner l'arme contre lui-même.

Tout au moins, c'était l'histoire que les journaux avaient rapportée.

Elle n'était plus sûre de la croire.

Elle regarda Nick Tyson, songeant à l'appel qu'elle avait reçu deux jours plus tôt. A la voix déguisée électroniquement qui lui avait affirmé que son père n'avait tué personne ce terrible soir de juin.

Y avait-il eu une quatrième personne présente, comme ce « corbeau » l'avait laissé entendre ? Une personne remplie de haine, détentrice d'un secret qu'il incombait à Sara de révéler…

Un frisson lui parcourut les bras. Nick avait les traits d'un policier : des yeux durs, lucides, remplis de soupçons, d'une froideur distante…

Et d'une intensité déroutante.

Elle ne put s'empêcher de se demander si, du fait de sa profession, il avait jamais douté du bien-fondé des conclusions de l'enquête menée à l'époque.

— Ah, tu as de la chance.

Les mots arrachèrent Sara à sa rêverie. Elle lâcha sa main. Il dut lire l'incompréhension sur son visage car il désigna le tiroir qu'elle avait ouvert.

— Une autre bougie, dit-il.

— Oh. Bien.

Ses yeux brillaient dans la pénombre. Elle les sentait sur elle, jaugeant, réfléchissant. A quoi pensait-il ? A la raison de son retour ?

Se demandait-il si elle avait hérité du caractère violent de son père ?

— Je devrais vérifier la boîte à fusibles pendant que je suis là, dit-il.

— Hmm. On ne voudrait pas que les fantômes se fassent des idées, plaisanta-t-elle.

Il esquissa un demi-sourire.

— Tout le monde sait qu'ils préfèrent rester dans le noir.

La tension qui habitait Sara se dissipa quelque peu.

Elle le suivit du regard tandis qu'il gagnait la buanderie.

Celle-ci communiquait avec le garage, où se trouvait la boîte à fusibles. Puis, profitant de la faible lueur qui entrait par la fenêtre, elle se mit à chercher une autre soucoupe pour en faire un bougeoir.

— Tout a l'air en ordre.

Elle tressaillit en entendant sa voix si proche et la petite assiette qu'elle avait trouvée faillit lui échapper.

Il se tenait juste derrière elle, si près qu'elle respirait l'odeur de pins de son après-rasage. Soudain, elle remarqua combien il était grand. Il devait mesurer au moins un mètre quatre-vingt-cinq, peut-être un mètre quatre-vingt-dix. Avec son mètre soixante, Sara avait de quoi se sentir dominée. Oncle Nicolas était grand, lui aussi…

Nick la dévisagea avec intensité.

— Tu n'as plus peur de l'orage, n'est-ce pas ?

— Bien sûr que non, répondit-elle, un peu trop vite.

Un côté de sa bouche se releva.

— On dirait qu'il va falloir que tu attendes la fin de celui-ci dans le noir.

— Merci d'être venu. Et d'avoir vérifié les fusibles.

Elle aurait voulu ajouter autre chose, mais quoi ? *Merci de ne pas me détester. Je suis désolée que mon père ait gâché ton enfance. Oh, et à propos, ce n'était pas lui le coupable…*

Les mots lui vinrent à l'esprit, mais elle ne les prononça pas. Même si elle n'était plus si sûre que son père ait commis un crime épouvantable ce soir-là, elle devait réfléchir à qui faire confiance — et trouver la preuve de ses soupçons — avant d'avertir la police.

— Je ne fais que mon travail.

Son regard se porta sur la soucoupe qu'elle portait à la main. Il la prit, y posa la bougie et l'alluma.

— Ça devrait tenir les fantômes à distance.

— Si on croit à ce genre de choses.

— Tu n'y crois pas ?

— Pas une seconde. Ne me dis pas que tu y crois.

— Je suppose que ça dépend du fantôme.

Il déposa le récipient sur le plan de travail.

— Avec un peu de chance, l'électricité sera rétablie d'ici une heure ou deux.

— Il y a souvent des pannes par ici ?

— Ce n'est pas pour rien qu'on appelle cet endroit la Côte Perdue… Combien de temps restes-tu en ville ?

— Je ne suis pas sûre. Quelques jours. Peut-être une semaine.

— Tu es revenue pour une raison particulière ?

Sara aurait aimé qu'il y ait plus de lumière afin de jauger son expression. S'agissait-il d'une question innocente ?

Ou était-il mal à l'aise à l'idée que quelqu'un mette son nez dans une affaire qui, aux yeux de certains, n'avait jamais été élucidée ?

Quelque part au fond d'elle résonna la voix de son mystérieux interlocuteur.

Ne faites confiance à personne…

— Des affaires de famille, répondit-elle évasivement.

— Je vois, fit-il, son expression affirmant le contraire. Comment va ta sœur ?

— Très bien. Elle vit à Los Angeles avec son mari, à présent. Elle pense que je suis folle de venir ici.

— Ce n'est pas exactement le Ritz.

Sara s'efforça de sourire.

— A vrai dire, je crois qu'elle s'inquiétait surtout de la manière dont les habitants de Cape Darkwood réagiraient à ma présence.

Comme s'il avait compris à qui elle faisait allusion, Nick redevint grave et enfonça les mains dans ses poches.

— Il y a peut-être des gens en ville qui ne peuvent pas te dissocier de ce qu'a fait ton père il y a vingt ans.

— Que veux-tu dire ?

— Certaines personnes ont la mémoire courte et l'esprit étroit. Si tu rencontres de l'hostilité, appelle-moi.

— J'espère que ce ne sera pas le cas.

En réalité, Sara savait la chose hautement probable.

L'émotion avait été vive à Cape Darkwood quand la nouvelle s'était répandue que Richard Douglas avait tué sa jeune et ravissante épouse et l'amant de celle-ci, et s'était tué lui-même, laissant deux orphelines et un enfant sans père.

Elle regarda Nick.

— Si quelqu'un dans cette ville a le droit d'en vouloir à la famille Douglas, c'est toi.

— Je ne suis pas le seul à avoir été affecté par ce qui s'est passé ce soir-là.

Sara songea brusquement à la mère de Nick.

Laurel Tyson s'était retrouvée veuve à l'âge de trente ans. Elle avait dû faire face à une montagne de dettes, et élever seule son petit garçon. Lors des obsèques de ses parents, Sara avait été trop bouleversée pour se souvenir de grand-chose, mais elle n'avait pas oublié le regard de haine de Laurel Tyson.

— Comment va ta mère, Nick ?

— Ça va, répondit-il lentement. Elle tient un magasin d'antiquités et elle possède deux établissements de chambres d'hôtes en ville.

Son visage s'assombrit.

— Mais j'imagine que tu étais au courant pour les chambres d'hôtes ?

Sara acquiesça.

— Dans ce cas, tu as déjà deviné qu'il vaudrait mieux que tu gardes tes distances avec elle.

Sara s'était souvent demandé si Laurel Tyson avait surmonté son chagrin et le scandale qui avait entouré le meurtre de son mari. Elle avait sa réponse.

— Merci pour l'avertissement.

Il la dévisagea encore un instant, puis toucha le rebord de sa casquette.

— Bienvenue au pays, Sara.

Et puis il se tourna vers la porte, laissant dans son sillage l'odeur des pins et de la pluie, et la certitude qu'elle le reverrait.

Le souvenir de son parfum musqué dansait encore dans la tête de Nick quand il monta dans sa voiture de patrouille.

Sara Douglas était bien différente de la petite fille au visage constellé de taches de rousseur avec qui il avait joué à cache-cache vingt ans plus tôt.

Elle était devenue une beauté aux yeux de gitane, au rire rauque, dont le corps de déesse aurait fait pâlir d'envie plus d'une actrice à Hollywood.

En tant qu'homme, il avait pris plaisir à la regarder, à lui parler. A la toucher, ajouta une agaçante petite voix au fond de lui.

Mais en tant que policier, il savait que son retour à Cape Darkwood était de mauvais augure. Quelles étaient les véritables raisons de son retour ?

Il ne croyait pas une seconde à cette histoire d'affaires familiales.

Pourquoi viendrait-elle de San Diego à Cape Darkwood

pour passer une semaine dans une villa délabrée alors que la plupart des démarches administratives pouvaient être réglées par téléphone ? La maison était à peine habitable.

Surtout si on pensait à ce qui s'y était passé vingt ans plus tôt.

Mais, comme il le lui avait laissé entendre sans insister, Nick savait pourquoi elle n'avait pas pris de chambre en ville. Il n'y avait pas d'hôtel à Cape Darkwood en dehors des chambres tenues par sa mère. Sara avait dû faire des recherches et conclure que ce serait une situation gênante, à tout le moins.

Il poussa un soupir. Il avait menti en affirmant à Sara que sa mère allait bien. Laurel Tyson ne s'était jamais remise des événements de cet été-là.

Nick ignorait encore si son amertume venait du fait que son mari avait eu une liaison ou du fait qu'il avait été tué pour cela. Quoi qu'il en soit, sa joie de vivre était morte ce soir-là, en même temps que l'enfance de Nick avait brutalement pris fin.

Ni elle ni lui n'avaient besoin que ce passé remonte à la surface.

Il démarra et sortit de l'allée, résolu à garder un œil sur Sara Douglas. Il était chef de la police, après tout.

C'était son travail de garder l'œil sur les gens.

Il n'allait certainement pas admettre que son intérêt dépassait un tant soit peu le cadre professionnel. Vingt ans plus tôt, il avait aimé Sara. Comme un grand frère, en quelque sorte. Il savait que c'était insensé, mais l'attraction était toujours là, aussi claire et aussi nette que le ciel de l'aube après un orage.

Seulement, à présent, Nick ne la voyait plus comme sa petite sœur. Et cela le dérangeait. Son sixième sens l'avertissait qu'il était en terrain dangereux.

Il s'engagea dans Wind River Road. Il valait mieux pour tout le monde que les fantômes du passé reposent en paix, et Sara Douglas ne pouvait être qu'une source d'ennuis. Les habitants de Cape Darkwood, lui inclus, dormiraient plus tranquilles une fois qu'elle serait retournée à San Diego, à sa place.

3

Le sang était rouge vif contre la peau blanche.

L'odeur métallique enveloppait Sara, lui donnait la nausée. L'horreur l'emportait sur le choc.

Elle était paralysée, incapable de respirer, incapable de crier.

— Maman, gémit-elle. Réveille-toi. J'ai peur. Réveille-toi !

Elle secoua sa mère ; celle-ci ne bougea pas. Sara sentit quelque chose de tiède et de visqueux entre ses doigts, et baissa les yeux.

Du sang.

Son esprit d'enfant refusait ce qu'elle voyait — ce que son cœur savait déjà : sa maman n'ouvrirait plus jamais les yeux.

A trois mètres de là, son père gisait, la tête dans une flaque écarlate. A côté de lui, oncle Nicolas était étendu sur le dos. Il avait les yeux ouverts ; mais quand elle l'appela, il ne réagit pas.

Pourquoi ne voulait-il pas répondre ? Pourquoi ne voulait-il pas se réveiller et lui dire que tout irait bien ? Que c'était un jeu ? Qu'ils faisaient un film ?

Le tonnerre gronda, résonant comme un millier de

coups de fusil. Sara hurla et se blottit contre le corps de sa mère.

— Maman, sanglota-t-elle d'une voix étranglée. S'il te plaît, réveille-toi. J'ai si peur.

Un éclair illumina le ciel au-delà des portes-fenêtres, transformant la nuit en plein jour.

Sara eut l'impression que son cœur s'arrêtait de battre.

Dehors, debout sous la pluie, un homme vêtu d'un long manteau noir la regardait.

Il tenait quelque chose de sombre dans sa main. Un revolver, comprit-elle — la crosse était blanche et brillante —, comme ceux que les cow-boys utilisaient au cinéma. Mais cet homme-là n'était pas un aventurier solitaire.

C'était un méchant.

Terrorisée, Sara le vit lever le bras et braquer l'arme sur elle. Pendant un moment interminable, l'orage se tut. Elle n'entendait que le martèlement sourd de son pouls. Quelque part au fond d'elle, elle savait qu'il allait lui faire du mal, comme il avait fait du mal à son papa et à sa maman. Elle ne voulait pas s'endormir et ne jamais se réveiller. Fermant les yeux, elle enfouit le visage dans le chemisier de sa mère.

Un nouveau grondement de tonnerre fit trembler les vitres.

Quand elle rouvrit les yeux et leva la tête, le méchant homme était parti.

Et elle se mit à hurler.

Sara se redressa en sursaut, le cœur tambourinant dans sa poitrine, le corps moite de sueur. La vieille terreur déferlait en elle comme une maladie longtemps latente qui resurgit au moment où l'on s'y attend le moins.

Elle eut un soupir tremblant puis, se calant contre les oreillers, elle tâcha d'apaiser les battements de son cœur.

Il y avait une éternité qu'elle n'avait pas fait ce cauchemar. Après la mort de ses parents, il avait fallu près de six ans de thérapie pour qu'elle puisse dormir une nuit entière.

A l'adolescence, Sara avait enfin commencé à guérir. Lentement, mais sûrement, son cerveau avait repoussé les horreurs de cette nuit-là dans un petit coin sombre où elles étaient restées depuis.

Jusqu'à ce soir.

Ce cauchemar avait été particulièrement réaliste, et les émotions se bousculaient en elle. Dans les rêves qu'elle avait faits par le passé, elle trouvait les corps de ses parents et de Nicolas Tyson, mais…

Jamais elle n'avait encore vu l'homme au revolver.

Vingt ans plus tôt, un inspecteur appelé Henry James avait enquêté sur l'affaire. Il lui posait régulièrement des questions, et lui donnait une sucette à la cerise chaque fois. Au fil du temps, Sara avait fini par deviner que l'inspecteur James était persuadé qu'elle avait été témoin des meurtres.

Ç'avait été un fardeau lourd à porter pour une fillette de huit ans.

Sara avait passé des années à essayer de se souvenir. Elle avait même subi des séances d'hypnose. Or le souvenir — s'il y en avait un — refusait d'émerger. Elle n'avait jamais compris comment elle avait pu oublier quelque chose d'aussi vital, surtout si le véritable assassin avait échappé à la justice.

Finalement, la police avait reconstitué les événements de ce soir-là, établi qu'il s'agissait là d'un double meurtre couronné d'un suicide, et le dossier avait été clos.

A présent, Sara se demandait si les policiers s'étaient trompés.

Cet homme en noir était-il seulement le produit de son

imagination ? Un stratagème de son subconscient visant à innocenter son père ? Ou bien une partie de sa mémoire bloquée avait-elle refait surface ?

Troublée par la pensée qu'un tueur avait pu impunément prendre la vie de trois innocents, Sara enfila son peignoir, s'approcha des portes-fenêtres et les ouvrit en grand.

Les vagues du Pacifique formaient un kaléidoscope bleu et vert, frangé d'une crête blanche. Les rouleaux venaient s'écraser sur la plage en un murmure familier, rassurant. Elle prit une profonde inspiration, savourant l'odeur de la pluie nocturne, et se sentit mieux.

L'instant d'après, elle descendait l'escalier. Elle mourait d'envie de boire un café et se félicita d'avoir pensé à apporter quelques sachets. Après avoir fait bouillir de l'eau, elle emporta sa tasse fumante sur la terrasse en cèdre.

Le magnifique salon de jardin Adirondack de ses parents avait été vendu longtemps auparavant ; mais la vue était la même, si splendide que, pendant un moment, elle garda les yeux rivés sur la mer houleuse, sur les vagues aux reflets bleu pétrole, fascinée, sans pouvoir penser à rien d'autre.

Penchée à la balustrade, elle contempla les rochers malmenés sur la grève en contrebas et la nappe de brume qui se retirait vers le large, comme pour emporter avec elle les esprits des marins perdus sur les flots.

Sans qu'elle sache pourquoi, ce tableau lui rappela Nick Tyson. Ou plutôt si : la couleur de ses yeux était celle de l'océan.

Cette pensée déconcerta Sara. Elle n'avait pas pour habitude de s'attacher à ces détails triviaux, concernant les hommes. Pourtant, même dans l'obscurité, la veille au soir, elle avait discerné sous ses dehors inoffensifs une beauté brute, virile, dangereuse pour une femme peu avertie.

Par chance, elle n'appartenait pas à cette catégorie.

La sonnerie du téléphone de la cuisine interrompit ses rêveries. Etonnée, elle prit sa tasse et franchit les portes-fenêtres. Peut-être sa sœur ? Elle décrocha à la troisième sonnerie.

— Tu t'inquiétais pour moi ?

— Vous êtes venue.

Un frisson la parcourut au son de la voix désormais familière.

— Comment avez-vous eu ce numéro ?

— Peu importe.

— Qui êtes-vous ? demanda-t-elle, bien qu'elle sût la question vaine.

— Tout ce qui compte, c'est que vous découvriez la vérité.

— Quelle vérité ?

— La vérité sur ce qui s'est réellement passé ce soir-là.

— La police a enquêté et clos le dossier.

— La police ne sait pas tout.

Le cœur de Sara battait trop vite dans sa poitrine, et elle s'exhorta à recouvrer son calme.

— Cessez de tourner autour du pot et dites-moi ce que vous savez.

Il garda le silence si longtemps que Sara craignit qu'il n'ait raccroché.

— Trouvez le manuscrit, Sara. Il expliquera tout.

— Quel manuscrit ?

C'était la première fois qu'elle entendait parler d'un manuscrit.

— De quoi parlez-vous ?

— *Trouvez-le.*

— Qui êtes-vous ? murmura-t-elle. Pourquoi m'appelez-vous ? Pourquoi maintenant ?

— Il ne reste que vous.

Il y eut un nouveau silence.

— Vous l'avez vu, après tout.

Son cœur s'emballa de plus belle, tel un animal effrayé, prisonnier de sa cage thoracique.

— Je… je n'ai vu personne.

Mais elle ne pouvait s'empêcher de repenser à son cauchemar. A l'homme au pistolet.

— Soyez prudente, chuchota la voix. Ne faites confiance à personne.

— Je vous en prie, dites-moi qui vous êtes. Dites-moi pourquoi vous appelez, pourquoi…

L'inconnu avait raccroché.

Frustrée, troublée, inquiète, Sara reposa le combiné, et tâcha de se convaincre que son interlocuteur était un fou ou un mauvais plaisant.

Mais elle savait que ce n'était sans doute pas le cas.

Sinon, elle n'aurait pas pris une semaine de congé pour venir de San Diego à Cape Darkwood. Quelque part au fond d'elle, Sara soupçonnait la police de s'être trompée.

Mais quel était le rôle de cet inconnu là-dedans ? Y avait-il vraiment un manuscrit prouvant que son père avait été injustement accusé ? Et comment diable était-elle censée le trouver ?

Allons, se dit-elle, soudain déterminée. Elle était revenue dans cette ville, dans cette maison, dans le seul but de découvrir la vérité. Elle se le devait à elle-même. A sa sœur. A ses parents. Certes, cela n'allait pas être facile, mais elle savait par où commencer. Elle savait que la clé du mystère se trouvait certainement dans les cauchemars du passé.

*
* *

Trésors d'antan était exactement le genre de boutique que Sara aurait fréquentée si elle avait été en quête d'antiquités. Elle avait hérité de sa mère l'amour des vieilles choses ; enfant, elle avait aimé flâner dans les magasins et imaginer l'histoire des bibelots qu'elles rapportaient à la maison.

Niché entre un salon de thé et des chambres d'hôtes à l'aspect pimpant, Trésors d'antan était aussi tentant qu'une plage tropicale un jour d'été. Néanmoins, Sara ne ressentait aucun enthousiasme à l'idée d'y entrer.

L'estomac noué, elle emprunta la ruelle pavée.

La sonnette tinta gaiement à son entrée, en même temps qu'elle était accueillie par un agréable parfum de vanille et de citron. Elle s'arrêta sur le seuil, émerveillée. Ayant récemment achevé de meubler sa première maison, Sara avait passé des heures à chiner ; mais jamais elle n'avait vu une collection d'objets aussi hétéroclites réunie en un seul endroit.

A sa droite, un mur entier était consacré à Hollywood. Une série de livres de cuisine écrits par des célébrités occupait l'étagère supérieure. Un peu plus loin, une robe qui avait été portée par Marilyn Monroe était exposée sur un mannequin à l'ancienne tout de bois.

Toute à sa contemplation du décor, Sara ne se rendit pas compte que la propriétaire s'était approchée.

— Vous cherchez quelque chose en particulier ?

Elle fit volte-face au son de la voix harmonieuse et se trouva face à une femme élancée, élégamment vêtue. Elle distingua des yeux d'un bleu intense, une chevelure argentée, et puis elle la reconnut.

Laurel Tyson porta alors une main à sa poitrine et recula d'un pas, pâle comme un linge.

— Alex.

Le nom avait été prononcé dans un souffle, mais Sara l'entendit. Sa mère s'appelait Alexandra, et tout le monde la surnommait Alex.

— Madame Tyson, je suis Sara Douglas.

La femme cilla, comme émergeant lentement d'un cauchemar. Une lueur sombre, empreinte d'hostilité, traversa son regard.

— Que diable faites-vous dans mon magasin ? dit-elle d'une voix cassante.

— Eh bien, j'aimerais vous poser quelques questions…

— Je n'ai rien à vous dire.

Sara hésita, surprise par l'animosité de Laurel Tyson. Mais elle se ressaisit rapidement. Après tout, elle n'avait pas fait mille kilomètres pour s'incliner devant le premier obstacle.

— Je voudrais vous parler de ce qui s'est passé il y a vingt ans…

L'expression de Laurel se fit impassible.

— Je n'ai rien à vous dire concernant cette nuit-là.

— Je sais que c'est difficile. Cela n'a pas été facile pour moi non plus. Mais si vous voulez bien m'écouter…

— Difficile n'est pas le mot qui convient, Sara. Votre famille a fait suffisamment de mal à la mienne. Maintenant, si vous voulez bien m'excuser, j'ai des clients.

Il n'y avait personne d'autre dans le magasin.

Il répugnait à Sara d'insister auprès de Laurel Tyson, mais elle avait désespérément besoin d'informations. Cette femme avait été la meilleure amie de sa mère. Peut-être savait-elle quelque chose qui l'aiderait à éclaircir le mystère ?

Si seulement elle pouvait la persuader de l'écouter…

— J'ai peut-être de nouvelles informations sur ce qui s'est réellement passé, fit Sara.

— Ce qui s'est réellement passé ?

La femme laissa échapper un bruit qui était à mi-chemin entre le rire et le grognement.

— Je sais déjà ce qui s'est passé.

— Je pense que la police a peut-être fait une erreur.

— Comment osez-vous ? coupa Laurel, les lèvres pincées dans une parodie de sourire. Quelle audace ! Venir dans ma boutique et proférer des accusations sans fondement !

— Je veux seulement savoir la vérité.

— La vérité, mon petit, la voici : votre père était un assassin et votre mère une garce.

Abasourdie par la brutalité de ces paroles, Sara eut un mouvement de recul. Un nœud se forma dans sa poitrine. Dans d'autres circonstances, elle aurait renoncé, trouvé d'autres sources d'information.

Mais Laurel Tyson était la personne la plus proche de ses parents, la plus à même de savoir ce qui s'était passé ce soir-là.

— Je sais que vous avez souffert, mais si vous vouliez me donner un instant…

— Je vous ai donné assez.

Laurel se détourna.

— Sortez d'ici.

Instinctivement, Sara tendit la main vers elle, mais Laura se retourna avec la vivacité d'un cobra, la repoussant avec force. Déséquilibrée, Sara heurta du bout des doigts une mince figurine en porcelaine qui tomba, et se brisa en mille morceaux.

— Vous voyez ce que vous avez fait ?

— Madame Tyson, je ne voulais pas vous peiner.

Sara baissa les yeux sur la statuette, consternée et sincèrement désolée. Comment la situation avait-elle pu dégénérer si vite ?

— Je vous en prie, balbutia-t-elle, permettez-moi de payer pour…

— Vous ne pourrez jamais payer assez.

Avec colère, la main tremblante, Laurel lui fit signe de sortir.

— Décampez, ou j'appelle la police.

Vaguement, Sara entendit la sonnette tinter, annonçant l'entrée d'un nouveau client dans la boutique. Dans un ultime effort pour convaincre la femme de l'écouter, elle baissa la voix.

— J'ai des raisons de croire que mon père n'a tué personne ce soir-là, murmura-t-elle.

La gifle vint de nulle part, si soudaine que Sara n'eut pas le temps de s'y préparer. Elle claqua sur sa joue, retentissant tel un coup de fouet dans le silence.

Sara vacilla sous le choc, et serait tombée en arrière si des bras solides ne l'avaient soutenue.

— Ça va, dit une voix familière. Je te tiens.

Nick Tyson l'aida à se redresser, puis vint se placer entre les deux femmes.

— Que diable se passe-t-il ici ? s'enquit-il, ses yeux allant de l'une à l'autre.

Laurel désigna Sara du doigt.

— Je ne veux pas d'elle ici, dit-elle d'une voix glaciale. Je veux qu'elle parte. Maintenant.

Le regard de Nick se posa sur Sara. Il inclina la tête comme pour mieux scruter son visage, fronçant les sourcils. Le cœur serré, elle eut l'affreuse certitude qu'il allait prendre le parti de sa mère.

Elle se trompait.

— Désires-tu porter plainte ? demanda-t-il, la prenant au dépourvu.

— Tu n'oserais pas, siffla Laurel à l'intention de son fils.

— Tu verras, riposta Nick, sans détacher son regard de Sara.

— Non.

Secouée, embarrassée, Sara se dirigea vers la porte.

Laurel Tyson la toisa comme elle la frôlait pour sortir. La haine brillait dans ses yeux.

— Vous êtes exactement comme elle, dit-elle froidement. Vous lui ressemblez. Vous parlez comme elle. Vous mentez comme elle.

— Assez, ordonna Nick.

Sara tenta de se persuader que les paroles de Laurel lui étaient indifférentes. Mais au fond d'elle, la douleur la transperça aussi sûrement qu'un couteau.

Elle traversa la boutique, refoulant les larmes qui lui picotaient les yeux. Elle n'allait pas donner à Laurel Tyson le plaisir de la voir pleurer.

La main sur la poignée de la porte, Sara entendit Nick l'appeler. Elle ne s'arrêta pas ; au contraire, elle courut vers sa voiture, remarquant à peine la pluie torrentielle. Elle ouvrit la portière côté conducteur, se glissa au volant et enfonça la clé de contact.

Votre père était un assassin et votre mère une garce.

C'étaient ces mots, et non la gifle, qui lui avaient fait le plus mal. Elle aimait ses parents de tout son cœur. Entendre leurs noms traînés dans la boue alors qu'ils n'étaient plus là pour se défendre la bouleversait indiciblement.

Laurel Tyson se trompait sur leur compte, songea-t-elle en enclenchant la marche arrière, jetant un coup d'œil machinal dans le rétroviseur.

Son cœur cessa de battre.

— Oh, mon Dieu.

Elle écrasa la pédale de freins, et se retourna.

Des lettres rouge sang, dégoulinantes à cause de la pluie, étaient grossièrement tracées sur la vitre arrière.

LA CURIOSITÉ EST UN VILAIN DÉFAUT.

4

Encore irrité, Nick s'élança hors de la boutique pour rattraper Sara. Il aperçut sa voiture de location et courut vers elle au moment où elle démarrait.

— Sara ! Attends !

Ses vitres étant bien fermées contre le déluge, il était clair qu'elle ne pouvait l'entendre. Cependant, à sa grande surprise, la voiture s'arrêta brutalement.

Nick s'attendit à ce que Sara reprenne sa place de parking ; mais le véhicule demeura immobile, le moteur en marche, à demi engagé sur la chaussée.

Ce fut seulement quand un coup d'avertisseur retentit derrière elle qu'il se rendit compte qu'elle bloquait la circulation. Il traversa la route et alla frapper à la vitre.

A vrai dire, il ne savait pas très bien pourquoi il avait couru derrière elle sous la pluie. Il ne savait pas même ce qu'il allait lui dire. Tout ce qu'il savait, c'était qu'il ne voulait pas laisser les choses telles qu'elles étaient.

La vitre s'abaissa. Il se penchait pour lui dire d'avancer quand il vit son expression choquée. S'il n'avait pas été policier, il n'aurait peut-être pas remarqué la pâleur de son teint, ni ses doigts crispés sur le volant, ni les regards furtifs qu'elle jetait dans son rétroviseur.

— Qu'y a-t-il ? murmura-t-elle.

— J'ai quelque chose à te dire, répondit-il en lui désignant le parcmètre voisin. Gare-toi.

Elle secoua la tête, mais enclencha la vitesse arrière et reprit sa place. Comme la voiture avançait, Nick tressaillit à la vue des lettres rouges étalées sur la vitre arrière. La pluie avait déjà effacé plusieurs caractères, mais il en restait assez pour comprendre le message.

LA CURIOSITÉ EST UN VILAIN DÉFAUT.

Que diable… ?

Il fixa les mots un moment, puis se rapprocha de la vitre.

— Depuis quand ces lettres sont-elles là ?

— Je ne sais pas.

Sara laissa échapper un soupir tendu.

— Elles n'étaient pas là quand je suis entrée dans la boutique de ta mère.

Nick parcourut les environs du regard, mais les trottoirs étaient pratiquement déserts à cause de la pluie.

— Tu as vu quelqu'un à côté de ta voiture en sortant ?

— J'étais un peu préoccupée, mais non, je n'ai remarqué personne.

Il s'avisa soudain qu'il était trempé jusqu'aux os et désigna l'autre côté de la rue.

— Ecoute, le commissariat est juste là. J'aimerais que tu m'y accompagnes pour parler de ce qui s'est passé.

— Tu veux dire, de la gifle que ta mère m'a donnée ? fit Sara non sans ironie. Ou de l'avertissement puéril qu'un clown a écrit sur ma voiture ?

— Les deux.

Nick ouvrit la portière.

— Viens. Je t'offre un café.

Elle accepta l'invitation. Ils traversèrent la rue sans rien dire, sautant par-dessus le torrent d'eau qui dévalait le caniveau.

Le commissariat était situé au rez-de-chaussée d'un bâtiment en briques rouges qui abritait aussi la compagnie de téléphone locale et deux appartements au premier étage. Nick poussa la porte de bois, passa devant l'escalier et guida Sara vers son bureau.

Son assistant, qui était aussi réceptionniste et policier à mi-temps, leva les yeux à leur entrée.

— Dites donc, chef, vous avez oublié votre imper ?

— Très drôle, fit Nick.

Derrière lui, Sara secoua sa veste trempée.

— B.J., ajouta Nick, remarquant le regard inquisiteur de son collègue, voici Sara Douglas. Sara, B.J. Lundgren, un de mes officiers.

B.J. se leva.

— Enchanté. Vous logez dans l'ancienne maison des Douglas ?

Sara acquiesça et serra la main qu'il lui tendait.

— Les nouvelles vont vite.

— C'est une petite ville.

Il sourit.

— Vous êtes… de la famille ?

— C'étaient mes parents.

— Oh.

B.J. hocha la tête.

— C'est moi qui ai pris votre appel hier soir. Je suis désolé. J'espère que vous n'avez pas eu trop peur.

— Ce n'était rien qu'une coupure d'électricité. Le chef de la police m'a prêté sa torche.

Nick retint un sourire. B.J. semblait suspendu aux lèvres

de Sara tel un chiot qui attend une gâterie. A vingt-quatre ans, il était le plus jeune de ses officiers, et Sara avait visiblement fait forte impression sur lui.

— Permettez-moi de vous donner une serviette.

B.J. disparut dans une pièce attenante, et revint avec deux serviettes moelleuses. Il en lança une à Nick et présenta l'autre à Sara.

— Merci.

Après s'être rapidement épongé le visage, Nick se dirigea vers la machine à café.

— Je viens d'en faire, chef. Il est tout frais.

Nick remplit deux tasses et en donna une à Sara.

— Attention, dit-il à voix basse. Son café est infect.

Pour la première fois, elle sourit.

Il était sur le point de lui rendre son sourire quand il remarqua la légère marque sur sa pommette.

Il avait du mal à croire que sa mère l'avait frappée. Certes, il savait pertinemment qu'elle ne s'était jamais remise de ce qui s'était passé vingt ans plus tôt ; mais garder rancune à Sara pour le geste de son père était lamentable.

Il faudrait qu'il aborde cette question avec sa mère, et le plus tôt serait le mieux.

— Nous pouvons parler dans mon bureau, dit-il en désignant une porte de bois au fond de la pièce.

Sara le précéda à l'intérieur, et Nick jeta par-dessus son épaule un coup d'œil à B.J. qui s'efforçait de ne pas la dévisager. Le jeune homme arqua des sourcils à la Groucho Marx et leva les pouces en signe d'appréciation.

Légèrement agacé, Nick referma la porte derrière eux et prit place à son bureau, par trop conscient de la subtile odeur du parfum de Sara sur sa peau mouillée.

Assise en face de lui, elle buvait son café à petites gorgées. Elle avait séché ses cheveux à l'aide de la serviette, et des boucles désordonnées encadraient son visage, tels des fils de soie brune contre de la porcelaine fine. Mais c'était sa bouche qui retint l'attention de Nick. Des lèvres pleines, de la couleur des mûres, joliment dessinées. Vingt ans plus tôt, il avait embrassé ces lèvres. Bien qu'il n'eût alors que douze ans, elles avaient produit une forte impression sur lui.

S'il l'embrassait aujourd'hui, se satisferait-il d'un baiser ?

— Je ne m'étais pas imaginé que ta mère éprouverait encore tant de ressentiment envers moi pour… ce qui s'est passé.

Brusquement ramené à la réalité, Nick comprit qu'il la fixait et tendit la main vers sa tasse.

— Je voulais m'excuser pour ce qu'elle a fait, dit-il avec une grimace. Même si c'est impardonnable.

— Merci.

— Tu veux porter plainte ?

— Je pense que tout le monde a déjà assez souffert.

— Je ne veux pas que tu penses que je ne ferai pas mon travail sous prétexte qu'il s'agit de ma mère.

— Merci.

Nick se pencha et versa le reste de son café dans un pot contenant un ficus.

— L'arbre n'a pas l'air de s'en plaindre, expliqua-t-il, remarquant que Sara l'observait.

— Je n'allais pas poser la question.

Il sourit.

— Tant que tu ne dis rien à B.J.

Elle ne lui rendit pas son sourire, mais une lueur amusée brillait dans son regard.

L'espace d'un instant, un silence s'installa, troublé seulement par la pluie qui frappait les vitres. Puis Nick posa la question qui le rongeait depuis qu'il avait vu la voiture de location garée devant la boutique de sa mère.

— Cette visite à ma mère faisait-elle partie de ces affaires familiales dont tu t'occupes ?

— C'est une des raisons pour lesquelles je suis là, repartit-elle calmement.

Elle but une nouvelle gorgée de café. Dès le début, Nick avait soupçonné que la réapparition de Sara à Cape Darkwood n'était pas le fruit du hasard.

— Et quelle est l'autre raison ?

— Je veux que l'enquête soit rouverte.

Un curieux mélange d'incrédulité et de déception s'empara de Nick. Elle semblait si rationnelle, la veille au soir. En tant que policier, il appréciait les gens rationnels. Pourquoi fallait-il qu'elle aille gâcher la bonne opinion qu'il avait d'elle ?

— Quelle enquête ? demanda-t-il, non sans ironie.

— A ton avis ? rétorqua-t-elle, visiblement agacée.

— Tu veux dire, celle qui est close depuis vingt ans ? fit-il toujours avec ironie.

Elle pinça des lèvres, cachant mal son irritation. Le sentiment était réciproque. Si elle n'avait pas été si jolie à regarder dans son jean serré et son T-shirt couleur lavande, Nick l'aurait peut-être déjà flanquée hors de son bureau.

Mais il avait toujours été attiré par elle. Une éternité plus tôt, ç'avait été un sentiment innocent, diffus. Maintenant qu'il était devenu un homme, il n'y avait rien de diffus ni d'innocent dans ce qu'il éprouvait pour Sara Douglas.

Une attirance. Peut-être un soupçon de désir.

Elle posa sa tasse sur le coin du bureau et se pencha vers lui.

— Nick, je pense que la police s'est peut-être trompée.

— Et tu penses cela parce que… ?

Elle hésita, et, pour la première fois, Nick eut l'impression qu'elle ne lui disait pas tout. Qu'elle gardait des secrets.

Lesquels ? Qu'est-ce qui pouvait bien avoir été assez important pour la pousser à faire le voyage de San Diego à Cape Darkwood ?

— J'ai mes raisons.

— Je suppose que tu ne vas pas me faciliter la tâche et me dire de quoi diable tu veux parler.

— Disons que j'ai des raisons de croire qu'une quatrième personne était là.

— Une quatrième personne ?

Intrigué, il se pencha en avant à son tour.

— Qui, par exemple ?

— Je ne sais pas.

— En ce cas, comment peux-tu être si sûre qu'elle existe ?

— Je ne le suis pas.

— Donc, il n'y a pas là de quoi rouvrir l'enquête.

— Peut-être pourrais-tu le faire… officieusement ?

— Qu'est-ce que tu veux dire par là ?

— Tu es le policier, pas moi. Je te demande seulement de jeter un coup d'œil au dossier. De vérifier que toutes les pistes ont été suivies.

— Sara, l'affaire est close. Je ne crois pas à la théorie du complot.

— Moi non plus, répondit-elle fermement. Mais si certaines choses n'ont pas été révélées il y a vingt ans, ne veux-tu pas le savoir ?

— Comme quoi ?

Il la fixa, vaguement conscient du bruit de la pluie, et de son cœur qui battait un peu plus vite.

— Es-tu en train de me dire que tu t'es souvenue de quelque chose ?

— Non, se hâta-t-elle de répondre.

Il était généralement admis parmi les résidents de Cape Darkwood que Sara Douglas avait été témoin des meurtres, mais que l'expérience avait été si horrible que son jeune cerveau l'avait refoulée.

La mémoire lui était-elle enfin revenue ? Pourquoi ne voulait-elle pas le lui dire ?

— Si tu veux que j'agisse, il va falloir que tu me donnes quelque chose d'un peu plus concret.

— Je n'ai rien de concret.

— Alors, sois au moins honnête avec moi. Dis-moi pourquoi tu es ici. Pourquoi tu es revenue.

— Je n'ai pas de motif caché, Nick, soupira-t-elle. Tout ce que je peux te dire, c'est que je suis venue découvrir la vérité.

— Veux-tu dire que ton père ne les a pas tués ?

— Je veux dire que j'aimerais que la police m'apporte la preuve irréfutable de sa culpabilité.

Nick songea au message inscrit en rouge sur la vitre arrière de sa voiture, et une inhabituelle bouffée d'inquiétude l'envahit.

— As-tu parlé de tes soupçons à quelqu'un d'autre ?

— Non.

Elle avait hésité juste assez longtemps pour qu'il soit persuadé du contraire.

— Sais-tu qui a vandalisé ta voiture ?

— Non. Des jeunes, sans doute, fit-elle avec un haussement d'épaules. Ou quelqu'un qui ne veut pas que je pose trop de questions.

Nick n'aima pas cette réponse.

Elle se leva.

— Ecoute, j'ai déjà trop abusé de ton temps.

A regret, il se leva aussi. C'était stupide, mais il n'avait pas envie qu'elle s'en aille. Une partie de lui voulait l'aider. Mais ce désir était-il dû à ses jolis yeux bruns et à la manière dont elle portait son jean, ou au fait que ses soupçons méritaient d'être examinés ?

Debout derrière son bureau, il la suivit des yeux tandis qu'elle gagnait la porte.

— Où vas-tu ?

Elle lui lança un coup d'œil par-dessus son épaule.

— Trouver quelque chose de concret à te rapporter.

Il voulait en dire plus, mais les mots lui manquèrent. Ce fut seulement quand elle fut sortie qu'il sut ce qu'il avait voulu ajouter.

— Sois prudente, murmura-t-il.

Les jambes encore flageolantes, Sara ouvrit la portière et se glissa au volant. Les mots tracés sur la vitre avaient été emportés par la pluie, tout comme ses espoirs avaient été anéantis par les paroles de Nick.

« Il va falloir que tu me donnes quelque chose d'un peu plus concret. »

Elle fit marche arrière et enclencha une vitesse. Pourquoi s'était-elle attendue à ce qu'il accepte de l'aider sans hésitation ? Il était policier, après tout. Les policiers avaient tendance à être cyniques. Bien sûr qu'il voulait des éléments solides pour rouvrir l'affaire.

A moins qu'il n'ait une autre raison de ne pas vouloir l'aider ?

Ne faites confiance à personne.

L'avertissement de son mystérieux interlocuteur lui revint,

glaçant. Cette pittoresque petite ville pouvait fort bien abriter un assassin. Si lui ou elle savait que Sara fouinait ici et là, il pourrait essayer de l'éliminer.

En tout cas, il en faudrait plus qu'une menace grand-guignolesque pour la décourager.

Il lui restait encore un endroit où aller chercher des réponses. Un endroit où les secrets et les émotions ne jouaient aucun rôle.

La bibliothèque de Cape Darkwood était située près du rond-point. A l'origine, ç'avait été une vaste villa en style gréco-romain, construite au début du siècle par sir Leonard Darkwood ; celui-ci l'avait léguée à la municipalité, à sa mort en 1926. Sara y avait passé plus d'un dimanche après-midi avec sa mère, à feuilleter les centaines de livres qui y étaient rangés.

Elle se gara dans la rue, à l'ombre d'un orme gigantesque. La giboulée avait cessé. Sara descendit de voiture, et remonta lentement l'allée qui menait aux imposantes portes vitrées.

A l'intérieur, une plaisante et vieille odeur l'accueillit, intacte. Un mélange de vieux papier, d'huile citronnée et d'air chaud propulsé par des radiateurs qui sifflaient et émettaient de petits bruits. Le tout mêlé à un agréable parfum de poussière.

Bien que sa mission ne fût pas de nature plaisante, Sara ne put s'empêcher de sourire de ses souvenirs, alors qu'elle se dirigeait vers le bureau d'accueil. Une femme menue vêtue d'une robe bordeaux à fleurs la considéra par-dessus ses lunettes minces.

— Puis-je vous aider ?

— Eh bien, j'aimerais consulter de vieux articles de journaux…

La femme retira ses lunettes, et ses yeux s'étrécirent.

— Vous avez une date précise ?

Sara, qui ne voulait pas risquer d'éveiller les commérages, hésita.

— Je ne suis pas sûre.

— Tout ce qui précède le 1er juin 1989 est sur microfiche. Après, tout est sur disquette, reprit son interlocutrice d'un air satisfait. Je suis actuellement en train d'informatiser nos archives.

— En ce cas, ce sont sûrement les microfiches qui m'intéressent, dit Sara, restant délibérément vague.

— Elles sont au sous-sol, dit la bibliothécaire en contournant le bureau. Je vais vous montrer.

Sara la suivit, passant devant la section des livres pour enfants pour gagner un large escalier qui donnait sur une pièce à plafond bas, au sol tapissé d'une moquette rouge. Quelques bureaux, une rangée d'étroits placards métalliques et un lecteur de microfiches suffisaient à la remplir.

— Il ne nous reste qu'une seule machine, expliqua la femme. L'autre a rendu l'âme l'an dernier, et notre budget ne nous permet pas de la remplacer.

— Celle-ci ira très bien. Merci.

La bibliothécaire lui sourit, avec la condescendance d'une grand-mère un peu distante.

— Je vous en prie, mon petit. Votre visage m'est familier. Vous habitez en ville ?

Sara n'avait jamais su mentir ; mais pour l'heure, elle ne voulait pas que les gens sachent qu'elle était de retour. Elle chercha frénétiquement une réponse satisfaisante.

— A vrai dire, je suis de L.A. Je fais des recherches pour un article.

— A quel sujet ?

Au sujet d'un meurtre.

— L'histoire de la ville.

— Je dois faire erreur, en ce cas.

Mais la lueur qui brillait dans les yeux de la femme lui disait qu'elle ne la croyait pas tout à fait.

— Je vous laisse travailler.

Dès qu'elle eut disparu, Sara s'approcha des placards, impatiente de mettre la main sur des informations qui ne seraient ni des rumeurs, ni des on-dit. Elle inspecta rapidement les étiquettes, qui portaient toutes deux dates indiquant la période couverte.

Enfin, vers le milieu de la rangée, elle s'immobilisa et sortit le tiroir dont elle avait besoin. Elle le posa sur le bureau, et fit dérouler les films pour trouver celui qu'elle voulait.

Le lendemain des meurtres, *La Dépêche de Cape Darkwood* avait publié le premier article d'une série. Même encore maintenant, Sara frissonna à la lecture du gros titre.

Un producteur de Hollywood, sa femme et un écrivain local assassinés à Cape Darkwood.

Sara tira un petit carnet à spirales de son sac et parcourut l'article, notant au passage le nom de l'inspecteur chargé de l'enquête, ceux de témoins éventuels, ainsi que celui du journaliste qui avait rédigé le papier.

Le jour suivant, la une avait changé.

Un crime passionnel à l'origine de la tragédie ?

Sara lut chaque texte avec attention, griffonnant la liste des éléments retenus par la police. Les empreintes de son père figuraient sur le revolver, un calibre 38. L'arme était tombée sur le sol comme s'il l'avait dirigée contre lui, et puis l'avait laissée lui échapper.

Richard Douglas aurait tué dans un accès de jalousie…

Sara réprima la vague d'émotion qui la submergeait.

Elle n'avait que sept ans à l'époque, mais elle avait passé assez de temps avec son père pour savoir que c'était un homme doux, et bon. Un homme qui lui donnait un baiser sur le bout du nez à l'heure de se coucher et la faisait rire.

Cet homme-là n'avait pas pu tuer de sang-froid deux personnes qu'il aimait.

Travaillant plus rapidement à présent, elle nota le nom d'une voisine qui avait assisté à une dispute une semaine avant les événements, alors qu'elle sortait son chien. Emma Beasley. Le journaliste qui l'avait interviewée citait ses propos.

Il était environ 6 heures du matin quand j'ai entendu M. Douglas crier sur sa femme. La voiture de Nicolas Tyson était là. Les lumières étaient allumées dans la chambre du haut. Il se passait des choses curieuses dans cette maison. C'est bien triste pour ces pauvres petites filles. Je suppose qu'on ne connaît jamais vraiment les gens.

Ecœurée par les suppositions infondées de la femme et l'empressement du reporter à les rapporter, Sara secoua la tête. Le fait que les ragots avaient pu influer sur les conclusions de l'enquête, et peut-être prendre le pas sur les indices eux-mêmes, lui donnait la nausée.

Elle appuya sur la touche *Imprimer*, puis passa à l'article suivant.

TRIANGLE AMOUREUX À L'ORIGINE DES MEURTRES ET DU SUICIDE ?

Sous le gros titre, s'étalait une photo de sa mère et de Nicolas Tyson à la terrasse d'un café.

Ils étaient assis à une table, sous un grand parasol. La ressemblance entre Nick et son père était frappante. Les mêmes yeux bleus comme le Pacifique. Des sourcils épais qui leur donnaient à l'un comme à l'autre un air pensif. Une mâchoire puissante.

Sara fixa la photo, confusément troublée par quelque chose. Pour un observateur non averti, ils avaient l'air de deux amis partageant un verre par une belle journée d'été. Mais en y regardant de plus près, Sara s'aperçut qu'ils avaient tous deux les yeux rivés sur un objet, posé sur la table devant eux.

Intriguée, elle grossit l'image.

Celle-ci devint granuleuse, au détriment des détails. Sara put cependant identifier ce qui se trouvait sur la table.

Un manuscrit.

5

La nuit était tombée quand Sara sortit enfin de la bibliothèque.

Immergée dans ses recherches, elle avait passé l'après-midi entier à lire et à imprimer assez de matériau pour l'occuper une semaine durant.

Elle monta dans sa voiture, songeuse. L'élément le plus important qu'elle ait découvert était sans doute la photo de sa mère et de Nicolas Tyson en train de regarder le manuscrit.

Sa mère avait-elle eu une liaison avec l'auteur de livres policiers ? Y avait-il bel et bien un manuscrit manquant ?

Quelques instants plus tard, Sara se garait dans l'allée de la villa, l'esprit toujours obnubilé par ces questions. Son anonyme correspondant avait parlé d'un manuscrit. Jusque-là, Sara ne l'avait pas pris au sérieux…

Mais maintenant qu'elle avait vu cette photo, le doute l'assaillait. Nicolas Tyson écrivait des ouvrages ayant trait à des faits divers. Il avait publié plusieurs livres, sans jamais connaître un franc succès.

Travaillait-il sur un nouveau texte ? Si oui, de quoi s'agissait-il ? L'œuvre concernait-elle ses parents d'une manière ou d'une autre ? Nick savait-il quoi que ce soit ?

Si tel était le cas, pourquoi n'en avait-il pas parlé quand elle lui avait demandé de rouvrir l'enquête ?

Sara emporta son sac débordant de papiers jusqu'à la porte d'entrée, tandis que l'orage grondait dans le lointain. Elle se rendit dans la cuisine, allumant les lumières sur son passage, et posa ses affaires sur le plan de travail. La pluie commença à fouetter les vitres alors qu'elle traversait l'entrée pour gagner l'escalier. Elle était à mi-chemin de la chambre de ses parents quand elle remarqua que la lumière était allumée dans la salle de bains. Elle était certaine d'avoir tout éteint avant de partir… n'est-ce pas ?

Le cœur de Sara se mit à cogner dans sa poitrine, en même temps qu'une affreuse certitude la gagnait : il y avait quelqu'un dans la maison. Certes, elle n'avait rien vu qui ne soit pas à sa place au rez-de-chaussée, mais elle n'y avait pas non plus prêté attention.

Comment l'intrus était-il entré ? La porte était verrouillée. Mais elle n'avait pas vérifié les autres issues…

Le fracas du tonnerre la fit sursauter. Le bruit fut presque aussitôt noyé par le martèlement de son cœur. Elle tendit la main vers son téléphone portable, et se rendit compte avec consternation qu'elle l'avait laissé en bas. Gardant les yeux rivés sur le rai de lumière qui filtrait sous la porte de la salle de bains, elle recula lentement, sans faire de bruit.

Soudain, la porte s'ouvrit, et une silhouette sombre se découpa sur le seuil.

Sara étouffa un cri. Elle distingua vaguement un homme de faible carrure et une casquette de base-ball avant que l'instinct prenne le dessus et qu'elle se rue vers les marches.

Elle avait presque atteint le bas de l'escalier quand la lumière se fit brusquement dans son esprit.

Elle s'arrêta net, la main sur la rampe en acajou, et se

retourna. Un homme aux cheveux argentés qui lui arrivaient jusqu'aux épaules se tenait sur le palier, et la regardait. Il portait une salopette grise, des chaussures de sécurité et une casquette.

Elle connaissait le visage de cet homme. Ses vêtements. Sa démarche.

— Skeeter ? demanda-t-elle d'une voix tremblante.

Le gardien sourit et hocha vigoureusement la tête. Avec la grâce d'un mime, il recula et lui désigna la salle de bains d'un geste. Sara ne comprenait pas le langage des signes, mais en savait assez long pour se rendre compte que cet homme ne lui voulait pas de mal.

Se sentant ridicule, elle remonta les marches, alluma la lumière et le rejoignit.

— Vous m'avez fait peur.

Skeeter ouvrit les bras et l'étreignit avec chaleur.

— Comment êtes-vous entré ?

Il enfonça la main dans sa poche et en retira un trousseau. Sara se souvint brusquement qu'il avait les clés de la maison, et elle éprouva un vague malaise. Après les mystérieux appels téléphoniques et le message laissé en lettres écarlates sur la vitre arrière, l'idée que quelqu'un d'autre puisse pénétrer chez elle ne lui plaisait guère.

Elle tendit la main.

— Merci, Skeeter, mais je vais le garder pour l'instant. Je vous le rendrai en partant.

Il inclina la tête et lui remit le trousseau sans protester.

— Qu'est-ce que vous faisiez ?

De nouveau, il désigna la salle de bains, et Sara comprit subitement.

— Vous êtes venu réparer la fuite ?

Skeeter opina, visiblement content.

— Merci, dit-elle. Je suppose que je suis un peu nerveuse.

Il lui fit signe de ne pas s'inquiéter, et lui serra la main doucement, comme s'il avait peur de lui briser les doigts.

Elle n'avait pas vu Skeeter depuis qu'elle était enfant, mais il n'avait guère changé. Il était toujours grand et maigre, et se déplaçait en traînant étrangement les pieds. Il arborait la même salopette grise qu'autrefois, les mêmes grosses chaussures, et ses cheveux étaient toujours rassemblés en une queue-de-cheval. A présent, ils étaient devenus gris et moins abondants.

Ses parents l'avaient engagé comme gardien plus de vingt ans auparavant. Sourd et muet, il avait tout d'abord effrayé Sara. Mais avec l'ouverture d'esprit propre aux enfants, elle avait vite compris que cet homme n'avait pas besoin de voix pour communiquer, ni pour être son ami. A cause de sa surdité, Skeeter avait quitté l'école très jeune et n'avait jamais reçu d'éducation adaptée à son handicap.

Au fil des années, et bien qu'il soit quasi illettré, il avait appris à lire sur les lèvres. Il effectuait de petites réparations sur les balançoires et les bicyclettes, et il avait installé un panier de basket-ball au-dessus de la porte du garage. Quand était venu ce dernier été, elle ne remarquait même plus son étrange façon de marcher ni le fait qu'il ne parlait pas.

— Je n'ai pas vu de voiture, dit-elle. Comment êtes-vous venu ?

D'un geste, Skeeter lui apprit qu'il avait fait le trajet à pied.

— Vous habitez toujours dans le cottage ?

Il acquiesça.

Le cottage était en réalité un minuscule mobile-home

datant des années soixante et perché en haut des falaises, à un kilomètre environ de la maison. D'aussi loin que Sara s'en souvienne, Skeeter avait vécu là.

Après quelques derniers signes rapides, il se pencha et ramassa sa boîte à outils. Sara devina qu'il avait terminé son travail et s'en allait.

— Voulez-vous que je vous ramène au cottage ?

Il secoua la tête et se tourna pour descendre l'escalier. Sara le suivit jusqu'à la cuisine et le salua d'un geste alors qu'il franchissait la porte de derrière, se dirigeant vers les marches qui le mèneraient sur la plage.

Enfant, elle avait eu beaucoup d'affection pour Skeeter. Ce soir, elle avait été heureuse de le revoir. N'empêche, se dit-elle en ramassant les notes et la photo qu'elle avait laissées sur le plan de travail, sa présence dans la maison la troublait.

Les appels téléphoniques avaient fonctionné. Au bout de vingt ans, la fille était de retour. Mieux encore, elle faisait précisément ce qu'il voulait qu'elle fasse. Certes, elle avait aussi pris quelques initiatives inattendues. Comme de poser des questions sur les événements de ce soir-là.

Trop de maudites questions.

Mais elle ne pouvait découvrir quoi que ce soit de compromettant pour lui, se rassura-t-il. L'affaire était close. Ses parents et Nicolas Tyson étaient morts et enterrés avec leurs secrets.

Restait un élément dont il lui faudrait tenir compte. La petite Sara Douglas avait assisté à la scène ce soir-là. Elle avait vu l'assassin. La question était de savoir si elle avait entendu la dispute. Et si, à l'âge de sept ans, elle avait compris ce dont il s'agissait. C'était peu probable, mais que ferait-il si elle commençait à reconstituer le puzzle ?

Pour le moment, il n'avait pas à s'inquiéter. Il savait qu'elle avait perdu la mémoire. Peu après les meurtres, il avait lu dans le journal qu'elle avait été à ce point traumatisée par l'épreuve qu'elle ne se souvenait de rien concernant cette nuit-là. Mais l'expérience lui avait appris que les souvenirs pouvaient resurgir au moment le moins opportun…

Et ce moment était tout sauf opportun.

Avec Sara Douglas qui fouillait le passé, il allait devoir jouer serré. Il ne pouvait lui permettre de gâcher ses plans. C'était sa seule chance de succès. Il avait travaillé trop dur pour en arriver là. Il avait eu sa part de déboires. A présent, enfin, le destin semblait lui sourire. Il allait connaître la célébrité, la gloire.

Tant que Sara Douglas ne lui mettait pas de bâtons dans les roues.

Pour l'heure, il avait besoin d'elle. C'était la seule personne au monde qui puisse l'aider à trouver ce qu'il cherchait. L'objet qui le propulserait au sommet. Mais elle était aussi la seule personne susceptible de menacer son rêve. Son avenir. Tout ce qu'il méritait.

Il se contenterait de la surveiller. Il la laisserait fouiner tout son soûl. Si tout se passait comme prévu, elle trouverait le gros lot. Et il serait là pour le lui prendre.

Cela fait, Sara Douglas deviendrait un danger. Et il devrait la faire taire.

Définitivement.

Sara connaissait la maison par cœur. Sa sœur et elle l'avaient explorée jusque dans ses moindres recoins, aussi sombres et aussi poussiéreux qu'ils soient, et cela malgré les réprimandes de leur mère.

Pourtant, ce soir-là, alors qu'elle cherchait un manuscrit qui n'existait peut-être pas, Sara se sentit dépassée par l'ampleur de la tâche.

Si elle avait voulu cacher quelque chose, quel endroit aurait-elle choisi ?

Debout dans l'entrée, elle mordilla l'ongle de son pouce, s'efforçant de se mettre à la place de ses parents. Son père avait conçu lui-même les plans de la villa, et l'avait construite. Avait-il songé à une cachette où dissimuler des objets de valeur tels que des bijoux ou un trésor de famille ?

Sara grimpa les marches étroites de l'escalier à spirale qui menait au grenier, accompagnée par le crépitement régulier de la pluie sur le toit. Les gonds de la porte grincèrent comme des os arthritiques quand elle la poussa, et elle marqua une pause sur le seuil.

Une odeur de poussière et de mildiou lui chatouilla les narines. Elle appuya sur l'interrupteur, et la lumière crue d'une ampoule unique au plafond tomba sur la pièce. Sara entra et promena son regard autour d'elle, ses talons résonant sur le vieux plancher.

Le grenier, relativement petit, ne comportait qu'une seule fenêtre, du côté du pignon. Des cartons étaient empilés avec soin le long du mur du fond. Quelqu'un avait pris la peine de ranger toutes les affaires de ses parents. Peut-être une de ses tantes ou un de ses oncles, au cours des semaines qui avaient suivi leur mort…

Elle s'approcha des paquets et ouvrit le plus proche. Il contenait des vêtements. Même après vingt ans, il lui sembla sentir une trace du parfum de sa mère, et les larmes lui montèrent aux yeux. Elle se rappelait avoir passé des moments heureux ici avec sa mère. Le soleil entrait à flots par la fenêtre. La radio diffusait de la musique. L'odeur de l'océan se mêlait au parfum sucré des roses…

Refoulant ces souvenirs mélancoliques, Sara referma le carton et passa au suivant. Là, elle trouva certains de ses anciens jouets, une collection de coquillages glanés sur la plage, et plusieurs peluches. Elle donnerait le tout à une association caritative, résolut-elle avant d'examiner le troisième carton.

Celui-ci renfermait un vieux magnétoscope dont sa sœur et elle se servaient pour regarder Godzilla. Avec un sourire, Sara reporta son regard sur la boîte suivante, où étaient empilés des livres, de vieilles factures, des relevés bancaires et plusieurs classeurs. Elle les feuilleta sans rien trouver d'intéressant et allait abandonner ses recherches quand un carnet à spirale retint son attention.

Elle l'ouvrit et se mit à lire.

Les dix ou douze premières pages étaient couvertes d'une écriture penchée, qu'elle ne reconnut pas.

Contact à San Monica. Evelyn. Vrai nom ? Pas sûre. Peut-être prostituée. Séance de photos dans un entrepôt à Hollywood. Ne sait pas où. Ne veut pas parler à la police. Mandats d'arrêts contre elle. Les photos étaient des nus. Prétend être en danger. Crédible ?

Arlene, quartiers est de Los Angeles. Séance de photos dans un entrepôt à Hollywood. Frère dernière personne à la voir vivante. Mère a signalé sa disparition à la police de L.A.

Jenna Sherwood. Colocataire affirme qu'elle est allée à une séance de photos pour un magazine. Jamais revenue. Devait de l'argent pour son loyer.

Sa copine pense qu'elle a peut-être fichu le camp. Vraiment ?

Rachel Garza. Vingt ans. A laissé un bébé de vingt mois. Séparée de son mari. Il croit qu'elle cherchait à devenir actrice ou modèle. A parlé d'un job à Hollywood. Important ?

— Que diable… ?

Interdite, Sara fixa la page, la sensation d'une menace diffuse planant brusquement dans l'air. Quelqu'un avait dressé une liste de femmes disparues. Mais pourquoi ? Que faisaient ces notes dans les affaires de ses parents ? Et qui avait écrit cela ?

Elle mit le carnet de côté, et tira une enveloppe brune du carton. A l'intérieur se trouvaient plusieurs articles de journaux jaunis concernant la disparition de plusieurs jeunes femmes.

Intriguée, elle compara les noms avec ceux qu'elle avait lus dans le carnet. Deux d'entre eux coïncidaient. Ainsi, quelqu'un effectuait bel et bien des recherches sur des personnes disparues.

Mais qui ? Et pourquoi ?

Espérant dénicher d'autres indices, Sara continua à feuilleter des classeurs. Rien d'autre ne semblait se rapporter à cette affaire. Enfin, elle referma le carton, glissa le carnet et l'enveloppe sous son bras, et se redressa, prête à redescendre.

Elle avait presque atteint l'escalier quand la lumière vacilla et s'éteignit.

Une bouffée d'angoisse la saisit, mais elle se souvint de la vieille boîte à fusibles et cela la rassura. Il ne se passait rien de suspect. Seulement, la demeure était vieille et n'avait pas été entretenue depuis longtemps. Ou alors, la foudre était de nouveau tombée sur le transformateur…

Avançant à tâtons, elle longea le mur en direction des marches. Un éclair illumina la pièce, révélant qu'elle n'était plus qu'à quelques pas de son but. L'instant d'après, elle se cogna le tibia contre un objet dur. Le vieux rocking-chair, comprit-elle en laissant échapper un juron. Elle se baissa et se frictionna la jambe. Comme elle levait les yeux, elle crut distinguer un mouvement dans le noir, juste devant elle.

Son cœur s'emballa.

L'espace de quelques secondes, elle demeura figée sur place. Avait-elle réellement vu une ombre ou son imagination lui jouait-elle des tours ? A moins qu'il ne s'agisse du reflet des frondaisons qui se balançaient devant la fenêtre ?

Une lame de plancher craqua à sa droite.

— Qui est là ? s'écria-t-elle.

Un bruit juste derrière elle la fit se retourner. Elle fixa l'obscurité sans rien voir, certaine à présent qu'il y avait quelqu'un d'autre dans le grenier. Son pouls s'accéléra encore. Le sang battait à ses tempes. Quelle idiotie d'avoir laissé son portable au rez-de-chaussée !

Il y eut un bruit de chute sur sa droite, et Sara s'enfuit, affolée, s'élançant aveuglément en avant. Elle devina un mouvement devant elle, perçut des pas sur le sol.

Elle était presque arrivée à son but quand un corps massif percuta le sien.

La violence de l'impact la fit vaciller.

Des mains brutales lui arrachèrent le carnet et l'enveloppe. Sara tenta de lutter mais elle trébucha et s'effondra, atterrissant sur les fesses. Redoutant à demi d'être attaquée, elle se releva en hâte, et, désorientée, se rua dans la direction où elle croyait trouver la porte.

Elle l'entendit claquer au moment où elle l'atteignait.

Sa main se referma sur la poignée. Prise de panique, respirant par saccades, elle tourna et tira.

En vain.

Ne sachant si son agresseur était encore dans la pièce, Sara tira sur la poignée des deux mains, de toutes ses forces. Elle tambourina des deux poings. Donna des coups de pied dans le battant de bois.

Sans résultat.

En désespoir de cause, elle se mit à crier.

— Au secours ! hurla-t-elle.

Pas de réponse. Elle était seule, dans la lueur tremblante des éclairs au-dehors, et l'écho lointain du tonnerre.

Nick savait qu'il ne devait pas s'autoriser à penser à Sara. Et qu'il était stupide d'aller la voir. Il n'était pas en service, bon sang. Il n'avait rien à faire là.

Mais elle hantait ses pensées depuis qu'il avait posé les yeux sur elle la veille au soir.

Et cela ne lui plaisait guère. Il n'aimait pas se sentir entravé, gêné dans son indépendance. Depuis qu'il avait perdu sa femme, Nancy, dans un accident de voiture, l'année précédente, il essayait de surmonter sa perte. D'aller de l'avant.

De laisser derrière lui le chagrin et le vide qu'il avait connus.

Il n'avait certainement pas besoin d'éprouver un quelconque attachement envers une autre femme. Il n'avait pas le moindre désir de sortir avec quiconque, encore moins d'avoir une relation stable. Ce genre de choses exigeait une énergie émotionnelle qu'il ne possédait plus.

Non que Sara s'intéresserait à lui, de toute façon,

raisonna-t-il. Elle avait probablement déjà un petit ami, homme d'affaires à San Diego, qui la couvrait de cadeaux et l'emmenait dans des restaurants branchés.

Dans quelques jours, elle s'en irait. Il ne la reverrait jamais. Et c'était tant mieux. Pourquoi diable aller chercher des complications ? Il avait eu assez de mal à remonter la pente.

Il ne devait songer qu'à garder l'équilibre qu'il avait fini par trouver.

Et un jour, la Californie tomberait dans l'océan et disparaîtrait…

Après des mois de solitude, il était normal qu'il ait envie de fréquenter une femme, se rassura-t-il. De caresser un corps féminin. Il n'était sorti qu'une fois ou deux depuis que la voiture de Nancy était sortie de la route pour aller s'écraser au pied de la falaise et que sa propre vie avait brûlé avec elle. Il ne voulait pas éprouver de sensations. Les femmes ne lui avaient pas manqué. L'intimité non plus.

Le sexe non plus.

Jusqu'à maintenant.

Marmonnant un juron, Nick s'engagea dans l'allée de la maison des Douglas. La bruine dansa dans le faisceau des phares qui balayaient la voiture de location. Il remarqua avec surprise qu'aucune lumière ne brillait aux fenêtres. Curieux, puisqu'il était près de 7 heures du soir. L'électricité était-elle de nouveau coupée ? Pourtant, aucun incident n'avait été signalé sur la fréquence de la police…

Un malaise soudain s'empara de lui, en même temps que lui revenait à la mémoire le sinistre avertissement laissé sur la vitre de la voiture.

La curiosité est un vilain défaut.

Il prit sa torche, descendit de voiture et gagna rapidement la porte d'entrée. Derrière les genévriers, l'océan venait déferler sur la plage de rochers en contrebas. Il monta les marches et frappa deux fois.

Personne ne répondit.

Une bouffée d'inquiétude envahit Nick. Il frappa une dernière fois, puis contourna la maison pour essayer la porte du jardin.

Elle était entrebâillée.

Tous les sens en alerte, Nick porta la main à son arme, et entra sans faire de bruit. Il marqua une pause dans la cuisine, dressant l'oreille, mais aucun bruit ne lui parvint. De plus en plus soucieux, il traversa le séjour et le vestibule et braqua la lampe sur l'escalier.

Aucun mouvement.

Il gagna le premier étage. Rapidement, il inspecta les trois chambres, la salle de bains principale et celle attenante à la chambre des parents de Sara, avant de remarquer que l'étroite porte à l'autre bout du couloir était entrouverte.

Le grenier, se dit-il, en dégainant son arme. Tout en haut de l'escalier à spirale, une seconde porte était close.

Une voix étouffée et un martèlement sourd se firent entendre.

— Sara !

Il grimpa les marches quatre à quatre, en même temps qu'une dizaine de scénarios défilaient dans son esprit, tous tragiques.

— Ici !

Une vague de soulagement submergea Nick au son de sa voix. Il tenta d'ouvrir, trouva la porte bloquée, et y plaqua son oreille.

— Sara !

— Je suis là ! Je ne peux pas sortir !

— Tu n'as rien ?

— Non, je n'ai rien.

Mais la peur perçait dans sa voix.

— Que s'est-il passé ?

— Il… il y avait un homme, balbutia-t-elle. Je crois qu'il m'a enfermée.

Nick dirigea sa torche sur la porte. Il n'y avait pas de clé dans la serrure.

— Où est la clé ?

— Je ne sais pas.

Il balaya le sol du rayon lumineux.

— Veux-tu que je la cherche ?

— Non, répondit-elle sans hésiter. Ouvre la porte. Il fait un noir d'encre là-dedans.

— Ecarte-toi.

Il attendit un instant, lui laissant le temps de reculer, puis donna un puissant coup de pied dans le bois, à hauteur de la poignée.

Il y eut un craquement. La porte s'ouvrit, et alla cogner le mur. Avant qu'il ait eu le temps d'ajuster le faisceau, Sara se précipita au-dehors.

Elle le heurta avec assez de violence pour lui arracher un grognement. Nick sentit le léger parfum de ses cheveux, une peau douce, un corps frémissant de terreur.

Il recula d'un pas.

— N'aie pas peur, fit-il en l'enveloppant de ses bras. Tout va bien.

Un moment, elle trembla contre lui, le souffle court, parlant d'une voix hachée.

— Je suis désolée… Je suis un peu claustrophobe.

— Ce n'est rien.

A la lueur de la torche entre eux, il vit qu'elle était pâle et que son front était couvert de sueur.

— Depuis combien de temps es-tu là-dedans ? s'enquit-il avec sollicitude.

— Je ne sais pas. Vingt minutes, peut-être.

— Tu es sûre que tu ne t'es pas enfermée toute seule ?

— Tout à fait sûre, répondit-elle d'un ton véhément. Il y avait quelqu'un ici.

— Qui ?

— Un homme. La lumière s'est éteinte. Il est venu sur moi, et il m'a fait tomber.

La fureur s'empara de Nick à la pensée qu'on avait essayé de lui faire du mal.

— Ça va ?

— Oui. Je suis seulement… un peu secouée.

Il dirigea la lampe sur le battant endommagé, retenant une grimace à la vue du bois fendu et de la serrure antique désormais hors d'usage. Ce n'était pas le genre de verrou qui pouvait se fermer tout seul.

— Tu es vraiment sûre qu'il y avait quelqu'un ici avec toi ?

Même dans la semi-pénombre, il distingua l'éclair de colère qui traversa son regard.

— Tu ne me crois pas ?

— Si.

Il mit les mains sur les épaules de Sara et la poussa doucement vers le mur.

— Reste ici une minute pendant que je vérifie, d'accord ?

Elle frissonna contre lui.

— Il est parti.

— Ne bouge pas, insista-t-il fermement. Je vais vérifier quand même.

Il lui pressa les bras, puis pénétra dans le grenier. La pièce était petite et aussi sombre qu'un tombeau. Il ne lui fallut que deux minutes pour s'assurer qu'elle était vide. Quand il eut terminé, Sara était entrée à son tour.

— Il n'y a personne.

— Il y avait quelqu'un, Nick. Quelqu'un a éteint les lumières. Il a… il a pris le carnet. Et il m'a enfermée.

Nick la dévisagea, perplexe.

— Quel carnet ?

— Celui que j'ai trouvé. Dans le carton.

Elle était encore pâle. Désireux de la réconforter, il leva la main pour la toucher, puis se ravisa.

— Bon. Descendons au rez-de-chaussée. Quand je serai sûr que tu n'as rien, j'irai examiner la boîte à fusibles. Je vais aussi jeter un coup d'œil dehors, et téléphoner au commissariat. D'accord ?

— D'accord.

Dans la cuisine, Nick installa Sara sur une chaise, après quoi il sortit par la porte de derrière.

Il braqua longuement la torche sur les genévriers et les rochers déchiquetés qui entouraient la terrasse. Il descendit ensuite les marches de bois qui menaient à la plage, s'arrêta à mi-chemin et illumina l'étendue de rochers et d'arbustes.

Il y avait mille endroits où un homme pouvait se cacher autour de la vieille maison, songea-t-il, et la nuit jouait en faveur de l'agresseur de Sara.

Il s'attarda encore un instant, mais ne vit personne.

De retour à l'intérieur, il trouva Sara dans la buanderie, devant la boîte à fusibles.

— Tout est tranquille dehors.

— Je suis restée un bon moment dans le grenier, dit-elle. Il s'est sûrement sauvé.

— As-tu la moindre idée de qui c'était ? Il n'y avait rien de familier chez lui ?

Elle secoua la tête.

— Je sais seulement qu'il s'agissait d'un homme. Grand et fort.

— Hmm. Ça ne nous avance pas beaucoup.

Avec un soupir, Nick reporta son attention sur le boîtier. Comme il s'en doutait, le fusible principal était dévissé.

— Mauvais contact, fit-il.

— Peut-être qu'on l'a dévissé exprès.

Il le remit en place, et soudain, la lumière jaillit dans la pièce.

L'espace d'un instant, ils restèrent immobiles, éblouis, l'un en face de l'autre.

Nick se surprit à regarder une paire de jolis yeux marron encore écarquillés par la peur. Sara avait rassemblé ses cheveux en queue-de-cheval, mais quelques mèches s'en étaient échappées, et taquinaient son visage. Son T-shirt blanc était maculé de poussière.

Il ne voulait pas en voir davantage. Il ne voulait pas remarquer d'autres détails, bon sang. Pourtant, comme mus par leur propre volonté, ses yeux continuèrent à descendre sur le corps souple de Sara. Il distingua le contour d'un soutien-gorge en dentelle sous son T-shirt usé. Une bande de chair là où le T-shirt rejoignait la taille basse de son jean. De longues jambes. Des courbes tentantes sous la toile du jean. Des ongles peints sous les ourlets effilochés.

Au prix d'un effort, Nick se ressaisit et recula d'un pas.

— Que faisais-tu là-haut ?

— C'est justement ce dont j'ai besoin de te parler, dit-elle avec une moue, avant de se retourner vers la cuisine.

Nick ne la suivit pas. Il resta dans la buanderie quelques minutes, se reprochant intérieurement de s'être laissé aller. Il avait été à deux doigts d'embrasser Sara.

Et il était hors de question qu'il succombe à ses charmes.

Lorsqu'il la rejoignit enfin, après avoir inspecté brièvement le garage et appelé B.J. pour faire un rapport, il se sentait plus sûr de lui.

Elle était en train de mettre une bouilloire sur le feu.

— Dis-moi tout, lança-t-il.

Elle se tourna vers lui. Dans ses yeux, la peur avait cédé la place à une lueur déterminée.

— J'ai trouvé un carnet dans le grenier.

— Quel genre de carnet ?

— Il contenait des informations sur des femmes disparues, expliqua-t-elle lentement. Des notes, il me semble.

Nick réfléchit un instant.

— Il appartenait à tes parents ?

— Je ne crois pas. Je n'ai pas reconnu l'écriture.

— Que disaient ces notes, au juste ?

Elle rapporta quelques détails, des extraits d'articles de journaux qui paraissaient n'avoir guère de sens.

— Tu as une idée de ce que ça veut dire ? demanda-t-il enfin.

— Pas la moindre, avoua-t-elle. C'est comme si quelqu'un faisait des recherches sur des personnes disparues. Des femmes qui se seraient volatilisées dans des circonstances mystérieuses.

Cela semblait tiré par les cheveux, mais Nick s'abstint de le lui faire remarquer.

— Tes parents étaient acteurs, observa-t-il avec un haussement d'épaules. Ton père était producteur. Ils avaient des contacts avec des auteurs. Ils lisaient des scénarios.

— Ce n'était pas un scénario.

— Alors, de quoi s'agissait-il ?

— Je ne sais pas, répondit-elle, visiblement agitée, en se dirigeant vers la salle à manger. J'aimerais bien connaître la réponse.

— Sara, tout ça ne mène pas à grand-chose…

Elle s'arrêta à mi-chemin des portes-fenêtres, et laissa échapper un cri étouffé. Nick se précipita vers elle et suivit son regard.

Un frisson lui parcourut la nuque.

Une série de traces de pas boueuses souillait le sol, venant de la terrasse.

6

— Tu devrais peut-être tout me dire. Sans rien me cacher.

Sara se laissa glisser sur une chaise en face de Nick et soupira.

— Je ne sais pas par où commencer…

— Essaie le début.

Elle posa les mains à plat sur la table et rassembla ses pensées.

— Il y a deux jours, j'ai reçu un coup de fil anonyme affirmant que mon père n'était pas un assassin.

— La voix était-elle celle d'un homme ou d'une femme ?

— Je ne sais pas. On aurait dit qu'elle était… modifiée électroniquement.

— Ces appareils peuvent s'acheter pour cent dollars sur toutes sortes de sites internet, expliqua Nick, le visage impassible. Continue.

Rapidement, elle lui relata la conversation qu'elle avait eue avec l'inconnu.

— Eh bien… il prétend connaître l'existence de certaines informations qui prouveraient l'innocence de mon père.

— Quelles informations ?

— Il n'a pas précisé.

— Comment sais-tu que ce n'était pas une mauvaise plaisanterie ?

Sara réfléchit un instant.

— L'instinct, je suppose.

Elle se mordit la lèvre.

— Il m'a rappelée ce matin.

— Qu'a-t-il dit ?

Le cœur tambourinant dans sa poitrine, Sara souleva sa tasse de café.

— Il m'a dit que j'avais vu le tueur.

Une lueur sombre surgit dans le regard de Nick.

— C'est vrai ?

— Honnêtement, je ne sais pas.

— Mais c'est possible ?

Elle acquiesça.

— J'ai passé des années à essayer de me souvenir des événements de ce soir-là. J'ai eu d'innombrables séances de psychothérapie. J'ai même été hypnotisée.

— En vain.

— Malheureusement.

— Qu'a-t-il dit d'autre ?

Sara hésita. Devait-elle tout lui dire ? L'inconnu lui avait expressément recommandé de ne faire confiance à personne.

Mais il y avait quelque chose chez Nick qui lui donnait envie de passer outre.

Elle posa sa tasse.

— Il a parlé d'un manuscrit.

— Je vois, marmonna-t-il. Et tu en conclus que les notes que tu as trouvées dans le grenier auraient un rapport avec ça ?

— Peut-être.

Nick fronça les sourcils.

— Quel genre de manuscrit ?

— Il ne l'a pas précisé, admit-elle à regret, plongeant son regard dans le sien. Mais… ton père écrivait des livres sur les faits divers.

— Mon père était un plombier qui a publié deux romans policiers, lesquels ont tous les deux fait un flop, corrigea Nick d'une voix neutre.

L'oncle Nicolas, le plombier, avait noué une amitié inattendue avec ses parents, le couple typique de Hollywood. Sara sourit à ce souvenir.

— Il était gentil.

— C'était quelqu'un de bien.

— Tu lui ressembles.

Un sourire se dessina au coin de la bouche de Nick.

— C'est ce qu'on dit.

Sara repensa aux notes qu'elle avait trouvées dans le grenier.

— Nick, je pense que ce carnet était peut-être à lui.

Il eut un regard surpris.

— Pourquoi serait-il ici ? La plupart du temps, il écrivait au chalet.

— Mes parents et ton père étaient amis. De bons amis. Peut-être qu'il l'a laissé ici.

— Parle-moi de ces notes.

— Je n'ai eu qu'une minute ou deux pour les regarder avant que la lumière s'éteigne.

Le souvenir de cet instant la fit frissonner.

— Voyons… Quelqu'un avait écrit les noms de ces femmes, et les circonstances dans lesquelles elles avaient disparu…

— Tu te souviens de quelques noms ?

Sara se concentra, fouillant dans sa mémoire.

— Attends. Jenna… quelque chose. Sherman. Non. Sherwood.

Nick tira un petit bloc-notes à spirale de la poche de sa chemise et y griffonna quelques mots.

— Je peux consulter la base de données des Personnes Disparues et voir si je trouve quelque chose.

Sara le regarda, envahie par une bouffée d'espoir.

Enfin, elle allait peut-être obtenir des informations solides, basées sur des faits plutôt que sur des hypothèses.

— Sais-tu si ton père travaillait sur un livre quand il est mort ?

— Je l'ignore.

Il haussa les épaules.

— J'avais douze ans, ajouta-t-il d'un ton empreint de regret. J'étais intrigué par son travail, mais ma mère n'a jamais voulu reparler de lui après ce soir-là.

— Peut-être pourrions-nous lui parler ?

Nick fronça les sourcils.

— J'en doute. Il me semble que tu devrais garder tes distances.

Sara effleura la marque sur sa joue.

— Elle pourrait peut-être apporter quelque lumière sur tout cela.

— Pouvoir et vouloir sont des choses bien différentes.

— Et si tu lui parlais, toi ?

Il fit la grimace.

— Elle n'a jamais été la même depuis que mon père est mort. Mais j'essaierai, si tu veux…

— Merci. Je sais que ce ne sera pas facile pour toi.

— Ni pour elle.

Sara reprit sa tasse, mais le café lui parut soudain amer.

— Je suis allée à la bibliothèque cet après-midi, reprit-elle.

Nick lui décocha un regard sombre, voilé de méfiance. Apparemment, il avait deviné qu'elle allait lui dire quelque chose qu'il n'avait pas envie d'entendre.

— *La Dépêche de Cape Darkwood* a publié beaucoup d'articles sur… l'affaire, après les événements, continua-t-elle, sans s'émouvoir de sa réaction.

— Ça t'étonne ? Le sensationnalisme fait toujours vendre, ironisa Nick.

— J'ai vu une photo de ton père et de ma mère assis à la terrasse d'un café. Quelqu'un de partial aurait pu y voir un moment d'intimité entre deux amants.

Elle prit une profonde inspiration.

— Le journaliste a exploité cet angle-là. Mais sur la table, entre eux, il y avait un manuscrit.

Le regard de Nick se fit perçant.

— Et ça te suffit pour affirmer qu'il y a bel et bien un manuscrit manquant ?

— Je pense que c'est une possibilité que nous devrions explorer.

Sara s'interrompit, soudain consciente de ce qu'elle venait de dire. Elle se corrigea aussitôt.

— Une possibilité que *je* devrais explorer.

— Même si tu retrouvais ce document, qu'espères-tu accomplir ?

— Celui qui m'a appelée a parlé d'un manuscrit. Peut-être est-il lié aux crimes.

Elle ne disait pas toute la vérité. Plus que tout, Sara espérait prouver que son père était innocent et que sa mère n'avait pas été infidèle.

— Et je tiens à savoir ce qui s'est passé ce soir-là, déclara-t-elle d'un ton déterminé. Pourquoi c'est arrivé.

Nick laissa échapper un soupir.

— Ecoute, la police a mené une enquête approfondie. J'ai accès aux rapports. Je les ai lus dix fois.

— Je ne dis pas que l'enquête a été bâclée, mais…

— … mais tu parles comme s'il y avait eu un complot !

— Disons plutôt une mise en scène, repartit calmement Sara.

— Tu veux dire que quelqu'un aurait tué nos parents et maquillé cela en un double meurtre suivi d'un suicide ?

Sara devait s'avouer que l'hypothèse paraissait délirante, même à ses propres oreilles. Cela ressemblait à une tentative désespérée pour sauver la réputation d'un homme dont le nom était sali par un péché impardonnable.

— Je pense que c'est une possibilité, dit-elle néanmoins.

Nick se frotta le menton, poussant un long soupir. Sara s'efforça de ne pas remarquer le son intime de sa main calleuse sur sa barbe naissante, sans y parvenir tout à fait.

— Et toi ? Tu penses que ton père et ma mère étaient… liés ?

Nick parut mal à l'aise.

— D'après ce que je sais de mon père, c'est peu probable, fit-il avec un haussement d'épaules. C'était quelqu'un de bien, d'honnête. Un bon père de famille.

Il marqua une brève pause.

— Mais c'était aussi un être humain, avec ses faiblesses. A ce qu'il semble…

— Si je comprends bien, tu es prêt à accepter la conclusion officielle.

Il fronça les sourcils.

— Disons que je ne crois pas à la théorie du complot.

— Nick, si on rapproche tous les éléments, je crois que toute l'affaire mérite qu'on s'y intéresse de nouveau.

— Sur la foi d'un énigmatique coup de téléphone ?

— Il se passe quelque chose, martela Sara. Je ne sais pas quoi, mais quelqu'un m'a appelée. Quelqu'un a laissé un message sur la vitre de ma voiture. Et quelqu'un était chez moi ce soir. N'est-il pas étrange qu'il n'ait pris que ces notes ?

Elle affronta son regard.

— Tu es policier. Ose me dire que tout cela n'est pas suspect.

— Si tu y réfléchis, la théorie de la quatrième personne ne tient pas debout. Si ton père n'était pas le tueur, quel était le mobile du crime ?

— Je l'ignore, mais je commence tout juste à creuser.

— Et qui voudrait révéler un crime vieux de vingt ans à présent ?

— Quelqu'un qui est tourmenté par sa conscience ?

— Hmm.

Il ne paraissait guère convaincu.

En proie à une frustration grandissante, Sara se leva et alla déposer sa tasse dans l'évier.

— Pourquoi m'appeler, moi ? Pourquoi me replonger dans cette affaire après tout ce temps ?

Nick prit son temps pour répondre.

— S'il y avait une quatrième personne ce soir-là, tu l'as peut-être vue. Peut-être qu'il ou elle pense que tu peux l'identifier. Peut-être que tu représentes un risque qui est devenu intolérable. Le dernier témoin à éliminer.

Ses paroles glacèrent le sang de Sara. Pour la première fois depuis son arrivée à la villa, elle se sentit vulnérable, menacée. Remarquant son désarroi, Nick vint la rejoindre, posant sa propre tasse dans l'évier.

Elle se tourna vers lui, tâchant de maîtriser le malaise croissant qu'elle éprouvait.

— Si quelqu'un voulait me faire disparaître, il en aurait déjà eu l'occasion, objecta-t-elle. Le premier soir, par exemple. J'étais seule ici. Pourquoi écrire ce message ridicule sur ma voiture ? Bon sang, il était dans la maison ce soir. Il aurait facilement pu…

Elle ne put se résoudre à terminer la phrase.

— … te tuer ? acheva Nick.

Sara lutta contre la peur qui menaçait de la submerger. Elle n'était pas venue de San Diego pour plier au premier souci.

— Tu admets qu'il est possible que la police se soit trompée ?

— J'admets quelque chose que tu devrais admettre toi-même. Pour une raison ou pour une autre, quelqu'un ne veut pas que tu fourres ton nez dans cette affaire.

— Mais quelqu'un veut que je le fasse ! Celui qui m'a téléphoné.

Elle s'efforça de sourire.

— Raison de plus pour fouiner, n'est-ce pas ?

— Sauf si ça t'attire des ennuis.

Sara garda le silence un instant, réfléchissant aux arguments de Nick. Avait-il raison d'envisager un tel scénario ?

Quand elle avait reçu l'appel à San Diego, elle ne s'était pas imaginé qu'elle allait se mettre en danger. Même le curieux message griffonné sur sa vitre n'avait pas réussi à la dissuader de poursuivre ses recherches.

Ce soir, cependant, quelqu'un l'avait enfermée au grenier et lui avait arraché les notes des mains. Que cela lui plaise ou non, elle devait s'avouer que l'incident l'avait secouée.

Mais que faire ?

La seule certitude qu'elle avait, c'était qu'elle n'allait pas se laisser impressionner. Elle était résolue à découvrir ce qui était réellement arrivé à ses parents ce soir-là.

— Comment comptes-tu te protéger ?

La question la ramena brusquement à Nick. Il semblait légèrement agressif, debout devant elle, ses yeux sombres scrutant les siens avec une intensité telle qu'elle dut détourner le regard.

— Je vais fermer mes portes à clé, dit-elle avec autant d'assurance qu'elle en était capable. Faire attention. Garder mon téléphone portable sur moi.

Il baissa la tête et se pinça l'arête du nez.

— Ça ne suffit pas.

— Ecoute, je me rends compte que ce n'est pas idéal, mais…

— Bon sang, explosa-t-il. Quelqu'un est entré chez toi, t'a agressée dans le grenier et a volé des notes qui ont peut-être quelque chose à voir avec tout ça. Tu ne vois pas que la situation aurait pu être bien pire ?

— Si tu t'imagines que je vais repartir à San Diego la queue entre les jambes, tu te trompes lourdement ! Mon père a peut-être été assassiné. Si c'est le cas, je lui dois de laver son nom.

— Si ton père n'a pas pressé la gâchette ce soir-là, cela veut dire que quelqu'un dans cette ville est l'auteur d'un triple meurtre.

Un frisson glacé parcourut l'échine de Sara à ces mots. Nick dut percevoir son trouble car, l'espace d'un instant, elle crut qu'il allait s'approcher, l'entourer de ses bras, la réconforter.

Mais il n'en fit rien. Au contraire, son regard se durcit. Il secoua la tête, à la manière d'un professeur devant un élève récalcitrant.

— Tu n'es pas en sécurité toute seule ici.

— Je n'ai pas le choix, rétorqua-t-elle.

— Tu pourrais louer une chambre d'hôte en ville.

— Nick, je l'aurais fait si ta mère n'en était pas la propriétaire. Je savais que loger chez elle serait… délicat. A présent, je me félicite d'avoir obéi à mon intuition. Au cas où tu ne l'aurais pas remarqué, elle me déteste.

Sara soupira, revivant l'épouvantable scène qui avait eu lieu dans la boutique.

— D'ailleurs, il faut que je cherche ce manuscrit. S'il est caché dans cette maison, je vais le trouver.

— C'est totalement irresponsable.

— Peut-être, mais c'est ainsi.

— Ce manuscrit n'existe peut-être même pas ! Quelqu'un te fait peut-être marcher. Tu as pensé à ça ?

— Nick, j'ai vu ce manuscrit. Sur la photo. Je sais qu'il existe.

— Cela pourrait être n'importe quel manuscrit !

— Ou bien la clé de ce qui s'est passé ce soir-là.

Sara alla prendre un torchon. Nick secoua la tête, l'air exaspéré.

— Je suppose que je ne vais pas pouvoir te persuader de quitter cet endroit.

— Exact.

Elle s'approcha des portes-fenêtres, s'agenouilla et se mit à frotter les empreintes laissées sur le sol.

— En ce cas, il n'y a qu'une seule solution.

Un curieux malaise s'empara de Sara. Elle lui jeta un coup d'œil par-dessus son épaule.

— C'est-à-dire ?

— Il va falloir que je passe la nuit ici.

Nick se tança intérieurement, furieux contre lui-même.

Pourquoi diable s'était-il porté volontaire pour une mission qui ne pouvait lui apporter que des ennuis ?

Il aurait dû être assez raisonnable pour ne pas se laisser embarquer dans une croisade insensée qui n'aboutirait qu'à une déception — et ferait peut-être souffrir Sara par la même occasion.

Mais ce n'était pas sa raison qui l'avait amené à cette situation, comprit-il avec lucidité. Une libido gravement négligée l'avait poussé à foncer la tête la première, sans se soucier des conséquences, et c'était, compte tenu du fait qu'il ne cherchait pas à nouer des relations avec une femme, aussi jolie soit-elle, doublement aberrant.

S'il n'y prêtait garde, il risquait fort de se brûler les doigts…

Or Nick avait toujours eu un besoin déplacé, masculin, de protéger la gent féminine. Même si le spécimen en question ne s'intéressait absolument pas à lui.

Et Sara Douglas, avec ses yeux de gitane, son corps voluptueux et son obstination insensée n'était pas une exception.

— Nick, tu n'es pas obligé de faire cela.

Sa voix l'arracha à ses pensées.

— Peut-être que tu préférerais tenter ta chance avec le type qui t'a malmenée et volé ces notes ?

Elle détourna les yeux.

— Je ne crois pas qu'il ait voulu me faire mal. Il voulait le carnet, c'est tout.

— Tu plaisantes ? s'emporta Nick, irrité contre elle à présent. Si tu t'étais défendue ou si tu l'avais gêné, il se serait peut-être mis en rage ; il t'aurait peut-être abattue.

Il serra les dents à cette pensée.

— Tu ne peux pas jouer avec ta vie.

Elle soutint son regard sans faiblir.

— Au cas où tu ne l'aurais pas encore compris, j'ai l'intention d'aller jusqu'au bout dans cette affaire. Peut-être est-ce dangereux. Mais la vie est ainsi parfois. Bon sang, Nick, je ne peux pas prendre la fuite !

Exaspéré contre elle et contre lui-même, Nick lui tourna le dos et marcha vers les portes-fenêtres.

— Oui, eh bien, je n'ai pas l'intention de rester les bras ballants pendant que tu te fais tuer.

Elle le rejoignit, ses yeux lançant des éclairs, et enfonça le doigt dans sa poitrine.

— N'essaie pas de me manipuler en me faisant peur, tu entends ?

Nick se raidit — détestant que sa réaction soit plus physique qu'intellectuelle. Il se fit violence pour ne pas laisser ses yeux vagabonder sur elle, mais le parfum de Sara lui chatouillait les narines ; la blancheur de porcelaine de sa peau lui donnait des picotements dans les doigts, tant il mourait d'envie de la toucher ; le film d'humidité sur ses lèvres le torturait tant il avait soif d'elle.

Comme si elle se rendait compte que l'atmosphère avait brusquement changé, Sara recula d'un pas.

— Je vais commencer à chercher ce manuscrit.

Nick la regarda sortir, se reprochant d'apprécier un peu trop le spectacle. Avec un marmonnement agacé à sa propre intention, il lui emboîta le pas.

Il la trouva dans la salle à manger. Elle était debout, immobile face à la fenêtre. A l'expression de son regard, il comprit qu'elle était plongée dans ses souvenirs.

— J'ai passé beaucoup de temps dans cette pièce quand j'étais petite, dit-elle d'une voix empreinte de nostalgie. Mes parents aimaient faire la cuisine. Ils préparaient des tas de plats exotiques dont Sonia et moi ne pouvions prononcer le nom. Ils adoraient recevoir des amis. On était toujours dans leurs jambes, mais ils semblaient aimer le chaos.

Ne sachant que dire, Nick se balança d'un pied sur l'autre, gêné.

— Ils te manquent.

— Chaque jour.

Elle tourna vers lui des yeux embués.

— Cette maison était pleine de vie et de rires. C'est dur de la voir si… vide.

— Ce sont les gens qui remplissent une maison, observa-t-il d'un ton songeur.

Sara sortit de la pièce et gagna le vestibule. Là, les mains sur les hanches, elle fureta autour d'elle.

— Si mon père avait voulu cacher quelque chose, où l'aurait-il mis ?

Nick la suivit, prenant soin de garder ses distances.

Il n'aimait pas la manière dont son corps réagissait à sa présence. Il n'aimait pas les sentiments qui s'éveillaient en lui — qui y ressuscitaient.

L'attirance troublante qui lui nouait le creux du ventre.

Un instant plus tôt, il avait voulu tendre la main vers elle, tenter de la réconforter. Mais il était trop intelligent, trop prudent, pour s'approcher d'elle à ce point.

Au prix d'un effort, il se concentra sur la question.

— Dans un placard ? suggéra-t-il. Un coffre-fort ?

— Il a conçu la maison lui-même. C'était quelqu'un de créatif…

— Une cachette secrète ? Sous le plancher ? Dans le grenier ?

Une image jaillit alors dans la mémoire de Sara.

Sa sœur et elle, dans le bureau de leur père.

Une poupée borgne.

Sa sœur soulevant un panneau de bois sculpté pour un enterrement.

— Le bureau, souffla-t-elle.

Sans attendre Nick, Sara courut vers la pièce et appuya sur l'interrupteur. Nick arriva juste après elle, mais elle ne se retourna pas. Le souvenir planait juste à la frontière de sa conscience, et elle avait peur qu'il ne s'évanouisse à tout moment.

Le cabinet de travail semblait nu, et une sorte de tristesse s'en dégageait. Les yeux de Sara étaient attirés par l'immense bibliothèque qui montait du sol au plafond, et que son père avait fabriquée avec tant d'amour. Des étagères occupaient la partie supérieure du mur, des placards la partie inférieure.

Entre les deux, un panneau d'acajou, épais d'une quinzaine de centimètres, dont la patine couleur chocolat luisait.

Sans rien dire, elle se dirigea vers le panneau. Les gonds invisibles grincèrent quand elle le fit pivoter.

— Bon sang, murmura Nick, agenouillé à côté d'elle. Une étagère secrète.

— Je m'en souviens à présent, dit-elle en levant vers lui des yeux où brillait l'excitation. Papa avait fait une erreur en mesurant les étagères et les placards. Quand il les a installés, ils n'atteignaient pas le plafond. Alors, il a ajouté quinze centimètres d'espace vide et les a dissimulés avec ce panneau pour faire joli.

Nick hocha la tête d'un air approbateur.

— C'est une excellente cachette. Voyons s'il s'en est servi.

Sara tendit le cou et scruta l'étagère.

Elle était large, mais peu profonde. Sur le bois brut, Sara vit quelques clous rouillés, des toiles d'araignées, des moutons de poussière. Avant qu'elle ait pu mettre la main à l'intérieur, Nick la devança.

— Il y a quelque chose ici.

Sara laissa échapper un rire étranglé à la vue de la poupée borgne.

— Misty ! s'écria-t-elle. Je n'arrive pas à croire qu'elle soit encore là.

Nick eut un sourire amusé.

— Elle n'est pas très jolie.

— Elle avait beaucoup de personnalité.

Avec une grimace, Nick passa de nouveau la main le long de l'étagère.

— Il y a autre chose.

Le cœur battant à tout rompre, Sara retint son souffle tandis que Nick tirait un rouleau de film du placard.

— Que diable… ?

— Un film.

— On dirait du huit millimètres.

Leurs regards se rencontrèrent.

— Il y avait un projecteur dans le grenier.

Nick souffla la poussière sur la bande.

— En ce cas, que dirais-tu d'aller voir ce qu'on nous a laissé ?

7

La pluie martelait le toit comme autant de doigts impatients.

Sara sortit le vieux projecteur de son carton, envahie par un étrange malaise.

En son for intérieur, elle soupçonnait qu'ils n'étaient pas sur le point de regarder sa sœur et elle gambader sur la plage ou faire du poney à l'école d'équitation voisine. Elle avait beau se dire que c'était absurde, elle ne pouvait se défaire d'une sourde appréhension, pas plus qu'elle ne pouvait ignorer le nœud qui lui tordait l'estomac.

— Il doit avoir au moins trente ans, observa Nick en la débarrassant de l'encombrant appareil.

Il chercha un mur vide où projeter la bande, et finit par installer le projecteur sur une grosse caisse pleine de vieux 33 tours.

— Tu as une idée de ce qu'il y a là-dessus ? ajouta-t-il.

— Pas plus que toi.

La tension devait se lire sur le visage de Sara, car il se figea brusquement, les sourcils froncés, lui accordant toute son attention.

— Qu'y a-t-il ?

— Je sais que ça va te paraître idiot, mais j'ai un mauvais pressentiment.

— Comment cela ?

Les yeux de Nick s'attardèrent sur elle, l'enveloppant d'un regard un peu trop intense ; puis il se retourna vers le projecteur.

— Penses-tu l'avoir déjà vu ? s'enquit-il d'une voix légèrement altérée.

— Je ne sais pas.

Elle se rendit compte qu'elle s'était raidie et elle tenta de se détendre.

Peine perdue.

— Il n'y a qu'une seule façon de le savoir, fit Nick en appuyant sur le bouton.

Il recula d'un pas, en même temps qu'un carré lumineux se dessinait sur le mur. De minuscules égratignures et des grains de poussière se reflétaient dans le carré. Des chiffres défilèrent, un compte à rebours de dix jusqu'à un.

Un instant plus tard, une jeune femme apparut à l'écran, étendue sur un matelas à ressorts. Sara cilla, scrutant l'image floue, et sentit sa gorge se serrer.

Les mains et les pieds de la femme étaient attachés aux barreaux du lit.

— Oh, non, murmura-t-elle. Mon Dieu.

Comme Nick ne répondait pas, elle se tourna vers lui.

Ses yeux étaient rivés sur la scène qui se déroulait devant eux. Les muscles de sa mâchoire étaient crispés. Ses traits trahissaient une crainte que Sara ne comprit pas tout d'abord.

Un affreux soupçon s'empara d'elle.

L'instant d'après, un homme masqué entra dans la pièce, tenant un revolver à crosse en ivoire. Sara se concentra sur la jeune femme, priant pour qu'il ne lui fasse pas de mal, et sachant que ses prières étaient vaines.

Il n'y avait pas de son, mais Sara vit la captive ouvrir la bouche pour hurler. Le tireur braqua son arme sur elle, et les yeux de la femme s'emplirent de terreur.

Son corps s'arqua et se tordit sur le lit étroit.

Sara écarquilla les yeux, paralysée par une peur si profonde que son corps lui semblait peser une tonne. Elle aurait voulu s'enfuir en courant, mais n'était pas sûre que ses jambes auraient pu la soutenir.

Le revolver tressauta dans la main de l'homme. Un petit panache de fumée blanche s'échappa du canon en acier bleuté.

Du sang coula en un filet noir sur le sol.

Révoltée, Sara tâcha de se raisonner. Cette scène était tirée d'un film d'horreur. Ou bien il s'agissait d'une horrible plaisanterie.

Un son qui était mi-sanglot, mi-juron s'étrangla dans sa gorge. Ces images faisaient se cabrer son esprit, qui refusait de les assimiler. Le sang. La mort.

Le mal à l'état pur.

Quelles atrocités avaient-ils mises à jour par hasard ?

Avant qu'elle ait pu parler ou bouger, le juron de Nick retentit dans la pièce. Le jeune policier se pencha et pressa vivement l'interrupteur.

Le projecteur s'arrêta bruyamment.

Sara se laissa tomber sur une malle toute proche et enfouit le visage dans ses mains, en proie à une foule d'émotions confuses où l'incrédulité se mêlait à l'horreur.

Enfin, elle leva les yeux vers Nick.

— Jamais je n'ai rien vu d'aussi affreux, murmura-t-elle.

Il hocha la tête, la révulsion se lisant sur ses traits.

— C'est inimaginable.

— Qu'est-ce que c'était ?

— On appelle ça un *snuff movie*. D'après une vieille rumeur, ce sont des faux tournages qui se déroulent selon le schéma suivant : un producteur organise un casting pour un film pornographique, mais les interprètes engagées sont victimes de vraies tortures et d'abus, avant le meurtre final.

— Oh, mon Dieu…

— Ces films circulent ensuite dans un circuit fermé de riches amateurs de crimes qui paient ces cassettes à prix d'or. J'ai toujours pensé que c'était seulement une légende urbaine. Le FBI n'en a jamais trouvé d'authentique.

Il secoua la tête.

— C'est peut-être un faux. L'œuvre d'un photographe amateur ou d'un obsédé de la technologie.

— Ça avait l'air vrai.

Nick se frotta le menton d'un air songeur.

— Oui.

Pendant quelques secondes, le silence ne fut rompu que par le clapotis régulier de la pluie sur le toit.

— Ce genre de film existe dans d'autres pays, reprit-il. Mais ici…

— Il a pu entrer clandestinement ?

— Je ne sais pas.

Son regard rencontra le sien. Dans les profondeurs sombres de ses yeux, Sara reconnut la sollicitude qu'il lui portait, et une inquiétude plus grande encore.

Quelque chose avait changé.

Il coupa la lumière du projecteur.

— Je vais envoyer tout ça au laboratoire des services techniques de Sacramento demain matin, annonça-t-il. Peut-être qu'ils pourront l'authentifier, et relever des empreintes. Si le salaud qui a fait ça est dans la base de données, on l'aura.

— Et la femme ?

— Nous verrons si le laboratoire peut faire une photo de son visage, et la faire circuler. Avec un peu de chance, il sera possible de l'identifier.

Une autre question perturbait Sara.

— Pourquoi mes parents étaient-ils en possession de ce film ?

— Je ne sais pas.

— Tu crois que ça a quelque chose à voir avec leur mort ? demanda-t-elle, le cerveau en ébullition à présent. Avec la personne qui m'a téléphoné ? Celle qui a volé les notes ?

— Je ne sais pas, répéta-t-il, le visage dur. Tout ce que je sais, c'est que cette affaire devient dangereuse.

Sara était encore bouleversée par les images abominables qu'elle venait de voir. Elle avait tant de mal à croire qu'elles étaient réelles !

— C'est presque comme si quelqu'un avait voulu que je sois là pour retrouver ce film, observa-t-elle.

— Ou bien, ils le cherchaient en vain, et ils voulaient que tu fasses leur sale boulot pour eux.

Il désigna le mur où le film avait été projeté.

— Tu peux être sûre que celui qui a tourné ce film et le type au revolver ne veulent pas être retrouvés.

Sara pressa une main sur son ventre.

— Et mon enquête, là-dedans ?

Le visage de Nick s'assombrit encore.

— Je ne sais pas ce qu'il en est de ton enquête, comme tu dis, mais je suis prêt à parier que tu es en danger. Si tu as le moindre grain de bon sens, tu vas faire tes bagages et rentrer à San Diego.

Sara laissa échapper un rire sans joie.

— Tu ne t'attends tout de même pas à ce que je parte maintenant ? Alors que j'ai enfin un indice ?

— Ce que tu as, c'est le film d'un meurtre de sang-froid, et un tueur qui ne va sans doute pas hésiter à recommencer pour garder son secret à l'abri.

— Et mes parents ? Mon père a été décrit comme un assassin. Ma mère comme une femme adultère. Tu voudrais que je m'en aille sans chercher à défendre leur réputation ?

— Je voudrais que tu laisses la police s'en occuper.

— Comme elle s'en est occupée il y a vingt ans ?

Nick se pinça l'arête du nez.

— Allons, Sara… Tu sais que j'ai raison.

— Nick, je t'en prie. Cela pourrait mal tourner, et j'avoue que j'ai peur ; mais je ne peux pas fermer les yeux et faire comme si de rien n'était. Il faut que j'aille jusqu'au bout.

— Tu ne peux pas rester toute seule dans cette maison. Tu es une proie facile ici. Trop isolée pour te défendre.

— Alors, aide-moi, bon sang !

Il lui décocha un regard dur.

— O.K. Fais tes bagages. Je t'emmène loger ailleurs. Je parlerai à ma mère. Je la persuaderai de t'héberger.

— Elle me déteste. Il est hors de question qu'elle me donne une chambre.

Il leva les mains en signe d'impuissance.

— En ce cas, accepte un compromis.

— Que veux-tu dire ?

— Viens chez moi.

Nick était atterré.

Où avait-il eu la tête ?

Comment avait-il pu offrir à Sara de l'héberger dans son chalet ? Il ne voulait pas qu'elle s'installe chez lui ! Les sentiments qu'elle suscitait en lui le mettaient par trop mal à l'aise ; sa présence serait une tentation constante, et il n'en avait guère besoin.

Mais il n'osait imaginer ce qui pourrait se passer s'il la laissait seule dans cette villa retirée. En tant que policier, Nick avait vu sa part de laideur, au fil des années ; or les images de ce film étaient pires que tout. Il ne pouvait pas faire abstraction de cette affaire, sa conscience ne le lui permettrait pas. Et s'il arrivait quoi que ce soit à Sara, il ne se le pardonnerait jamais.

Elle le dévisageait comme s'il venait de lui lancer un verre d'eau glacée à la figure.

— Chez toi ? Au chalet ?

— Je sais que ce n'est pas très grand, mais j'ai une chambre d'amis. Tu y seras en sécurité, et assez près de la villa pour y aller pendant la journée.

Elle se détourna, gagna la fenêtre et contempla l'obscurité. Même de profil, il voyait qu'elle était troublée.

— Nick, je ne veux pas m'imposer.

— Je serai content d'avoir de la compagnie.

Elle fit volte-face et le regarda.

— Tu en es sûr ?

— Tant que tu ne ronfles pas.

— Non.

Un étau se desserra dans la poitrine de Nick à la vue du sourire qu'elle esquissait.

Malgré lui, il lui rendit son sourire. Il y avait longtemps qu'il n'avait pas éprouvé autant d'affection pour une femme. Pas depuis l'époque de son mariage. Et une partie de lui voulait se persuader que ces sentiments naissants pour Sara étaient un bon signe.

Un signe qu'il était en voie de guérison.

Seulement voilà : après avoir perdu Nancy, il s'était juré de ne plus aimer un autre être autant qu'il l'avait aimée. La vie était trop fragile. D'un instant à l'autre, la femme qu'on tenait dans ses bras pouvait être étendue, inerte, sur le bord de la route.

Nick ne voulait pas que son cœur lui soit arraché une fois de plus.

D'ailleurs, une telle chose ne lui arriverait pas. Il avait appris à être circonspect. Il avait eu plusieurs opportunités de nouer des relations au cours de l'année écoulée, et toutes s'étaient mal terminées. Parce qu'il les avait sabotées, lui souffla une petite voix intérieure.

C'était seulement après coup qu'il s'était rendu compte qu'il ne faisait que jouer un rôle. En réalité, il ne s'était jamais autorisé à être proche des femmes avec qui il était sorti. Il n'avait même jamais eu de relations charnelles avec elles. Un psy aurait sûrement affirmé qu'il avait peur de l'intimité.

Nick, pour sa part, se disait qu'il faisait preuve de prudence.

Il n'y avait rien de prudent dans sa décision d'inviter Sara. Elle était différente. Pour la première fois depuis la mort de Nancy, il désirait davantage. Plus qu'il n'était sage. Plus qu'il ne pouvait s'autoriser.

S'avisant brusquement qu'il la regardait fixement, il s'empressa de ranger le projecteur dans un grand sac plastique, puis de faire de même avec la bande, qu'il mit dans un sac séparé. A vrai dire, il n'accordait pas toute son attention à sa tâche.

Sara flânait dans le grenier, inspectant les lames de plancher et les coins sombres qui auraient pu tenir lieu de cachette. Apparemment, elle ne se doutait pas qu'elle occupait ses pensées.

Il était près de minuit quand ils descendirent enfin l'escalier, Nick chargé d'un volumineux carton contenant les pièces à conviction.

Sous une pluie diluvienne, il transporta le carton jusqu'à sa voiture, et le mit dans le coffre. Du coin de l'œil, il aperçut Sara qui traînait une énorme valise dans l'allée. Il se hâta vers elle et la prit.

— Monte ! cria-t-il pour se faire entendre par-dessus la pluie.

— J'ai besoin de ma propre voiture.

— Sara…

Mais elle s'éloignait déjà, ses clés à la main.

Secouant la tête, Nick la regarda s'engouffrer dans le véhicule et attendit qu'elle ait démarré avant de l'imiter et de s'engager sur la route de la côte.

Il aurait dû se concentrer sur sa conduite, mais il ne songeait qu'à une chose. Au faisceau des phares derrière lui, au parfum musqué de Sara, à la certitude qu'elle allait passer la nuit avec lui.

Une seule nuit, se promit-il.

Le lendemain, il ferait en sorte qu'elle s'installe dans une chambre d'hôte en ville, où elle serait à l'abri du danger. Il n'était pas question qu'il coure le risque d'inviter dans son lit une femme qu'il avait du mal à quitter des yeux, et cela, en dépit de tous ses efforts.

Le chalet de Nick se trouvait au bout d'un long chemin étroit entouré d'arbres et enveloppé par la brume.

Quand il se gara, la pluie s'était transformée en bruine.

Sara descendit, savourant l'odeur de la terre riche et des feuilles mouillées. La nuit empêchait de bien voir la maison ; elle distingua néanmoins des bardeaux en cèdre et une cheminée en galets. Des fenêtres à petits carreaux donnaient sur la forêt. La véranda était une invitation à s'asseoir et à paresser.

— C'est un endroit superbe, dit-elle en prenant sa valise.

— J'aime la tranquillité.

Le sourire de Nick semblait tendu, légèrement forcé.

— Attends de voir la maison en plein jour.

Il porta le carton contenant le projecteur jusqu'à la porte, ouvrit celle-ci et alluma la lumière. Sara fit rouler sa valise à l'intérieur, immédiatement séduite par le charme rustique de la pièce.

D'énormes poutres en cèdre soutenaient le plafond. Un tapis coloré, au motif indien, recouvrait le plancher en chêne ciré. Un grand canapé dans les tons turquoise, jaune et beige, se mariait agréablement avec les murs en adobe. Mais c'était l'âtre en pierre qui dominait la pièce et attirait le regard.

— C'est très joli, Nick.

— Excuse le désordre. Je n'attendais pas d'invité.

Deux gros romans étaient posés devant la cheminée. Nick aimait lire, songea Sara avec un sourire. Une canette de jus de fruit était restée sur la table de salon en pin.

— Depuis combien de temps habites-tu ici ?

— Presque deux ans.

— Tu vis seul ?

Sara avait posé la question sur un ton dégagé, comme si elle était parfaitement innocente. Mais une petite partie d'elle était attirée par cet homme — et voulait savoir s'il y avait une femme dans sa vie.

Non qu'elle désire autre chose qu'une amitié, se rassura-t-elle. Nick étant un vieil ami, il était normal qu'elle ait envie d'en savoir plus long sur lui.

— Il n'y a qu'Homer et moi.

— Homer ?

— Je suis sûr qu'il va venir rôder pour quémander quelques caresses.

Sara éclata de rire — surprise d'en être encore capable, après le film qu'ils avaient vu un moment plus tôt.

— Je suppose que c'est un chat.

Nick sourit.

— Oui, mais ne le lui dis pas.

Comme sur un signal, un gros matou tigré surgit de la cuisine et vint se frotter contre les jambes de Nick.

— Ne le laisse pas te forcer à le flatter.

— J'adore les chats.

— Dans ce cas…

Nick se baissa, souleva l'animal et le lui tendit.

— Je vais mettre ta valise dans la chambre d'amis.

Le chat ronronnait comme un petit moteur dans ses bras. Sara le caressa, à la fois attendrie et amusée. Elle ne s'était pas imaginé qu'un homme comme Nick Tyson aurait un chat.

Pendant qu'il emportait sa valise, elle s'approcha d'un mur couvert de photos. Elle vit d'abord Nick avec deux hommes, tous les trois torse nu, une bière à la main ; à l'arrière-plan, le chalet en cours de travaux. Au-dessous, il y avait une photo de Nick avec sa mère ; il portait un uniforme, devant une classe pleine de petits enfants de maternelle.

Puis son regard fut attiré par un cliché de Nick en compagnie d'une femme. Une blonde aux yeux espiègles, à la bouche rieuse. Ils étaient serrés l'un contre l'autre, en jeans et T-shirts. Nick avait tendrement passé son bras autour des épaules de la jeune femme ; il la regardait, souriant comme si elle était la seule femme au monde.

Sa femme, songea-t-elle soudain, avec un pincement au cœur.

Sa sœur Sonia, restée en contact avec une de ses amies de Cape Darkwood, lui avait relaté l'accident de voiture qui avait coûté la vie à celle-ci. Sara se reprocha brièvement de ne pas avoir téléphoné à Nick pour lui présenter ses condoléances, mais à l'époque, ils s'étaient perdus de vue depuis longtemps…

L'intensité amoureuse du regard de Nick la fascina. Qu'éprouverait-elle s'il la regardait jamais ainsi ?

— Je crois qu'il va pleuvoir toute la nuit.

Sara tressaillit au son de sa voix.

— Je ne voulais pas te faire peur.

— Ce n'est rien. Je suppose que je suis encore un peu nerveuse.

Il fit une moue.

— Après ce que nous venons de voir, ce n'est guère étonnant. J'espère que les techniciens du labo pourront nous apporter des informations utiles…

— Je n'arrive pas à comprendre pourquoi mes parents avaient ce film en leur possession.

— Richard Douglas était producteur, observa Nick avec un haussement d'épaules. Peut-être qu'un cinglé le lui a envoyé.

— Papa n'aurait pas gardé une chose pareille. Il l'aurait remise à la police.

— Tu as sans doute raison.

Tourmentée par les questions qui l'assaillaient, Sara posa le chat sur le sol.

— Penses-tu que le film ait quelque chose à voir avec leur mort ?

Nick la dévisagea un instant, l'air songeur.

— Je ne suis pas convaincu que leur mort ne se soit pas déroulée dans les circonstances décrites par la police, dit-il enfin.

Sara sentit une vague de frustration l'envahir. Ce n'était pas ce qu'elle désirait entendre. Ce n'était pas ce qu'elle avait besoin d'entendre.

Elle avait besoin que Nick la croie.

— En ce cas, pourquoi est-ce que quelqu'un m'appelle pour me dire le contraire ?

— Je ne peux pas expliquer cela.

— Pourquoi ne veux-tu pas au moins admettre que c'est une possibilité ?

Elle fit mine de se détourner ; il la retint d'une main.

— J'essaie d'être objectif, de garder l'esprit ouvert, dit-il en lui pressant doucement le bras. D'accord ?

Elle hocha la tête, et le regarda qui traversait la pièce pour gagner le coin salle à manger, et allumer son ordinateur portable. Elle le rejoignit comme il tapait son mot de passe afin d'accéder à un site réservé à la police.

— Qu'est-ce que tu fais ?

— Le ministère de la Justice de Californie a un département chargé des Personnes Disparues. Je vais voir si Jenna Sherwood y figure.

— Pourras-tu le savoir tout de suite ?

Nick pianota sur le clavier.

— Non, mais nous aurons une réponse dans un jour ou deux.

— Crois-tu que celui qui se trouvait dans la maison ce soir cherchait ce film ?

— C'est possible. Probable, même.

Il fronça les sourcils.

— Ce que j'aimerais comprendre, c'est comment tous ces éléments sont liés. Les coups de fil anonymes. Un manuscrit manquant qui existe ou pas. L'intrus qui t'a volé les notes. Et maintenant le film.

Sara réfléchit à ses paroles et sentit un frisson lui parcourir l'échine.

— Un livre, murmura-t-elle brusquement.

— Quel livre ?

— Et si ton père avait été en train d'écrire un livre ? Un nouveau roman basé sur un fait divers réel ? Et si ces notes étaient les siennes ?

Nick acquiesça.

— Ce serait logique, concéda-t-il. Mais que vient faire le film dans tout ça ?

— Peut-être qu'un des individus mêlés au tournage de ce film a été pris de remords et l'a envoyé à ton père pour dénoncer les coupables. Ou qu'il voulait prouver que ce genre de films existait bel et bien. Peut-être que ton père enquêtait !

Tout excitée par l'émergence d'une théorie, Sara se mit à faire les cent pas dans la pièce.

— C'est logique.

— Admettons. Mais cela n'explique pas pourquoi tes parents ont été tués.

— Peut-être étaient-ils au mauvais endroit au mauvais moment.

— Mais pourquoi te contacter ?

— Pour révéler toute l'affaire ?

— Ou, comme je l'ai dit tout à l'heure, pour éliminer le dernier témoin gênant.

Un grondement de tonnerre fit sursauter Sara. Gênée, elle se força à rire, sans grand succès.

— Tu sais être rassurant, toi.

— Il y a des gens qui se font tuer parce qu'ils se croyaient à tort en sécurité.

Plus effrayée par sa remarque qu'elle ne voulait l'admettre, Sara feignit d'étudier les photos, tout en tâchant d'apaiser les battements précipités de son cœur.

— Je n'essaie pas de te faire peur, dit-il au bout d'un moment.

— Tu t'en tires plutôt bien.

Redevenue maîtresse d'elle-même, Sara pivota sur ses talons et lui fit face.

— Mais au cas où tu ne t'en serais pas rendu compte, ça ne va pas m'arrêter.

Nick se rembrunit.

Tant pis, pensa Sara. Elle aimait bien Nick. En tant que personne. En tant qu'homme. Elle avait d'affectueux souvenirs de lui. Mais elle n'avait pas besoin d'un homme pour lui faire la leçon.

Même s'il pensait agir pour son bien.

Elle avait une conscience aiguë de sa présence derrière elle. Il était si proche qu'elle sentait l'odeur de pins de son après-rasage. Elle savait qu'il était insensé de penser à lui ainsi, d'autant plus qu'il désapprouvait ses intentions. Mais il était de plus en plus difficile de nier l'attraction qui était née entre eux à l'instant où il était entré dans la villa.

— Il est tard, dit-elle. Je devrais sans doute aller me coucher.

Il recula d'un pas, mettant une distance fort nécessaire entre eux.

— Ta chambre est au bout du couloir.

— Merci, murmura-t-elle. Merci d'être là. Et de me laisser loger ici.

— Tu es la bienvenue aussi longtemps que tu le voudras.

Embarrassée, troublée, elle alla chercher refuge dans la chambre d'amis.

8

Des trombes d'eau cinglaient les vitres, rugissant comme des cataractes.

Sara se pelotonnait contre le corps de sa mère, secouée par les sanglots. Oh, comme elle voulait que sa maman se réveille et la prenne dans ses bras, et lui dise que tout irait bien !

Mais Sara savait que le méchant homme était quelque part dehors, sur le balcon, et qu'il avait un revolver. Elle se couvrit le visage de ses mains et se pressa contre le T-shirt de sa mère, fermant les yeux. Le parfum des roses et du talc, la tiédeur qui émanait encore d'elle, chassèrent la terreur.

Un bruit soudain lui fit lever les yeux. Une nouvelle vague d'horreur déferla en elle alors que l'homme pénétrait dans la pièce.

L'eau dégouttait de son imperméable sur le plancher.

Derrière lui, une rafale de vent fit bouffer les rideaux.

L'homme pointa son arme droit sur Sara. Un cri plaintif échappa à la fillette, et son horreur se mua en panique. Ses sanglots redoublèrent. Elle tremblait de tous ses membres.

— Maman ! Réveille-toi, maman !

Le méchant homme s'épongea le visage de sa manche.

— Je regrette, petite, murmura-t-il.

Des larmes brillaient dans ses yeux. L'espace d'un moment, Sara eut envie de s'élancer vers lui, de le supplier d'arrêter, mais elle était paralysée par la terreur.

Elle ferma les yeux.

Le coup de feu explosa dans son cerveau.

Et elle se mit à hurler.

— Doucement. Doucement. C'est moi.

La voix familière pénétra la conscience de Sara, et des mains solides la prirent par les épaules. Désorientée, elle se débattit. Une seule pensée s'imposait à son esprit : l'homme au revolver était dans la pièce, et sa famille et elle étaient en danger.

— Sara, c'est Nick. Tout va bien.

Le rideau de terreur se déchira et Sara, en cillant, revint à la réalité. Elle reconnut le visage de Nick, ses traits décidés, ses yeux inquiets, ses mains fermes mais douces qui lui pressaient les bras.

La peur reflua.

Malgré elle, Sara jeta un coup d'œil furtif vers la fenêtre, s'attendant à voir le tueur. C'était absurde, bien sûr, mais le cauchemar lui avait semblé si réel…

— Tu as crié, fit Nick en inclinant la tête pour la voir mieux. Ça va ?

Sara tenta de sourire, mais le cœur n'y était pas.

— Oui. Je suis… un peu gênée, c'est tout.

— Il n'y a pas de quoi, dit-il avec une moue. Ce film était plutôt dur à avaler.

L'espace d'une seconde, elle le dévisagea sans comprendre. Puis elle frémit légèrement au souvenir du crime qu'ils avaient visionné dans le grenier.

— Je n'ai pas rêvé de ça…

— Non ?

— Non. J'ai rêvé de la nuit où mes parents ont été tués.

Il l'enveloppa d'un regard empreint de sollicitude.

— Tu t'es souvenue de quelque chose ?

Elle secoua la tête.

— Il est difficile de dire si le cauchemar est le produit de mon imagination ou si ce sont de véritables souvenirs qui tentent de remonter à la surface.

— Tu tiens vraiment à innocenter ton père.

— Oui. C'est pourquoi je ne peux pas ajouter foi à ces rêves.

— Je comprends.

Il marqua une pause.

— Veux-tu me dire ce que tu y vois ?

Sara acquiesça, et prit une inspiration tremblante.

— Je suis dans la chambre de mes parents… Ma mère est allongée par terre, et je suis blottie contre elle. Soudain, je lève les yeux, et je vois un homme en imperméable sur le balcon. Il tient un revolver à la main. Je suis terrifiée. Je le regarde. Je crois qu'il pleure. Il lève son arme, la braque sur moi. Je ferme les yeux. Le coup de fusil ressemble à un coup de tonnerre… Ça finit toujours de la même manière.

— Tu reconnais l'homme ?

— Eh bien… pas vraiment…

Et pourtant, son visage lui disait quelque chose. Elle plongea son regard dans celui de Nick.

— C'est-à-dire… je crois que je l'ai peut-être déjà vu.

Nick fronça les sourcils.

— Tu veux dire, récemment ? Ou quand tu étais petite ?

— Quand j'étais petite. Oh, mon Dieu.

— Un ami de tes parents ? Qui ?

Elle se massa les tempes, se creusant désespérément les méninges.

— Je ne sais pas.

Pendant quelques minutes, elle concentra toute son énergie sur ses souvenirs. En vain. Son cerveau refusait de lui ouvrir la porte de son passé.

Peu à peu, elle prit conscience de la proximité de Nick. Elle était adossée à des oreillers, et lui assis à côté d'elle, si près que leurs corps se touchaient. Il n'avait pas tout à fait passé le bras autour d'elle, mais sa main reposait sur son épaule, délicieusement protectrice.

Sara se mordit la lèvre, se reprochant le cours que prenaient ses pensées. Mais comment nier qu'elle savourait la présence solide, rassurante de cet homme tout près d'elle ? Comment ignorer cette sensation d'excitation, les battements précipités de son cœur contre ses côtes ?

Ils n'avaient rien à voir avec le cauchemar, s'avoua-t-elle avec honnêteté.

Et tout à voir avec lui.

— Parfois, les souvenirs reviennent quand le moment est venu, dit-il au bout d'un moment. On ne peut pas brusquer les choses.

Sa voix était sourde, presque rauque. Sara n'aurait pas dû relever la tête, mais elle avait toujours été attirée par le danger. Elle risqua un regard vers lui, et trouva ses yeux.

— Je ne sais pas s'il s'agit de souvenirs, Nick. Ou si ces rêves sont des inventions de mon subconscient, provoquées par mon désir d'innocenter mon père…

Ce disant, elle avait la bouche sèche. Elle savait qu'il allait l'embrasser.

Tout comme elle savait qu'il aurait été plus intelligent de se détourner. De se glisser à bas du lit. De s'esquiver en faisant comme si de rien n'était.

Le moment était mal choisi. Ni l'un ni l'autre ne désiraient une relation. Elle n'était pas sûre de vouloir gâcher le début d'amitié qu'ils avaient noué au cours des jours derniers.

Mais l'attirance qu'il lui inspirait était aussi puissante que la tempête qui faisait déferler les vagues sur la plage. Il lui souleva le menton du bout des doigts, l'obligeant doucement à se tourner vers lui.

Sa bouche effleura la sienne, aussi légère que la caresse d'une plume. Le contact fut hésitant, fugitif, mais Sara le sentit au plus profond d'elle. Une lente bouffée de plaisir la submergea, qu'elle tenta en vain de refouler.

Sa volonté n'était pas de taille à lutter contre l'étincelle de désir qui avait jailli au creux de son ventre.

Elle ouvrit la bouche pour mettre fin à cet instant de folie, mais seul un soupir lui échappa. Il lui parut se répercuter dans tout son être. Et pendant que son cœur battait la chamade, elle se sentit fondre entre les bras de Nick.

L'instant d'après, Nick posa une main sur sa nuque, lui inclinant la tête en arrière. Il reprit possession de ses lèvres, et cette fois son baiser se fit exigeant, passionné. Sara savait vaguement qu'elle devait l'empêcher de continuer. Elle ne devait pas perdre de vue l'objectif qu'elle s'était fixé, pas plus qu'elle ne devait induire Nick en erreur.

Mais tout son univers semblait avoir basculé. Une lave incandescente courait dans ses veines, et son corps n'était plus qu'un brasier. Elle lui rendit son baiser avec une ferveur qu'elle n'avait jamais connue auparavant ; une ferveur qui la possédait tout entière, comme une créature affolée par le goût inédit et enivrant de la liberté.

Les lèvres de Nick se pressaient sur les siennes dans un baiser ferme, intime. Sa barbe naissante lui râpait légèrement la peau ; ses doigts chauds lui caressaient la nuque. Son autre main lui entourait la taille. Submergée par le désir, Sara était déchirée entre la tentation de s'abandonner à leur étreinte, et la crainte de ne pas posséder assez de bon sens pour y mettre fin avant qu'il ne soit trop tard.

Jamais elle ne s'était considérée comme une personne impulsive. Certes, elle avait eu des relations par le passé, mais aucun homme n'avait éveillé en elle les sensations qu'elle découvrait avec Nick. Si seulement son cœur cessait de battre à tout rompre, peut-être la raison reprendrait-elle ses droits…

Elle entendit un coup de tonnerre, le bruissement agité des arbres, la respiration haletante de Nick. Pourtant, tous ces sons étaient presque noyés par le martèlement rythmé de son pouls. C'était trop fort. Trop intense.

Trop dangereux.

Elle tourna un peu la tête, interrompant leur baiser. Nick se redressa aussitôt.

— Je suis désolé.

Encore à demi étourdie, Sara ne put se résoudre à rencontrer son regard.

— Ce… ce n'est rien. Je… j'étais…

Elle se tut.

— … prise dans le vif du moment, acheva-t-il.

— Quelque chose comme ça.

Leurs regards se heurtèrent, se soudèrent. Le désir y brillait, l'air semblait chargé d'électricité. Nick était encore assis sur le lit. Trop près. Il y avait trop d'attraction entre eux.

Trop de tentation.

Comme s'il se rendait compte qu'ils étaient sur le point de répéter une erreur, il se leva.

— Je ne voulais pas que ça arrive. Je suis désolé. C'est ma faute.

— La mienne aussi.

Nick gagna la porte, et se retourna.

— Ça ira ?

Sara remonta la couverture sur son menton.

— Oui. Merci.

Son regard s'attarda encore un instant ; puis, sans rien ajouter, il ouvrit la porte et sortit.

Etendu dans le noir, Nick écoutait l'orage, s'efforçant en vain de ne pas penser à Sara, qui dormait dans la pièce voisine.

Comment avait-il pu faire une chose pareille ? Comment avait-il pu entrer dans sa chambre et l'embrasser alors qu'elle était encore bouleversée par le cauchemar qu'elle venait de faire ?

La réponse était toute simple.

Il avait perdu la tête.

— Idiot, marmonna-t-il.

Le réveil-matin posé sur la table de chevet indiquait à peine 4 heures, mais Nick savait que le sommeil ne reviendrait pas. Il tenta un moment de se persuader qu'il avait été troublé par l'épouvantable film qu'ils avaient trouvé, tout en sachant pertinemment qu'il se mentait à lui-même.

Après des années d'expérience dans la police, il ne se laissait plus affecter par ce genre de choses.

Mais comment aurait-il pu admettre qu'il était beaucoup plus affecté par Sara qu'il ne l'était par le film ?

Il aurait aimé pouvoir expliquer son comportement par le célibat qu'il s'était imposé après Nancy. Par le fait qu'il avait enfin émergé de son deuil. Qu'il était prêt à recommencer à vivre.

Il aurait aimé croire qu'il se serait conduit de la même manière avec n'importe quelle jolie femme. Mais c'était un piteux mensonge.

Sara Douglas n'était pas n'importe quelle femme.

Il avait été à demi amoureux d'elle, dans leur enfance. Des sentiments aussi immatures pouvaient-ils survivre à deux décennies ? A un mariage et au terrible chagrin d'avoir perdu l'amour de sa vie ?

Il poussa un soupir, se refusant à le croire. Il ne voulait pas avoir de sentiments complexes pour Sara. Il préférait de loin l'équilibre à la complexité.

Et pourtant ! Maintenant qu'il l'avait embrassée, caressée, rien ne serait plus jamais pareil. Jamais il n'oublierait la chaleur de ses lèvres, la douceur satinée de sa peau...

Accablé, il s'assit sur son lit et enfouit son visage entre ses mains. Garder ses distances ? Ce serait difficile tant qu'elle restait en ville et qu'elle enquêtait sur ce meurtre vieux de vingt ans.

D'autant plus difficile qu'elle était en danger.

Pouvait-il garder ses distances et la protéger en même temps ?

En colère contre lui-même, Nick repoussa les draps, entra dans la salle de bains et tourna le robinet d'eau froide de la douche. Mieux valait cesser de penser à Sara Douglas, et à la succession d'événements qui l'avaient amenée à Cape Darkwood.

Bon sang, il avait la conscience tranquille, après tout.

Il avait fait de son mieux pour assurer sa sécurité. Il était allé jusqu'à lui offrir sa propre maison comme refuge.

A présent, c'était à Sara de faire preuve de bon sens.

Il fallait qu'elle renonce à ses activités et qu'elle laisse à la police le soin de se charger du reste.

9

La villa se dressait fièrement sur les falaises, gracieuse, élégante, encore nimbée d'un voile de brume matinale.

Songeuse, Sara s'engagea dans l'allée et coupa le moteur. Nick était déjà parti, quand elle s'était réveillée une heure plus tôt. Il n'avait pas laissé de mot pour lui dire où trouver du café ni quand il serait de retour.

Pas de note griffonnée à la hâte pour s'excuser de ce qui s'était passé la veille au soir.

Sara aurait voulu être en colère, mais elle savait qu'il n'était pas seul responsable du baiser qu'ils avaient partagé. Nick en avait peut-être été l'instigateur, mais elle n'avait rien fait pour l'arrêter.

A vrai dire, elle y avait participé avec autant d'ardeur que lui. Ce qui voulait dire qu'elle était aussi coupable que lui.

Son cœur se mit à battre plus vite au souvenir de ce baiser. Elle sentait encore la pression insistante de ses lèvres sur les siennes. La caresse chaude de son haleine sur son visage. Sa barbe râpeuse contre sa joue.

Le corps de Sara la trahissait, réagissant d'une manière qui la choquait et qui l'embarrassait en même temps.

— Bon, ça suffit, marmonna-t-elle, tirant sa clé pour ouvrir la porte d'entrée.

Comme les jours précédents, l'odeur de renfermé et de poussière l'accueillit dès qu'elle franchit le seuil. S'efforçant de ne pas penser à l'intrus de la veille, elle alla lentement d'une pièce à l'autre, s'assurant que personne n'avait pénétré dans la maison par effraction pendant la nuit. Elle vérifia le garage, et les portes-fenêtres.

Tout était en ordre.

Nick lui avait clairement dit de ne pas venir ici seule, mais Sara n'avait jamais aimé obéir aux ordres. Il était hors de question qu'elle se tourne les pouces au chalet en attendant qu'il rentre du bureau.

On était en plein jour, après tout. Portes et fenêtres étaient verrouillées. Elle avait son portable sur elle. Si quelqu'un se garait dans l'allée ou frappait à la porte, ou même cassait une fenêtre, elle aurait tout le temps d'alerter la police.

Vaguement nerveuse malgré tout, elle mit la bouilloire sur le feu, contemplant la mer déchaînée par la fenêtre au-dessus de l'évier tandis que l'eau chauffait.

Quelques minutes plus tard, armée d'une tasse de café fumant, elle entrait dans le cabinet de travail de son père. Autrefois, Richard Douglas avait passé le plus clair de ses journées dans cette pièce, assis à son bureau, le combiné du téléphone coincé au creux de son épaule. Souvent, il s'y trouvait avec la mère de Sara, et Nicolas Tyson.

Sara posa sa tasse sur une des étagères et promena les doigts sur le bois délicatement sculpté. Elle ne cherchait pas vraiment de compartiment secret, et pourtant…

Lorsque son père avait conçu les plans de la maison, il avait fait de petites erreurs, qu'il avait rectifiées en créant des espaces cachés. Sara s'en souvenait parfaitement. Et même si elle se sentait quelque peu ridicule de tâtonner ainsi, quel mal y avait-il ?

Deux heures plus tard, debout derrière les portes-fenêtres, elle regardait la pluie dégouliner le long des vitres. Elle n'avait récolté pour sa peine qu'un abus de caféine et des mains poussiéreuses.

Tant pis. Elle ne se découragerait pas pour autant.

Elle grimpait les marches du premier étage quand la sonnerie de son portable retentit. Baissant les yeux sur le numéro qui s'affichait, elle sentit s'accélérer les battements de son cœur.

C'était Nick.

Après une courte hésitation, Sara décida de ne pas répondre. Il serait furieux d'apprendre qu'elle était venue là seule, et elle n'avait guère envie de lui tenir tête. D'ailleurs, après ce qui s'était passé la veille, peut-être était-il préférable de laisser tiédir leurs relations.

Résolue à mettre la main sur le mystérieux manuscrit, elle fouilla chaque pièce méthodiquement, passant au crible placards, tiroirs et penderies.

En vain.

Elle ne trouva rien qui soit digne d'intérêt. Gagnée par la frustration, elle songeait à renoncer pour aujourd'hui quand elle se surprit à fixer la porte qui menait au grenier. La perspective de monter ces marches lui répugnait. Après ce qui s'y était déroulé la dernière fois, et cet abominable film…

Mais elle ne voulait pas non plus repartir les mains vides.

— Juste un rapide coup d'œil, dit-elle en s'engouffrant dans l'escalier étroit.

Les lieux étaient exactement tels que Nick et elle les

avaient laissés. Les images du film défilèrent dans sa mémoire, horriblement nettes.

Sara soupira. Elle avait beau se creuser les méninges, elle n'arrivait pas à comprendre pourquoi ses parents avaient cet objet en leur possession.

Une partie d'elle-même espérait que Nick trouverait la preuve que le meurtre n'était qu'un simulacre, mais sans réellement parvenir à s'en persuader. Une scène aussi épouvantable, aussi atroce, aurait été difficile à restituer avec un tel degré d'authenticité.

Elle commença par les étagères au-dessus de la fenêtre qui dominait les falaises escarpées et l'océan en furie. Ne laissant rien au hasard, elle s'absorba dans sa tâche, cherchant un indice — n'importe quoi — qui puisse répondre à ses questions, et — si possible — laver le nom de son père.

Une heure plus tard, le grenier n'avait toujours pas livré les secrets que ses parents avaient emportés dans la mort. Submergée par la déception, Sara laissa échapper un soupir, et, les mains sur les hanches, alla se poster devant la fenêtre.

— Bon sang, marmonna-t-elle, parcourant les environs du regard.

Nick avait-il vu juste ? Les mystérieux appels qu'elle avait reçus n'étaient-ils qu'une mauvaise plaisanterie ?

Pour la première fois, elle envisagea sérieusement la possibilité que son voyage à Cape Darkwood se solde par un échec. Qu'elle ne réussisse pas à innocenter son père. Les événements de cette terrible nuit, vingt ans auparavant, s'étaient-ils donc déroulés exactement comme l'avait supposé la police ?

Il ne lui restait plus rien d'autre à faire qu'à refermer la maison et à rentrer chez Nick.

Le cœur lourd, Sara sortit du grenier et descendit lentement l'escalier. Dans l'entrée, elle passa devant le cabinet de travail de son père et, au lieu de retourner prendre son sac et ses clés dans la cuisine, s'arrêta sur le seuil.

Elle était inexplicablement attirée par cette pièce. L'espace d'un instant, elle eut de nouveau sept ans. Sa mère était pelotonnée sur le canapé devant la fenêtre, un verre de Martini à la main, son père assis à son bureau, ses lunettes à monture en écaille remontées sur son front. En face de lui, Nicolas Tyson occupait le fauteuil antique à oreillettes, un cigare odorant à la bouche. Le cabinet de travail de son père était à la fois un endroit sérieux, où se déroulaient des conversations entre adultes, et un lieu propice aux rires et à la bonne humeur.

Sara s'y était toujours sentie bien.

Elle déambula dans la pièce, envahie par une poignante mélancolie, effleurant les étagères au passage. C'était à des moments comme celui-ci qu'elle se demandait ce qu'aurait été sa vie si ses parents n'étaient pas morts ce soir-là. Sonia et elle avaient eu des parents merveilleux…

Et elle ne pouvait s'empêcher d'imaginer.

Devant l'âtre, elle promena les mains sur le manteau en noyer, admirant le travail du menuisier. Elle avait presque atteint la fenêtre quand un détail retint son attention. Reculant d'un pas, elle fixa la pièce de bois sculpté, cherchant à déterminer ce qui la troublait. Son regard se posa sur un morceau qui reliait le manteau au mur. C'était presque comme si le bois avait été mal coupé et n'était pas tout à fait à sa place…

Sara tendit la main et tira doucement. Le panneau vint facilement, révélant une petite cavité entre le mur et le manteau en pierre.

Elle se figea, le cœur battant.

Un journal à couverture en tissu était glissé à l'intérieur.

— Qu'est-ce que… ?

Plongeant la main dans le petit espace, Sara en extirpa sa trouvaille avec précaution. La couverture avait autrefois été dorée et ornée de roses rouges en relief, mais le temps et la poussière avaient terni les couleurs. Elle souffla pour chasser les moutons de poussière, puis, les mains tremblantes, ouvrit le journal à la première page.

Aussitôt, elle reconnut l'écriture penchée, la même que celle des notes qu'elle avait trouvées dans le grenier.

Ce document n'appartenait pas à ses parents. A qui, alors ?

Elle feuilleta rapidement quelques pages. Certains des passages étaient presque identiques à ceux qu'elle avait lus dans les documents volés la veille. Il était question de femmes disparues. Des détails concernant leur vie étaient consignés avec soin.

Par qui ? se demanda-t-elle. Et pourquoi ?

Elle devait lire ce journal avec attention, à tête reposée. Elle le referma, replaça le panneau, et se dirigea vers la cuisine, résolue à rentrer chez Nick. Là, elle serait tranquille. Personne ne viendrait lui dérober ses trésors.

Sara attrapa son sac sur le plan de travail, y laissa tomber le cahier et gagna le vestibule, les clés à la main. Elle tendait la main vers la poignée de la porte quand elle perçut un mouvement dans l'allée. Elle fronça les sourcils. Nick était-il venu lui reprocher d'avoir désobéi à ses instructions ?

Préparant mentalement sa réponse, elle se pencha pour regarder à travers la vitre, et se figea brusquement. Ce n'était pas Nick qui se tenait debout près de sa voiture.

C'était une silhouette en imperméable sombre.

Sara ne perdit pas une seconde. Elle tira son portable de sa poche et composa le numéro de Nick. Il était indisponible. Après avoir laissé un bref message, elle ouvrit la porte et s'avança furtivement sur le seuil.

La silhouette encapuchonnée jeta un coup d'œil dans sa direction. Sara eut tout juste le temps d'apercevoir un visage pâle, ovale. En un éclair, l'inconnu disparut à l'angle de la maison pour se fondre dans la bruine et le brouillard.

Sara resta clouée sur place une seconde, et s'exhorta à la prudence. Puis elle glissa la bandoulière de son sac par-dessus son épaule, et se rua vers la voiture. Presque aussitôt, elle retint un cri.

De grosses lettres rouges s'étalaient sur la vitre côté conducteur.

RETOURNEZ CHEZ VOUS.

Cette fois, ce fut la colère qui l'emporta.

Sans se donner le temps de la réflexion, Sara s'élança à la poursuite du coupable. Certes, la raison lui disait que courir aux trousses d'un homme potentiellement dangereux était insensé. Mais elle en avait assez des menaces.

Assez d'avoir peur.

D'ailleurs, se rassura-t-elle en contournant la maison, si cet individu avait voulu lui faire du mal, il en avait eu l'occasion.

S'accrochant à cette pensée réconfortante, elle arriva à hauteur de la terrasse. Elle se dirigeait vers les marches de bois qui menaient à la plage quand elle remarqua des empreintes de pas sur le sentier sablonneux qui filait vers le nord, parallèlement à la côte.

Son instinct lui enjoignit de les suivre. L'instant d'après, elle courait le long des rochers.

Vers la maison de Skeeter, lui souffla une petite voix.

Elle se refusait à croire qu'il puisse être son homme.

Certes, Skeeter était un peu étrange, mais elle l'avait adoré quand elle était enfant. En même temps, la partie la plus rationnelle de son cerveau lui rappelait que parfois, même des gens apparemment gentils étaient capables de commettre des crimes abominables…

Le vent de la mer fouettait son visage. Une pluie glaciale transperçait ses vêtements. Absorbée dans ses réflexions, Sara en avait à peine conscience.

Que ferait-elle si elle parvenait à rejoindre l'homme ?

Accepterait-il de répondre à ses questions ? Elle n'en avait pas la moindre idée. Quoi qu'il en soit, elle devrait le regarder avec attention, de manière à pouvoir l'identifier par la suite. Quant au reste, elle aviserait le moment venu…

A deux cents mètres de la maison, le sentier se terminait abruptement, au bord d'une gorge étroite où se concentraient les eaux de pluie qui allaient grossir l'océan.

Sara se pencha en avant et aperçut un imper noir qui dévalait la pente, à mi-chemin du fond du ravin.

— Arrêtez !

L'homme jeta un coup d'œil vers elle par-dessus son épaule, mais continua son chemin. Pourquoi tenait-il tant à la fuir ? se demanda Sara, perplexe. Pourquoi ne lui disait-il pas franchement ce qu'il avait à lui dire ?

Peu importait. Elle n'avait pas le temps de se poser de questions. L'instant d'après, elle se ruait à son tour dans la descente, ses chaussures glissant sur les rochers moussus, dérapant dans la boue. Par miracle, elle parvint à ne pas tomber.

L'ombre des arbres était épaisse. Une fois en bas, Sara s'arrêta et parcourut les environs du regard. La silhouette noire avait gagné du terrain, et gravissait tant bien que mal l'autre flan du ravin.

— Attendez ! cria-t-elle. Je veux vous parler.

L'inconnu poursuivit son ascension sans indiquer qu'il l'avait entendue. Sara reprit sa course, zigzaguant entre des arbres et des rochers énormes, aussi gros que des voitures.

Arrivée au sommet, elle marqua une pause, les muscles de ses jambes en feu.

La pluie tombait à verse d'un ciel gris ardoise. A sa gauche, au pied de la falaise à pic, l'océan se cabrait comme un cheval furieux. Hors d'haleine, Sara s'essuya les yeux, et marcha vers les rochers afin d'avoir une meilleure vue.

L'espace d'un instant, elle demeura immobile, saisie par le spectacle magnifique et stupéfiant qui s'offrait à elle. Même effrayée et trempée jusqu'aux os, elle ne pouvait que s'émerveiller de la beauté sauvage et hostile de la mer, la puissance indomptable de la nature.

Elle tendait la main vers son portable pour rappeler Nick quand elle perçut un mouvement immédiatement derrière elle.

Trop tard, Sara comprit son erreur. Elle n'eut que le temps d'apercevoir un imper sombre et luisant. La silhouette se jeta sur elle. Sara se baissa pour l'esquiver, mais ne fut pas assez rapide.

L'homme la frappa des deux mains, avec assez de force pour lui couper le souffle.

Un cri déchira la gorge de Sara.

L'instant d'après, elle basculait dans le vide.

Nick composa le numéro de Sara pour la troisième fois, et laissa échapper un juron.

Pourquoi ne répondait-elle pas ? Elle avait paru effrayée

lorsqu'elle lui avait laissé un message. « Je suis à la villa. Il y a quelqu'un ici. Il faut que je m'en aille. Je te rappelle tout de suite ».

Cela l'avait glacé.

Où diable avait-elle la tête pour se rendre dans cette maison toute seule après ce qui s'était passé ? C'était stupide, insensé !

Sa voiture de patrouille dérapa sur le gravier de l'allée. Il se gara derrière le véhicule de Sara et descendit en courant.

Quelque chose était écrit en rouge sur la vitre du conducteur. La pluie avait fait son œuvre ; il put lire néanmoins :

RETOURNEZ CHEZ VOUS.

Nick se rua vers la porte d'entrée, et sentit une bouffée d'angoisse l'envahir en voyant qu'elle était entrebâillée. La gorge nouée, il s'engouffra à l'intérieur.

— Sara !

Il fonça dans la cuisine, sans cesser de crier son nom. Cette maison avait connu plus que sa part de tragédie ! Il imaginait Sara gisant dans une flaque de sang, comme elle avait trouvé ses parents, et la terreur le paralysait presque.

Il retourna dans le vestibule, s'élança vers l'escalier et grimpa les marches quatre à quatre.

— Sara ! Réponds, bon sang !

La peur le mettait en colère. En colère contre Sara qui avait été si irresponsable. En colère contre le misérable qui s'en était pris à elle. En colère contre lui-même.

Il inspecta rapidement les chambres, sachant déjà qu'il ne la trouverait pas. La maison était vide. Où donc était-elle allée ?

Affolé à présent, il redescendit les marches à toute allure

et sortit, s'enjoignant de rester calme. En tant que policier, il était bien placé pour savoir qu'une tête froide était son meilleur atout dans pareille situation.

Mais c'était différent aujourd'hui. Personnel. Et la peur lui comprimait la poitrine comme un étau. L'espace de quelques secondes, il resta immobile dans l'allée, à peine conscient de la pluie qui ruisselait sur son visage.

Où était-elle passée ?

— Sara !

Il jeta un coup d'œil vers le côté de la maison. Son pouls s'accéléra aussitôt. Il y avait des traces dans l'herbe et le sable mouillés. De telles empreintes n'auraient pas survécu à des jours entiers de pluie. Elles devaient être fraîches.

Nick se mit à courir, suivant la piste vers le nord et le ravin qui séparait la route de l'océan, tandis que des images plus horribles les unes que les autres se bousculaient dans son cerveau.

— Sara ! Où es-tu ?

Les traces le menèrent au fond de la gorge, puis le firent remonter de l'autre côté. Il y avait deux séries de marques. Des grandes, à semelle simple. Et des plus petites, avec un talon plus pointu. Celles de Sara, sans doute.

Il atteignit un promontoire rocheux sur le flanc nord du ravin et tendit l'oreille. Hormis le martèlement de la pluie et le vacarme des vagues qui s'écrasaient sur la grève, aucun son ne lui parvenait. Il mit ses mains en porte-voix et hurla le nom de Sara.

Pas de réponse.

Il amorçait sa descente quand il crut distinguer un cri. Tout d'abord, il pensa que son imagination lui jouait des tours. Il voulait tellement entendre la voix de Sara…

Retournant vers les rochers, il fureta frénétiquement autour de lui.

— Sara !

— Je suis là !

Avec un choc, il comprit que sa voix venait d'en bas. Il s'agenouilla au bord de l'à-pic et scruta la falaise. Son cœur faillit cesser de battre. Sara se trouvait sur une sorte d'avancée en surplomb, trois mètres au-dessous de lui. La première chose qu'il vit fut qu'elle avait du sang sur le visage. Une dizaine de scénarios épouvantables se présentèrent à son esprit.

Elle avait reçu une balle.

Elle était tombée et s'était heurté la tête sur une pierre.

Puis il se rendit compte qu'elle était debout, et qu'elle essayait d'escalader la falaise.

Ce qui était une entreprise plutôt périlleuse, étant donné que vingt mètres au-dessous d'elle, s'étendait une plage de rochers.

— Ne bouge pas, cria-t-il. Tu es blessée ?

— Ça va. Quelques bosses, c'est tout.

— Reste là. N'essaie pas de monter. Je vais venir te chercher.

— Fais attention ! Il y a quelqu'un là-haut. Il m'a poussée.

Nick avait dégainé son arme avant même que Sara ait terminé sa phrase. Il se releva, balayant les environs d'un regard méfiant. Soudain, ses cheveux se dressèrent sur sa nuque.

A trois mètres de lui, quelqu'un avait tracé en lettres grossières un nom sur le rocher. La peinture rouge dégoulinait, comme celle des menaces sur la voiture de Sara.

BLAINE STOCKER.

— Qu'est-ce que… ?

Il s'avança lentement vers le rocher, effleurant la peinture du bout du doigt.

Blaine Stocker.

Le nom déclenchait un vague souvenir en lui, mais rien de précis. La seule chose dont il était sûr, c'était d'avoir déjà entendu ce nom. La pluie emportait déjà les lettres. Le policier qu'il était voulait essayer de préserver ces indices, mais l'homme en lui n'avait qu'une seule idée en tête.

Faire remonter Sara saine et sauve.

Pour ce faire, il avait besoin d'une corde. Trois mètres n'étaient pas une grande distance, mais les rochers étaient glissants à cause de la mousse. S'il ne pouvait pas trouver d'appui, il serait difficile de tirer Sara jusqu'en haut de la falaise.

En même temps, Nick ne voulait pas la laisser seule. Pour autant qu'il le sache, le monstre qui l'avait poussée risquait de revenir achever ce qu'il avait commencé.

Il gagna le bord, posa son revolver sur le sol, et s'étendit de tout son long.

— Tu peux toucher ma main ?

Elle se haussa sur la pointe des pieds, mais leurs doigts étaient encore distants d'une bonne dizaine de centimètres.

— Peut-être que nous pouvons utiliser la bandoulière de mon sac. Elle est en cuir, et plutôt solide.

— Ça devrait marcher.

Sara prit son sac, monta sur une minuscule saillie rocheuse, et lui tendit la bandoulière.

Nick se rapprocha dangereusement du vide, et la saisit. Les doigts de Sara frôlèrent sa main tandis qu'il enroulait le cuir autour de son poignet. Elle l'imita.

— Je suis prête.

— Quoi qu'il arrive, tiens bon.

— Comme si j'avais le choix !

Il s'arc-bouta, enfonçant les pieds dans le sol, et se mit à tirer, les muscles tendus à craquer, la sueur perlant à son front malgré la pluie et le froid.

— Essaie de trouver des appuis pour tes pieds, grogna-t-il.

Il entendait la respiration haletante de Sara, devinait les efforts qu'elle faisait pour se hisser le long de la paroi. De sa main libre, elle saisit une touffe d'herbe sèche près de l'épaule de Nick, plantant ses doigts dans la boue comme des griffes.

Nick serra les dents, tirant de toutes ses forces. Enfin, les épaules de Sara apparurent. Il recula tant bien que mal, utilisant son poids pour l'entraîner avec lui. L'instant d'après, elle était étendue sur le rocher.

Submergé par le soulagement, il sentit ses muscles se relâcher. Pendant quelques instants, il n'y eut que le son des vagues sur la plage, et celui, saccadé, de la respiration de Sara.

Nick songeait à l'individu qui l'avait poussée dans le vide. La pensée que quelqu'un lui avait fait du mal — avait voulu la tuer — l'emplissait d'une rage froide. Il ramassa son arme, se releva et scruta les environs. Il aurait voulu abattre ce misérable ; le rouer de coups jusqu'à ce qu'il soit défiguré.

Mais d'abord, il devait se calmer et s'assurer que Sara était indemne.

A côté de lui, celle-ci se mit tant bien que mal à genoux. Ses cheveux mouillés pendaient mollement autour de son visage. Ses vêtements étaient trempés, maculés de boue. Quand elle leva les yeux vers lui, Nick fut saisi par sa pâleur et le sang qui coulait sur son front.

— Laisse-moi t'aider.

Il la prit par la taille, la relevant avec précaution. Elle semblait toute menue entre ses bras, et tremblait des pieds à la tête.

— Doucement.

— Tu as vu quelqu'un ?

Elle fouillait déjà du regard les buissons et les ombres du ravin.

— Non.

Mais cela ne signifiait pas qu'un individu n'était pas tapi quelque part, en train de les guetter, de les attendre.

— Il y avait quelqu'un ici. Un homme. Je... je l'ai suivi depuis la maison. Il m'a poussée.

Sa voix était blanche et les mots jaillissaient par à-coups, trahissant son émotion.

— Je vais faire venir deux agents.

Il regarda la coupure sur son front, et sentit une nouvelle vague de colère le submerger.

— Mais d'abord, il faut que je sois sûr que tu n'as rien de grave.

— Je vais bien. Je veux seulement... je veux seulement savoir qui a fait ça et pourquoi.

— Sara, tu es blessée. Rentrons.

— Oh, mon Dieu !

Bouche bée, elle fixait les lettres à demi effacées du nom peint en rouge sur le rocher.

— Je connais ce nom.

— Comment ça ?

— Je ne sais pas, mais je suis sûre de l'avoir déjà vu.

— Il ne m'est pas inconnu non plus, mais nous y réfléchirons plus tard. Pour l'instant, nous allons retourner à la maison. Cette plaie a besoin d'être soignée.

Ignorant sa réticence, il lui prit la main et la tira doucement vers le chemin de retour.

Avec sollicitude, il la guida jusqu'au fond du ravin, puis remonta l'autre côté, sans quitter des yeux les broussailles et la rangée d'arbres au-delà.

Sans jamais oublier que quelqu'un avait essayé de la tuer.

Une fois dans la maison, Nick verrouilla la porte et entraîna Sara vers la cuisine. Alors seulement, il se rendit compte qu'il tremblait presque aussi violemment qu'elle.

Et il ne servait à rien de se mentir. Son émoi n'était pas dû à la violence de l'effort qu'il avait fourni, ni même à la colère qu'il avait ressentie.

Non. Les battements de son cœur et le tremblement de ses mains étaient dus au fait que Sara avait failli être sérieusement blessée — ou pire encore.

Peu désireux d'analyser ces sentiments importuns, Nick s'approcha de l'évier et fit couler de l'eau dans un verre. Il se retourna pour le donner à Sara, mais elle s'était éloignée, et regardait par la porte-fenêtre.

Fronçant les sourcils, il alla la rejoindre.

— Tu sais qu'il était insensé de venir ici toute seule ?

— Je sais. C'était stupide. Je suis désolée.

Elle accepta le verre d'une main incertaine.

— Je ne m'étais pas imaginé qu'il irait aussi loin.

— La plupart des gens ne s'attendent pas à être les victimes d'un crime.

Il avait parlé plus sèchement qu'il n'en avait eu l'intention.

— Enfin, Sara ! Les choses auraient pu être bien pires.

— Mais ça n'a pas été le cas, répondit-elle en effleurant la plaie qu'elle avait au front.

Nick la dévisagea, incrédule.

Sentant qu'il était près de perdre son sang-froid, il tira son portable de sa ceinture et appela le commissariat.

B.J. répondit à la première sonnerie.

— Oui, chef ?

— Je suis chez les Douglas, expliqua-t-il d'un ton bref. Un rôdeur a agressé Mlle Douglas. J'ai besoin d'un agent.

Il aurait bien eu besoin d'un chien policier aussi. Hélas, le budget du commissariat de Cape Darkwood ne lui permettait pas un tel luxe.

— Bon sang ! Comment va-t-elle, chef ?

Nick lança à Sara un regard noir.

— Elle n'a rien, mais le type a failli la faire tomber en bas de la falaise.

B.J. laissa échapper un sifflement atterré.

— Je vous envoie Sammy tout de suite.

Nick le remercia et coupa la communication. A présent que ses nerfs s'étaient un peu calmés et que sa peur avait reflué, une colère froide s'installait. Il chercha du regard un endroit où il disposerait d'une lumière suffisante pour examiner la blessure de Sara. Comme il n'y avait pas de table, il lui désigna le plan de travail.

— Assieds-toi, et laisse-moi inspecter cette coupure.

Elle traversa la pièce.

— Tu es fâché.

— Un peu, oui.

Il glissa les mains sous les épaules de Sara et la souleva sur le plan de travail, tout en tâchant de ne pas trouver de plaisir à la tenir ainsi dans ses bras. Puis il alla prendre un des torchons pendus à côté de l'évier, et, pour la première fois, vit clairement les traits de la jeune femme.

— Bon sang, Sara.

Ses yeux étaient sombres, écarquillés, son visage tout pâle. Un filet de sang s'échappait de l'entaille qu'elle avait au front, et un bleu commençait à apparaître. Il tamponna la plaie, espérant que la coupure était moins profonde qu'elle n'en avait l'air.

— As-tu perdu connaissance ?

Elle lui adressa un sourire forcé.

— J'avais trop peur pour m'évanouir.

Nick ne lui rendit pas son sourire.

— Tu devrais aller aux urgences.

— Je n'ai rien.

— Ce que tu as fait était incroyablement dangereux.

Elle soutint son regard sans faiblir.

— Oui, c'était idiot. Je l'ai admis. Mais mets-toi à ma place.

Il se sentait d'humeur bien trop hostile pour le faire, et se contenta de garder le silence.

Une moue se dessina sur les lèvres de Sara. Malgré lui, Nick songea à la veille au soir, au baiser qu'ils avaient partagé. Avant d'avoir pu s'en empêcher, il baissa les yeux sur le T-shirt humide de Sara, le jean qui lui collait à la peau.

Etant donné les circonstances, elle n'aurait pas dû avoir l'air sexy. Et il n'aurait pas dû le remarquer.

Mais elle l'était, et il le remarqua.

— Ne sois pas fâché, murmura-t-elle.

— Tu m'as fait une peur bleue.

— A moi aussi.

Au prix d'un effort, Nick reporta son attention sur la plaie.

— Je ne crois pas que tu aies besoin de points de suture, mais tu as déjà une belle bosse.

— Heureusement que j'ai la tête dure.

Cette fois, Nick ne put se garder de sourire. C'était ce qu'elle voulait. D'ordinaire, il n'était pas si flexible, surtout quand il s'agissait de la sécurité de quelqu'un qui comptait pour lui.

Mais il y avait quelque chose chez Sara qui lui donnait le cœur léger, et l'envie de sourire.

— Tu mériterais que je te fasse la leçon.

— Tu perdrais sûrement ton temps.

Il tamponna la plaie de nouveau, lui arrachant une grimace.

— Pardon.

Mais elle ne pensait pas à la coupure.

— Nous devons trouver qui est Blaine Stocker.

— Nous le ferons. Attends une minute, veux-tu ?

Elle ne parut pas l'entendre.

— Qui ferait une chose pareille ? Dans quel but ?

— Je ne sais pas, répondit-il sourdement. Mais nous devons le découvrir, parce que je ne vais pas laisser ce salaud s'en tirer à si bon compte.

10

Sara sortit de la douche et enfila des vêtements secs. Elle avait espéré que l'eau chaude apaiserait ses contusions, mais elle s'était trompée.

Au contraire, chacune des douleurs qu'elle devait à sa chute semblait s'être réveillée.

Quand elle descendit au rez-de-chaussée, elle trouva Nick seul près de la porte d'entrée. L'agent était parti.

— Aucun signe de l'homme qui m'a poussée ?

Il secoua la tête.

— Sammy et moi avons quadrillé les lieux, mais nous n'avons rien trouvé. La plupart des empreintes ont été effacées par la pluie. Même le message laissé sur ta voiture a disparu.

Il fit la grimace.

— Sammy est parti voir le gardien.

Skeeter.

Sara ne croyait pas que ce dernier soit coupable. L'homme qui l'avait agressée semblait beaucoup plus leste. Mais comment en être sûre ?

— Ton agent a-t-il reconnu le nom de Blaine Stocker ?

— Il a eu la même réaction que nous. Le nom lui semble familier, sans qu'il sache pourquoi. Je le chercherai sur internet quand nous serons de retour au chalet… Comment te sens-tu ?

— Comme si j'avais été piétinée par une diligence et un attelage de mules, plaisanta-t-elle.

Nick ne sourit pas, mais son visage s'éclaira quelque peu.

— Tu as meilleure mine.

— Le violet me va bien.

Il la dévisagea, visiblement perplexe, et elle désigna la bosse qu'elle avait au front.

— C'était une blague.

— Ah. Très drôle.

Mais il sourit. Ses vêtements étaient encore mouillés. Sara aurait aimé lui offrir des affaires de rechange, hélas il ne restait plus rien dans son armoire.

— Il faut que nous parlions de ce qui s'est passé, dit-il au bout d'un moment. Et ensuite, il faut que nous nous mettions d'accord sur plusieurs points.

— Nick, je ne suis pas vraiment d'humeur à t'écouter me faire la leçon.

— Je ne vais pas te faire la leçon.

Il plongea son regard dans le sien, se balançant légèrement d'un pied sur l'autre.

— Je pense que nous devons examiner de près tout ce que tu as découvert jusqu'ici.

Le pouls de Sara s'accéléra. Enfin, il commençait à la croire. C'était ridicule, mais elle lui en était reconnaissante.

— Alors, tu penses que la police s'est peut-être trompée à l'époque ?

— Je pense que cette affaire mérite d'être réexaminée, corrigea-t-il. Par moi.

Sara tressaillit, se souvenant brusquement de sa trouvaille.

— Oh ! J'ai failli oublier.

— Quoi ?

Elle sortit le petit journal de son sac.

— Je l'ai découvert dans un compartiment secret de la cheminée, dit-elle en le lui tendant d'une main tremblante.

Nick le prit et se mit à le feuilleter.

— C'est l'écriture de mon père.

— C'est la même qui se trouvait sur les notes du grenier.

— Que diable les notes de mon père fabriquent-elles ici ? se demanda-t-il à voix haute.

— Nick, je pense qu'ils collaboraient peut-être à un projet.

— Un livre, tu veux dire ?

Elle hocha la tête.

— C'est logique, non ?

Comme par un accord tacite, ils commencèrent à lire.

Helen Murchison, 22 ans, a disparu après s'être rendue à une séance de photos à Hollywood. Sa colocataire, Kim Cable, a signalé sa disparition le lendemain matin. Une semaine plus tard, son corps brutalisé, lacéré, était retrouvé par un promeneur dans le lit asséché d'une rivière à Los Angeles Est.

Vers la fin du journal, Nicolas Tyson écrivait :

J'ai regardé le film aujourd'hui, et j'en ai eu la nausée. C'est immonde. Alex et Rich étaient avec moi. Alex a fondu en larmes. La police ne s'en prendra jamais à B.S. Il a des gens à sa solde dans les rangs de la police de Hollywood, et peut-être même dans l'entourage du procureur. Nous avons décidé de continuer à rassembler des preuves seuls. Dans l'intervalle, nous ne pouvons que prier pour qu'aucune autre jeune femme ne devienne la victime de sa soif secrète de violence.

— Seigneur !

La voix de Sara ramena brusquement Nick au présent. Il la regarda, et lut dans ses yeux la terrible certitude qu'il éprouvait lui aussi.

— Je parierais ma chemise que ce B.S. est Blaine Stocker, dit-il d'un ton sombre.

— Nous devons découvrir qui il est.

Sara se leva, les jambes flageolantes, et se mit à faire les cent pas devant la fenêtre de la cuisine. Dehors, la pluie avait cessé, remplacée par un brouillard épais venu du cap.

Elle effleura distraitement la bosse qui avait poussé sur son front.

— Je suis convaincue que ton père et mes parents travaillaient sur un livre.

— Ou un documentaire.

Elle se tourna vers lui.

— Est-il possible que le manuscrit soit rangé avec les affaires de ton père ? Chez ta mère, peut-être ?

Nick secoua la tête.

— Ma mère a trié toutes ses affaires peu après sa mort. Elle était tellement en colère. Pour autant que je le sache, tout a été donné ou jeté.

— Pourrais-tu vérifier ?

— J'ai une clé. Je pourrais peut-être aller jeter un coup d'œil pendant que ma mère est au magasin.

— Merci.

Il la rejoignit devant la fenêtre, l'air inquiet. La brume s'enroulait autour des rochers et des genévriers.

— Mais tu ne peux pas rester seule ici.

— Il y a peut-être un motel à côté de l'autoroute.

Il demeura silencieux si longtemps que Sara crut qu'il n'allait pas répondre. Finalement, il se tourna vers elle, ses yeux cherchant les siens, pleins d'une intensité telle qu'elle aurait dû se détourner.

Mais elle n'en fit rien.

— Tes affaires sont chez moi. Reste. Tu seras en sécurité. Nous pouvons travailler ensemble.

C'était une solution pratique. Pourtant, un refus lui brûlait les lèvres. Peut-être à cause de la manière dont il la regardait.

Comme si elle était la seule femme au monde, et qu'il était l'homme le plus seul sur la terre.

— D'accord, murmura-t-elle.

Une lueur fugitive traversa son regard, mais Sara n'eut pas le temps de chercher à l'interpréter.

— Apporte tout ce que tu as trouvé jusqu'ici, dit-il. Les notes, les photos, le journal.

— Qu'allons-nous faire ?

— D'abord, je vais mettre des vêtements secs. Ensuite, nous allons réfléchir à toute cette histoire, et commencer par nous renseigner sur ce fameux Blaine Stocker.

Nick s'était toujours félicité d'être un homme sensé. Equilibré. Capable de garder son sang-froid en toutes circonstances. Capable de prendre des décisions justes, même si elles étaient difficiles.

Jusqu'à ce soir, évidemment.

Insister pour que Sara reste chez lui était une invitation au désastre. Il était trop attiré par elle. Trop enclin à baisser sa garde. Et beaucoup trop enclin à mettre de côté ses réserves en échange d'une caresse ou du goût d'un baiser.

Sacré dilemme pour un homme qui s'était juré de se conduire intelligemment et de rester fidèle à ses convictions.

Sur le trajet entre la maison et le chalet, le brouillard devint de plus en plus dense. La visibilité tomba à moins de six mètres. Il avançait à une allure d'escargot, sachant que ni Sara ni lui ne pourraient ressortir ce soir.

A peine furent-ils chez lui que Nick verrouilla toutes les portes ; puis il alla chercher son ordinateur et l'installa sur la table de cuisine.

— Nick, tu es trempé. Tu devrais te changer.

— Dans une seconde, répondit-il en lui lançant un rapide coup d'œil.

— Que fais-tu ?

— Je veux juste voir si j'ai une réponse à ma question d'hier concernant Jenna Sherwood, fit-il en s'asseyant. Et ce que nous pouvons apprendre sur Blaine Stocker.

Il pianota rapidement sur le clavier, consultant la base de données.

— Nous y voilà, murmura-t-il en se penchant en avant.

Sara l'imita et lut le rapport en même temps que lui.

Jenna Sherwood. Vingt-quatre ans. Portée disparue.

— Jamais retrouvée, fit Nick d'un ton songeur.

Sara ne savait rien de la jeune femme, mais une vague de tristesse la submergea.

— Tu crois qu'elle est morte ?

— C'est difficile à dire. Je vais envoyer les clichés au labo.

Il quitta la base de données et tapa « Blaine Stocker » dans la fenêtre du moteur de recherche.

Plusieurs dizaines de pages lui étaient consacrées. Nick cliqua sur le premier lien, et un gros titre du *Los Angeles Times* s'afficha sur l'écran, datant d'un an plus tôt.

BLAINE STOCKER VICTIME D'UN ACCIDENT CÉRÉBRAL

Après avoir subi une attaque cérébrale il y a deux ans, l'ancien réalisateur s'était retiré dans sa propriété de San Francisco avec son épouse, Channing, et avait quasiment disparu du milieu hollywoodien. D'après la rumeur, il travaillait sur un nouveau film quand il a été victime d'un nouvel accident cérébral il y a six semaines. Ce dernier coup du sort aurait mis fin à ses activités professionnelles.

Blaine Stocker a tourné une douzaine de films, et a été un temps un des réalisateurs les plus célèbres et les plus controversés de Hollywood.

— Un réalisateur ! s'écria Sara, perplexe, en s'asseyant près de Nick. Je ne comprends pas. Quel rapport avec toute cette histoire ?

— Il pourrait y avoir un lien avec Hollywood, marmonna Nick.

Sara écarquilla les yeux.

— Mon Dieu. Tu veux dire… le *snuff movie* ?

— Peut-être.

— Et mes parents ? Et ton père ? Que viendraient-ils faire là-dedans ?

— Tes parents connaissaient bien le milieu de Hollywood.

— Peut-être que notre théorie est la bonne. Qu'il y avait un livre. Un livre dans lequel ton père et mes parents essayaient de le dénoncer.

— Il serait préférable d'avoir des preuves.

Sara se mordilla un ongle, sans détacher son regard de l'écran.

— S'il est si malade, il n'a pas pu me voler ces notes, ni me pousser aujourd'hui.

— Exact. Mais il a sûrement les moyens de payer des gens pour faire son sale boulot.

Nick cliqua sur le lien suivant, qui se concentrait sur l'état de santé du réalisateur, resté en partie paralysé après une série d'attaques.

Un par un, près d'une heure durant, ils épluchèrent tous les articles le concernant. Sara prit des notes pendant que Nick faisait défiler les pages sur l'écran.

Leur tâche accomplie, ils échangèrent un regard. S'ils en savaient beaucoup plus long sur Blaine Stocker, ils n'avaient toujours pas d'idée claire sur la manière dont il était lié aux événements qui avaient eu lieu à Cape Darkwood vingt ans auparavant.

— Combien de temps faudra-t-il pour avoir des nouvelles du labo ?

— Deux jours, peut-être trois.

— Apparemment, rien ne lie Stocker à mes parents, soupira Sara.

La frustration perçait dans sa voix.

— San Francisco n'est pas très loin, dit lentement Nick.

Elle ouvrit grand les yeux, et tendit la main vers l'ordinateur.

— Tu as raison. Je vais réserver un vol…

Nick posa la main sur la sienne.

— Si tu y vas, je t'accompagne.

Elle demeura muette un instant.

— Vraiment ? Tu ferais ça ?

Il savait qu'aller à San Francisco avec elle était une erreur. Il la désirait déjà trop, et il ne ferait que se compliquer la vie. Mais il plongea son regard dans le sien, et sut qu'il serait sans doute prêt à plonger à travers un cerceau en flammes juste pour la voir sourire.

— Il y a un vol au départ de Shelter Cove très tôt le matin, s'entendit-il répondre. Nous pouvons faire l'aller-retour dans la journée.

— Oui. Une fois sur place, nous n'aurons pas besoin de beaucoup de temps…

Elle jeta un coup d'œil à sa montre.

— Je devrais peut-être essayer de trouver son numéro de téléphone et fixer un rendez-vous…

— Non, fit Nick. Il vaut mieux arriver à l'improviste. Le prendre par surprise.

Visiblement agitée, elle pianota sur la table.

— Qu'allons-nous faire dans l'intervalle ?

Il baissa les yeux sur ses vêtements mouillés.

— Je pense que je devrais commencer par me changer.

— Oh, je suis désolée, fit Sara, sincèrement contrite. Dire que tu es assis là depuis une heure ! Tu dois avoir froid.

Nick écarta sa remarque d'un geste, mais sa sollicitude le réchauffa curieusement, plus qu'elle n'aurait dû le faire. Légèrement contrarié par sa propre réaction, il désigna à Sara les documents qu'ils avaient rapportés de la villa.

— Peut-être que nous pourrions étudier tout ça en détail, et voir si une hypothèse nous vient à l'esprit.

Elle tendait déjà la main vers le classeur contenant les pages qu'elle avait imprimées à la bibliothèque.

Nick sortit de la pièce, songeant qu'une douche lui éclaircirait les idées.

Dix minutes plus tard, il trouva Sara assise à la table de

la salle à manger, tous les papiers étalés devant elle. Une casserole était posée sur la gazinière, et il comprit qu'elle avait fait chauffer de la soupe.

— J'espère que tu aimes le potage au poulet ?

— J'adore.

Mais il ne pensait pas au potage.

Il avait toutes les peines du monde à détacher son regard de Sara. Malgré sa pâleur, et la bosse de la taille d'une noix qui s'était formée sur son front, elle était une des plus belles femmes qu'il ait jamais vues. Elle était aussi déterminée, intelligente et courageuse.

Soudain, il éprouva l'envie irrésistible de s'approcher d'elle et de l'embrasser sur la bouche.

Il se ravisa juste à temps, sauvé par un vestige de bon sens dont il se félicita.

Il était impératif qu'il garde ses distances.

— Je vais te préparer des glaçons pour cette bosse.

— Je n'ai pas mal, répondit-elle en feuilletant ses notes.

— Si elle ne désenfle pas, tu auras mal demain matin, répliqua-t-il en apportant deux bols de soupe. A propos, je suis désolé de n'avoir que des boîtes de conserve. C'est le fléau du célibataire.

Elle leva les yeux, interrompant sa lecture. Une émotion qu'il ne comprit pas traversa son visage, et puis son regard s'assombrit.

— Sonia m'a parlé de l'accident de ta femme, Nick, dit-elle doucement. J'ai été si absorbée par cette histoire que je n'ai pas abordé le sujet. Mais je voulais que tu saches combien j'en suis navrée.

Sa remarque n'aurait pas dû le surprendre ; mais, même au bout d'un an, il ne savait toujours pas comment réagir.

Il n'aimait pas les condoléances. N'aimait pas se souvenir de la sombre période qui avait suivi la mort de Nancy.

Elle dut le comprendre car elle posa ses papiers et mit la main sur la sienne.

— Je n'aurais pas dû en parler. J'ai été maladroite, pardon.

— Tu n'es pas maladroite.

— Ça va ?

— Oui.

A en juger par la façon dont elle le regardait, elle savait qu'il mentait. Mais il ne voulait pas en parler.

Pas maintenant.

Ni jamais.

C'était ainsi qu'il avait surmonté le deuil. Le chagrin. Depuis un an que Nancy était morte, Nick n'avait parlé à personne de sa douleur. Il n'avait révélé à personne qu'elle était enceinte de huit semaines. Ni que, pendant des mois, il s'était réveillé en sursaut en pleine nuit, en proie à d'affreux cauchemars, dégoulinant de sueur.

Refoulant ces pénibles souvenirs, Nick se leva et se mit à arpenter la pièce. Il se sentait mal dans sa peau, habité par une désagréable fébrilité.

— Tu vas user le carrelage.

Il se tourna vers elle, l'air grave. Triste.

— C'était une plaisanterie…, ajouta-t-elle.

Il tenta de lui rendre son sourire.

— Je sais. Je ne suis pas très doué pour ça.

Un silence gêné s'installa entre eux.

Sara jeta un coup d'œil aux papiers étalés sur la table. Au bout d'un moment, Nick prit la chaise à côté d'elle. Il n'était pas assis tout près, mais assez pour sentir un soupçon du parfum de Sara.

L'odeur lui monta à la tête, aussi enivrante qu'une drogue.

— Bon, commença-t-il. Regardons tout ça et voyons si nous pouvons en tirer quelque chose.

Sara consulta ses notes.

— Nous avons le film.

— Et les articles de journaux, et la photo de mon père et de ta mère à la terrasse d'un café.

— En train de regarder un mystérieux manuscrit. Il nous reste à le trouver.

— Il y a aussi les notes qui t'ont été volées.

— Les appels téléphoniques anonymes…

— Et un inconnu qui t'a poussée dans le vide et qui a laissé deux messages de menaces.

Le regard de Sara rencontra le sien.

Nick lut la peur dans les profondeurs de ses yeux sombres. Mais il y lut aussi la fermeté, la détermination à faire tout le nécessaire pour résoudre cette énigme qui s'épaississait au fil de leurs recherches.

— Ils travaillaient certainement sur un livre.

— Un livre qui aurait ruiné Blaine Stocker.

— Il tuait des femmes, continua-t-elle d'une voix blanche. Et il filmait ses crimes…

— Afin de les vendre au plus offrant.

— C'est incroyable. C'est monstrueux.

Nick ne répondit pas, imaginant déjà la suite logique de cette effroyable hypothèse.

Non seulement Blaine Stocker avait tué des jeunes femmes, mais il avait aussi éliminé un jeune auteur et un couple en vue de Hollywood qui en savaient trop long sur ses activités. Et qui envisageaient de les exposer au reste du monde.

— C'est presque inimaginable, souffla Sara.

— Stocker n'aurait pas voulu que ces informations soient rendues publiques, dit-il prudemment.

Il vit dans ses yeux écarquillés qu'elle avait compris le sens de sa phrase. Son visage devint livide.

— Tu penses qu'il est responsable de la mort de nos parents ?

— Réfléchis. Ils étaient sur le point de détruire sa vie.

— Tu veux dire qu'il les aurait tués, et qu'il aurait maquillé son crime pour faire croire à un drame provoqué par la jalousie ?

— C'est une hypothèse qui mérite d'être creusée.

Il appuya sur une touche de l'ordinateur et poussa l'appareil vers elle.

— Tu l'as déjà vu ?

Sara baissa les yeux sur la photo.

Blaine Stocker, jeune homme, se trouvait dans un restaurant chic de Hollywood, une blonde rieuse pendue à son bras. Elle fixa le cliché, fascinée.

— Qu'y a-t-il ? fit Nick d'un ton pressant. Tu le reconnais ? Il était là ce soir-là ?

— Je ne sais pas. Peut-être. Il ne me semble pas inconnu, mais j'ignore où je l'ai vu. Je ne sais même pas si je l'ai rencontré.

Elle baissa légèrement la tête, se massant les tempes du bout des doigts.

— Bon sang.

Nick la regarda, pris par le désir de s'approcher d'elle, de mettre les mains sur ses épaules et de les caresser pour chasser la douleur.

Au prix d'un immense effort sur lui-même, il demeura immobile.

— Tu as mal à la tête ?

— Pas à cause de la bosse.

— Tu en es sûre ?

Elle lui jeta un coup d'œil par-dessus ses doigts et lui offrit un faible sourire.

— C'est la frustration.

Il sourit à son tour.

— Tôt ou tard, nous aurons les réponses à nos questions.

— Je n'en suis pas si sûre… Si Stocker a tué ou fait tuer nos parents, qui est l'auteur des appels téléphoniques et dans quel but agit-il ?

Nick considéra la question un instant avant de secouer la tête.

— C'est peut-être une histoire de vengeance.

— Mais ça n'a pas de sens. Pourquoi me mêler à cette histoire ?

— Je ne sais pas, avoua-t-il, tandis qu'un frisson lui parcourait l'échine. Peut-être que quelqu'un cherche à se servir de toi pour trouver quelque chose. Et que quelqu'un d'autre est prêt à tuer pour que cela n'arrive pas.

Ce fut au tour de Sara de frissonner.

— Tu penses que mon agresseur et l'auteur des appels sont deux personnes différentes ?

— C'est possible. Deux personnes. Avec des intentions différentes. C'est ce que nous devons découvrir.

Nick eut un pincement au cœur en constatant combien Sara était pâle. Ses mains tremblaient.

— Vingt ans ont passé, dit-elle d'une voix à peine audible. Qui a déclenché tout cela ?

— C'est une des questions que nous pouvons poser à Blaine Stocker demain.

11

Le lendemain matin, à 10 heures, Nick et Sara étaient à San Francisco.

Dès leur arrivée, ils avaient loué une voiture. A présent, ils se dirigeaient vers le nord et le quartier ultra-résidentiel de Sea Cliff, où vivaient Stocker et sa femme.

Sara avait passé toute sa vie en Californie, et avait vu nombre de demeures luxueuses. Mais quand ils s'engagèrent sur la vingt-cinquième avenue et que la propriété des Stocker apparut, elle en eut le souffle coupé.

Entourée de palmiers luxuriants et de hauts murs en crépi coquille d'œuf, l'immense villa de style méditerranéen était protégée par des grilles en fer forgé. Comme Nick s'arrêtait à hauteur de celles-ci, Sara aperçut les eaux d'un bleu intense de la baie, et, au-delà, l'élégante silhouette du célèbre pont du Golden Gate.

— Qu'allons-nous dire au gardien ? demanda-t-elle, inquiète à l'idée de se voir refuser l'entrée.

— Je vais trouver quelque chose, assura Nick en pressant le bouton de l'Interphone.

Une voix métallique résonna dans le haut-parleur.

— Puis-je vous aider ?

— Je suis Nick Tyson, de la police de Cape Darkwood. Je voudrais voir Blaine Stocker.

— Votre nom n'apparaît pas sur la liste des visiteurs attendus.

— Je n'y suis pas, répondit Nick sans s'émouvoir. Vous êtes flic ?

— Ex-flic, répondit l'homme avec un peu trop de fierté dans la voix.

— De la police de San Francisco ?

— Je suis Marc Lewinski. Police de Los Angeles. Seize ans de service.

— En ce cas, monsieur Lewinski, repartit Nick avec autorité, je vous suggère de vérifier mon identité, et vite, à moins que vous ne vouliez que je revienne avec un mandat et une armée de policiers qui seront ravis de passer cette maison au crible et de vous faire mijoter au poste pendant quelques heures.

Il baissa la voix.

— Entre nous, j'aimerais mieux que les choses se passent en douceur.

Le silence régna une bonne minute, après quoi Lewinski reprit la parole.

— Je vais téléphoner à Cape Darkwood. Je vous rappelle.

— Très bien.

Nick se cala sur son siège, posa les mains sur le volant et sourit à Sara.

— Efficace, commenta-t-elle.

— C'est cette histoire de solidarité entre flics. Ça marche à tous les coups.

Malgré tout, Sara ne pouvait s'empêcher d'être inquiète. Et si Stocker refusait de leur parler ?

La grille tressaillit et s'ouvrit.

— Faites le tour et garez-vous sous le portique devant la maison, dit la voix grêle.

— Bien reçu, fit Nick en franchissant le seuil.

La villa était bâtie sur une colline, et entourée d'arbres verdoyants. Le crépi pâle des murs offrait un contraste agréable avec les tuiles rondes et écarlates du toit. C'était une des plus belles maisons que Sara ait jamais vues.

Nick se gara et coupa le moteur.

Un homme d'âge moyen, vêtu d'un complet gris, sortit aussitôt sur le perron. Il se pencha légèrement pour rencontrer leur regard, puis ouvrit la portière de Nick.

— Bienvenue chez M. et Mme Stocker. Je suis Marc Lewinski, responsable de la sécurité.

Nick descendit du véhicule.

— Merci de nous avoir facilité la tâche.

— De quoi s'agit-il ?

— Je préférerais en parler avec M. Stocker.

Lewinski laissa échapper un petit bruit dédaigneux, mais ne répondit pas.

Sara descendit à son tour, et alla se joindre aux deux hommes.

Lewinski fronça les sourcils, puis pivota sur ses talons.

— Suivez-moi.

Il les conduisit le long d'un sentier dallé vers le côté de la villa. Une jolie fontaine projetait un jet d'eau très haut dans les airs ; une profusion de lauriers-roses l'encerclait.

Lewinski s'arrêta devant une porte.

— Levez les bras. Il faut que je vous palpe.

Nick arqua un sourcil, mais obtempéra.

— M. Stocker soumet-il tous ses visiteurs à une fouille en règle ?

— Seulement ceux qu'il ne connaît pas.

L'homme se tourna vers Sara, qui hésita. Si elle ne voulait pas faire capoter l'entreprise, elle n'avait guère envie que cet individu la touche.

— Retire ta veste et donne-moi ton sac, dit Nick, lisant dans ses pensées.

Il tendit le tout à Lewinski.

— Elle n'est pas armée.

Le visage fermé, l'homme farfouilla dans le sac, ouvrant même les fermetures intérieures. Quand il eut terminé, il inspecta plus rapidement les poches de sa veste. Enfin satisfait, il ouvrit la porte vitrée, s'effaçant pour les laisser entrer.

— Par ici.

Ils traversèrent un vaste vestibule agrémenté de bouquets de fleurs coupées. Un lustre splendide se reflétait sur le carrelage en marbre, qui brillait comme un miroir. De là, ils suivirent un couloir haut de plafond, dont les murs étaient couverts de photos de célébrités de Hollywood.

Sara promena son regard sur les clichés, remarquant au passage un instantané noir et blanc d'un homme élégant, vêtu d'un smoking, en train d'étreindre Marilyn Monroe toute jeune. Plus loin, James Garner, arborant un chapeau de cow-boy, montait un superbe cheval bai. Plus loin encore, elle reconnut Sharon Tate et Liza Minelli.

Un instant plus tard, ils pénétraient dans une immense pièce lambrissée d'un bois sombre. Des rayonnages de livres couraient le long de deux des murs ; une cheminée dominait le troisième. Le quatrième côté était tout de verre — une série de portes-fenêtres s'ouvrant sur une terrasse ensoleillée qui offrait une vue spectaculaire de la baie et du Golden Gate.

Une femme aux cheveux argentés coiffés avec soin se tenait sur le seuil, telle une élégante sentinelle.

Le tailleur qu'elle portait était d'évidence la création d'un grand couturier. Elle devait avoir plus de soixante-dix ans, mais il émanait d'elle un indéniable charisme. Ses yeux bruns, perçants, allèrent de Nick à Sara avant de se reporter sur Nick.

— Qui êtes-vous et que désirez-vous ? s'enquit-elle d'une voix grave, à l'accent cultivé.

Nick s'avança et lui tendit la main.

— Nick Tyson, chef de la police à Cape Darkwood.

Une émotion que Sara ne put identifier traversa le regard de la femme alors qu'elle acceptait sa main.

— Etes-vous apparenté à Nicolas Tyson, l'auteur de romans policiers ?

— C'était mon père.

— Vous lui ressemblez beaucoup, dit-elle avec un sourire, avant de se tourner vers Sara.

— Je suis Sara Douglas.

Elle serra la main froide et ferme de la femme.

— Mon Dieu, vous êtes tout le portrait d'Alex.

— Vous connaissiez mes parents ?

— Tout le monde se connaît à Hollywood, répondit son interlocutrice en haussant une épaule. Nous fréquentions les mêmes cercles.

— Vous êtes Channing Stocker, je suppose, fit Nick.

Elle leur adressa un sourire condescendant.

— Puis-je savoir ce qui vous amène de Cape Darkwood ?

— Nous aimerions poser quelques questions à M. Stocker, expliqua Sara.

La femme se retourna vers elle.

— Quel genre de questions ?

— Au sujet d'un événement qui a eu lieu il y a vingt ans, intervint Nick.

Channing étrécit les yeux.

— Vous voulez parler du double meurtre et du suicide chez les Douglas ?

— M. Stocker peut-il nous recevoir ?

La femme les dévisagea si longuement que Sara crut qu'elle n'allait pas répondre. Puis, avec la grâce d'une tragédienne, elle s'approcha des portes-fenêtres et les ouvrit en grand.

— Je ne suis pas sûre qu'il puisse vous aider beaucoup. Voyez-vous, il a subi un nouvel accident cérébral le mois dernier.

Sara fixa le vieillard frêle assis dans un fauteuil roulant sur la terrasse. Sa colonne vertébrale était déformée, si bien que son menton tombait sur sa poitrine. Un mince filet de salive dégoulinait sur son gilet de soie.

Sans se départir de sa grâce, Channing s'approcha de son mari, se pencha pour lui essuyer la bouche, puis alla se placer derrière le fauteuil et le poussa à l'intérieur.

— Il aime s'asseoir au soleil et respirer l'air frais, dit-elle gaiement. Le médecin dit que c'est bon pour lui, de sorte que nous passons le plus de temps possible dehors.

Elle regarda Nick et Sara avec un sourire.

— Aimeriez-vous boire quelque chose ? Puis-je vous offrir un cocktail ?

— Il est un peu tôt pour moi, madame.

Sara ne pouvait détacher son regard du vieil homme. Jusqu'à présent, Blaine Stocker avait été une vague menace. Peut-être coupable de crimes indicibles.

L'homme assis dans ce fauteuil n'était pas capable de telles horreurs. Son corps était fragile, courbé, difforme. Le côté gauche de son visage pendait légèrement. Un tuyau d'oxygène courait le long de ses joues jusqu'à son nez.

Mais ses yeux étaient ceux d'un homme beaucoup plus

jeune. Ils brillaient d'une intelligence et d'une ruse qui donnèrent des frissons à Sara. C'était comme si cet individu était captif, prisonnier d'un corps qui l'avait trahi.

— Monsieur Stocker, nous avons quelques questions à vous poser, si vous le voulez bien, dit-elle.

Ses yeux se posèrent sur elle, et elle faillit ciller sous l'intensité de son regard. Elle eut soudain l'impression de le reconnaître. Elle l'avait déjà vu, mais était incapable de se souvenir quand ni où.

Il bougea un doigt arthritique et le fauteuil avança, en même temps que le vieillard hochait imperceptiblement la tête.

Malgré l'heure encore matinale, Channing alla verser du jus d'orange et de la tequila dans de grands verres.

— Asseyez-vous, je vous en prie, dit-elle en désignant deux fauteuils antiques placés en face d'un grand bureau en acajou.

Nick les approcha de la chaise roulante, après quoi Sara et lui prirent place en face de Blaine Stocker.

— Nous nous demandions si vous pourriez nous aider à vérifier quelques informations, reprit Nick.

Les yeux de l'homme se tournèrent vers lui.

— Quelles… informations ?

Sa voix rauque évoquait le bruit d'une scie sur une pièce de bois. Le côté gauche de son visage ne bougeait pas quand il parlait.

— J'ai beaucoup aimé certains de vos films, fit Nick en lui tendant une carte de visite. *Le Faucon de minuit* était mon préféré.

— Moi, j'ai beaucoup aimé *L'Angoisse*, intervint Sara.

D'une main tremblante, le vieillard prit la carte, et ses yeux s'allumèrent comme si quelqu'un venait de presser un interrupteur. Dans les profondeurs de son regard, Sara lut un curieux mélange de fierté et d'amour-propre. Il éprouvait visiblement des difficultés à parler, et se contenta de hocher la tête.

— Mais il y avait aussi d'autres films, n'est-ce pas, monsieur Stocker ? continua Nick.

— Quels... films ?

Nick sortit plusieurs clichés qu'il avait tirés à partir du film trouvé dans la maison.

— Un... documentaire, peut-être.

Le regard de l'homme balaya les photos, et il écarquilla les yeux. Ses lèvres tremblotèrent. Son corps frêle tressaillit.

— Nous sommes au courant pour les femmes, reprit Nick.

— Non, gémit le vieillard.

Il tremblait de tout son corps à présent.

— Vous avez tourné d'autres films, n'est-ce pas, monsieur Stocker ? insista Nick en lui montrant une nouvelle scène, plus horrible encore que la première.

— Pas moi...

— Nous avons le film. La preuve. Et les notes.

Les yeux de l'homme roulèrent dans ses orbites.

— Non...

Outrée, Channing Stocker avait posé son verre et s'avançait à grands pas.

— Comment osez-vous faire irruption chez moi et insulter mon mari ?

— C'est lui qui a tourné ces images, rétorqua Nick.

Elle se pencha pour regarder les photos, et pâlit. Mais les yeux qu'elle posa sur Nick n'avaient rien perdu de leur détermination.

— Je ne sais pas pourquoi vous êtes ici, ni ce que vous croyez savoir, mais je veux que vous sortiez.

Sara mit une main sur son bras.

— Je vous en prie, madame Stocker. Nous pensons que votre mari sait peut-être quelque chose au sujet de ces meurtres.

La femme se dégagea avec colère.

— Sortez d'ici. Tout de suite. Tous les deux.

Nick mit les clichés sous le nez du vieillard.

— Avez-vous tué cette femme ? demanda-t-il d'une voix pleine de colère. L'avez-vous filmée ?

— Si vous ne partez pas immédiatement, j'appelle la police.

Sara demeura assise dans son fauteuil, le cœur tambourinant dans sa poitrine, sans pouvoir quitter l'infirme du regard. Elle ne s'était pas attendue à ce que Nick se montre si… brutal.

Celui-ci se concentrait sur Stocker, ignorant l'épouse de ce dernier.

— Parlez-nous, dit-il. Je ferai en sorte que la police sache que vous avez coopéré.

— Que diable se passe-t-il ici ?

La voix grave et masculine résonna dans la pièce telle un coup de fusil.

Nick se leva brusquement et se tourna vers la porte, aussitôt imité par Sara. Un jeune homme d'une trentaine d'années, d'une élégance raffinée, s'avançait vers eux. Ses yeux, aussi noirs et aussi rusés que ceux du vieillard, allèrent de l'un à l'autre.

— Qui sont ces gens et que font-ils ici ?

Comme l'un et l'autre se taisaient, il s'adressa à Channing Stocker.

— Mère, que se passe-t-il ici ?

— Il prétend être policier, et il est venu poser des questions sur les meurtres des Douglas et de Tyson à Cape

Darkwood, répondit-elle, portant le verre à ses lèvres d'une main incertaine. Lewinski a vérifié son identité. Je pensais que Blaine pourrait peut-être les aider.

L'homme toisa Nick.

— Montrez-moi votre plaque.

Nick sortit son portefeuille et la lui tendit.

— Je suis le chef de la police de Cape Darkwood. Qui êtes-vous ?

— Brett Stocker. Le fils de Blaine. Et vous n'avez rien à faire ici.

Nick rangea son portefeuille.

— Nous avons des raisons de croire que votre père pourrait nous aider à élucider les meurtres de plusieurs femmes.

— Des meurtres ? répéta Brett Stocker avec un rire forcé. Avez-vous perdu l'esprit ?

Il désigna son père d'un geste.

— Regardez-le ! Vous semble-t-il dangereux ?

— Monsieur Stocker, intervint Sara, nous parlons de meurtres qui ont eu lieu il y a très longtemps.

Stocker la foudroya du regard.

— Nous refusons de répondre à d'autres questions.

— Si vous ne voulez pas coopérer, je n'aurai d'autre choix que d'informer le FBI, fit Nick avec un haussement d'épaules. Je pensais que vous voudriez peut-être protéger votre père de ce genre de publicité.

Les yeux de Brett allèrent de Nick à sa mère, puis se posèrent sur son père.

— Ecoutez, j'ignore ce que vous mijotez, mais mon père est un homme respectable. Il est absolument impensable qu'il ait pu être mêlé à quoi que ce soit d'illégal, sans parler d'un meurtre. C'est un philanthrope et sa réputation est irréprochable. Comment osez-vous venir chez lui et le diffamer ainsi ?

Stocker senior leva la tête, lançant un regard vacillant à Nick.

— Sortez… Sortez d'ici.

Brett s'approcha de son père et lui pressa l'épaule.

— Ne t'en fais pas, père. Je m'occupe de tout.

— Nous essayons seulement de découvrir ce qui s'est passé, dit Sara. Nous espérions qu'il pourrait nous aider.

— Si vous aviez la moindre preuve, la police serait déjà sur l'affaire, réplique Brett en secouant la tête. Vous ne savez rien. Vous allez à la pêche, oui. Sans doute pour provoquer un scandale.

Il marqua une pause.

— Des parasites, lâcha-t-il avec mépris. Voilà ce que vous êtes.

Nick leva la main, exhibant le dernier cliché.

— Nous savons que c'est vous, dit-il au vieil homme. Et nous reviendrons quand nous en aurons la preuve.

Channing Stocker vint se placer derrière son mari.

— Cette entrevue est terminée. Si vous ne partez pas sur-le-champ, j'appelle la police et je vous fais arrêter.

Sara lança un regard à Nick. Jamais elle ne l'avait vu si furieux. Elle se dirigea vers la porte, espérant qu'il allait lui emboîter le pas.

Mais Nick ne bougea pas. Ses yeux restaient fixés sur Blaine Stocker.

— Nous n'en avons pas terminé avec vous.

D'un geste rageur, Brett fit tomber la photo que Nick tenait à la main.

— Sortez d'ici, et emportez vos infâmes accusations !

Certaine que Nick allait se jeter sur lui, Sara s'empressa de s'interposer et lui mit la main sur le bras.

— Allons-nous-en.

Il resta immobile.

Brett Stocker retroussa les lèvres d'un air menaçant.

— Mère, appelle la police.

Du coin de l'œil, Sara vit la femme poser son verre, gagner le bureau et décrocher le téléphone.

— Nick, implora-t-elle. Viens.

Nick résista encore quelques secondes, puis fit demi-tour vers la porte, au moment où Lewinski apparaissait sur le seuil. Sara tressaillit à la vue de son holster et du revolver qu'il avait au poing.

— Vous avez entendu, grogna-t-il. Fichez le camp. Tout de suite.

Nick foudroya Brett Stocker du regard.

— Si j'étais vous, je chercherais un bon avocat pour votre père, lança-t-il froidement. La prison ne lui réussira pas, je vous le garantis.

Lewinski se jeta en avant, poussant Nick vers la porte.

— Si vous ne voulez pas passer la nuit au trou avec votre copine, je vous suggère de dégager. Maintenant !

L'espace d'un terrible moment, Sara pensa que Nick allait lui envoyer son poing dans la figure. Or une altercation serait certainement suivie d'une arrestation… Elle se hâta vers la sortie. A regret, Nick la suivit, Lewinski sur les talons.

— Désolé, monsieur Stocker, dit ce dernier à son employeur.

— Flanquez-les dehors, aboya Brett. Je m'occuperai de vous plus tard.

Sara remarqua à peine l'opulence de la villa tandis qu'ils revenaient sur leurs pas. Elle entendait Nick et Lewinski derrière elle, et sentait le revolver braqué sur eux.

Une fois à l'extérieur, dans le soleil et la brise fraîche de la baie, elle prit une profonde inspiration, comme pour chasser l'air vicié de la scène qui venait de se dérouler — comme pour se purifier.

Alors qu'ils atteignaient la voiture de location, les yeux de Nick rencontrèrent les siens.

— Une visite fructueuse, dit-il d'un ton sarcastique.

— J'ai reconnu le vieillard, murmura-t-elle.

Il l'enveloppa d'un regard inquisiteur.

— Où l'as-tu vu ?

— Je ne sais pas, mais je suis sûre que je l'ai déjà rencontré.

Nick jeta un coup d'œil par-dessus son épaule, puis ouvrit sa portière et se glissa au volant. Lewinski était debout sur le perron, les yeux dissimulés par des lunettes noires, l'arme toujours à la main.

Nick enclencha la première.

— Ce salaud sait quelque chose, marmonna-t-il.

Ils sortirent de l'allée, regagnant les rues calmes du quartier résidentiel, tandis que Sara revoyait les yeux cruels de Blaine Stocker.

Qu'avait-il donc à cacher ?

12

La nuit était tombée quand Nick et Sara furent enfin de retour au chalet.

Ce déplacement à San Francisco n'avait abouti à rien, songeait Sara, déçue. C'était seulement maintenant qu'elle se rendait compte qu'elle avait fait preuve d'un optimisme stupide en espérant que Blaine Stocker allait leur dévoiler ses secrets sans résister.

Cet homme avait beau être âgé et frêle, son regard trahissait encore celui qu'il avait été.

Un individu malfaisant.

Un monstre.

Ils furent accueillis par l'odeur du café qu'ils avaient fait ce matin-là, avant de partir.

— Tu as faim ? demanda Nick en laissant tomber ses clés sur le plan de travail. J'ai du steak dans le congélateur.

Ils n'avaient rien mangé hormis un sandwich à l'heure du déjeuner, mais Sara n'avait guère d'appétit. Elle était encore absorbée dans ses pensées, à ruminer les événements de la journée.

— Et j'ai aussi une bonne bouteille de merlot qui prend de la poussière, ajouta-t-il avec un léger sourire.

— C’est un bon début, commenta Sara en le lui rendant.

Il s’approcha du bar, sortit une bouteille et la déboucha tandis que Sara ouvrait le placard pour en tirer deux verres à pied.

— Je suis désolé d’avoir perdu mon sang-froid tout à l’heure, reprit Nick sur un ton d’excuse.

— C’était compréhensible.

Il versa le vin, et leva son verre.

— A la découverte du secret.

— Et à l’innocence de mon père.

Elle fit tinter son verre contre le sien.

Sans détacher leur regard l’un de l’autre, ils burent une gorgée de vin.

— Il est bon, murmura-t-elle.

— Il vient d’un vignoble près d’ici. C’est un cépage français.

— Je ne savais pas que tu étais un connaisseur, s’étonna-t-elle.

— Je ne le suis pas vraiment. Mon père l’était ; il a essayé de m’apprendre, mais j’étais trop jeune pour apprécier.

— J’ai honte de te dire cela, Nick, mais… je n’ai compris qu’aujourd’hui à quel point ç’avait dû être dur pour toi aussi.

— Ne te fais pas de reproches.

Il marqua une pause.

— J’étais sceptique au départ, mais je suis sûr que ce vieil homme a reconnu les photos.

Les muscles de sa mâchoire se crispèrent.

— Je pense que ce salaud les a tués.

— Moi aussi, admit-elle avec un frisson.

Nick secoua la tête, posa son verre sur le plan de travail

et gagna le salon ; là, il s'agenouilla devant l'âtre et se mit en devoir de préparer un feu.

Quelques secondes plus tard, Sara le rejoignit, et s'assit près de lui.

— Toutes ces années ont passé, et pourtant nous souffrons toujours, souffla-t-elle.

— Ce n'est pas facile de perdre ses parents comme nous les avons perdus. Mais que le tueur ait fait en sorte d'accabler ton père… et fait croire que ta mère et mon père avaient une liaison…

Il n'acheva pas sa phrase, incapable de trouver les mots justes pour exprimer son désarroi.

— Il a anéanti nos familles, reprit Sara.

Nick fixait les flammes qui bondissaient dans l'âtre.

— Parce qu'ils allaient révéler ce qu'il était vraiment, dit-il d'un ton songeur.

— Révéler qu'il tournait des *snuff movies* ?

— C'est une hypothèse logique.

— Qu'allons-nous faire ? J'ai l'impression que nous avons atteint une impasse.

Le regard de Nick rencontra le sien. Une détermination intense se lisait dans ses yeux, et Sara devina qu'à présent qu'il la croyait, il n'aurait de cesse que Stocker soit derrière les barreaux.

— Il nous reste une source d'information que nous n'avons pas encore exploitée.

Sara fronça les sourcils, perplexe. Elle passa en revue les personnes impliquées. Blaine Stocker. Channing Stocker. La mère de Nick, Laurel. Ses propres souvenirs, incomplets, fracturés.

— Qui ?

— L'inspecteur qui a enquêté sur l'affaire.

— Oui, bien sûr, répondit Sara, en proie à une soudaine excitation. Henry James.

— Il a pris sa retraite il y a dix ans, fit Nick d'un ton surpris. Tu te souviens de lui ?

— Oui, bien sûr. Il était gentil avec moi. Je l'aimais bien. Je ne m'en rendais pas compte à l'époque, mais je crois qu'il a toujours été convaincu que j'avais vu l'assassin ce soir-là.

— Qu'est-ce qui te fait dire cela ?

— Il m'a posé beaucoup de questions à ce sujet. C'est lui qui m'a conseillé de faire des séances d'hypnose.

Elle secoua la tête au souvenir des innombrables séances qu'elle avait eues avec divers psychothérapeutes.

— Ça n'a jamais rien donné. Je voyais l'homme, mais je ne pouvais pas distinguer ses traits.

— Ça devait être affreux pour une petite fille de sept ans, observa Nick.

— *C'était* affreux, Nick. Horrible. De voir ses parents comme ça. Le sang. Et savoir qu'ils étaient partis pour toujours. C'était le pire cauchemar qu'on puisse avoir, devenu réalité.

L'espace d'un instant, elle crut qu'il allait lui entourer les épaules de son bras, peut-être poser sa main sur la sienne. Mais il n'en fit rien, continuant à fixer la cheminée.

Sara ne put se garder d'en éprouver un pincement de déception.

Au bout d'un moment, il se leva.

— Voyons si nous pouvons trouver le numéro de téléphone ou l'adresse de l'inspecteur James, dit-il en se dirigeant vers son ordinateur.

Sara resta au coin du feu, buvant son vin à petites gorgées. Un goût amer lui restait sur la langue. Etaient-ils dans une impasse ? Ou l'inspecteur à la retraite serait-il en mesure de les aider ?

Debout devant le plan de travail, Nick pianota sur le clavier.

— Il a déménagé après avoir pris sa retraite, soupira-t-il, et il s'est installé à Phoenix. J'ai trouvé un numéro.

Sara jeta un coup d'œil sur sa montre.

— Il n'est pas encore 21 heures…

— Appelons-le. Voyons s'il peut nous apprendre quoi que ce soit.

Il s'empara du téléphone, tandis que Sara retenait son souffle. L'inspecteur James allait-il pouvoir mettre en place les dernières pièces du puzzle ?

— Bonsoir. J'aimerais parler à Henry James, s'il vous plaît.

La voix de Nick arracha Sara à ses réflexions. Elle le regarda. Son visage s'était crispé.

— Comment est-ce arrivé ? s'enquit-il d'une voix tendue.

Il fronça les sourcils.

— Je suis désolé de vous avoir dérangée, madame.

Il raccrocha.

— Qu'y a-t-il ? fit Sara, comprenant que les nouvelles étaient mauvaises.

— Il est mort dans un accident de la circulation quelques mois après avoir pris sa retraite, annonça Nick sombrement.

— Oh, non !

Sara déglutit avec peine, le cœur serré. Il lui semblait avoir reçu un coup de poing à l'estomac.

— Quel genre d'accident ?

— Il a été renversé par un chauffard qui a pris la fuite, répondit Nick, les traits durcis.

— On l'a retrouvé ?

— Non.

Soupçons et hypothèses se bousculèrent dans l'esprit de Sara, la transperçant comme autant d'éclats de verre, et détruisant ses derniers espoirs. Elle jeta un coup d'œil à Nick et comprit qu'il partageait ses doutes.

— Tu crois qu'il a été assassiné ?

— Je crois que c'est une possibilité.

Soudain fébrile, Sara se leva et se mit à faire les cent pas, oubliant son vin.

— Mon Dieu, Nick, si ce n'était pas un accident…

Les mots moururent sur ses lèvres. Elle dut se faire violence pour les prononcer.

— Quelqu'un l'a tué pour se protéger.

— Pour l'empêcher de fouiner, ajouta Nick en opinant.

Un frisson parcourut Sara des pieds à la tête.

— Comment allons-nous pouvoir prouver tout cela ?

— Nous allons continuer à creuser jusqu'à ce que nous mettions la main sur des éléments concrets, dit-il fermement. Et en attendant, je ne veux pas que tu t'éloignes de moi.

Sara songea vaguement à protester, mais ne pipa mot. Elle ne voulait pas l'admettre, mais elle avait peur. Si Stocker avait pu éliminer aussi facilement un policier expérimenté, il pouvait faire de même avec n'importe qui…

— Très bien, murmura-t-elle.

— Personne ne sait que tu es ici avec moi. Gardons le secret.

— D'accord.

Elle le regarda.

— Mais il est hors de question que je reste ici à ne rien faire.

Il s'approcha d'elle et lui lança un regard dur.

— Tu ne peux pas retourner à la villa. Deux agents seulement travaillent pour moi. Avec le budget de Cape Darkwood, je ne peux pas me permettre d'en affecter un à ta seule protection !

— Je ne te demande pas de le faire.

Il posa les mains sur les épaules de Sara, la faisant frissonner.

— Quelqu'un essaie de te tuer. Il a failli réussir hier. Je ne vais pas lui donner une autre chance.

Sara se refusait à lever les yeux vers lui. Il y avait trop d'émotions en elle, trop proches de la surface. Si elle plongeait son regard dans le sien, elle était perdue.

— Regarde-moi, bon sang !

L'attraction était trop forte, songea Sara. Elle n'aurait pas la force d'y résister. Comme emportée par un courant invincible, elle serait entraînée vers le large et se noierait dans les flots. Elle garda obstinément les yeux sur le sol.

Nick lui souleva alors le menton, l'obligeant à relever la tête.

Le contact fit à Sara l'effet d'une décharge électrique. Un long frisson la secoua tout entière. Un mélange de chaleur, de crainte, et d'une dizaine d'autres sensations et émotions auxquelles elle n'osait donner un nom.

— Pourquoi trembles-tu ?

— Parce qu'il y a d'autres choses qui me font peur.

Le regard de Nick fouilla le sien.

— Tu veux dire, entre nous ?

— Oui.

— Elles me font peur, à moi aussi.

— Qu'allons-nous faire ?

— Prendre notre temps, dit-il lentement. Comme ceci.

Il se pencha vers elle, et Sara eut l'impression que le sol

se dérobait sous ses pieds. Une onde de choc parcourut toutes ses terminaisons nerveuses. Tout son corps se raidit. De saisissement. De plaisir.

De la certitude que cet instant allait compliquer davantage une situation déjà compliquée.

Mais pour la première fois de sa vie, Sara n'avait cure de la prudence. Elle se moquait de savoir si ce qu'elle faisait était raisonnable, ou même dangereux.

Elle fit taire la petite voix intérieure qui lui enjoignait de mettre fin à ce petit jeu, et ferma les yeux, répondant à l'étreinte de Nick avec un abandon qui la choqua et la ravit en même temps. D'abord lent et tranquille, le baiser devint passionné, affamé. La bouche de Nick dévorait la sienne, comme s'il ne pourrait jamais s'en rassasier.

Sara sentait la même faim monter en elle. Elle éprouvait le besoin intense de sentir les mains de Nick sur sa peau.

Le besoin non moins intense de le toucher, d'explorer chaque centimètre de son corps viril.

Il continua à l'embrasser, jusqu'à ce qu'elle soit étourdie de plaisir. Ivre du bourdonnement électrique du désir. Jusqu'à ce qu'une douce musique résonne à ses oreilles et que son cœur batte comme le tonnerre.

— Il y a quelqu'un à la porte, grommela-t-il sans cesser de l'embrasser.

Ce fut seulement alors que Sara reconnut le tintement de la sonnette.

— C'est peut-être important, souffla-t-elle à contrecœur.

On sonna de nouveau.

A regret, Nick se dégagea, et, marmonnant entre ses dents, il marcha vers l'entrée. Il jeta un coup d'œil à travers le judas, prit une brève inspiration, puis ouvrit.

— Mère ?

Laurel Tyson entra dans le salon sans attendre d'y être invitée. Elle balaya les lieux du regard, et une lueur dure et froide surgit dans ses yeux à la vue de Sara.

Son sourire s'effaça. Elle s'immobilisa, raide comme une statue, tandis que ses yeux se tournaient vers Nick.

— J'ignorais que tu avais de la visite, dit-elle d'une voix glaciale.

— Si tu m'avais téléphoné avant de venir, répondit Nick calmement, je te l'aurais dit.

— Que fait-elle ici ?

Comme si elle se rendait compte que sa question était superflue, Laurel leva les mains en l'air.

— Peu importe. C'est évident, je suppose.

Nick dévisagea sa mère, le visage de marbre.

— Puis-je faire quelque chose pour toi ?

— Je n'arrive pas à croire que tu la laisses te séduire.

— Tu dépasses la mesure.

— Et toi, tu es exactement comme ton père, lâcha-t-elle avec mépris.

Devinant que la situation était sur le point d'échapper à tout contrôle, Sara tenta d'intervenir.

— Madame Tyson, ne vous fâchez pas, je vous en prie. Nous avons quelque chose à vous dire.

Laurel reporta son attention sur elle.

— Ce que vous avez à me dire ne m'intéresse absolument pas.

— Nick et moi avons fait des recherches sur ce qui s'est passé il y a vingt ans, reprit Sara sans se laisser impressionner.

— Vraiment ?

— Nous pensons que les choses ne se sont pas déroulées comme le croit la police.

— Ou peut-être que mon fils est attiré par vous de la même manière que mon mari a été attiré par votre mère.

Sara cilla face à la haine qui brûlait dans le regard de la femme.

— Votre mari et ma mère n'avaient pas de liaison. Et mon père n'a tué personne.

— Comment osez-vous réveiller toutes ces douleurs dans le seul but d'innocenter votre père ?

— Il y avait quelqu'un d'autre dans cette pièce ! riposta Sara avec véhémence. Un homme armé d'un revolver. Il les a tués parce qu'ils travaillaient sur un livre. Un livre qui aurait ruiné un riche producteur de Hollywood et l'aurait envoyé en prison.

— C'est absurde. Une histoire montée de toutes pièces parce que vous êtes incapable d'affronter la vérité, voilà tout.

Nick se tourna vers sa mère.

— Non. Ce que dit Sara est vrai. Nous pensons que Blaine Stocker a été impliqué dans le tournage de *snuff movies*. Papa collaborait à un ouvrage avec Richard et Alexandra Douglas. Stocker l'a su et les a éliminés, et puis il a laissé des indices laissant croire à un crime passionnel et à un suicide. La presse n'a été que trop heureuse d'abonder dans ce sens.

Il désigna Sara d'un geste.

— Hier, quelqu'un a poussé Sara du haut de la falaise, derrière chez elle. Il s'en est fallu de peu qu'elle y laisse la vie.

Le regard de sa mère se posa sur Sara, mais il n'y avait ni sollicitude, ni compassion dans ses yeux.

— Je ne vous crois pas.

Elle se retourna vers Nick.

— Ni l'un ni l'autre.

Il y eut un bref silence, puis Laurel Tyson secoua la tête.

— Nick… Je te croyais trop intelligent pour succomber à une jolie fille. Mais je suppose qu'après tout, tu tiens de ton père…

— Ça suffit, coupa Nick.

Sachant que la scène risquait de dégénérer, Sara tenta de changer de sujet.

— Nous avons retrouvé les notes prises par votre mari lors de ses recherches. Et nous avons aussi un film en 8 mm qui a été tourné par Blaine Stocker.

— Mais ce que vous voulez vraiment, c'est mettre la main sur mon fils, hein ?

Les yeux étrécis, le corps tendu comme si elle s'apprêtait à bondir, elle s'avança vers Sara.

— Votre mère était ma meilleure amie. Je l'aimais comme une sœur. Je lui faisais confiance. Elle m'a trahie en couchant avec mon mari. Et cela me dégoûte de voir que sa fille fait la même chose avec mon fils.

— Assez !

Nick vint se placer entre les deux femmes, affrontant la colère de sa mère.

— Je t'en prie, mère. Il faut que tu mettes ton amertume de côté et que tu nous écoutes.

Elle le foudroya du regard.

— Alex a aveuglé Nicolas avec sa fragilité. Avec son charme. Avec cette fausse honnêteté que voyaient les gens quand ils la rencontraient. Et maintenant, sa fille t'aveugle à son tour !

— C'est faux, s'écria Sara, révoltée. Je veux seulement découvrir la vérité.

— Vous voulez beaucoup plus que ça, espèce de petite

garce, asséna Laurel avec dégoût. Et de toute évidence, mon fils ne demande qu'à vous satisfaire.

Les paroles de Laurel frappèrent Sara avec autant de violence que la gifle que cette dernière lui avait donnée deux jours plus tôt. Une vague d'émotion déferla en elle, et elle crut qu'elle allait suffoquer. Mais elle refoula les larmes. Ravala la colère. Détourna la souffrance.

Elle eut vaguement conscience de voir Nick secouer la tête, à quelques pas d'elle. Laurel atteignit la porte et l'ouvrit à la volée.

Le crépitement de la pluie entra dans le chalet, mais toute l'attention de Sara était fixée sur la femme qui la dévisageait comme si elle voulait la tuer.

— Il ne vous aimera jamais, Sara. Il vous laissera vous servir de lui. Et il vous utilisera aussi. Mais il ne vous aimera jamais comme il aimait Nancy et le bébé.

Elle claqua la porte avec tant de brusquerie que les vitres vibrèrent.

Le silence s'abattit sur la pièce.

Bien que Laurel ne soit plus là, la tension était restée. Sara repassait dans sa tête les paroles épouvantables qui avaient été prononcées. Elle se sentait trembler, à l'intérieur comme à l'extérieur. Et les derniers mots de Laurel résonnaient dans son crâne, tel un horrible mantra.

Il ne vous aimera jamais comme il aimait Nancy et le bébé.

Le bébé ? Quel bébé ?

Sara ne voulait pas regarder Nick, craignant que cette question ne se lise sur son visage. Ou que le barrage retenant ses pleurs ne cède.

— Je suis désolé, dit-il enfin.

— Elle a tort à propos de ma mère, parvint à articuler Sara, toujours sans lever les yeux vers lui.

— Elle a tort sur beaucoup de choses.

— Pourquoi me hait-elle à ce point ?

Sa voix se brisa. Elle se détourna et gagna l'évier, luttant contre les larmes.

— Bon sang.

Elle tressaillit en sentant les mains de Nick se poser sur ses épaules.

— Elle est pleine d'amertume, murmura-t-il. Parce que tu lui rappelles ta mère.

— Ma mère ne l'a pas trahie.

— Je sais.

Avec douceur, il la força à lui faire face. Comme elle se refusait toujours à le regarder, il lui souleva gentiment le menton.

— Je ne vais pas excuser sa conduite. Mais elle a perdu beaucoup ce soir-là. Peut-être plus qu'elle ne pouvait le supporter.

— Nous avons tous perdu plus que nous ne pouvions le supporter.

— Nous allons surmonter cela, Sara. Nous allons mettre au jour vérité. Et faire en sorte que le coupable soit puni pour son crime.

Sara osa enfin affronter son regard.

Dans les profondeurs océanes de ses yeux se lisait tout ce qu'elle avait désespérément besoin d'y lire.

La compréhension.

La compassion.

La détermination.

Quels que soient les obstacles qu'ils trouveraient en travers de leur chemin, ils feraient éclater la vérité.

— Merci.

Il se pencha légèrement et la gratifia d'une ébauche de sourire.

— Ne pleure pas.

— Je ne pleure pas.

C'était une chose stupide à dire. Les larmes coulaient sur ses joues.

— Bon sang, marmonna-t-elle, impuissante à les faire cesser.

— Si, tu pleures.

Elle étouffa un bruit qui était entre le sanglot et le rire, et s'essuya les joues d'un revers de main.

— Depuis vingt ans, on me dit que mon père était un assassin, hoqueta-t-elle. Et que ma mère lui était infidèle. Parfois, je les ai détestés tous les deux pour cela. C'est tellement important pour moi de prouver que rien de tout cela n'est vrai… Il faut que je sache.

— Je vais t'aider. Laurel finira par se calmer. Avec un peu de chance, quand toute cette histoire sera révélée, elle sera plus proche de la guérison.

Sara s'écarta de Nick pour aller mettre de l'eau dans la bouilloire. Une tasse de thé les réchaufferait, les apaiserait peut-être.

— Ce que ta mère a dit…, commença-t-elle. Au sujet de Nancy. Vous… vous avez eu un enfant ?

13

Nick aurait dû s'attendre à cette question ; elle le surprit néanmoins. Le seul fait d'entendre les mots prononcés tout haut le transperça aussi sûrement que la lame d'un couteau plantée dans sa poitrine, en plein cœur.

Si le hasard en avait décidé autrement ce soir-là, Nancy et lui auraient eu un enfant.

Mais Nancy était morte. Et pendant que Nick la serrait dans ses bras, impuissant, regardant la vie se retirer lentement de son corps disloqué, il avait perdu non seulement son grand amour, mais son enfant.

— Nancy était enceinte de deux mois quand elle est morte dans l'accident.

Sa voix parut étrangère à ses propres oreilles.

Sara était à quelques mètres de lui et le regardait. Mais la distance qui les séparait semblait infiniment plus vaste.

— Oh, Nick. Je suis désolée. Je ne savais pas.

— Ma mère est la seule personne qui soit au courant pour le bébé. Nancy avait fait une fausse couche l'année d'avant. Nous avions décidé d'attendre qu'elle passe le trimestre avant de l'annoncer à nos amis.

— Ça a dû être affreux pour toi.

Une année s'était écoulée depuis l'accident, mais Nick

avait encore du mal à repenser aux événements de ce soir fatidique.

Il était d'astreinte, et avait été le premier à arriver sur les lieux. A la vue du corps disloqué, ensanglanté de Nancy, quelque chose s'était brisé en lui, qui ne pourrait pas être réparé. Il avait traversé un cauchemar qu'il ne voulait jamais revivre.

C'était pourquoi il s'était juré de ne plus jamais aimer quiconque, de ne plus jamais aimer une femme. De ne pas exposer son cœur et son âme à un autre coup du sort.

Il s'était convaincu que le poids de la solitude était de loin préférable à ce genre d'enfer.

Et puis était venue Sara Douglas, avec son amour persistant pour un monde qui pouvait être cruel — et un sourire capable de faire fondre le plus solitaire des cœurs.

— Tu veux m'en parler ? demanda-t-elle doucement.

Il ne voulait pas, non.

Mais il savait qu'ils devraient le faire un jour ou l'autre. Il ne pouvait continuer à se voiler la face et laisser faire les choses. Peut-être s'était-il refusé à affronter la réalité, mais il savait désormais qu'il y avait entre Sara et lui un lien plus fort qu'il n'avait voulu l'admettre.

Il lui devait la vérité.

Quand le moment serait venu pour lui de prendre ses distances, il voulait pouvoir le faire la conscience tranquille.

— Viens.

Il prit leurs verres de vin, les déposa sur la table du salon et s'assit sur le canapé.

Sara le suivit et s'assit à côté de lui, sans le toucher, et toutefois assez proche pour qu'il ait une conscience aiguë de sa présence, de son parfum.

— Tu ne t'étais pas rendu compte que tu avais affaire à un individu abîmé, si ? s'enquit-il.

— Je ne crois pas que tu le sois.

Il se tut un instant, s'abandonnant aux souvenirs, essayant de mettre des mots sur les images qui défilaient dans sa tête.

— On m'a appelé à la tombée de la nuit, commença-t-il. Un automobiliste avait vu une voiture quitter la route qui longe la côte et plonger dans le vide. Il n'avait pas eu le temps de noter le modèle du véhicule, et je ne me doutais pas du tout qu'il s'agissait de Nancy. Je n'attendais pas son retour avant une heure ou deux.

— Mon Dieu…

— Je suis arrivé avant les ambulanciers. La voiture avait percuté le garde-fou et était tombée à une trentaine de mètres en contrebas. Je ne pensais pas qu'il puisse y avoir des survivants, mais on ne sait jamais. Comme j'ai mon brevet de secouriste, j'ai pris ma trousse de premiers secours et une couverture de survie et je suis descendu.

Encore maintenant, le souvenir du choc qu'il avait éprouvé fit couler une sueur froide sur sa nuque.

— La voiture n'était plus qu'un amas de tôle froissée, mais je l'ai reconnue aussitôt. Nancy avait été projetée à l'extérieur, et je l'ai trouvée à une quinzaine de mètres de là.

Sara posa la main sur la sienne. Une partie de lui mourait d'envie de se laisser réconforter par ce contact. Son esprit l'en empêcha, le forçant à revivre les moments les plus douloureux de sa vie.

— Elle était à demi consciente. Elle saignait, elle souffrait.

Il ravala la boule qui s'était formée dans sa gorge.

— Je voulais la serrer contre moi, mais elle avait trop de

fractures. Je ne pouvais pas prendre le risque de la bouger sans support. Elle me regardait, mais elle ne pouvait pas parler. Ses yeux… l'expression de son visage… Je me sentais si impuissant. Je ne pouvais rien faire pour l'aider.

Il eut un soupir tremblant.

— J'ai pris mon portable, j'ai dit aux ambulanciers de se dépêcher. J'ai mis la couverture sur elle et je lui ai parlé. Je lui ai menti. Je lui ai promis que tout irait bien. Mais je savais qu'elle allait mourir.

Sara lui pressa la main.

— Dans une situation comme celle-là, Nick, on ne peut qu'essayer de donner un peu d'espoir et de réconfort. Je suis sûre que tu y es parvenu.

— Je lui ai tenu la main. Elle était si froide, si molle dans la mienne. Il m'a semblé que les secours mettaient des heures à venir. Elle est morte avant qu'ils arrivent.

Sa voix se brisa, et il se tut.

Au fond de lui, il n'avait pas voulu partager ces instants avec elle ; il ne voulait pas qu'elle connaisse ses démons. Mais une autre partie de lui savait qu'il devait accomplir ce premier pas, qui devait être une mise en garde pour elle.

Déjà, il s'était laissé entraîner trop loin. Il avait commencé à s'attacher à elle. Au-delà de la simple attirance physique, il sentait un lien émotionnel entre eux. Et c'était précisément ce genre de sentiment qu'il s'était interdit d'éprouver.

Sara se tourna pour lui faire face. Nick évita son regard. Il ne voulait pas qu'elle voie les émotions qu'il devinait écrites sur ses traits. Mais il aperçut ses joues humides de larmes.

— Tu as perdu deux êtres chers ce soir-là, murmura-t-elle. Je ne peux qu'imaginer combien cela a dû être difficile pour toi.

— Tu as connu ta part de souffrance.

Elle demeura silencieuse un instant, puis esquissa un geste vers lui.

— Oui. Mais chacun a sa manière personnelle de gérer le chagrin. La seule chose dont je sois certaine, c'est qu'on a raison de dire que le temps aide à surmonter la douleur.

Elle lui caressa le menton, et il tressaillit au contact de ses doigts.

— Je n'ai… je n'ai été proche d'aucune autre femme depuis, avoua-t-il. Je n'en ai pas éprouvé l'envie.

Enfin, il leva les yeux vers elle.

Quand leurs regards se rencontrèrent, Nick eut l'impression de voir le soleil se lever après une interminable et sombre nuit d'orage.

De recommencer à respirer après avoir longtemps été privé d'oxygène.

— Jusqu'à maintenant, acheva-t-il.

— Je… Nick, c'est un grand pas.

Il lui encadra le visage de ses mains et, pendant quelques secondes, laissa la beauté de Sara pénétrer en lui, réchauffer son âme blessée.

— C'est pourquoi il fallait que je te parle de Nancy et du bébé. Je ne suis pas… je ne suis pas encore guéri, Sara. J'y travaille, mais… c'est comme si on avait arraché un morceau de mon cœur ce jour-là, et que je n'avais pas pu le recoller.

— Ça ne fait rien, chuchota-t-elle.

— Ça ne fait rien ? répéta-t-il. Ça ne fait rien que je te regarde et que je te désire tant que je le sens jusque dans mes os ? Ai-je le droit d'éprouver cela, alors que je sais que je ne suis pas un être entier ? Que je ne suis sans doute pas capable de rendre ce qu'on me donne ?

— Peut-être que tu ne sais pas combien tu peux offrir en retour.

C'était sans doute une des paroles les plus tendres qu'on lui ait jamais dites. Pourtant, Nick n'osait s'autoriser à la croire.

— Je n'ai plus rien à donner, Sara. Je suis vidé. Tari. Usé. Le chagrin m'a fait cela. L'un de nous deux a tiré la courte paille.

— Peut-être devrions-nous prendre notre temps…

Elle fit mine de se lever, mais il la retint d'un geste, la forçant à se rasseoir.

Brusquement, il ne pouvait supporter l'idée de la voir s'éloigner. Il savait qu'il n'était pas juste envers elle ; mais le besoin qu'il éprouvait le transperçait tel un diamant aiguisé, s'enfonçant plus profondément à chaque battement de son cœur.

Il ne voulait pas que ce moment si précieux lui échappe. S'il avait tiré une leçon des épreuves qu'il avait traversées au cours de l'année écoulée, c'était que le présent comptait plus que tout.

Il se pencha vers elle.

Le baiser bouleversa Sara.

Une vague de plaisir déferla en elle, déclenchant des picotements jusque dans ses terminaisons nerveuses. Une seule et terrifiante pensée dominait son esprit.

Elle venait de se jeter à l'eau, et elle était déjà grisée par l'air du large.

Elle avait vingt-sept ans, et elle avait été embrassée par bon nombre d'hommes. Elle avait eu deux relations sérieuses, quoique tièdes, qui s'étaient terminées sans qu'elle en soit responsable.

Elle avait connu la passion, et le plaisir d'une étreinte charnelle avec un homme.

Mais elle n'avait rien ressenti d'aussi fort qu'à cet instant.

Le baiser de Nick entrait dans une autre catégorie. Sur le plan purement physique, il faisait preuve d'un talent incomparable, stimulant toutes les zones érogènes de son corps à la fois.

En même temps, Sara comprenait parfaitement les risques émotionnels que Nick encourait. Le fait qu'il était prêt à mettre de côté son passé douloureux pour se rapprocher d'elle fit voler en éclats ses propres réserves, anéantissant le mur qu'elle avait érigé autour de son cœur.

Il l'embrassa longuement, avec force, si fougueusement qu'elle en oublia de respirer. Elle ne savait pas si c'était le manque d'oxygène ou l'afflux du sang dans ses veines qui lui donnait l'impression que la pièce chavirait autour d'elle, mais Nick était si absorbé par le baiser, sa concentration si totale, qu'elle ne pouvait reprendre son souffle.

Ils étaient assis sur le canapé, face à face. Soudain, avant que Sara ait eu le temps de réagir, il l'allongea doucement sur le dos, sans cesser de l'embrasser comme elle n'avait jamais été embrassée.

Un désir inconnu jaillit au fond d'elle, la submergeant tout entière.

Elle entendit vaguement le tonnerre gronder dans la nuit. Pendant que le vent et la pluie fouettaient les vitres au-dehors, Nick et elle luttaient contre leur propre tempête à l'intérieur.

Son baiser se fit plus exigeant, et Sara s'ouvrit à lui, l'invitant dans sa bouche. Elle sentait l'haleine chaude de Nick contre sa joue, les muscles durs et frémissants de ses bras autour de ses épaules. Elle entendait sa propre respiration heurtée s'échapper de sa gorge nouée.

— Je veux davantage, Sara, dit-il d'une voix sombre.

Ses paroles pénétrèrent Sara comme une eau bienfaisante. Elle était incapable de répondre. Tout son être se focalisait sur la sensation du corps de Nick contre le sien, sur la pression insistante de sa bouche.

Il referma la main sur son sein.

Avec un gémissement rauque, et sans même avoir conscience de son geste, elle s'arqua à la rencontre de Nick, lui offrant un meilleur accès. Il glissa les mains sous son T-shirt, et, d'un doigt expert, dégrafa son soutien-gorge.

Il prit le globe dans sa paume. Le souffle coupé, elle faillit s'évanouir quand il captura ses mamelons entre le pouce et l'index, excitant habilement la zone sensible, l'amenant au bord de l'extase.

Jamais elle ne s'était considérée comme une créature très sensuelle. De nature timide et réservée, elle pouvait vivre des mois durant sans accorder une seule pensée au sexe.

En un seul baiser, Nick avait changé tout cela, l'avait troublée au point qu'elle en oubliait son nom.

Elle se tortilla sous lui, les seins gonflés, douloureux. Son corps lui semblait être en feu, se consumer de l'intérieur.

Nick recula légèrement pour la contempler.

Sara lui rendit son regard, remarquant les gouttes de sueur qui perlaient à son front. Mais ce fut la lueur brûlante qui brillait dans ses yeux qui acheva de la conquérir, éveillant en elle un désir si intense qu'il en était presque insupportable.

— Tu es magnifique, murmura-t-il en tendant la main vers son T-shirt.

La protestation de Sara mourut sur ses lèvres tandis qu'il faisait passer le vêtement par-dessus sa tête.

Le regard de Nick tomba sur son soutien-gorge dégrafé, ses seins dénudés, exposés. Se sentant soudain vulnérable, Sara fit mine de se recouvrir la poitrine de ses bras, mais il l'en empêcha.

— Je veux te voir, dit-il en même temps qu'il se penchait vers elle.

Sa bouche se referma sur le mamelon durci, lui arrachant un cri. Une vague de plaisir l'envahit, se répandit comme un liquide brûlant jusque dans la moindre parcelle de son corps.

Toute pudeur oubliée, elle tendit à son tour la main vers lui, ses doigts cherchant maladroitement à déboutonner sa chemise.

— Moi aussi, je veux te voir.

Pour toute réponse, Nick tira sur les pans de sa chemise. Les boutons sautèrent et cliquetèrent sur le sol. Sara aperçut une toison brune, des pectoraux arrondis, un abdomen plat et dur comme du granit.

L'instant d'après, il avait retiré la chemise et l'attirait à lui.

Son torse se pressa contre les seins de Sara, provoquant une nouvelle montée de désir. Tout son corps vibrait, palpitait sous les caresses de Nick.

Elle n'avait pas eu l'intention d'aller aussi loin, songea-t-elle dans un éclair de lucidité. S'embrasser était une chose. C'était sans danger. Contrôlé.

Mais faire l'amour avec Nick Tyson était une tout autre affaire.

Pourtant, Sara savait qu'elle ne reculerait plus. Pas pour tout l'or du monde. Pour le meilleur ou pour le pire, elle voulait connaître ces précieux moments avec lui.

Elle voulait cela plus qu'elle ne voulait continuer à vivre.

Il l'enlaça, l'écrasa contre lui avant de prendre sa bouche. Emerveillée par la puissance et la fermeté de ses muscles, Sara noua les bras autour de ses épaules, et lui rendit son baiser avec une ardeur qui la surprit elle-même.

Brusquement, Nick se dégagea et se redressa.

Perplexe, Sara leva les yeux vers lui.

— Qu'y a-t-il ?

— Viens, dit-il en tendant la main vers elle.

L'instant d'après, il la soulevait dans ses bras. Elle se cramponna à lui d'une main, et de l'autre, lui prit le menton et le fit se tourner vers elle, quémandant un baiser. La tenant serrée contre lui, il l'embrassa avec passion, pénétrant profondément sa bouche.

Sara le sentit trembler, et savoura le plaisir de savoir qu'elle avait sur lui le même effet que celui qu'il produisait sur elle.

Il poussa du pied la porte de la chambre, et y entra sans prendre la peine d'allumer la lumière. A mi-chemin du lit, il laissa Sara glisser sur le sol, et posa les mains sur elle, caressant, cherchant, explorant.

Sara se noyait dans un océan de sensations. Jamais elle n'avait éprouvé un désir aussi féroce. Les doigts tremblants, elle dégrafa la ceinture de Nick, puis s'attaqua à la fermeture de son pantalon.

Elle ne pouvait quitter du regard son torse ; jamais elle n'avait vu un homme aussi splendide que lui.

Il fit glisser le soutien-gorge sur ses épaules, puis lui retira son jean, effleurant du bout des doigts la chair sensible de son ventre. Les jambes flageolantes, Sara se débarrassa du vêtement.

Vêtue de son seul slip, elle fit mine de grimper sur le lit, mais Nick l'arrêta. Il lui prit la main et l'obligea à se tourner vers lui.

La lumière filtrait dans la pièce par la porte entrebâillée. Le souffle coupé, Sara contempla les ombres noires de ses yeux. L'angle tendu de sa bouche. Le désir se lisait sur ses traits, dans sa respiration saccadée.

Il baissa légèrement la tête, et prit possession de ses lèvres. Pour Sara, ce fut comme s'il l'avait arrosée d'essence et avait jeté une allumette. Son sang semblait s'être transformé en coulée de lave brûlante dans ses veines. Elle embrassa Nick avec un abandon total tandis qu'il entremêlait ses doigts aux siens et la faisait lentement reculer.

Elle heurta le mur du dos, mais Nick continua à avancer, jusqu'à être pressé de tout son long contre elle. Haletante, Sara ferma les yeux, traversée par un tel déferlement de sensations que son cerveau semblait à peine capable de les absorber.

Mais son corps n'avait pas cette difficulté.

Un soupir lui échappa alors que Nick lui prenait les mains, et les faisait glisser le long du mur pour qu'elles soient au-dessus de sa tête. Puis il captura son gémissement dans sa bouche — lui dérobant son souffle tout comme sa dernière pensée rationnelle.

De sa main libre, il abaissa son slip le long de ses cuisses. Sara sentait ses doigts frémir sur sa peau. Elle voulut le rassurer, lui dire que tout irait bien. Qu'elle était nerveuse aussi.

Mais elle était incapable d'articuler un son.

Elle ne pouvait communiquer qu'avec son corps.

Son slip tomba sur le sol.

Nick la souleva de terre et se cala entre ses genoux, la plaquant contre le mur. Sara gémit, et il fondit sur sa bouche avec une ferveur proche de la folie, en même temps qu'il s'enfonçait en elle.

Le choc du plaisir arracha un cri à Sara.

Elle se cambra sous lui, s'ouvrant pour l'accueillir plus profondément. Nick se mit à aller et venir lentement, et l'univers bascula autour d'elle.

14

Nick s'abandonna contre l'oreiller et regarda distraitement la lumière vacillante de la bougie se refléter sur le plafond.

Près de lui, Sara dormait à poings fermés, telle une enfant épuisée. Après avoir été seul pendant si longtemps, il aurait dû être réconforté par la chaleur de son corps contre lui, et le rythme régulier de sa respiration.

Il aurait dû baigner dans un sentiment de bien-être apporté par une des nuits les plus érotiques de sa vie.

Au contraire, Nick était tourmenté. Il était allongé auprès de Sara depuis près de trois heures, incapable de trouver le sommeil, incapable d'apaiser le tumulte de ses pensées. Dans moins d'une heure, le soleil allait se lever. Il aurait voulu croire qu'il était seulement fébrile après une nuit passée à faire l'amour.

Mais il était assez honnête avec lui-même pour admettre que le problème était beaucoup plus compliqué que cela.

Sara était tout ce qu'un homme pouvait espérer d'une compagne, et bien davantage. Elle était drôle, intelligente, sexy en diable. Certes, elle pouvait se montrer obstinée et forte tête, mais ses défauts contrebalançaient ses qualités et ne la rendaient que plus désirable encore à ses yeux.

Il aurait dû être fou de joie d'avoir eu la chance de la trouver.

Mais là était justement le nœud du problème.

Après la disparition de Nancy, Nick s'était juré qu'il ne prendrait plus de risques avec son cœur. Ce genre d'amour était trop fragile. Il ne savait que trop bien que le destin pouvait frapper au moment où on s'y attendait le moins. Il avait besoin de se préserver, de garder son équilibre. Peut-être aurait-il été prêt à tomber amoureux s'il avait eu plus de temps pour se remettre de ses blessures. Mais une seule année avait passé. Etendu dans la pénombre, il se sentit glacé à cette pensée.

Ciel. Etait-il possible qu'il soit tombé amoureux de Sara en si peu de temps ?

Il prit conscience des battements précipités de son cœur, en même temps que l'idée s'ancrait dans son esprit.

Quelques gouttes de sueur perlèrent à son front.

— Nick ?

Soucieux de dissimuler son trouble à Sara, il se redressa et s'assit au bord du lit. Puis il se couvrit le visage de ses mains, cherchant désespérément à se ressaisir. Il tressaillit au contact d'une main chaude sur son bras.

— Oh, mon Dieu. Tu trembles.

Elle se redressa à son tour, remontant les draps sur son corps dénudé. La sollicitude se lisait dans ses yeux.

— Qu'y a-t-il, Nick ?

Il se détourna. Il ne voulait pas la regarder. Il ne voulait surtout pas qu'elle sache qu'il était en train de tomber amoureux d'elle et que cette pensée le plongeait dans un état d'absolue terreur.

— Rien, dit-il sèchement. Laisse tomber.

— Tu as fait un mauvais rêve ?

Il se dégagea sans répondre, et se leva, tendant la main vers le jean qu'il avait laissé dans le fauteuil.

— Non, dit-il enfin en se rhabillant.

— Alors qu'y a-t-il ?

Nick gagna le salon. Il devait s'éloigner de ses questions, de sa sollicitude déplacée, d'une tentation à laquelle même un homme prudent n'aurait pu résister. Il n'avait pas besoin d'elle. Ne voulait pas de ce qu'elle représentait dans sa vie. Bon sang, il tenait à mener une existence tranquille.

Et voilà qu'elle venait tout bouleverser !

Dans la cuisine, il s'efforça de se concentrer sur la simple tâche qui consistait à préparer du café. Il versa de l'eau dans la cafetière, refusant de penser à l'erreur monumentale qu'il avait commise.

— Nick.

Il ne se retourna pas. Il n'osait pas la regarder dans les yeux et voir l'affection, l'inquiétude et toute une gamme d'émotions qu'il était incapable de lui rendre. Il n'osait pas laisser Sara déchiffrer la vérité sur ses traits.

Ni céder à la bouffée enivrante de désir qu'elle ne manquait pas d'éveiller en lui chaque fois qu'il posait les yeux sur elle.

— Retourne te coucher.

— Qu'est-ce qui ne va pas ?

Comme il demeurait muet, elle s'avança vers lui, le saisit par le bras et le força à lui faire face.

— Parle-moi. Je t'en prie.

Elle avait enfilé la chemise en jean qu'il portait la veille au soir. L'ourlet lui arrivait à mi-cuisse. Sous la toile, il distinguait des courbes affolantes. Une chair douce, des endroits secrets. Pire encore, il lut la compassion sur son visage, et une autre émotion qu'il ne voulut pas identifier.

Il ne savait que dire.

Comment aurait-il pu mettre des mots sur les sentiments qui se livraient bataillé en lui ?

Il éprouvait envers elle plus d'affection qu'il ne le voulait. Plus qu'il n'était sage. Ils avaient fait l'amour deux fois, et il la désirait déjà de nouveau. Il savait que c'était égoïste et stupide, mais une partie de lui était en colère contre elle pour avoir produit cet effet sur lui.

— Ce qui s'est passé entre nous a été fantastique, commença-t-il, avant de s'interrompre brusquement.

Seigneur. Il s'exprimait comme un imbécile.

— Mais je ne suis pas prêt à m'engager.

Elle fronça les sourcils, et son expression devint méfiante.

— Je n'avais pas conscience que nous étions… engagés dans quoi que ce soit.

— Laisse-moi t'expliquer les choses clairement, en ce cas, grommela-t-il. Je suis veuf depuis un an. Je ne suis pas prêt à foncer tête baissée dans une relation.

— Nick, nous sommes amis. Ce qui s'est passé hier soir… était spontané. Cela ne se reproduira pas si nous ne le voulons pas.

Elle se montrait si raisonnable que Nick sentit sa colère grandir encore. Ne comprenait-elle pas qu'ils avaient commis une erreur épouvantable ? Que cette histoire ne pouvait que mal se terminer ?

— Nous avons couché ensemble, Sara. C'était bien. Plus que bien. Mais c'était une erreur.

— D'où vient tout cela ?

— Peu importe. C'est comme ça que je vois les choses. Je suis désolé si je t'ai donné une autre impression.

— Tu veux dire quand tu me déshabillais en murmurant des mots tendres à mon oreille ? fit-elle sur un ton incrédule. Nick, dis-moi pourquoi tu te conduis ainsi.

— J'avais envie de toi.

La douleur se lut dans les yeux de Sara. Nick se raidit pour ne pas faiblir. Il valait mieux pour eux deux que leur aventure se termine avant même d'avoir commencé.

— J'avais besoin… de sexe, reprit-il. Tu étais là.

Elle leva les mains pour l'interrompre, reculant d'un pas.

— N'insulte pas ce qui s'est passé entre nous.

— Je dis la vérité.

— Tu te conduis comme un salaud, et je ne comprends pas pourquoi.

Il se cramponna à l'étincelle de colère qui brillait dans le regard de Sara. Il voulait qu'elle se mette en colère. Qu'elle le déteste. Dieu savait qu'il l'avait mérité. Il valait mieux qu'elle le déteste plutôt qu'elle l'aime…

— Si tu veux remettre ça, je suis prêt à te satisfaire.

Elle écarquilla les yeux en le voyant s'approcher, et esquissa un pas en arrière. Plus rapide, Nick la coinça contre le plan de travail, l'emprisonnant entre ses bras. Il se pencha pour l'embrasser, mais elle se détourna.

— Arrête, ordonna-t-elle sèchement.

— Allez, viens, murmura-t-il, tout en se haïssant pour son attitude.

— Nick, je ne sais pas à quel jeu tu joues, mais tu n'es pas toi-même.

— Tu te trompes. Je suis exactement tel que tu me vois, affirma-t-il en essayant de l'embrasser de nouveau. Viens…

— Arrête !

Elle le repoussa sans ménagement, se faufila sous son bras et s'enfuit vers la chambre d'amis.

Nick resta dans la cuisine, regrettant de n'avoir pas trouvé de manière plus élégante de mettre fin à cette folie. Il y en avait, bien sûr, mais il n'avait ni l'énergie ni l'envie de les tenter. S'il restait plus longtemps avec elle, ils finiraient dans son lit et il serait définitivement perdu.

Non, pensa-t-il pour la énième fois. Il était préférable de l'éloigner dès maintenant. De rompre une fois pour toutes afin que personne ne souffre.

Sara méritait mieux que lui.

De son côté, il pourrait continuer à superviser le dossier. Il chargerait son agent de surveiller Sara discrètement, de la protéger jusqu'à son départ.

Il la trouva dans la chambre d'amis, en train de hisser sa valise sur le lit. La souffrance qu'il lut dans son regard faillit avoir raison de sa détermination, mais il parvint à garder ses distances.

— Je peux t'emmener dans une chambre d'hôte en ville, offrit-il.

Elle ouvrit la fermeture d'un geste brusque.

— Je suis parfaitement capable de conduire, rétorqua-t-elle.

— Ecoute, je suis peut-être un goujat, mais nous savons l'un comme l'autre qu'il serait inconscient de ta part de sortir seule ce matin.

Elle le foudroya du regard par-dessus sa valise.

— Comme si tu t'en souciais.

Il s'en souciait, en effet. Plus qu'elle ne le saurait jamais.

— Je ne veux pas que tu coures de risques.

— Dis plutôt que toi, tu ne veux pas courir de risques, riposta Sara.

Si ces mots touchèrent un point sensible, il s'obligea à rester impassible. Il la dévisagea, se demandant si elle savait à quel point il mourait d'envie de la prendre dans ses bras.

La sonnerie de son téléphone portable coupa court à ses rêveries. Il le tira de sa ceinture en maugréant.

— Oui ?

— Chef ?

C'était la voix de B.J., soucieuse.

— On vient de m'avertir qu'il y a eu un accident sur la route de la côte.

— Quand ?

— Ça a dû se produire cette nuit, répondit le policier avant de marquer une pause. Ecoutez, je regrette d'avoir à vous annoncer une mauvaise nouvelle, mais… selon l'automobiliste qui nous a alertés, il y aurait une Mercedes rouge décapotable au fond du ravin.

Nick ferma brièvement les yeux.

Sa mère conduisait une Mercedes rouge décapotable. Pour rentrer en ville hier soir, elle avait dû emprunter la route de la côte.

Une bouffée d'adrénaline courut dans ses veines.

— Envoie une ambulance, dit-il d'une voix tendue. Avertis la police de la route.

— Ils sont en chemin. Ils devraient arriver d'ici à une dizaine de minutes.

— Où est-ce exactement ?

— A environ un kilomètre au nord de Fall River Road.

Les mots firent à Nick l'effet d'un coup de poing dans l'estomac. C'était l'endroit même où, un an plus tôt, Nancy avait perdu le contrôle de son véhicule.

— J'arrive.

Le cœur tambourinant dans sa poitrine, Nick raccrocha. Il se tourna vers Sara, qui l'observait avec attention.

— Il faut que je parte.

— Que s'est-il passé ?

— Il y a eu un accident. Sur la route de la côte.

D'un pas mécanique, il gagna le placard du couloir et en sortit un ciré.

— La description du véhicule correspond à celle de la voiture de ma mère.

Sara le suivit.

— C'est grave ?

— Je ne sais pas.

Nick hésita. Il mourait d'envie de la presser contre lui, et de retirer toutes les paroles cruelles qu'il avait prononcées. L'idée qu'elle puisse partir en son absence et qu'il retrouve le chalet vide lui était intolérable.

— Ne t'en va pas, dit-il d'une voix sourde.

Elle ne répondit pas, mais il comprit à son regard qu'elle ne serait plus là à son retour.

— Ne t'en va pas, bon sang. Je suis désolé. Je veux que nous parlions.

Il tendit une main vers elle, mais elle se déroba.

— J'espère que ta mère est saine et sauve.

Nick hocha la tête. Il ne pouvait rien faire d'autre. Il marcha vers l'entrée.

Le claquement de la porte résonna dans le cœur de Sara, apportant avec lui une intense sensation de solitude.

Elle frissonna en pensant à l'accident, à la terrible possibilité que la mère de Nick soit grièvement blessée, ou morte. Il avait déjà enduré tant de souffrance, pensa-t-elle, la gorge nouée. Un homme pouvait-il supporter davantage ?

Elle se laissa tomber sur une chaise, s'efforçant de réfléchir à la situation entre eux deux, repassant dans son esprit la scène qui s'était déroulée ce matin. Les paroles de Nick l'avaient profondément blessée, mais elle devinait son intention : il avait voulu la repousser en se montrant méchant. Elle savait qu'il n'avait pas encore surmonté la perte de sa femme et de leur enfant à venir. Ce qu'elle ne comprenait pas, en revanche, c'était pourquoi il fallait que leur relation soit tout ou rien.

Il lui avait fait mal. Il lui avait fait l'amour et puis il l'avait traitée comme si elle n'était rien pour lui. Au fond d'elle-même, Sara savait qu'il ne pensait pas ce qu'il avait dit. Mais le mieux était peut-être de lui donner du temps, de prendre ses distances avec lui.

Elle acheva de faire ses bagages, la mort dans l'âme. Elle roulerait jusqu'au premier motel venu, décida-t-elle. Et puis elle découvrirait la vérité à propos des événements survenus vingt ans plus tôt. Elle n'avait pas besoin de Nick pour le faire.

Elle tendait la main vers la porte quand la sonnerie de son portable tinta.

— Allô ?

— Sara Douglas ? Je suis navré de vous déranger d'aussi bonne heure. Ici Brett Stocker. Nous nous sommes rencontrés hier.

Sara se figea, gagnée par une étrange méfiance.

— Bonjour, monsieur Stocker.

Pourquoi diable lui téléphonait-il alors qu'il les avait pratiquement mis à la porte la veille ?

— Que puis-je faire pour vous ?

— J'essaie d'atteindre Nick Tyson, le chef de la police. Il ne répond pas au numéro qu'il m'a donné.

— Il a été appelé pour une urgence. Puis-je vous aider ?

— Eh bien, je voulais demander à M. Tyson de me rencontrer. J'ai trouvé quelque chose de très troublant chez mon père. Je souhaite le remettre aux autorités.

— De quoi s'agit-il ? s'enquit Sara, le cœur battant.

— Tout d'abord, je voudrais dire que je ne crois pas

une seconde aux accusations que vous avez portées hier à l'encontre de mon père. C'est quelqu'un de bien. De très gentil. Mais… ce… oh, Seigneur…

— Monsieur Stocker, qu'avez-vous trouvé ? insista Sara.

— Après votre départ, je suis monté dans le grenier. Il a été converti en une sorte de cabinet de travail, que mon père n'utilise plus depuis des années. J'ai fouillé le bureau et j'ai trouvé un manuscrit.

Sara éprouva un picotement d'excitation à la base de la nuque.

— Quel genre de manuscrit ?

— Eh bien, c'est un livre basé sur des faits divers, me semble-t-il. Il n'est pas tout à fait terminé. J'ai commencé à le lire, mais cela m'a glacé le sang. A vrai dire, j'ai trouvé le récit terrifiant.

— Qui en est l'auteur ? fit Sara, la bouche sèche.

— Nicolas Tyson, en collaboration avec Richard et Alexandra Douglas.

Le cœur de Sara battait si fort que, l'espace d'un instant, elle fut incapable d'articuler un son.

— Mes parents.

— Les auteurs prétendent que mon père était un monstre, reprit Brett Stocker d'une voix étranglée, trébuchant sur les mots. Il doit y avoir une méprise. J'aimerais éclaircir cette affaire avant qu'elle ne tombe entre de mauvaises mains. Il est absolument impensable que mon père soit coupable des crimes qui lui sont imputés.

— J'aimerais voir ce manuscrit.

— Je ne suis pas sûr que ce soit souhaitable. Certains passages sont extrêmement… outrageants. J'en ai déjà communiqué un exemplaire à mon avocat, mais je voulais que la police le voie aussi. Il va de soi que je conteste l'ensemble. Et, si nécessaire, j'intenterai un procès pour protéger mon père.

Sara réfléchit au moyen d'obtenir sa coopération.

— Je pourrais vous retrouver au commissariat.

Il soupira.

— Je ne peux rien dire à la police avant d'avoir obtenu l'accord de mon avocat.

— Monsieur Stocker, je tiens vraiment à voir ce manuscrit.

— Ecoutez, fit-il après un nouveau soupir, je me trouve à environ une heure de Cape Darkwood. Je peux vous donner rendez-vous quelque part.

Sara fronça les sourcils, surprise qu'il se soit mis en route avant d'avoir téléphoné d'abord. Mais le contenu du manuscrit avait dû le secouer… Découvrir que l'homme qui vous a élevé est un tueur…

Elle jeta un coup d'œil à sa montre. Il était à peine 7 heures du matin.

— Il est encore tôt. La plupart des cafés et des restaurants en ville n'ouvriront qu'à l'heure du déjeuner, répondit-elle, tout en passant rapidement en revue les endroits possibles.

Elle ne voulait pas qu'il vienne chez Nick.

— Je pourrais vous retrouver à la villa de mes parents, suggéra-t-elle, avant de lui en indiquer le chemin.

— Naturellement, tout ceci doit rester strictement confidentiel, dit-il fermement. Je ne veux pas que la réputation de mon père soit salie par des rumeurs dénuées de tout fondement.

Sara songea au film que Nick et elle avaient visionné dans le grenier.

— Je ne désire qu'une chose, repartit-elle. La vérité.

— Je ne peux m'opposer à cela.

Il marqua une pause.

— Je serai là dans une heure environ.
— A tout à l'heure.
Sara raccrocha.
Dans quelques instants, elle saurait enfin la vérité.

15

Sara n'arrivait pas à croire que Brett Stocker ait trouvé le manuscrit.

Pourquoi diable était-il chez les Stocker ? Le vieillard le cachait-il depuis toutes ces années ?

En route pour la villa, elle tenta de joindre Nick.

Par deux fois, elle obtint son répondeur et laissa des messages détaillés, s'efforçant de ne pas l'imaginer en train de descendre la falaise pour trouver le véhicule de sa mère… ou le corps sans vie de cette dernière.

Avec du recul, elle se reprochait de ne pas l'avoir accompagné, même si elle était en colère contre lui. Certes, elle ne lui aurait été d'aucune aide pour porter secours à sa mère. Mais au moins il n'aurait pas dû affronter pareille épreuve seul.

Elle se gara dans l'allée qui menait à la maison et descendit.

Au-dessus de l'océan Pacifique, le ciel était d'un gris menaçant, et de gros nuages violets s'amoncelaient à l'horizon. L'air matinal était frais et vif, mais Sara savait qu'un orage couvait au large de la côte. Il ne tarderait pas à gagner l'intérieur des terres.

Elle ouvrit la porte d'entrée et se rendit dans la cuisine

pour préparer du café. Elle se sentait lasse, presque épuisée, et la tâche qui l'attendait ne serait guère aisée.

Comment allait-elle persuader Stocker de lui confier le manuscrit ? Elle tenait tant à ce que les révélations qu'il contenait soient vérifiées et rendues publiques. Si ses soupçons s'avéraient, l'ouvrage innocenterait son père une bonne fois pour toutes.

Malgré l'excitation qu'elle éprouvait à la pensée que l'affaire était sur le point d'être résolue, Sara ne pouvait s'empêcher de songer à Nick, à l'épreuve qu'il affrontait peut-être en ce moment même. Aux moments merveilleux qu'ils avaient partagés la nuit précédente. Et à la dispute qui les avait déchirés ce matin…

Un quart d'heure à peine s'était écoulé depuis qu'elle avait eu sa conversation avec Stocker. Il lui restait encore quarante-cinq minutes à tuer. Avec un soupir, Sara prit sa tasse de café et alla s'asseoir sur la terrasse, contemplant la mer. Les nuages s'approchaient, de plus en plus sombres, aussi imprévisibles que les flots. A l'est, le soleil s'était levé, mais le ciel demeurait couvert.

Elle tendit la main vers son portable, et essaya une dernière fois de contacter Nick. Au bout de trois sonneries, elle obtint son répondeur.

— Nick, c'est Sara. J'espère que tu vas bien. Appelle-moi. C'est important.

Après avoir coupé la communication, elle erra dans la villa, buvant son café à petites gorgées.

Dans le cabinet de travail de son père, elle s'abandonna à ses souvenirs d'enfance. Sonia et elle avaient été des petites filles espiègles. Debout dans la pièce qui avait autrefois été remplie de vie, Sara croyait encore entendre leurs rires résonner entre les murs. Un jour, Sonia l'avait mise au défi de grimper tout en haut des rayonnages de son père. Prenant appui sur les étagères, Sara était montée jusqu'au plafond.

« Je l'ai fait, Sonia ! Tu vois ? Regarde ! Tu me dois un dollar ! »

A trois mètres du sol, regardant le dessus des étagères, Sara avait remarqué qu'une des planches n'avait pas été clouée en place, comme les autres. Elle l'avait soulevée afin de jeter un coup d'œil à l'intérieur, et aperçu une cachette contenant des papiers et des bijoux. Elle s'était sentie très adulte, très importante.

« Ouah ! Regarde ! »

A ce moment-là, son père était entré dans la pièce et l'avait traitée avec affection de petit singe. Il avait tendu les bras, et elle s'était blottie contre lui, se laissant chatouiller en riant aux éclats.

Sara leva les yeux, revenant au présent. C'était la première fois qu'elle se souvenait de ce compartiment secret.

Heureuse d'être seule, Sara se dirigea vers l'étagère en question, prit appui sur le rayonnage inférieur et se hissa jusqu'en haut, priant pour que le meuble soutienne son poids. De toute façon, c'était certainement une perte de temps. Après tout, Brett Stocker détenait le manuscrit. Mais peut-être trouverait-elle autre chose ? D'autres notes ? Un bijou ayant appartenu à sa mère ?

Perchée sur une étagère, Sara souffla sur la planche supérieure pour chasser la poussière et la souleva. Son cœur cessa de battre. Là, dans la cachette, se trouvait la même pile de papiers qu'elle avait vue, vingt ans auparavant.

Un manuscrit.

Etait-ce le même que celui que Stocker affirmait avoir trouvé ? Ou bien s'agissait-il d'un autre livre ?

A côté des feuillets, un pendentif en émeraude scintillait à la lumière. Il appartenait à sa mère, Sara en était sûre. Elle était avec son père le jour où il l'avait acheté. Monté sur une armature en or, c'était un des bijoux les plus ravissants qu'elle ait jamais vus. Son père l'avait offert à sa mère le jour de Noël.

Ils ne savaient pas alors que ce devait être le dernier Noël qu'ils passeraient ensemble.

Refoulant ces pensées mélancoliques, Sara glissa le pendentif dans sa poche et reporta son attention sur le manuscrit. Le papier avait jauni avec le temps, mais il était intact. De petits moutons de poussière s'envolèrent alors qu'elle le soulevait.

Les feuilles avaient été attachées ensemble par un ruban élastique, lequel avait craqué depuis longtemps sans doute. Le manuscrit était moite et lourd, rendu grisâtre par le mildiou, le bord des feuilles effiloché.

Elle parcourut rapidement la page d'en-tête.

Le plus noir secret de Hollywood : un crime révélé par Nicolas Tyson, Alexandra et Richard Douglas.

Impatiente d'examiner le manuscrit en détail, Sara descendit de son perchoir, prit son café et gagna la cuisine. Elle posa le livre sur le plan de travail et tourna la première page.

Dans les remerciements, Nicolas Tyson félicitait ses parents de leur intuition et de leur talent de détective amateur. *Quand ce livre sera publié, Blaine Stocker sera incarcéré…*, poursuivait-il dans les lignes suivantes.

Le texte expliquait en détail comment un réalisateur talentueux de Hollywood, auteur d'une quinzaine de films, avait succombé à ses propres désirs maléfiques. Comment, à un âge où la plupart des hommes envisageaient de prendre leur retraite, Blaine Stocker avait commencé à jeter son dévolu sur des jeunes femmes qui, ayant rêvé d'une carrière au cinéma, se retrouvaient prisonnières d'un dément.

— Oh, mon Dieu…

Sara feuilleta l'ouvrage, horrifiée.

Le premier chapitre relatait l'histoire de la première victime de Stocker. La malheureuse, issue d'un milieu pauvre, tentait depuis des années de devenir actrice. Elle avait commis l'erreur fatale de croire Stocker quand il lui avait dit pouvoir l'aider. Elle avait accepté avec gratitude son invitation à une séance de photos à Hollywood.

On ne l'avait jamais revue.

Richard Douglas et moi nous sommes rendus au prétendu studio de Blaine. J'ai été confronté à des scènes atroces au cours de ma carrière d'auteur de livres sur les faits divers, mais rien n'aurait pu me préparer à l'affreux spectacle qui nous y attendait.

Secouée, Sara referma le manuscrit et recula d'un pas, le cerveau en ébullition.

Nick et elle avaient donc vu juste ! Ses parents et Nick Tyson avaient écrit un livre qui menaçait de conduire Blaine Stocker à sa perte.

— Est-ce pour cela que vous les avez tués, espèce de monstre ? s'écria-t-elle tout haut — et elle fut surprise par le son étrange de sa voix dans le silence de la vieille demeure.

Le doute n'était plus permis, même si de nombreuses questions restaient encore sans réponse. Qui l'avait contactée et pourquoi ? Qui avait laissé ces curieuses menaces ? Qui l'avait bousculée dans le grenier afin de dérober les notes ?

Et surtout, qui l'avait poussée dans le vide ?

Certaine d'être sur le point de connaître le fin mot de

l'histoire, Sara résolut d'emporter sa trouvaille et de la montrer à Nick. Pour l'heure, ils devraient faire abstraction de leurs problèmes personnels et travailler ensemble pour résoudre ces derniers mystères.

Elle fourrait le manuscrit dans son sac quand une voix derrière elle la fit tressaillir.

— Je vois que vous l'avez trouvé.

Brett Stocker se tenait à trois mètres d'elle.

L'eau dégouttait de son imperméable noir. Ses cheveux étaient plaqués sur son crâne. L'espace d'une seconde, elle eut une troublante impression de *déjà-vu*.

Dehors, l'orage éclata pour de bon. La pluie et le vent se déchaînèrent contre les vitres, tels de longs doigts frénétiques la suppliant de sortir avant qu'il ne soit trop tard.

Hélas, les yeux rivés sur le revolver que Stocker braquait sur elle, Sara savait qu'il était *déjà* trop tard.

Les traces de freinage étaient clairement visibles sur la chaussée, à environ quatre cents mètres de l'endroit où la tragédie s'était produite un an plus tôt.

Le cœur serré, Nick alluma le gyrophare de son véhicule de patrouille, se gara à bonne distance de la route et installa des fusées. Du côté ouest de la chaussée, la rambarde avait été anéantie par le choc.

La voiture avait aplati la végétation chétive sur son passage avant de disparaître vers la plage rocheuse en contrebas.

Nick était certain d'une chose. La personne qui avait percuté cette rambarde n'avait pu survivre.

Il avait enfreint toutes les limites de vitesse sur son chemin. Les ambulanciers n'étaient pas encore là. Dans son for intérieur, Nick savait pertinemment qu'il ne pourrait pas faire grand-chose même s'il parvenait à atteindre la victime.

Mais il était hors de question qu'il reste les bras ballants, alors que sa mère gisait peut-être à quelques dizaines de mètres de lui, les os brisés, seule pour mourir.

Il enfila son ciré, fixa rapidement une corde de rappel au tronc d'un petit arbre solide, et se mit à descendre le ravin escarpé. Il se fraya tant bien que mal un passage à travers des buissons épineux, dérapant dans la boue et sur des rochers rendus glissants par la pluie.

Enfin, trente mètres plus bas, il distingua le bruit de la vapeur qui s'échappe d'un moteur encore chaud. Quelques mètres encore, et il atteignait l'épave.

Nick lâcha la corde et parcourut les lieux du regard. Le véhicule était couché sur le côté, le châssis visible de là où il se tenait. Une odeur d'essence et de caoutchouc brûlé flottait dans l'air. La vapeur s'élevait sous le capot tordu. La voiture était rouge, mais trop endommagée pour qu'il puisse discerner le modèle. Il ne pouvait penser qu'au fait que sa mère était peut-être prisonnière de cet amas de tôle, et que c'était à lui de l'en extraire.

Nick contourna le véhicule tant bien que mal, et s'approcha de la partie avant. Soudain, il se figea, réalisant qu'il ne s'agissait pas d'une Mercedes, mais d'une vieille Chevy. Il se raidit et regarda à l'intérieur. Le conducteur était invisible.

— Qu'est-ce que… ?

Nick, immobile, fouilla les environs des yeux, supposant que l'automobiliste ne portait pas sa ceinture et qu'il avait été éjecté de son siège. Or il n'y avait nulle trace de sang. Aucun signe prouvant que quelqu'un était effectivement au volant. Perplexe, il tira sa torche de sa poche et la dirigea sur l'habitacle.

Il eut un haut-le-cœur.

Un piquet de bois avait été coincé contre la pédale d'accélérateur, et scotché au siège conducteur.

La lumière se fit dans son esprit, en même temps qu'un affreux pressentiment s'emparait de lui.

— Sara…, murmura-t-il, atterré.

Sans perdre une seconde de plus, il courut vers la corde.

— Ne soyez pas si surprise.

Sara ne pouvait détacher son regard du revolver, son esprit confus passant en revue les raisons pour lesquelles Brett Stocker pourrait lui en vouloir.

Mais au fond, elle le savait.

— Je ne comprends pas, dit-elle néanmoins.

— Oh, allons. Ce n'est pas bien difficile à saisir, tout de même ?

Ses yeux se posèrent sur le manuscrit.

— Vous y avez jeté un coup d'œil ?

— J'en ai lu suffisamment long pour savoir que votre père est un assassin.

— Exact.

La réponse désarçonna Sara. Elle ne s'était pas attendue à ce qu'il en convienne.

— Ce que je ne comprends pas, c'est votre rôle dans cette affaire. Vous n'étiez qu'un enfant quand ces événements ont eu lieu.

— Comme vous, il m'a fallu un certain temps pour découvrir la vérité. Ce n'est pas exactement le genre de conversation que les gens ont le dimanche matin autour de leurs œufs au plat, n'est-ce pas ? Mais j'ai fini par reconstituer les événements.

Il eut un rire amer.

— Je savais que mon père était capable de méchanceté, mais j'ignorais qu'il était aussi à moitié fou.

La main de Sara glissa discrètement vers son téléphone portable, accroché à sa ceinture. Si elle parvenait à composer le 911 sans être vue…

— Dans ce cas, pourquoi vous donner tant de mal pour protéger son secret ?

— Je ne fais pas cela pour le protéger, corrigea-t-il avec un nouveau rire, plus sonore cette fois. Je le fais pour avoir le manuscrit.

— Mais… vous avez déjà le manuscrit. Vous me l'avez dit au téléphone.

Il eut un petit claquement dédaigneux de la langue, comme quelqu'un qui réprimande un enfant lent à comprendre.

— J'ai menti.

Son regard s'abaissa de nouveau sur le manuscrit.

— Ceci est l'unique exemplaire. L'original. Celui que je cherchais.

— Vous ne voulez pas protéger votre père ?

— Savez-vous à quel point l'information contenue dans ce manuscrit est explosive ? Avez-vous la moindre idée de la valeur que possède ce genre d'information ? Bon sang, j'ai passé toute ma vie à essayer d'écrire un best-seller !

— C'est l'argent qui vous intéresse ? La gloire ?

Sara tira lentement le portable de son étui.

— Qu'allez-vous faire ? Le vendre au plus offrant ?

— Quelle idiote ! fit-il en claquant la langue de nouveau. Il faut voir les choses en grand. Nous parlons de la liste des best-sellers du *New York Times*. Je l'imagine déjà.

Il leva la main, comme pour placer des lettres sur une enseigne géante.

— *Célèbre réalisateur de Hollywood en prison, dénoncé par l'ouvrage de son propre fils !*

— Vous allez prétendre que vous êtes l'auteur ?

Aussi discrètement que possible, Sara effleura les touches du bout des doigts.

— Bravo !

Soudain, il releva l'arme, la pointant droit sur son visage.

— Lâchez ce téléphone. Lâchez-le !

Sara leva les mains en l'air.

— Brett, ne faites pas ça.

— Lancez-moi ça. Tout de suite.

Sara hésita. Le téléphone était son dernier lien avec le monde extérieur. Son dernier lien avec Nick. Mais un revolver était dirigé sur elle…

Elle n'avait pas le choix.

D'une main tremblante, elle décrocha l'appareil et le lui lança.

— Qu'allez-vous faire de moi ?

Il attrapa l'objet au vol, l'éteignit et le laissa tomber dans sa poche.

— J'ai réfléchi à la question, et je crains malheureusement que la fin ne soit pas des plus heureuses en ce qui vous concerne.

Le sens de sa réponse était clair. Il allait l'éliminer.

Sara réfléchit à toute allure. Pouvait-elle tenter de le raisonner ?

— Ne faites pas cela, Brett. Vous ne pouvez pas vous en sortir. Nick Tyson est au courant de tout. Prenez la fuite pendant qu'il en est encore temps.

Encore une fois, il claqua la langue, la toisant d'un air condescendant.

— Ce n'est pas mon style, ma jolie. D'ailleurs, Tyson n'a aucune preuve.

Il tapota le manuscrit avec satisfaction.

— La preuve est là, entre mes mains.

— Vous oubliez un petit détail, répliqua Sara, tout en jetant un coup d'œil vers la porte.

Elle jaugea la distance qui la séparait de Stocker. Si elle le prenait par surprise, aurait-elle le temps de bondir dehors avant qu'il tire ?

— De quoi parlez-vous ?

— Si vous me tuez, vous aurez un cadavre sur les bras. Un meurtre à expliquer.

— C'est précisément pour cette raison que vous allez vous suicider, répondit-il avec calme. Vous voyez, ce retour dans le passé, la mort de vos parents… Vous n'avez pas pu supporter ces fardeaux.

Un sourire tordit ses lèvres minces.

— Vous ne serez pas la première désespérée à vous précipiter du haut de la falaise pour vous écraser sur les rochers.

— Personne n'y croira.

— Oh, mais on croira ceci.

Il fouilla dans sa poche et en tira une feuille de papier pliée en quatre qu'il lui tendit.

Les doigts de Sara se refermèrent sur le papier, mais au dernier moment, Stocker le lui arracha.

— Ce message a été imprimé à la bibliothèque. On sait que vous y êtes allée. Et maintenant, il porte vos empreintes, fit-il d'un ton satisfait.

Il déplia la note et se mit à la lire.

« Cher Nick, chère Sonia,

» Je regrette de vous quitter ainsi, mais revenir ici a été trop douloureux. J'espère que vous pourrez me pardonner. Je vous aime tous les deux.

Sara. »

Il replia la feuille ; Sara s'avisa alors qu'il portait des gants couleur chair.

— Tragique, mais intelligent, vous ne trouvez pas ?

— Vous êtes fou. Fou à lier.

Il porta la main à sa poitrine, feignant d'être offensé.

— Vos cruelles paroles me blessent.

Le cœur de Sara battait à tout rompre, l'adrénaline se répandait comme une traînée de feu dans ses veines. La peur s'était emparée d'elle, tel un gigantesque oiseau de proie la capturant entre ses griffes. Elle avait besoin de réfléchir. Il devait y avoir un moyen d'échapper à cet homme.

Mais le temps passait vite. Trop vite.

Nick. Où es-tu, Nick ?

Il viendrait. Il lui fallait à tout prix gagner du temps, songea-t-elle, affolée.

— Pourquoi ces appels anonymes ? s'enquit-elle soudain, sincèrement intriguée. Pourquoi aviez-vous besoin de moi ? Vous auriez pu trouver le manuscrit tout seul et vous n'auriez pas besoin de maquiller un meurtre.

Il lui montra le doigt comme s'il s'adressait à un enfant désobéissant.

— Vous n'imaginez pas à quel point ç'a été difficile. Je suis venu plusieurs fois dans cette maison. Comme je ne suis qu'un amateur en la matière, entrer par effraction n'a pas été une tâche aisée, mais j'ai fouillé cette vieille baraque de fond en comble. J'y ai passé le plus clair d'une année, et je n'ai jamais rien trouvé.

Il la regarda en souriant.

— Je savais que, si quelqu'un avait une chance d'y parvenir, c'était vous.

Sara n'écoutait plus, songeant déjà aux autres questions qui se bousculaient dans son esprit. En fronçant les sourcils, elle regarda l'imper noir dégoulinant de pluie, le revolver dans la main de Brett…

— Votre père les a tués, n'est-ce pas ?

Brett eut un petit sourire supérieur.

— J'avais toujours cru à la théorie présentée par la police. Et puis, il y a deux ans, mon père a été terrassé par sa première attaque. Sur son lit d'hôpital, il m'a tout avoué. Il m'a parlé des films… spéciaux qu'il avait tournés. Des jeunes femmes qu'il avait assassinées. Du livre de révélations que Nicolas Tyson écrivait avec vos parents. Ils allaient le ruiner. Gâcher sa vie, tout ce pour quoi il avait travaillé. L'envoyer en prison.

Une étrange lueur brilla dans ses yeux.

— Il m'a dit que ces femmes étaient des créatures indécentes, qui n'étaient utiles en rien à la société. Elles n'allaient manquer à personne. A ses yeux, il rendait service à l'humanité en se débarrassant d'elles.

— C'est abominable, murmura Sara.

— Mais très lucratif, repartit Brett en dégrafant le col de sa chemise. Mon père a profité des fruits de son labeur, et maintenant, c'est mon tour.

Sara devina la suite. Il allait lui ordonner de sortir. La faire avancer jusqu'au bord de la falaise et la forcer à sauter dans le vide.

— Et les messages ? se hâta-t-elle de demander, espérant gagner quelques instants de plus.

— Je ne sais pas de quoi vous parlez.

— Quelqu'un a écrit des avertissements sur ma voiture. Par deux fois. Avec de la peinture rouge.

— Je peux vous assurer que ce n'était pas moi. Mais nous nous égarons. Votre heure est venue.

Il leva son revolver et l'arma.

— Nouez vos mains au-dessus de votre tête et sortez. Lentement. Compris ?

Sara leva les mains en l'air, mais elle tremblait si violemment qu'elle fut incapable d'obéir à son ordre.

— Brett, vous n'êtes pas obligé d'en arriver là. Je vous en prie. Prenez le manuscrit et partez.

— Taisez-vous si vous ne voulez pas prendre une balle dans la peau, répondit-il froidement. Vous allez sortir de cette pièce, à moins que vous ne préfériez que je vous abatte sur-le-champ.

16

Nick se rua dans sa voiture et prit le chemin du chalet, écoutant ses messages en roulant.

Son inquiétude se mua en peur à mesure qu'il entendait les mots de Sara. Il n'osait en croire ses oreilles. Comment avait-elle pu accepter de rencontrer Brett Stocker seule ? Il y avait chez cet homme quelque chose qui le mettait mal à l'aise. Laissant échapper un juron, il tenta de composer le numéro de Sara, espérant la persuader de changer d'avis.

Le répondeur se déclencha dès la première sonnerie.

Mû par l'instinct, Nick freina et fit demi-tour sur la route, ses pneus dérapant sur la chaussée mouillée. Puis il écrasa la pédale d'accélérateur. L'aiguille du compteur bondit en avant, atteignant cent trente kilomètres heure alors qu'il s'emparait du micro pour appeler le poste.

Une bouffée de soulagement l'envahit en entendant la voix de B.J. à l'autre bout du fil.

— J'ai besoin de renforts et d'une ambulance à la villa des Douglas.

— Compris, chef.

Il y eut une brève pause.

— Que s'est-il passé ?

— Quelqu'un essaie d'éliminer Sara. Je pense qu'ils

sont à la villa en ce moment même. Je n'ai pas le temps d'entrer dans les détails, mais ça concerne les meurtres d'il y a vingt ans.

Il se tut pour négocier un virage, ralentit légèrement quand la voiture menaça de faire une queue de poisson.

— Envoie des hommes tout de suite. Pas de gyrophare. Pas de sirène.

— Pigé.

Nick coupa la communication.

Le prétendu accident n'avait été qu'une diversion, et il avait mordu à l'appât. Et maintenant, Sara allait payer pour sa naïveté.

Il ne pouvait supporter l'idée de la perdre. Bon sang, il ne le permettrait pas !

Nick asséna un coup de poing sur le volant, se maudissant de l'avoir laissée seule. Comment avait-il pu être aussi stupide ? Comment avait-il pu faire passer ses propres besoins égoïstes avant la sécurité de Sara ?

Mais il connaissait la réponse. La mort de Nancy et de leur enfant avait détruit quelque chose en lui. Le chagrin avait été si douloureux, si profond, qu'un mécanisme obscur se déclenchait en lui chaque fois qu'il commençait à éprouver des sentiments pour une femme.

Il avait préféré mener une vie solitaire et dépourvue d'amour plutôt que de courir le risque de connaître la même souffrance à l'avenir.

C'était seulement maintenant que Nick se rendait compte que tout cela n'avait servi à rien. A un moment donné, au cours des jours qui venaient de s'écouler, il était tombé amoureux de Sara. Il avait fait ce qu'il avait juré de ne plus faire. Son cœur l'avait trahi.

Et, de nouveau, il allait peut-être perdre la femme qu'il aimait.

Non, songea-t-il, les dents serrées. Non. Il ne laisserait pas une pareille chose se produire.

Il écrasa de nouveau la pédale de l'accélérateur.

En priant pour qu'il ne soit pas déjà trop tard.

Sara avait du mal à croire que sa vie allait se terminer ainsi. Aux mains d'un homme dont le père avait assassiné ses parents et le père de Nick. Elle songea à la fausse note expliquant son suicide. Ni Sonia ni Nick n'y croiraient une seconde, surtout étant donné les éléments que Nick et elle venaient de rassembler.

Nick…

Son visage s'imposa à l'esprit de Sara, et les larmes lui montèrent aux yeux.

Ils avaient été si proches, quelques heures seulement auparavant. Et elle était tombée amoureuse de lui, comprit-elle brusquement. Cette prise de conscience aurait dû être un choc, mais non. Peut-être que dans un coin de son cœur, elle l'avait toujours aimé. Peut-être avait-elle toujours su qu'elle finirait par revenir ici, à Cape Darkwood. Et que le destin se chargerait du reste. Mais il était ironique qu'elle découvre l'amour de sa vie au moment où elle allait mourir…

La pluie cinglait son corps tel un fouet glacial tandis qu'elle marchait lentement vers la falaise.

Elle entendait Brett derrière elle, ses pas lourds sur le sol détrempé, les gouttes de pluie qui résonnaient sur son imperméable. Contre toute raison, elle continuait à espérer que Nick allait surgir sur le sentier devant eux, arme au poing, et mettre fin à ce cauchemar. Mais Nick était sur les lieux d'un accident qui avait sans doute été fatal à sa mère. Il ne viendrait pas. C'était impossible.

Il ne savait même pas qu'elle avait désespérément besoin de lui.

Elle était seule.

Si elle voulait sortir vivante de cet enfer, c'était à elle qu'il incombait d'échafauder quelque plan. Si elle refusait de sauter dans le vide, Stocker l'abattrait sans hésiter, elle n'en doutait pas. Quoi qu'il arrive, elle mourrait.

Devant elle, le sentier s'incurvait. Au-delà, les falaises dominaient la mer en furie, et la plage jonchée de rochers en contrebas. Si elle voulait agir, c'était maintenant ou jamais. Une fois qu'ils auraient atteint la falaise, il serait trop tard.

Sara feignit de heurter du pied une pierre en saillie, trébucha et tomba à genoux en poussant un petit cri.

— Aïe !

Avec une grimace de douleur, elle se retourna vers Brett.

— Ma cheville… Attendez.

Il leva le revolver.

— Vous rigolez, oui ?

— Je crois que je me suis fait une entorse.

— Je me moque de votre cheville. Debout ! Vous me faites perdre mon temps.

Sara réfléchit, le cerveau en ébullition. Il était hors de question qu'elle plonge dans le vide. Bien sûr, elle savait qu'il allait tirer sur elle si elle essayait de s'enfuir, mais au moins, elle aurait une chance de s'en sortir, aussi mince soit-elle.

Elle était prête à courir le risque.

Elle se releva tant bien que mal, et fit mine de boiter du pied droit. A quelques pas d'elle, la branche tordue d'un genévrier mort attira son attention. Si elle pouvait l'attraper, elle aurait une arme pour se défendre…

— Je ne peux pas marcher.

Abaissant légèrement son revolver, Brett lui attrapa le bras et la tira en avant.

— Avance, espèce de garce !

Sara feignit de vouloir s'appuyer sur lui, mais il la repoussa brutalement. Elle tendit la main comme pour tenter d'amortir sa chute, saisit la branche et, prenant son élan, visa le visage de Stocker.

Stupéfait, ce dernier écarquilla les yeux et leva le bras pour se protéger, brandissant follement son revolver avant que le bois ne s'abatte violemment sur sa tempe gauche.

Il poussa un hurlement de douleur et de colère, chancela, et tomba en arrière, atterrissant sur les fesses. Sa main libre se porta à son œil gauche.

— Salope !

Sara avait déjà tourné les talons.

Elle n'avait pas fait trois mètres qu'un coup de feu déchira le silence. Une douleur fulgurante lui paralysa l'avant-bras, lui arrachant un cri.

Avec un choc, Sara vit un filet de sang dégouliner sur sa main, et comprit qu'elle était touchée. Elle continua à courir aussi vite qu'elle en était capable, une seule pensée en tête.

Elle ne devait pas se laisser submerger par la peur, elle ne devait pas ralentir. Si elle voulait vivre, elle devait lui échapper.

Ses pieds glissaient dans la boue, l'entraînant sur la pente du sentier à une allure dangereuse. Le visage fouetté par les branches et la pluie, elle sentait la chaleur irradier son avant-bras, mais ses doigts semblaient s'être engourdis.

Une tache de sang s'étalait sur sa manche, des gouttelettes rouges tombaient de sa main.

Devant elle, le sentier bifurqua.

Sara, songeant brusquement qu'elle devait indiquer à Nick le chemin qu'elle avait suivi, plongea la main dans sa poche pour se saisir du pendentif de sa mère, et le laissa tomber au milieu de la piste qui longeait la falaise.

Un second coup de feu déchira l'air.

Instinctivement, Sara baissa la tête et jeta un coup d'œil par-dessus son épaule. A une dizaine de mètres derrière elle, Stocker arrivait, titubant légèrement, agitant son revolver tel un forcené.

— Vous êtes morte !

Un cri s'étrangla dans la gorge de Sara alors qu'il visait de nouveau. Le cœur battant à tout rompre, elle prit la direction du nord.

Une nouvelle déflagration. Le bruit sourd d'une balle heurtant le sol à ses pieds. Il allait la faucher, songea-t-elle, au comble de la panique.

A peine cette pensée s'était-elle formée dans son esprit que le sentier se termina abruptement : il plongeait vers la plage rocheuse, trente mètres plus bas.

Vingt ans auparavant, la piste se poursuivait sur un bon kilomètre. L'érosion l'avait grignotée peu à peu.

Sara était acculée.

Sa panique était telle que, l'espace d'un instant, elle resta paralysée. Puis elle jeta un autre coup d'œil par-dessus son épaule, et aperçut Stocker à travers les arbres. Encore quelques secondes, et il allait la rejoindre.

Si elle restait là, il la tuerait.

Prête à tenter sa chance, Sara se pencha par-dessus le

bord de la falaise, cherchant un endroit sans danger où atterrir.

Fermant les yeux, elle s'élança dans le vide.

Le premier coup de feu figea Nick sur place.

Au deuxième, son cœur se mit à cogner frénétiquement dans sa poitrine. Il demeura quelques secondes au milieu du sentier, sous la pluie battante, tendant l'oreille, essayant de déterminer la direction d'où venait le bruit. Une troisième détonation confirma ses soupçons.

Le tireur se trouvait près des falaises.

Sans se soucier de sa propre sécurité, il se rua dans le sentier, la pluie cinglant son visage, ses vêtements s'accrochant dans les branches. Il ne ralentit pas pour autant.

Une seule pensée occupait son esprit.

Il ne voulait pas perdre Sara comme il avait perdu Nancy.

A une vingtaine de mètres du précipice, la piste bifurquait. Nick s'immobilisa à la jointure des deux sentiers, hésitant, ne sachant lequel emprunter. Il avait fait un pas vers la gauche quand il aperçut une étincelle verte dans la boue.

Intrigué, il se pencha pour ramasser le collier. Celui-ci était à peine sale, comme si on venait de le laisser tomber. Le cœur de Nick bondit dans sa poitrine. Sara ! Elle avait essayé de lui donner un indice…

Il glissa le bijou dans sa poche et se rua en avant. Il distinguait des empreintes, mais elles s'effaçaient rapidement, emportées par la pluie. Le sentier amorça un virage, et soudain, la mer apparut devant lui.

Un homme de haute taille, en imper noir, se tenait debout

au bord de la falaise. Le dos tourné à Nick, il n'avait pas remarqué sa présence. Il avait un revolver à la main, et regardait quelque chose sur la grève.

Que diable… ?

La lumière se fit en lui.

Brett Stocker. Que faisait-il ici ? Voulait-il protéger son père ? Ou s'agissait-il d'autre chose ?

Nick dégaina son arme, et s'avança vers l'homme. Il était à quelques mètres de Stocker quand ce dernier se mit à tirer. La vérité frappa Nick avec autant de violence qu'un coup de poing dans l'estomac. Une terreur insensée lui noua les entrailles. Sara était tombée du haut de la falaise. Elle était peut-être horriblement blessée.

Et ce monstre essayait de l'achever.

17

La balle ricocha sur la plate-forme où Sara s'était accroupie, à quelques centimètres de ses pieds.

Vingt centimètres plus loin, c'était le vide, et les rochers.

Elle parvint tant bien que mal à se relever, laissant échapper un cri. La douleur semblait s'être répandue dans tout son corps. Par miracle, elle avait réussi à atterrir sur un rebord moussu, large d'une cinquantaine de centimètres et jonché de pierres et des racines tordues, vestiges de genévriers morts depuis longtemps.

Elle tressaillit au son d'une nouvelle détonation, et leva les yeux.

Une vague de terreur la submergea.

Penché par-dessus le bord de la falaise, Brett Stocker braquait son revolver droit sur elle.

— Vous êtes fichue, ricana-t-il.

Une autre balle se ficha dans le sol, tout près d'elle. Sara parcourut les environs d'un regard affolé. La plate-forme était trop petite pour lui offrir la moindre cachette, le moindre refuge. Elle ne pouvait que se plaquer à la falaise, et espérer que Stocker ne soit pas un très bon tireur.

Titubante, elle gagna la paroi rocheuse, colla son dos à

la pierre, et tenta de se faire aussi petite que possible. Au-dessus de sa tête, elle apercevait le canon du revolver que Stocker tâchait de mettre en position pour la tuer. Combien de balles lui restait-il ? Avait-il des réserves ?

— Au secours, hurla-t-elle. Au secours !

Mais elle savait qu'il n'y avait personne.

Personne.

Une fois de plus, un projectile heurta le sol à quelques centimètres d'elle, lui arrachant un cri terrifié. Sara fit un pas de côté, se pressant plus encore contre la falaise, voulant désespérément se fondre dans le rocher.

Elle n'avait aucune chance de s'en tirer, songea-t-elle amèrement. Elle était une proie sans défense. L'angle de tir avait beau être difficile, ce n'était qu'une question de temps avant qu'une des balles de Stocker fasse mouche.

Nick, où es-tu ? pria-t-elle silencieusement.

Pour toute réponse, il n'y eut que le bruit des vagues qui déferlaient sur la plage, et le son métallique d'un nouveau coup de feu.

Nick fixait Stocker.

Autour de lui, le rugissement de la pluie et de l'océan semblaient s'être tus. Il ne s'autorisa pas à penser aux conséquences de ce qu'il était sur le point de faire. Elles lui importaient peu. Pas une seconde il ne songea à sa propre sécurité.

Rien ne comptait hormis sauver la femme qu'il aimait.

Le monde était silencieux, immobile. Nick leva son arme, la braqua sur Stocker. Sa main était ferme.

— Lâchez ce revolver ou je vous tue.

Stocker tressaillit et pivota sur ses talons, les yeux écarquillés de stupeur. Le côté droit de son visage était couvert de sang.

— Lâchez-le, répéta Nick.

L'homme prit l'arme par la crosse et la laissa tomber sur le sol.

— Levez les mains et tournez-vous.

A sa grande surprise, Stocker obéit sans discuter. Nick s'approcha, gardant son revolver à bout de bras.

— Où est-elle ?

Un rictus dément déforma les traits de Stocker. Il jeta un coup d'œil vers la falaise.

— Sara !

Gardant un œil sur Stocker, Nick gagna le bord du précipice.

— Sara !

Stocker le percuta avec la violence d'un rugbyman en pleine action, poussant un cri de fauve. Les deux hommes roulèrent à terre.

Nick aperçut l'étroite plate-forme au-dessous. La côte rocheuse. L'océan gris et houleux. Il leva le bras, tira sans prendre le temps de viser, manqua son coup.

Le cœur battant, à bout de souffle, il se releva.

Stocker était toujours à terre. Un hurlement inhumain naquit dans sa gorge quand il vit l'arme pointée sur lui. Les doigts de Nick pressèrent la gâchette.

Une fois. Deux.

Quelques secondes plus tard, Stocker gisait sans vie sur le sol.

Nick se détourna.

— Sara ! Sara ! Réponds-moi, bon sang !

Soudain, il distingua le son de sa voix.

Il se pencha au bord du vide, en proie à une foultitude d'émotions plus intenses les unes que les autres.

Elle était là, trois mètres plus bas, recroquevillée contre la falaise. Malgré sa chute, elle se tenait debout.

Les jambes flageolantes, il descendit jusqu'à la plate-forme, et tendit la main vers elle. Sara se jeta dans ses bras.

— Sara. Mon Dieu. Ça va ?

— Maintenant, oui, souffla-t-elle en reposant la tête contre l'épaule de Nick.

L'instant d'après, il reculait légèrement, et l'examinait des pieds à la tête afin de s'assurer qu'elle était indemne. Son cœur cessa de battre quand il vit le sang qui poissait sa manche.

— Oh, mon ange, tu saignes !

— Il m'a touchée. Mais je ne pense pas que ce soit trop grave.

Le soulagement envahit Nick avec la violence d'un raz-de-marée. Incapable de parler, de réfléchir, il ne put qu'envelopper Sara de ses bras, et la serrer contre lui.

Elle tremblait violemment, mais il sentait son pouls, fort et régulier, et la chaleur de son corps.

— Je suis si heureux que tu sois saine et sauve, murmura-t-il.

— Comment m'as-tu trouvée ?

— Grâce au pendentif. C'était une idée géniale.

Elle leva une main vers lui et caressa sa joue.

— Tu m'as sauvé la vie.

Nick ferma les yeux, refoulant les larmes. Il savait qu'il la pressait trop étroitement, compte tenu de sa blessure. Mais il ne pouvait s'en empêcher. Elle était vivante. A cet instant précis, il ne pensait pas pouvoir jamais la lâcher.

Elle se dégagea et plongea son regard dans le sien.

— Stocker ?

Il secoua la tête.

— Il est mort.

— Il a essayé de me tuer. Il comptait maquiller ma mort en suicide. Tout cela parce qu'il voulait faire passer le manuscrit pour son œuvre.

— Il ne fera plus jamais mal à quiconque.

Du bout des doigts, Nick effleura le bras de Sara, l'estomac noué à la vue de la tache de sang.

— Tiens bon. Une ambulance est en route.

Elle sourit.

— Si j'ai besoin de m'évanouir, je te le dirai.

Il lui rendit son sourire.

— Tu es incroyablement courageuse.

— Nos parents l'étaient.

Il hocha la tête, essuyant les larmes qui roulaient sur les joues de Sara.

— Tout ira bien, affirma-t-il.

— Tant que nous sommes ensemble, souffla-t-elle, tout ira bien.

Et, pour la première fois depuis ce qui lui semblait être une éternité, Nick s'autorisa à croire de nouveau au bonheur.

Épilogue

Les rideaux gonflés par le vent s'enroulaient autour de la balustrade du balcon, laissant entrer l'odeur salée de la mer et la chaude caresse du soleil de Californie.

Dehors, des mouettes faisaient des pirouettes et piquaient de temps à autre vers la terre, leurs cris résonnant dans le ciel comme des rires d'enfant. L'océan Pacifique déroulait ses flots bleus et verts couronnés d'écume blanche, offrant un kaléidoscope de couleurs si splendide que Sara en avait le souffle coupé.

Trois semaines s'étaient écoulées depuis ce jour terrible sur les falaises.

Brett Stocker était mort sur les lieux, des suites de ses blessures. Le lendemain, son père, Blaine, avait été arrêté pour le tournage du film que Sara avait trouvé. Il avait avoué avoir tué quatre jeunes femmes vingt-cinq ans auparavant, et filmé leur mort en direct. Il avait également admis être l'auteur des meurtres de Nicolas Tyson, d'Alexandra et de Richard Douglas, qui se préparaient à publier un ouvrage accablant pour lui.

Sara ne s'était pas encore tout à fait remise de la blessure occasionnée par la balle qui lui avait frôlé le biceps gauche. Admise à l'hôpital, elle avait eu huit points de suture, avant d'être autorisée à sortir le lendemain. Le même matin, elle avait contacté le quotidien de Cape Darkwood, le *Cape Darkwood Press*, et passé une après-midi avec un jeune reporter qui brûlait de se faire connaître dans le monde du journalisme.

Le lendemain, un article à la une avait révélé à la petite communauté une vérité que nul n'aurait jamais pu imaginer, innocentant son père et lavant la réputation de Nicolas Tyson et d'Alexandra Douglas.

A la grande surprise de Sara, le jeune journaliste avait également interviewé Skeeter, et découvert que c'était ce dernier qui avait laissé des messages de mise en garde sur sa voiture. Non pour l'effrayer, bien sûr, mais pour l'avertir du danger. Incapable de parler et redoutant la police, il n'avait trouvé que ce moyen pour essayer de la protéger. La nature troublante de ses messages n'était due qu'au fait qu'il était quasiment illettré.

Sara avait aussi appris ce qui s'était passé le jour où on l'avait poussée en haut de la falaise.

Skeeter avait vu Brett Stocker rôder autour de la villa, et il avait voulu avertir Sara en écrivant un message sur son pare-brise. Il s'était attendu à ce qu'elle prenne la fuite, mais elle l'avait pris au dépourvu en s'élançant à ses trousses. Skeeter avait pris peur et cherché à se réfugier, courant vers sa petite maison sur la plage. Le gardien avait plus tard révélé à la police que c'était Brett Stocker qui avait poussé Sara.

Et puis il y avait Nick.

Le seul fait de penser à lui suffisait à faire battre son cœur plus vite dans sa poitrine. Il ne l'avait pas quittée un seul instant pendant qu'elle était à l'hôpital.

C'était là, parmi le chaos qui régnait aux urgences,

qu'il lui avait demandé de l'épouser. Et c'était là que Sara avait accepté.

Elle recula d'un pas, se regarda dans la glace et fronça les sourcils.

— Elle me serre trop, commenta-t-elle.

— Elle te va comme un gant, rétorqua Sonia en lissant la cascade de satin ivoire de la paume, avant de reculer à son tour pour mieux la voir.

— Le voile est de travers.

— Il est parfaitement droit.

— Et le bouquet ?

— Cesse de ronchonner, veux-tu ? Il est là.

— C'est le jour de mon mariage, protesta Sara. J'ai le droit d'être exigeante.

Sonia éclata de rire et lui tendit le bouquet de roses couleur saumon.

— Si je ne te connaissais pas, je penserais que tu es nerveuse.

— Je ne suis pas nerveuse, répliqua Sara en prenant les fleurs.

Elle sourit.

— Je suis terrifiée.

Sonia cessa d'ajuster le bouquet et regarda sa jeune sœur avec sollicitude.

— Terrifiée ? De quoi as-tu peur, mon chou ?

— De tout. De rien.

Sara se rendit compte que sa réponse n'avait pas de sens et laissa échapper un rire étranglé.

— Je veux que tout soit parfait, je suppose.

— Tu as le plus important, fit Sonia en lui pressant l'épaule. Je lui ai parlé tout à l'heure. Il est tellement amoureux de toi qu'il ne pouvait pas s'empêcher de fixer l'escalier où tu vas faire ton entrée.

A la pensée que Nick l'attendait en bas, Sara se sentit quelque peu rassérénée.

— Je suis folle de lui, tu sais.

Sonia la contempla en souriant.

— Tu es magnifique. Maman aurait adoré que tu portes sa robe.

— Je me sens bien dedans.

Elles se tenaient dans la chambre qu'elles avaient partagée petites filles. Avec le soleil qui entrait par les baies ouvertes sur le balcon et la brise océane qui apportait l'air du large, le décor était parfait, songea Sara avec émotion.

— Je crois que papa et maman auraient été heureux que la cérémonie se déroule ici, dit-elle doucement.

Les yeux de Sonia s'embuèrent.

— De bons souvenirs pour remplacer les mauvais.

— J'aimerais tant qu'ils soient là.

Les deux sœurs s'étreignirent.

— Ils sont là, ma chérie, murmura Sonia.

Un coup léger frappé à la porte les fit se retourner. Avant que Sonia ait pu répondre, Laurel Tyson apparut sur le seuil, et Sara se raidit malgré elle.

La mère de Nick arborait une robe bleu pâle et de hauts talons assortis. Ses cheveux argentés étaient rassemblés en un chignon. Elle était élégante et digne, mais la mélancolie voilait son regard.

— J'espère que je ne vous dérange pas.

Sonia jeta un coup d'œil à sa sœur, guettant sa réaction.

— Non. Entrez, répondit Sara.

Laurel referma la porte. Puis ses yeux se posèrent sur Sara et elle esquissa un rare sourire.

— Vous êtes absolument ravissante.

Ne sachant à quoi s'attendre, Sara demeura silencieuse.

Sonia alla se tenir à ses côtés et prit sa main dans la sienne.

— C'était la robe de maman.

— Je m'en souviens, fit Laurel. J'étais son témoin.

Elle eut un léger rire.

— Ma robe était beaucoup moins belle.

Après une brève pause, elle redevint grave.

— Je vous dois des excuses à toutes les deux. Et si vos parents étaient ici, je leur en devrais aussi.

Sara s'était doutée que Laurel finirait par prononcer de telles paroles. Mais elle n'avait pas pensé que cela arriverait aussi vite. La même surprise se lisait sur les traits de sa sœur.

— Merci, murmura-t-elle.

— Votre mère était ma meilleure amie, reprit Laurel. Je l'aimais comme une sœur. Cela m'a fait très mal de croire qu'elle m'avait trahie. Plus encore que de la perdre.

Ses mains se crispèrent sur son sac à main.

— Je suis devenue une vieille femme aigrie… Grâce à vous, Sara, je peux désormais cesser de l'être.

Elle lui tendit la main.

— Merci d'avoir découvert la vérité. J'espère que vous accepterez mes excuses. Je regrette d'avoir été si méchante avec vous. J'espère aussi que nous pourrons devenir amies.

Incapable d'articuler un son tant elle avait la gorge nouée, Sara pressa la main de Laurel entre les siennes. Des larmes vinrent embuer les yeux de cette dernière, qui se détourna et se hâta de sortir.

— Ne pleure pas, sinon tu vas ruiner ton maquillage.

Sara émit un rire étranglé et se tourna vers sa sœur.

— Merci d'être là. Et d'être mon témoin.

— Hé ! Pour rien au monde je n'aurais manqué le

mariage de ma petite sœur, répondit Sonia en la serrant contre elle.

On frappa de nouveau à la porte, et Sara leva les yeux au ciel.

— Allons bon. Qu'y a-t-il encore ?

On poussa le battant, et le cœur de Sara fit un léger bond dans sa poitrine. Nick était dans le couloir, superbe dans son smoking noir.

— Tu ne sais pas que cela porte malheur que le marié voie la mariée avant la cérémonie ? gronda Sonia.

— Je ne pouvais pas attendre, avoua-t-il, sans détacher son regard de Sara.

Elle était si belle ! L'espace d'un instant, il en resta sans voix.

— Tu es splendide, murmura-t-il enfin.

Comme si elle devinait qu'ils avaient besoin d'un moment d'intimité, Sonia se dirigea vers la porte.

— Je vous donne cinq minutes. Je serai dans le couloir.

Nick ne l'entendit pas sortir, pas plus qu'il n'entendit la porte se refermer sur elle. Avant même de s'en rendre compte, il avait traversé la pièce, tendant les mains vers sa future épouse.

— J'avais hâte de te voir.

Sara se blottit contre lui. L'entourer de ses bras était comme rentrer d'un long et éprouvant voyage. Nick savoura le bonheur de la serrer contre lui, respirant son parfum et remerciant le ciel de l'avoir retrouvée après toutes ces années.

— On dirait que je t'ai manqué, souffla Sara.

— Terriblement.

— Toi aussi, tu m'as manqué.

— Tout s'est-il bien passé avec ma mère ?

— Elle a été très gentille. Nous allons nous entendre, j'en suis sûre.

Elle sourit et effleura des siennes les lèvres de Nick.

— T'ai-je remercié de m'avoir sauvé la vie l'autre jour sur la falaise ?

— Deux ou trois fois.

Mais Nick savait que, s'il avait sauvé la vie de Sara au sens strict, c'était Sara qui, en réalité, l'avait sauvé. Des mois durant, il avait été aveuglé par le chagrin au point de ne pouvoir ouvrir son cœur à quiconque.

Sara avait tout changé.

Il se recula légèrement et plongea son regard dans le sien.

— J'étais juste venu te dire que je t'aime.

— Je suis heureuse que tu l'aies fait.

— Je t'aimais déjà quand tu avais sept ans et moi douze, tu sais. Ce baiser était un signe.

Sara eut un petit rire.

— Qui l'aurait cru ?

Nick se perdit dans ses yeux, le cœur gonflé d'amour et de joie. Il ne savait pas ce qui l'avait poussé à monter la voir alors qu'ils allaient être mariés dans quelques minutes. Ils avaient toute leur vie devant eux. Mais le lien qui les unissait était si fort qu'il n'avait pu résister. Et il s'en félicitait.

Au rez-de-chaussée, l'orchestre entonna les premières notes de la marche nuptiale.

— Si on allait se marier ?

— Voilà une excellente idée, dit Sara.

Sur quoi elle s'avança vers la porte, au bras de son futur époux.

Le 1er août

Black Rose n°58

Prisonnière du doute - B.J. Daniels
Hud Savage était de retour à Big Sky... L'homme qu'elle avait passionnément aimé cinq ans plus tôt, avant de découvrir qu'il l'avait trompée avec sa propre sœur ! Quand elle le revoit, Dana Cardwell est bouleversée. Pourtant, elle comprend qu'elle va devoir collaborer avec lui : une femme a été assassinée sur sa propriété, et Hud n'est autre que le nouveau shérif du village...

L'énigme du passé - Jenna Ryan
Ainsi, Margaret Truesdale, la célèbre actrice des années 1940, était sa grand-mère biologique... Quand la vieille dame lui fait cette révélation et lui demande de la protéger de Mary Lamont, sa rivale de l'époque qui lui voue une jalousie mortelle, Samantha Giancarlo comprend qu'en acceptant, elle s'engage dans une enquête qui va changer sa vie...

Black Rose n°59

Dangereuses révélations - Carla Cassidy
– Je suis Caralie Tracey. La sœur de Loretta.
En découvrant la séduisante jeune femme devant sa porte, Riley Kincaid ne peut cacher sa surprise. Il ignorait que la mère de sa petite Kaycee, disparue quelques mois plus tôt, avait une sœur... Une surprise qui fait place à la colère quand Caralie lui révèle les raisons de sa présence : elle est persuadée que Loretta a été assassinée, et veut obtenir la garde de Kaycee...

Entre tes bras - Brenda Harlen
Avocate spécialisée dans la défense des droits des femmes, Arden Doherty essuie régulièrement la fureur des maris de ses clientes. Pourtant, quand elle commence à recevoir des lettres de menace, elle sent la peur la gagner. Qui lui en veut à ce point ? Résolue à le découvrir, elle demande son aide à l'inspecteur Shaun McIver, le beau-frère de sa cousine...

Black Rose n°60

L'inconnu de Maple Hill - Muriel Jensen
Qui est Jack Keaton ? Quelles raisons ont poussé cet homme solitaire à s'installer à Maple Hill avec ses deux enfants ? Dès qu'elle le rencontre, Kay devine que Keaton cache un lourd secret. Un secret qu'elle doit à tout prix découvrir. Parce qu'elle est journaliste d'abord et curieuse du moindre scoop. Mais surtout parce que Jack l'attire plus que de raison...

BLACK ROSE

Best-Sellers n°334 • thriller

Le tueur d'anges - Erica Spindler

Il y a cinq ans, des meurtres de petites filles ont semé la panique à Rockford, Illinois. Kitt Lundgren, chargée de l'enquête, a laissé le coupable lui échapper. Sa vie en a été marquée à jamais. Et voilà que le tueur d'anges recommence à frapper. Cette fois, Kitt est décidée à le retrouver, mais l'enquête est confiée à l'inspecteur Riggio, une jeune femme ambitieuse qui ne pardonne pas à Kitt ses erreurs passées. L'affaire s'annonce difficile, mais Kitt tient une piste. Car le tueur d'anges l'a choisie pour informer la police que cette nouvelle série de crimes n'est qu'un plagiat. Et qu'il charge Kitt, et elle seule, d'arrêter son « copieur »…

Best-Sellers n°335 • thriller

Le cercle de sang - Michelle Gagnon

Kelly Jones, agent du FBI, est envoyée sur le campus de l'université de Nouvelle-Angleterre où elle-même a fait ses études, pour enquêter sur le meurtre de deux étudiantes. Leurs corps sauvagement mutilés ont été retrouvés dans un réseau de tunnels abandonnés. Dans les deux cas, le tueur a laissé un indice : un visage monstrueux dessiné au sang sur le mur. Les soupçons de Kelly, mais aussi de ses deux équipiers Roger Morrow et Jake Riley, s'orientent vers Josh, le colocataire d'une victime, aux tendances schizophrènes. Quant aux mutilations, elles semblent inspirées de rituels barbares dont les origines remontent aux anciens cultes nordiques…

Best-Sellers n°336 • suspense

Secrets - Suzanne Forster

Marnie n'a pas toujours été Alison Villard, la riche et belle héritière de l'une des familles les plus puissantes de Mirage Bay, en Californie. Orpheline au visage difforme, et recueillie par une vieille dame, Marnie rêvait de devenir un jour aussi belle, aussi riche, aussi désirable qu'Alison. Jusqu'au jour où, en se réveillant à l'hôpital, amnésique, après un tragique et terrible accident, Marnie découvre qu'une opération de chirurgie lui a donné les traits d'Alison. A son chevet, Andrew Vilard, son mari, semble la prendre pour la vraie Mme Vilard…

Best-Sellers n°337 • thriller

Et tu périras par le feu - Karen Rose

De retour dans la police après une erreur qui a manqué lui coûter la vie, l'inspecteur Mia Mitchell fait équipe avec Reed Solliday, capitaine des pompiers de Chicago, pour arrêter un dangereux psychopathe qui a violé une jeune fille et l'a tuée en mettant le feu à la maison où elle se trouvait. Très marquée par un passé personnel douloureux, Mia, malgré sa méfiance à l'égard des hommes, est contrainte de faire confiance à son coéquipier – un homme meurtri par la mort de sa femme, et père d'une adolescente. Pour l'un comme pour l'autre, cette enquête va marquer un tournant décisif…

Best-Sellers n°338 • roman

La vallée des secrets - Emilie Richards

Blessée par les absences et la froideur de son mari Isaac, la journaliste Kendra Taylor s'installe dans un chalet isolé au cœur de la Shenandoah Valley, en Virginie. Une demeure héritée par Isaac d'une grand-mère qu'il n'a jamais connue. Dans ce lieu enchanteur et sauvage, elle espère se ressourcer et faire le point sur son mariage. Mais c'est une autre quête qui la passionne bientôt : celle du passé enfoui et mystérieux des ancêtres d'Isaac. Car, elle en est persuadée, ce n'est qu'en sachant enfin d'où il vient qu'il pourra construire avec elle un avenir serein…

Best-Sellers n°339 • historique

L'épée et le lys - Margaret Moore

Angleterre, 1243

Quand, au décès de son père, lady Mathilde hérite du château d'Ecclesford, elle sait qu'elle vient de se faire un ennemi mortel. En effet, son cousin Roald de Sayres, auquel la lie un inavouable secret de famille, lui conteste la légitimité de cet héritage et menace d'assiéger la citadelle. Une fois maître en la place, il forcera les villageois à lui prêter allégeance, puis fera enfermer Mathilde au couvent et déshonorera sa soeur, la fragile Giselle. Pour éviter ce sort funeste, Mathilde sait qu'elle n'a pas le choix. Vite, très vite, il lui faut trouver un homme capable de défendre Ecclesford. Et, dans toute la région, il n'existe qu'un guerrier assez redoutable pour relever pareil défi : sir Henry d'Alton, un chevalier normand sans terre que l'on dit aussi conquérant sur le champ de bataille que dans le lit des dames…

Best-Sellers n°340 • suspense

Crimes masqués - Tess Gerritsen

Dans ce livre, Tess Gerritsen explore le genre qui a fait son succès – le suspense – à travers l'histoire de deux femmes victimes chacune d'une manipulation criminelle. Ainsi le Dr Kate Chesney se retrouve-t-elle accusée d'une grave erreur médicale derrière laquelle se cache un meurtre prémédité, tandis que Léa Fontaine, une brillante scientifique, se voit prise au piège de la double vie menée par son mari…

Composé et édité par les
éditions Harlequin
Achevé d'imprimer en juin 2008

par

LIBERDÚPLEX

Dépôt légal : juillet 2008
N° d'éditeur : 13649

Imprimé en Espagne